Hot British Boyfriend

KRISTY BOYCE

MY HOT BRITISH BOY FRIEND

Aus dem Amerikanischen
von Christine Spindler

arsEdition

Bibliografische Information der Deutschen Nationalbibliothek
Die Deutsche Nationalbibliothek verzeichnet diese Publikation in der Deutschen Nationalbibliografie; detaillierte bibliografische Daten sind im Internet über http://dnb.d-nb.de abrufbar.

Die Originalausgabe ist 2021 unter dem Titel »Hot British Boyfriend« bei HarperTeen (HarperCollins), New York, erschienen.
Published by arrangement with Erin Murphy Literary Agency through Rights People, London.

Text: Kristy Boyce
Übersetzung: Christine Spindler
Lektorat: Jana Ronte
Satz: Uhl + Massopust, Aalen
Covergestaltung: Grafisches Atelier arsEdition
unter Verwendung einer Illustration von Jacqueline Li
ISBN 978-3-8458-5548-6

www.arsedition.de

Für Mike und Liam,
meine beiden Lieblingsmenschen

Kapitel 1

Noch bevor dieser Abend zu Ende geht, werde ich Andy Keatings Freundin sein.

Ich kann an nichts anderes denken, während ich zum hundertsten Mal »Take On Me« laufen lasse, über einen Wäschehaufen springe und an dem Feengarten auf meinem Fensterbrett vorbeisause. Ich lande auf einem Kleid – das dritte, das ich an diesem Abend anprobiert und verworfen habe – und gleite über den Laminatboden. Ein Glück, dass Andy mich jetzt nicht sehen kann. Trotzdem lege ich eine weitere Pirouette hin, als der Leadsänger von *a-ha* den letzten hohen Ton anstimmt. Normalerweise höre ich keine Musik aus den Achtzigern, aber das ist nicht irgendein Song. Es ist *unser* Song.

Crystal wird jeden Augenblick kommen und mich abholen. Ich muss mich fertig schminken, aber ich bin in Gedanken immer noch bei Andy und wie er und ich im Smoothieshop zu diesem Lied getanzt haben. Er hat mich hinter der Theke hervorgezogen und mich über die regenbogenfarbenen Fliesen gewirbelt, bis wir uns aneinanderklammern mussten, um vor Lachen nicht umzukippen. In dem Moment wusste ich, dass er sich in mich verknallt hatte. Und heute, an diesem Spätsommerabend, wird er mich auf seiner Geburtstagsparty fragen, ob ich seine Freundin werden möchte. Ich bin so gespannt und aufgeregt, dass ich den Eyeliner dreimal neu auftragen muss, weil meine Hände zittern.

Fünf Minuten später stolpere ich auf Keilabsätzen die Treppe hinunter. So hohe Schuhe trage ich normalerweise nicht, aber ich nehme die zusammengedrückten Zehen in Kauf. Andy ist ein Basketballgott und ich sollte für unseren ersten Kuss ein paar Zentimeter größer sein. Ein

Schauer geht durch meinen Körper, und ich muss mich am Geländer festhalten, um nicht mit einer Rolle vorwärts im Wohnzimmer zu landen.

»Wow, du siehst toll aus«, sagt Mum, als ich hereinkomme. Sie hat es sich mit einer Tasse Earl Grey in ihrem Lieblingssessel gemütlich gemacht und schaut eine Miniserie auf BBC.

»Danke.« Ich streiche mein Kleid glatt. Ich weiß, es ist eine Gartenparty, aber wenn ich mit Andy unter den Sternen tanze, will ich auf keinen Fall *Shorts* tragen.

»Du entwickelst dich zu so einer wundervollen jungen Frau. Ich hoffe, dass du einen großartigen Abend hast.« Ihre Augen glitzern auffallend, und sie scheint drauf und dran zu sein, mich in eine tränenreiche Umarmung zu schließen.

Es klingelt an der Haustür und ich eile hin, um zu öffnen. Auf der Schwelle steht Crystal, ein Ausdruck von Panik im Gesicht.

»Hi, alles klar bei dir?«

»Ellie, oh mein Gott, du musst mir helfen.«

Sie betritt unsere vollgestopfte Maisonettewohnung und ich sehe das Wohnzimmer mit ihren Augen. Die schäbige Tapete, der fleckige Teppichboden. Es ist das erste Mal, dass jemand aus der neuen Highschool mich besucht. Dabei schäme ich mich keineswegs. Ich weiß, wie hart Mum gearbeitet hat, um sich diesen Schulbezirk leisten zu können. Als sie befördert und von Virginia nach Washington, D.C., versetzt wurde, bekam sie eine ordentliche Gehaltserhöhung, aber die Lebenshaltungskosten verschlingen hier alles, und wir hatten Glück, in dieser Gegend eine geeignete Wohnung zu finden. Wir nutzen den Platz so gut wie möglich, aber die ganzen gerahmten Bilder und Topfpflanzen können nicht darüber hinwegtäuschen, dass wir nicht so nobel wohnen wie meine Klassenkameraden in ihren riesigen Villen.

Crystal packt mich am Arm, zieht mich weiter ins Wohnzimmer hinein und deutet auf ihre Schuhe. »Sie fallen auseinander.«

»Was?«

»Sie fallen auseinander!«

Sie hebt einen Fuß, damit ich die Plateausohle begutachten kann. Tatsächlich, ein riesiges Stück ist herausgebrochen.

»Das sind meine Lieblingsschuhe! Ich habe sie seit dem Sommer vor dem Junior Year. Ich fand sie so schön. Aber sie sind aus dämlichem Styropor! Kannst du dir das vorstellen? Aus Styropor! Ich habe es erst gemerkt, als ich die ganzen Krümel auf der Fußmatte in meinem Auto gesehen habe.« Als sie gegen die Sohle schnickt, löst sich ein weiterer Krümel und segelt durchs Wohnzimmer. Erst da sieht Crystal meine Mutter.

»Oh, äh, tut mir leid, Mrs. Nichols.« Sie hinkt über den Teppich und hebt den Krümel auf.

»Kein Problem«, erwidert Mum schmunzelnd.

»Komm mit in die Küche«, sage ich. »Vielleicht können wir die ja … ich weiß nicht … wieder zusammenkleben?«

Wir setzen uns an den Küchentisch und Crystal schlüpft aus den Schuhen. Ich sehe sie mir an, aber ich muss ihr recht geben: Die sind nicht mehr zu retten. Wenn man sie anfasst, lösen sich sofort Styroporkrümel ab.

»Wieso bist du nicht wieder nach Hause gefahren, als du es gemerkt hast?«

»Der Verkehr war mörderisch und ich wusste, dass du auf mich wartest. Ich wollte nicht, dass wir zu spät kommen.« Sie schüttelt den Kopf. »Aber mit den Dingern kann ich unmöglich bei Andy aufkreuzen! Das ist die letzte Party vor meinem Auslandssemester. Hast du hohe Schuhe, die ich mir ausleihen kann?«

Ich seufze. Ich hasse es, daran zu denken, dass sie bald in einem anderen Land leben wird. Sie ist die einzige Freundin, die ich hier gefunden habe, seit ich am Ende des Junior Years hergezogen bin. Ich frage mich, was ich ohne sie machen soll. Andererseits, falls ich bald mit Andy zusammen bin, brauche ich mir deswegen nicht den Kopf zu zerbrechen. Er ist mit jedem befreundet.

»Nein, tut mir leid.« Ich deute auf meine Füße hinunter. »Das sind meine einzigen. Ich hätte höchstens noch silberne Riemchensandalen.«

Sie schürzt die Lippen. »Danke nein. Die wären zu fancy für eine Gartenparty.« Sie beäugt meine Schuhe. »Mist, ich hatte echt gehofft, du hättest noch mehr von dieser Art. Die sind soooo süß.«

Sie schaut sie mit dem gleichen Blick an, den ich draufhabe, wenn Mum ihren berühmten Schoko-Käsekuchen backt. Fehlt nicht viel, und sie fängt an zu sabbern. Normalerweise würde ich ihr ohne zu zögern meine Schuhe überlassen, aber ich hatte sie ja aus einem ganz bestimmten Grund ausgewählt. Ich beiße mir auf die Unterlippe. Andererseits würden sie toll zu ihrem Jumpsuit passen. Und sie war echt nett, als ich neu an die Schule kam. Sie hat mich beim Mittagessen an ihren Tisch gewunken und hat mir alles gezeigt. Sie hat mir sogar geholfen, den Sommerjob im Smoothieshop zu bekommen.

»Also, ich könnte dir vielleicht meine leihen. Ich habe sie nur angezogen, weil« – ich senke die Stimme – »sie mich ein paar Zentimeter größer machen, falls Andy und ich …« Hitze schießt mir in die Wangen und ich verstumme.

Crystal macht große Augen. »Warte mal, willst du damit sagen, dass du diese Schuhe ausgesucht hast, falls der unwahrscheinliche Fall eintritt, dass Andy heute Abend mit dir knutschen will?« Ihre Augenbrauen zucken. »Du hast dich wohl ein paar verrückten Tagträumen hingegeben.«

Ich grinse. »Es sind nicht nur Tagträume.«

Sie lacht gutmütig, aber ich merke, dass sie alles nur für Hirngespinste hält. Das kann ich verstehen. Wir haben in der letzten Zeit nur selten in derselben Schicht gearbeitet, darum weiß sie nicht, wie oft Andy im Shop war. Anfangs hat er sich nur seinen üblichen Strawberry Sunrise geholt, Crystal und mir zugeblinzelt und ist gegangen.

Aber in den letzten Wochen hat sich das geändert. Er ist immer länger im Shop geblieben, hat mir über sein Fußballtraining und die Basketballtestspiele erzählt. Er hat mich damit aufgezogen, dass ich so getan habe, als würde ich mit den Achtzigerjahre-Songs, die in Dauerschleife laufen, mitsingen.

Ich atme tief durch und erzähle ihr, wie er mich letzte Woche in die Mitte des leeren Ladens gezogen hat, um mit mir zu tanzen, als wären wir die Hauptdarsteller in einem Kinofilm.

»Es war das Romantischste, was mir je passiert ist.«

Sie lächelt. »Das klingt witzig, Ellie.«

Aber es war nicht witzig. Ich meine, klar, ein bisschen schon, aber sie kapiert nicht, dass es auch romantisch war. Ich will schon weiterreden und ihr mehr über die letzten Begegnungen mit Andy erzählen, doch dann zögere ich. Ich will nichts heraufbeschwören. Außerdem freue ich mich auf ihre Reaktion, wenn Andy und ich zusammenkommen.

Ich hole von oben eine Auswahl an Schuhen und sie verliebt sich sofort in ein Paar pinke Ballerinas. Krise abgewendet. Ich küsse Mum auf die Wange und nehme meinen Hausschlüssel vom Haken. »Bis später.«

»Pass auf dich auf. Und morgen beim Frühstück erzählst du mir alles.«

Wir laufen zu Crystals Wagen.

»Bist du aufgeregt?«, fragt sie, als sie losfährt.

»Und wie!«

»Du hast auch allen Grund dazu. Andys Partys sind immer episch. Du wirst schon sehen.«

Sie lässt ihre Schultern tanzen und ich mache mit, während ich von Adrenalin überschwemmt werde. Episch – das will ich doch schwer hoffen.

Ein kurzer Blick in die Straße, in der Andy wohnt, verrät mir, dass hier die größte Party steigt, auf der ich je gewesen bin. Sollten in Virginia je solche Partys veranstaltet worden sein, bin ich jedenfalls nie dazu eingeladen worden. Beide Straßenseiten sind zugeparkt, und wir müssen das Auto zwei Blocks entfernt abstellen und zu Fuß zu seinem Haus gehen. Ich wünsche mir allmählich, ich hätte meine hohen Schuhe doch eingetauscht.

Ich laufe schneller, weil mir vor Nervosität die Beine kribbeln. Neben uns schlendern kleine Gruppen den Gehweg entlang. Die meisten erkenne ich wieder von den Sportveranstaltungen zum Schuljahresende, da viele von Andys Freunden Sportler und Cheerleader sind, aber ich kenne sie nicht wirklich. Die Waterford Valley Highschool ist so lächerlich groß, dass es schwer ist, die Leute auseinanderzuhalten, besonders wenn man erst am Ende des Schuljahrs dazustößt. Ich bin sehr dankbar, dass ich Crystal bei mir habe.

Ein paar Jungs aus Andys Basketballteam winken in unsere Richtung. »Hi, Crystal!«

Sie wirft ihnen eine Kusshand zu. Crystal ist vielleicht nicht das beliebteste Mädchen an der Schule – sie ist in keiner Mannschaft und auch keine Cheerleaderin oder so –, aber sie gehört zur Schülervertretung und ist in einer Menge AGs, darum scheint jeder sie zu kennen. Ich hoffe, dass ich ihrem Beispiel folgen und mich im neuen Schuljahr engagieren kann.

»Oh mein Gott, *alle* sind da«, flüstere ich, als wir durch den Vorgarten zum prächtigen Garten hinter Andys Haus gehen.

Das ist keine Null-acht-fünfzehn-Party mit Hotdogs und Softdrinks in Kübeln mit schmelzenden Eiswürfeln. Das hier ist abgefahren. Ich wusste, dass er reich ist, aber seine Eltern haben sich mit der Geburtstagsdeko mächtig ins Zeug gelegt. Auf dem gepflegten Rasen sind kunstvolle Ballonkreationen verteilt. Auf der Veranda stehen lange Tische mit einem reichhaltigen Catering-Büfett und einem

Kuchen, der so groß ist, dass er locker für hundert Gäste reichen dürfte.

Ich fahre mit meinen schwitzenden Handflächen über mein Kleid und bete, dass ich mich nicht vor Aufregung übergeben muss. Das würde mein Outfit sicherlich nicht aufwerten.

»Ooh!«, quietscht Crystal. »Da ist Sara!« Sie winkt und läuft zu ihr hinüber. Ich bleibe allein in der Mitte des Rasens zurück.

Mein Magen zieht sich zusammen und ich tue so, als würde ich Nachrichten auf meinem Handy checken, damit ich nicht dumm herumstehe. Ich hatte erwartet, dass Crystal mich hier herumführen würde – zumindest, bis ich Andy entdeckt habe. Aber ich möchte ihr nicht den ganzen Abend wie eine Idiotin hinterherlaufen. Also gehe ich stattdessen zum Getränketisch. Als ich mir ein Wasser nehme, legen sich zwei Hände sanft auf meine Schultern.

»Jetzt kann die Party endlich losgehen.«

Beim Klang seiner Stimme kribbelt mein Rücken. Andy. Bilde ich es mir nur ein oder kommt er mir besonders nah? Ich sehe hoch in seine umwerfenden blauen Augen und mein Herz macht einen Sprung. Jedes Mal, wenn ich ihn sehe, scheint er noch ein bisschen süßer geworden zu sein. Ich kann es kaum fassen, dass er bald mein Freund sein wird.

Natürlich hat er noch nichts in der Richtung gesagt, aber das würde ja auch die Überraschung verderben. Dafür habe ich vor ein paar Tagen im Shop mitbekommen, wie er darüber gesprochen hat. Ich war im Lager, um die Blaubeeren nachzufüllen, als meine schon etwas ältere Teamleiterin ihn bedienen wollte.

»Was darf es sein?«

»Oh, nichts, danke.« Der Klang seiner Stimme brachte mich sofort zum Lächeln. »Ich glaube, diese Woche kriege ich keinen weiteren Smoothie mehr runter.«

»Ah … okay. Möchten Sie sich für einen Job bewerben? Im Moment brauche ich niemanden, aber nächste Woche vielleicht. Sie könnten eine Bewerbung ausfüllen.«

»Nein, tut mir leid. Ich warte nur« – er räusperte sich – »äh … auf ein Mädchen. Das hier arbeitet.«

Sie seufzte. »Das hätte ich mir denken können. Sind Sie ihr Freund?«

»Noch nicht. Aber hoffentlich bald.«

Sie kicherte leise. »Ach ja, ich erinnere mich daran, wie es war, jung und verliebt zu sein. Aber halten Sie sie nicht von der Arbeit ab.«

»Alles klar, Ma'am.«

Meine Wangen wurden heiß und ich lehnte mich gegen ein Lagerregal, um nicht umzukippen. Andy wollte mit mir zusammen sein? Ich konnte es nicht fassen. Klar, ich hatte es mir schon vorgestellt, wie vermutlich jedes heterosexuelle Mädchen an der Waterford High es irgendwann getan hat, aber bis zu diesem Tag hätte ich es nie für möglich gehalten. Danach konnte ich an nichts anderes mehr denken, besonders als ich am nächsten Morgen folgende Nachricht bekam.

> Ich brauche dich. Die Party wäre nicht das Gleiche ohne dich. Warte ab, was ich geplant habe.

Ich war sicher, dass er vorhatte, mir zu sagen, was er für mich empfindet.

»Happy Birthday.« Ich mache eine ausladende Geste. »Das ist der Hammer.«

»Danke. Meine Mutter steht auf solchen Dekokram. Aber immerhin haben sie und Dad kein Problem damit, uns in Ruhe zu lassen. Sie kommen normalerweise erst raus, wenn der Kuchen angeschnitten wird.« Er nickt in Richtung des riesigen Hauses, in dem sich anscheinend seine Eltern versteckt halten.

Ich lächle und schlucke. Es fiel mir viel leichter, mit ihm zu plaudern, als ich noch nicht dachte, dass er auf mich steht. »Danke für die Einladung.«

Er lacht. »Ist doch selbstverständlich. Du mixt schließlich die besten Smoothies im Umkreis von tausend Meilen. Und ich muss es wissen, weil ich mit dem Basketballteam viel herumkomme.«

Er lächelt und senkt den Kopf, sodass seine Lippen fast mein Ohr berühren. Eine Sekunde lang denke ich, dass er mich gleich hier auf der Stelle küssen wird, vor all seinen Gästen. Ich neige den Kopf in seine Richtung. Aus Vorfreude wird mir ein bisschen schwindlig. Dann ruft eine dröhnende Stimme: »Andy!«, und er weicht zurück.

Er zeigt mit dem Daumen in die Richtung, aus der die Stimme kam. »Ich gehe besser, sonst hört TJ nicht auf, mich zu rufen. Echt schön, dass du kommen konntest.« Er lächelt entschuldigend und trabt davon. Ich atme zitternd ein. Was auch immer Andy heute Abend vorhat – ich hoffe, er tut es bald. Ich weiß nicht, wie lange ich meine Aufregung noch verbergen kann.

So sehr ich mich auch bemühe, es gelingt mir nicht, in der nächsten Stunde noch einmal mit ihm zu sprechen. Ich stehe neben Crystal, während sie und Sara sich über ihre Familienurlaube austauschen und sich am Büfett bedienen. Ich weiß, ich sollte versuchen, mich mehr an der Unterhaltung zu beteiligen, aber das ist schwer. Niemand in Crystals Umfeld hat sich je besonders für mich interessiert. Beim Mittagessen in der Schule sitzen wir zwar meistens zusammen am Tisch, aber dann sprechen alle nur mit Crystal, nicht miteinander. Dazu kommt, dass sie sich alle schon seit Ewigkeiten kennen und in dieselben AGs und Kurse gehen. Aber hoffentlich wird das Senior Year anders laufen. Mit Andy an meiner Seite und den richtigen außerschulischen Aktivitäten werde ich endlich dazugehören.

Anstatt etwas zu sagen, beobachte ich Andy. Er ist ständig von

Freunden umzingelt, viele davon weiblich. Sie schmachten ihn an und mein Magen grummelt vor Eifersucht. Doch als er sich aus der Gruppe löst, treffen sich unsere Blicke und er zwinkert mir zu. Sofort geht es mir besser. Er sieht mich. Er hat mich nicht vergessen.

»Hey!«, ruft Andy in die Menge. »Leute!« Einige Gespräche verstummen, aber die meisten Gäste achten gar nicht auf ihn.

»Klappe halten!«, bellt TJ.

Stille kehrt im Garten ein. Alle drehen sich um und sehen Andy an. Ich mache einen Schritt in seine Richtung und meine Nervosität erreicht Alarmstufe Rot.

»Erinnert mich daran, TJ nie ein Megafon zu geben«, sagt Andy und erntet Gelächter. »Also, danke, dass ihr alle gekommen seid, um mit mir zu feiern. Ich verspreche euch, dass der Spaß gleich richtig losgeht, aber zuerst muss ich noch etwas anderes erledigen.« Er dreht sich in meine Richtung. »Etwas, worauf ich mich schon den ganzen Abend gefreut habe.«

Mein Körper kribbelt wie elektrisch aufgeladen. Oh Gott. Oh Gott, oh Gott, oh Gott.

»Ich finde es toll, dass ihr alle hier seid, aber es gibt eine Person, über die ich mich besonders freue. Sie ist das schönste Mädchen, das ich je gesehen habe. Und obendrein mixt sie die besten Smoothies der Welt.«

Ein paar Gäste kichern und machen: »Ooooh.« Hitze flutet meinen ganzen Körper und ich bedecke den Mund mit den Händen.

»Ich wollte sie schon seit Wochen fragen, ob sie mit mir zusammen sein möchte, aber ich wusste, um ein Mädchen wie sie zu erobern, muss man sich anstrengen. Ich hoffe, ich habe nicht zu lange damit gewartet, aber ich kann mir nicht vorstellen, dass sie bald abreisen wird – nicht jetzt, nachdem ich endlich gemerkt habe, wie wunderbar sie ist. Also …«

Was meint er damit, dass ich abreisen werde? Ich kneife die Augen zusammen. Die einzige Reise, die ich plane, ist ein langes Wochenende bei meiner Tante. Aber dann erklingt »Take On Me« und ich vergesse alles um mich herum. Tränen brennen in meinen Augenwinkeln. Wie romantisch, dass er jetzt unser Lied spielt.

Lachend renne ich auf ihn zu, lehne meinen Kopf an seine Brust und schlinge die Hände um seine Taille. Er riecht so gut nach Weichspüler mit Lavendelduft. Und er fühlt sich noch besser an. Verdammt, daran könnte ich mich gewöhnen.

»Natürlich will ich mit dir zusammen sein!«

Sein Körper spannt sich an und versteift sich. Meiner auch. Meine Ohren rauschen, als ich den Kopf hebe, der gerade noch an seinem Herzen geruht hat. Sein Gesicht zeigt eine Mischung aus Schock, Verwirrung … und Belustigung. Belustigung? Ein Messer bohrt sich in meine Brust.

»Äh …« Er legt die Hände auf meine Schultern und schiebt mich von sich weg. »Sorry, aber ich hatte nicht dich gemeint.«

Ich kann ihn nur anstarren. Er hat doch ganz offensichtlich mich gemeint. Er hat eben noch gesagt, ich würde die besten Smoothies der Welt mixen. Er hat sogar unser Lied gespielt.

Wie zäher, brennend heißer Schleim kriecht die Erkenntnis durch meine Eingeweide. Ich wirble herum und sehe Crystal an. Sie hat direkt hinter mir gestanden, als ich dachte, dass Andy mit mir spricht. Sie mixt Smoothies. Sie kennt dieses Lied aus dem Shop. Sie wird in Kürze abreisen, da sie ein Semester in England verbringt.

Und sie grinst ihn an, als hätte er ihr gerade verkündet, dass sie zur Prom Queen gewählt worden ist.

Oh. Mein. Gott.

Sie wirft mir einen kurzen Blick zu, legt den Kopf schief und zuckt mit den Schultern, als wollte sie sagen, dass sie einfach nicht anders kann – und dann wirft sie sich in seine Arme. Da bemerke ich, dass mehrere Leute mich filmen. Von allen Seiten höre ich Gelächter. Ich fliehe.

»Hau jetzt nicht ab, *ich* will dich haben! Zumindest heute Abend!«, ruft TJ mir nach, als ich mich durch die Menge zum Gartentor kämpfe. Seine dröhnende Stimme schallt durch die Straßen.

Ich renne schneller, um dem Gekicher zu entkommen und den Fingern, die auf mich zeigen. Ich rase durch das Tor und stolpere über einen Stein. Der Länge nach lande ich im Vorgarten. Meine Handflächen und Knie brennen, doch ich habe keine Zeit, mich um meine Wunden zu kümmern. Ich rapple mich auf, kicke die dämlichen Schuhe weg und laufe den Gehweg entlang zum Auto. Als ich es in der Ferne sehe, bleibe ich abrupt stehen. Es ist ja *Crystals* Auto! Heilige Scheiße, wie viel schlimmer kann dieser Abend noch werden?

Kapitel 2

Als ich am nächsten Morgen aufwache, ist mein Gesicht vom Heulen immer noch rot und geschwollen. Ich kann kaum glauben, was gestern passiert ist. Es ist wie der entsetzlichste Albtraum. Einer von der Sorte, die man eine Woche vor Beginn des neuen Schuljahrs oder in der Nacht vor einer wichtigen Prüfung hat. Aber ich weiß, dass es kein Traum ist. Mein neues Kleid liegt zerknittert auf dem Boden, wo ich es gestern Abend fallen gelassen habe, nachdem Mum mich abgeholt hat. Ich trage immer noch das Make-up oder was davon in Form langer Maskaraschlieren auf meinen Wangen übrig geblieben ist.

Widerwillig setze ich mich auf und entdecke ein Glas Eiswasser auf dem Nachttisch. Mum muss sich heute Morgen schon hereingeschlichen haben. Ich werde ihren Fragen nicht ewig ausweichen können. Aber wie in aller Welt soll ich erklären, warum ich mich vor den Augen der gesamten verdammten Schule in Andys Arme geworfen habe?

Mein Handy pingt und ich zucke zusammen. Ich will gar nicht wissen, was man mir schreibt, ich will es aber auch nicht *nicht* wissen. Ich schnappe mein Handy und sehe, dass Crystal mir seit gestern Abend mehrere Nachrichten geschickt hat.

Geht es dir gut?

Wo bist du? Läufst du hier noch irgendwo durch die Gegend?

Ich fahre jetzt nach Hause. Ich hoffe, du konntest mit jemandem mitfahren.

Ich verstehe, dass du sauer bist, aber ich wusste nicht, was Andy vorhatte. Und wenn die Rollen vertauscht gewesen wären, hättest du bestimmt auch Ja gesagt. Da bin ich sicher.

Erneut brennen Tränen in meinen Augen und ich lasse das Handy aufs Bett fallen.

Es tut ihr nicht leid.

Als mir das klar wird, zerbricht etwas in mir. Selbst nachdem ich von der Party geflohen bin, selbst nachdem ich mich gestern Abend unter den Kissen vergraben habe, war ich immer noch sicher, dass es ihr nicht gleichgültig sein konnte, wie weh sie mir getan hat. Ich habe irgendwie erwartet, dass sie sich entschuldigen würde oder – keine Ahnung – mir heute Morgen meine Schuhe zurückbringen würde, vielleicht sogar mit einem Kaffee und einem Donut, um sich zu entschuldigen. Waren wir in den letzten Monaten nicht Freundinnen geworden? Wir waren vielleicht nicht die dicksten Freundinnen, aber wir waren über das »Wirf dich meinem Schwarm an den Hals, während die ganze Schule mich auslacht«-Stadium weit hinaus.

Anscheinend war ich nur ihre Freundin, solange ich sie nicht gehindert habe, das zu bekommen, was sie wirklich wollte. Und das war eindeutig Andy.

Ich will mich gerade wieder unter meiner Decke verkriechen, als mein Handy eine weitere Nachricht von Crystal ankündigt.

Es tut mir leid wegen der Memes und GIFs und dem ganzen Kram. Es gibt so viele Arschlöcher.

Entsetzen breitet sich in meinen Adern aus wie eine Giftinjektion. Oh nein, bitte nicht! Mit zitternden Händen öffne ich Instagram.

Und da bin ich, gedemütigt bis aufs Blut. Ich scrolle durch meinen Feed und sehe mindestens viermal das Video mit meinem sozialen Untergang. Und die Hashtags erst …

#Demütigung
#BesserSieAlsIch
#LassIhnAusreden
#ErLiebtEineAndere

Ich schleudere das Handy quer übers Bett, als wäre es radioaktiv. Oh mein Gott, es ist überall! Der oberpeinlichste Augenblick meines Lebens läuft in meinem Kopf *und* im Internet in Dauerschleife.

Ich greife mir das am nächsten liegende Kissen und schreie hinein.

Jeder einigermaßen vernünftige Mensch würde danach sein Handy schreddern, aber ich kann mich nicht beherrschen. Ich halte nur eine halbe Stunde durch, dann öffne ich Snapchat und Twitter und finde mein Gesicht auch dort. Die Beiträge haben bereits tausendmal mehr Likes und Kommentare als jedes Foto, das ich je gepostet habe. Als Internetberühmtheit werde ich mein Gesicht niemals wieder an der Waterford High zeigen können. Als ich zu Insta zurückwische, entdecke ich einen neuen Post von Crystal. Es ist ein Foto von ihr und Andy auf der Party. Sie stehen nebeneinander, halten sich im Arm und grinsen breit.

@andy_baller15 schmeißt wirklich die besten Partys.

Ich kotze fast auf mein Einhornshirt.

Es klopft an meiner Zimmertür und ich schiebe mein Handy unter die Bettdecke.

»Ich dachte, ich hätte dich gehört.« Mum schlüpft herein und setzt sich auf eine Ecke meines Betts. »Wie geht es dir? Ich fange an, mir Sorgen zu machen.«

Verlegen wische ich unter meinen Augen herum und kämpfe mich in eine sitzende Position. Mum hält den Kopf schief und spricht mit leiser Stimme. Sie weiß genau, wie es mir geht.

»Ach, ich bin nur müde.«

Sie neigt den Kopf etwas mehr. »Du warst gestern Abend ganz schön durch den Wind. Möchtest du mir jetzt erzählen, was passiert ist?«

Eigentlich nichts Besonderes, Mum. Es ist nur so, dass eine Atombombe jegliche Aussicht darauf zerstört hat, dass ich an der neuen Schule akzeptiert werde. Alles in allem ein ganz gewöhnlicher Samstag.

»Nur so ein Highschool-Drama.«

Sie kräuselt die Lippen. »Geht es um Crystal? Hat sie dich deswegen nicht heimgefahren?«

Ich fummle an der Decke herum und weiche ihrem Blick aus. »Ich möchte echt nicht über Crystal reden.«

»In Ordnung.« Sie tätschelt meinen Oberschenkel. »Was auch immer passiert ist, ich bin sicher, es wird sich bald in Wohlgefallen auflösen. Ein neues Schuljahr bringt immer neue Probleme mit sich.«

Sie geht und ich lasse mich tiefer in die Kissen sinken. An die Schule mag ich nicht einmal denken. Wie soll ich da bloß jemals wieder hingehen? Ich sehe es schon vor meinem geistigen Auge: Während ich die Korridore entlanggehe, spielen die anderen das Video ab oder rufen mir nach wie TJ. Oder sie spielen zum Spaß gleich die ganze Szene nach. Für mich ist das Senior Year bereits gestorben, bevor es überhaupt begonnen hat.

Erst am nächsten Abend bringe ich den Mut auf, wieder online zu gehen. Ich scrolle durch meinen Insta-Feed in der Hoffnung, dass alle sich anderen Themen zugewandt haben, aber es ist noch genauso schlimm wie gestern. Vielleicht sogar noch schlimmer, denn jetzt machen sich sogar völlig fremde Leute über mich lustig. Aber ein Post von Crystal sticht mir ins Auge. Es ist ein Selfie, auf dem sie Andy küsst. Mein erster Impuls ist, mit etwas Scharfem auf das Foto einzustechen – verdammtes Display! –, aber dann sehe ich den Text unter dem Foto.

> Wer braucht schon England? Ich bleibe lieber bei @andy_baller15 an der Waterford.

Ich lese es noch einmal.

Bedeutet das, dass sie ... die Reise gar nicht antritt? Ist es möglich, so kurz vor Beginn des Schuljahrs zu stornieren? Wenn Crystal an der Waterford High bleibt, muss ich sie jeden Tag sehen. Gestern war mein einziger Trost, dass sie das ganze Halbjahr im Ausland sein würde. Was soll ich jetzt bloß machen? Ein weiterer grässlicher Gedanke springt mich an. Ich werde nicht nur Crystal in den Gängen sehen, sondern sie und Andy zusammen! Ich werde ihr albernes, giggelndes, knutschendes, frisch verliebtes Getue live miterleben. Die reinste Folter. Ich kneife die Augen zu.

Außer ...

Mein Herz macht einen Sprung. Warte mal! Das bedeutet, dass ein Platz frei geworden ist. Auf so einen Auslandsaufenthalt war ich scharf, seit Crystal mir davon erzählt hat. Zugegeben, das Programm ist nur für Schüler mit ausgezeichneten Leistungen – und dazu zähle ich nun *wirklich* nicht – aber vielleicht habe ich trotzdem eine Chance.

Ein Hoffnungsfunke glimmt in mir auf.

Falls ich diese Reise machen kann, falls ich in den nächsten Monaten weder Crystal noch Andy noch sonst jemanden sehen muss, dann wird mein Leben vielleicht doch kein Höllenritt. Ich kann neu anfangen. Und das obendrein in *England.*

Ich springe aus dem Bett, das ich seit der Party kaum verlassen habe, und sause die Treppe hinunter. »Mum!« Ich halte ihr mein Handy hin.

»Was ist denn jetzt los?«

»Ich glaube, es könnte ein Platz frei geworden sein bei dem Auslandsprogramm in England, von dem ich dir erzählt habe.«

Ihre Augen weiten sich vor Freude. Niemand ist anglophiler als meine Mutter. Sie kam schon mit einer Leidenschaft für Prinzessin Diana und Jane Austen auf die Welt.

»Ist das dasselbe Programm, an dem Crystal teilnimmt? Aber es ist doch bestimmt zu spät, sich da noch einzuschreiben. In ein paar Wochen geht es schon los.«

»Ich bin mir nicht sicher. Aber vielleicht geht es ja noch. Wenn auch nur die kleinste Aussicht besteht …«

Sie nickt. »Klar. Einen Versuch ist es allemal wert.« Sie greift zum Telefon, dann legt sie es wieder hin und zieht die Augenbrauen zusammen. »Ellie, selbst wenn ich es schaffe, dich dort anzumelden …« Sie seufzt. »Die Zeit reicht einfach nicht, um genug Geld dafür zu sparen.«

Ich lasse die Schultern hängen. Natürlich kann sie es sich nicht leisten, mir so eine teure Reise zu bezahlen. Ich war von der Idee so begeistert, dass ich über die Kosten gar nicht nachgedacht habe. »Hm …« Ich überlege einen Augenblick. »Und wenn ich meine Ersparnisse dazugebe?«

»Die sind doch für ein Auto.«

Mir wird übel, doch ich nicke. Ich habe das Sparkonto, seit ich zwölf bin, aber erst in den letzten Jahren habe ich angefangen, ernsthaft etwas zu sparen. Mit dem letzten Gehaltsscheck dieses Sommers sollte ich auf gut und gerne zweitausend Dollar kommen. Ich bin nicht sicher, ob das für die Reise reicht, aber es ist immerhin etwas. Das sage ich auch Mum.

»Wow. Ist es dir wirklich so ernst, dass du dafür die Aussicht auf ein Auto opferst? Ich dachte, du könntest es gar nicht erwarten, dir eins zu kaufen.«

»Wenn du mich lässt, bin ich voll dabei.«

Sie nickt langsam, dann lächelt sie und springt auf. »Also gut. Wen muss ich anrufen?«

Meine Mum kann Wunder vollbringen. In den letzten drei Wochen ist sie über sich selbst hinausgewachsen. Sie hat herumtelefoniert und Flugtickets besorgt. Sie hat sogar meinen Vater überredet, den fehlenden Restbetrag beizusteuern. Dabei sind meine Eltern geschieden, seit ich zwei Jahre alt war. Ich habe meinen Vater seit einer Ewigkeit nicht gesehen. Mit meinen Freunden habe ich zwar kein Glück, aber was meine Mum angeht, habe ich das große Los gezogen.

Dafür bin ich unendlich dankbar, denn der restliche August war ein Albtraum. Ich habe mit niemandem von der Schule Kontakt. Seit dem Morgen nach der Party hat Crystal mir nicht mehr geschrieben. Mir wurde klar, dass ich ohne sie völlig auf mich allein gestellt bin. Das war davor noch nicht so offensichtlich, da alle Crystal mögen und ich ständig von Leuten umringt war. Aber ohne sie hat niemand Interesse daran, mit mir abzuhängen.

Ich wäre vielleicht bereit, über alles hinwegzukommen, wenn Crystal sich bei mir entschuldigen würde, aber sie hat offensichtlich nicht die geringste Absicht, das zu tun. Nicht nur, dass sie jetzt mit Andy zusammen ist – obendrein hat sie mich vergessen, kaum, dass er sie angeschaut hat. Sie hat nicht einmal versucht, mich vor den anderen in

Schutz zu nehmen. Sie hat tatenlos zugesehen, als ich unter allgemeinem Gelächter geflohen bin.

Wir haben genau zwei Schichten lang in eisigem Schweigen nebeneinander gearbeitet, bis unsere Teamleiterin Erbarmen hatte und uns an verschiedenen Tagen eingeteilt hat. Trotzdem musste ich Andy beide Male begegnen, als er Crystal nach diesen Schichten abgeholt hat. Beim ersten Mal hat er mich nicht angeschaut. Beim zweiten Mal hat er genickt und gefragt: »Was geht?«

Als würde er mich kaum kennen. Als hätte er nie in genau diesem Shop mit mir geflirtet. Arschloch.

Aber das spielt jetzt alles keine Rolle mehr. Jetzt muss ich nur noch mit meiner Mum meinen letzten Abend in Amerika verbringen, Earl-Grey-Tee trinken, zu viel von ihrer Blutorangengalette essen (sie hat das Rezept aus *The Great British Bake Off*) und *Emma* anschauen (die Miniserie von 2009 ist Mums Lieblingsverfilmung des Romans).

»Vielleicht hätten wir lieber Hamburger machen sollen«, überlege ich, während ich die zweite Tasse Tee trinke. »Oder etwas, das ein bisschen amerikanischer ist.«

»Du kannst den Rest deines Lebens Burger und Barbecues genießen – aber jetzt geht es darum, alles Britische zu feiern. Da fällt mir ein, du wirst doch den Buckingham Palace besichtigen, oder? Man weiß nie, wann sich einer der Royals blicken lässt.«

Ich kichere und verdrehe die Augen. »Ja, das steht auf meiner Liste. Aber meine Priorität in London ist der Big Ben.«

»Klar.«

»Und ich will unbedingt die ländliche Gegend drum herum sehen mit all den Herrenhäusern. Ich hoffe, dass es sich anfühlen wird, als wäre ich in einem dieser Filme gelandet.« Ich nicke in Richtung Bildschirm, woraufhin Mum ebenfalls hinsieht.

»Oh, jetzt kommt die Stelle, an der ich immer weinen muss!«, ruft sie laut, als Mr. Knightley Emma seine Gefühle gesteht. »Es gibt nichts

Schöneres als den Gesichtsausdruck eines Menschen, der merkt, dass du ihn genauso liebst wie er dich.« Sie legt sich seufzend eine Hand aufs Herz. »Meinst du nicht, dass ich auch für ein paar Monate die Highschool in England besuchen kann? Ich finde, ich habe mich gut gehalten. Ich habe eine Menge Yoga gemacht.«

»Mum!« Ich stehe auf und gehe in die Küche.

»Darf eine alte Lady nicht neidisch sein? Oh, diese Männer mit ihrem *Akzent*. Ich wäre für alles zu haben, wenn ein Mann mich mit so einer Stimme darum bitten würde.«

»*Mum!*« Ich schlage die Hände vors Gesicht. »Hast du dir Wodka in den Tee getan?«

Sie kichert und ich zuckere meinen Tee nach. Sie hat nicht ganz unrecht. Einem englischen Akzent kann man wirklich kaum widerstehen. Ich nehme einen Schluck und stelle mir die britischen Jungs vor, denen ich auf meiner Reise begegnen könnte. Der Gedanke ist wirklich reizvoll. Ich hatte noch gar nicht an andere Jungs gedacht, weil ich abgelenkt war von Crystal, Andy und allen Leuten an der Waterford High, die Memes über mich posten. Aber was, wenn ich während meines Auslandssemesters einen britischen Freund finde? Einen, der tausendmal besser ist als Andy? Eine Fülle an Möglichkeiten tut sich vor mir auf: Dates in romantischen Schlössern, Hand in Hand durch die Straßen von London flanieren, heiße Küsse, während er mich *Süße* nennt … Das könnte mein Image nach der grauenhaften Party wieder aufpolieren. Dieses Halbjahr könnte wahrlich episch werden.

Zur Hölle mit Andy! Ich will einen britischen Freund. Einen Hot British Boyfriend!

Kapitel 3

Nach einem siebenstündigen Flug neben einem *sehr* lauten Schnarcher, gefolgt von einer elend langen Schlange vor der Passkontrolle in Heathrow, erreiche ich endlich mein neues Zuhause in der Fremde. Oder zumindest die Auffahrt.

Ein gutes Stück entfernt erblicke ich Emberton Manor. Das Herrenhaus sieht aus, als hätte man es aus einem Regency-Roman gepflückt und in die echte Welt verpflanzt. Ich kann Spindeltürmchen, Bögen und Streben ausmachen, und mehr Schornsteine, als jedes beliebige Schloss gebrauchen kann. Mum und ich haben uns im Internet Fotos angesehen, aber kein Bild kann dem prächtigen Anblick gerecht werden. Kaum zu fassen, dass ich in den nächsten vier Monaten hier leben werde.

Ich kann nicht still sitzen. Meine Beine zucken, meine Zehen führen einen kleinen Stepptanz auf und ich presse die Hände zu Fäusten zusammen. Ich bin tatsächlich *hier*. Ich werde in einem anderen Land leben. Es. Passiert. Wirklich.

»Wir sind fast da, Miss«, sagt der Fahrer, den die Schule geschickt hat, in seinem erlesenen britischen Akzent.

In der Sekunde, in der wir auf der kreisförmigen Auffahrt anhalten, springe ich aus dem Auto. Ich folge dem Fahrer durch die massive Holztür und drehe mich einmal um mich selbst, um meine Umgebung richtig wahrzunehmen. Die hohe Decke ist blau gestrichen und mit kleinen Engeln verziert, die es sich auf Wolken gemütlich machen. Ich bin umgeben von Täfelungen aus dunklem Holz und Wandteppichen mit eleganten Frauen, die neben kleinen, weißen Einhörnern sitzen.

Einhörner! Es ist, als wollte das Universum mir sagen, dass ich hier die beste Zeit meines Lebens verbringen werde. Nichts davon fühlt sich real an. Vielleicht bin ich in einer Filmkulisse gelandet – oder habe eine Zeitreise in die Vergangenheit gemacht. Aber als ich mich von dem Anblick losreiße, steht der Fahrer immer noch da und wartet geduldig.

»Es ist bedauerlich, dass Sie nicht heute früh mit dem Rest Ihrer Gruppe angekommen sind. Das Personal hat ein Begrüßungsfrühstück organisiert und allen geholfen, sich zurechtzufinden. Es war ziemlich bombastisch.«

Meine Nerven flattern bei dem Gedanken daran, dass alle anderen schon vor mir angekommen sind. Ich wäre gerne mit ihnen zusammen hergeflogen, aber ich hatte Glück, überhaupt noch ein Flugticket zu ergattern. Inzwischen studieren sie vermutlich schon gemeinsam die Stundenpläne, schließen Freundschaften und erforschen all die Geheimgänge unter dem Herrenhaus. Ich bin ganz zappelig, weil ich endlich nach oben gehen und vor allem meine Mitbewohnerin kennenlernen möchte. Ich kneife kurz die Augen zusammen. Hoffentlich ist sie nicht so ein Typ wie Crystal. Ich brauche jemanden, dem ich vertrauen kann. Jemanden, der genau wie ich zu einem Neuanfang bereit ist, sodass wir uns gemeinsam in dieses Abenteuer stürzen können.

Der Fahrer läuft in der riesigen Eingangshalle herum, als würde er jemanden suchen. »Normalerweise empfängt Henry die Schüler, aber er scheint gerade Pause zu haben. Ich bin nicht sicher, wie lange er weg sein wird, aber falls Sie Hilfe mit Ihren Koffern brauchen, können wir auf ihn warten.« Er kratzt sich im Nacken.

»Oh, kein Problem.« Er hat es sichtlich eilig und ich möchte ebenfalls nicht herumstehen und warten. »Ich komme schon klar. Könnten Sie mir nur sagen, wo ich hingehen soll?«

»Ja, Miss.« Er nimmt einen Schlüssel von einem vergoldeten Tisch und reicht ihn mir. »Ihr Zimmer hat die Nummer 426. Und denken Sie dran, dass Mr. Odell in einer Stunde alle Schüler und Schülerinnen in der Long Gallery willkommen heißen wird.« Er tippt sich an die Kappe. »Viel Glück.«

Er tritt ins Freie und ich bin allein. Genau wie vorhin im Wagen muss ich breit grinsen. Ich schaue hinter mich, um sicherzugehen, dass mich niemand beobachtet, dann lasse ich die Koffer fallen und lege ein Tänzchen hin wie die Kinder im Charlie-Brown-Weihnachtsfilm.

Ich bin hier. Ich bin wahrlich und wahrhaftig hier!

Als ich vom Tanzen außer Puste bin, sehe ich mir den Zimmerschlüssel genauer an. Er ist so lang wie meine Hand und so schwer wie ein gebundenes Buch. Zimmer 426. Moment … heißt das, dass ich im *vierten* Stockwerk wohne? Ein Blick aufs Treppenhaus verrät mir, dass es besser gewesen wäre, wenn ich mich nicht mit großen Tanzschritten verausgabt hätte.

Ich sehe mich nach einem Aufzug um, doch das, was ich dafür halte, entpuppt sich als Besenschrank, der ins Schwanken gerät, als ich hineinsteige. Danke, nein. Als Nächstes versuche ich, alle drei Koffer gleichzeitig die Treppe hochzutragen, damit es schneller geht, aber ich hätte mir genauso gut Felsbrocken umhängen können. Meine Beine beginnen schon bald zu zittern und der Schweiß bricht mir aus, dabei habe ich noch nicht einmal den zweiten Stock erreicht.

»Verzeihung.«

Ich drehe mich um und sehe einen Typen, eine Stufe unter mir, der verwirrend nah an mir dran steht und sichtlich verärgert ist. Ich habe ihn einige Male in den Gängen der Waterford High gesehen. Hellbrauner Teint, dunkle Haare und Augen. Dev … oder so. Wir hatten letztes Jahr keinen gemeinsamen Kurs.

»Ellie?«, fragt er, und bei meinem Anblick weicht der Ärger aus seiner Stimme. »Ich wusste nicht, dass du auch dabei bist.«

Ich versuche, mir nicht anmerken zu lassen, wie überrascht ich bin, dass er mich kennt. Hoffentlich nicht von dem Video. Oder den Memes. Oder den GIFs.

»Ich bin in letzter Minute dazugestoßen«, murmle ich.

»*Du* ersetzt Crystal?« Er deutet ein Lachen an. »Na, so was. Ich habe mich schon gefragt, wer für sie einspringt.«

Bei der Erwähnung ihres Namens zucke ich zusammen, schnappe zwei meiner Koffer an den Griffen und beginne daran zu ziehen. Den dritten werde ich später holen, wenn ich mir genügend Koffein zugeführt habe und ausgeschlafen bin.

»Himmel, was hast du da drin?« Dev wuchtet den dritten Koffer mit viel Getue eine Stufe hoch, so, als wäre er mit Zement gefüllt, nicht mit Pullovern. »Du weißt schon, dass wir die Schulbücher hier ausleihen können, oder?«

Ich verdrehe die Augen. »Fühl dich nicht verpflichtet, mir zu helfen.«

»Damit du die ganze Treppe versperrst?«

»So viel Zeug hab ich nun auch wieder nicht dabei. Immerhin muss es vier Monate reichen.«

»Das bedeutet nicht, dass du den Inhalt eines ganzen Einkaufszentrums mitbringen musst.« Er reißt den Koffer weitere Stufen hoch und ich zucke zusammen, als die Rollen auf die Holzstufen knallen. »Viel Spaß dabei, das Zeug in deinem Schrank zu verstauen.«

Ich werfe ihm einen finsteren Blick zu. Mein Gepäckfiasko bereitet ihm offensichtlich Vergnügen, aber ich bin zu erschöpft, um daran etwas witzig zu finden.

»Also, wenn du mich fragst, hast du dabei den besseren Deal gemacht«, fährt er fort. »Wie bescheuert muss man sein, ein Auslandssemester in den Wind zu schießen, nur um mit seinem Freund rumzumachen.«

Die Bilder von der Party erscheinen wieder vor meinem geistigen Auge. Crystals strahlendes Lächeln, während sie Andy anstarrt. Seine Hände, die mich wegschieben. Das allgemeine Gelächter, das mein Trommelfell fast zum Platzen bringt.

Ich erstarre auf der obersten Stufe und Dev rennt von hinten in mich rein.

»Uff!«

Ich verliere das Gleichgewicht und lande auf meinem Bauch im zweiten Stock. Dev stolpert und fällt neben mir hin. Wir setzen uns auf. Genau in dem Moment kippt einer meiner Koffer um und poltert mit viel Getöse die Treppe hinunter. Der Koffer platzt auf und die Hälfte meiner Sachen fällt heraus, darunter Pinky, das Einhornkissen, auf dem ich seit der Grundschule schlafe.

Hitze schießt mir ins Gesicht, als Dev verhalten kichert. Ich sause die Treppe hinunter. »Klappe!«

»Ich hab nichts gesagt.«

»Lachen ist schlimmer.« Ich werfe ihm einen Blick über die Schulter zu.

»Dann *soll* ich also etwas sagen?«

Ich stopfe alles zurück in den Koffer und drehe mich ruckartig zu ihm um. »Schweigen wäre mir lieber, außer du willst fragen, ob du mir helfen kannst, die Sachen hochzutragen.«

Er nickt und grinst so breit, dass er wie der bescheuerte Grinch aussieht.

Ich zerre den Koffer eine weitere Stufe hoch.

Kapitel 4

Zerrend und hievend schaffen wir es, meine drei Koffer bis zum dritten Stock hochzubringen. Dev besteht diesmal darauf, vorauszugehen.

»Huan!«, ruft Dev in den Gang. Ein Junge dreht sich um und winkt. Seine kurzen, schwarzen Haare stehen stachelig ab und er trägt ein T-Shirt mit der Aufschrift *KRNFX*. Keine Ahnung, was das bedeutet, aber ich bin ganz aus dem Häuschen über seine freundliche Begrüßung.

»Wo hast du gesteckt?«, fragt Huan, als er auf Dev zugeht. »Ich dachte schon, du hättest dich verlaufen.«

»Elli hat mit ihren Überseekoffern die Treppe blockiert, darum habe ich ihr geholfen.«

Huan sieht mich blinzelnd an, bis ich in seinen Augen sehe, dass er mich erkennt. »Oh, hi.«

Er wirft Dev einen raschen Blick zu, und es ist offensichtlich, dass Huan das berüchtigte Video ebenfalls kennt. Mein Magen verkrampft sich.

»Äh, wie läuft's so?«, fragt er, während er einen meiner Koffer nimmt und den nächsten Treppenabsatz hochgeht. »Hattest du einen guten Flug?«

Ich zögere, doch er lächelt mir aufmunternd zu und ich fühle mich ein bisschen besser. Nur weil jemand gesehen hat, was auf Andys Party passiert ist, muss er nicht unbedingt gehässige Kommentare abgeben.

»Ich habe einen gewaltigen Jetlag«, erwidere ich. »Ich bin wachgeblieben und habe Filme geschaut.«

Huan nickt in Devs Richtung. »Wir auch. Wir haben kein Auge zugemacht. Es sind zwar dieselben Filme wie bei uns, aber es war trotzdem klasse. Ich weiß nicht, wann ich das letzte Mal so einen Filmmarathon durchgezogen habe.« Er kichert. »Aber jetzt bin ich richtig fertig.«

»Das war's wert«, wirft Dev ein. »Wir mussten die Gelegenheit noch nutzen, Party zu machen.«

Mir fällt auf, dass er meinen Koffer jetzt mühelos nach oben trägt. Er hat mich vorhin nur aufgezogen, als er so geächzt hat.

»*Das* nennst du Party machen?«, frage ich.

Er zuckt die Schultern. »Ja. Ich glaube nicht, dass wir hier Gelegenheit haben werden, etwas sieben Stunden am Stück zu machen, ohne dazwischen zu lernen oder zu schlafen.«

»Echt?«

Es gibt einen Grund, warum ich an der Waterford High nie mit Dev oder Huan oder sonst jemandem gesprochen habe, der an diesem Auslandsprogramm teilnimmt. Sie gehören zu den Kids, die um Vorsprünge von Zehntelnoten kämpfen und überlegen, ob sie sich sowohl in Harvard als auch in Yale bewerben wollen. Ich komme nicht einmal in die Nähe der Anforderungen für diese Reise: mindestens 3,75 Punkte über dem allgemeinen Notendurchschnitt und eine Belobigung für besondere Leistungen im letzten Schuljahr. Aber wie sich herausstellte, war man bereit, eine unterdurchschnittliche Schülerin ins Programm aufzunehmen, wenn damit Geld in die Kasse kommt.

»Ich hoffe, wir haben hier ein bisschen Freizeit«, sagt Huan zu Dev. »Wenn ich nicht jeden Tag übe, werde ich mich nie verbessern.«

»Was übst du denn?« Wir haben endlich den vierten Stock erreicht und ich bin so ausgepowert, dass ich gegen den Drang ankämpfe, mich der Länge nach auf dem Teppich mit Blumenmuster auszustrecken.

»Huan rappt in seiner Freizeit«, erwidert Dev mit einem unergründlichen Grinsen.

»Ich rappe nicht.« Huan schubst Dev freundschaftlich. »Ich beatboxe.«

»Du machst *was?*«

Dev stöhnt. »Jetzt hast du ihm das Stichwort gegeben.«

Huan räuspert sich lautstark. Dann fängt er an, mit dem Mund Musik zu machen. Es ist kein Gesang, es klingt mehr wie der Backgroundrhythmus zu einem Rapsong. Ein paar Schüler im Gang drehen sich um, einige lächeln, als wären sie nicht sonderlich überrascht, und er winkt ihnen zu und macht weiter. Meine Lippen formen ein staunendes O. Das ist das Abgefahrenste, was ich je gehört habe.

»Wow! Wie machst du das?«

»Er übt«, erklärt Dev, als Huan nicht aufhört. »Die. Ganze. Zeit. Es ist, als hätte man einen Soundtrack dabei, der einem ständig ins Ohr quäkt.«

Huan verstummt und weiter vorn im Gang klatscht jemand. »Ich habe früh damit angefangen. Es hat mir geholfen, mich von meinen Ängsten abzulenken.«

»Es ist genial.«

»Danke. Also, welches Zimmer hast du?«

Ich ziehe den Schlüssel aus der Tasche. »Nummer 426.«

»Erinnerst du dich, wer noch in dem Zimmer wohnt?«, fragt Huan Dev.

»Ja, es ist Sage«, erwidert dieser sofort.

Huan hebt eine Augenbraue.

Von der Schule kenne ich den Namen nicht, aber sie ist hoffentlich genauso begeistert davon, in England zu sein, wie ich. Vielleicht können wir zusammen ein paar Ausflüge machen … nach britischen Jungs Ausschau halten … Hach, es wäre toll, eine Freundin an meiner Seite zu haben.

»Danke für eure Hilfe«, sage ich zu den beiden. Dann stoße ich die Tür zu meinem Zimmer auf.

Kapitel 5

Sage sieht nicht in meine Richtung, als ich hineingehe. Sie steht mit dem Rücken zu mir und packt ihre Sachen auf dem unteren Bett aus, das sie sich bereits ausgesucht hat.

»Hallo?«

»Oh, hallo.« Sie schaut auf. Kein Lächeln. Ich schaue mich über die Schulter Hilfe suchend nach den beiden Jungs um, doch die sind schon wieder im Gang verschwunden.

»Äh … also du bist Sage, ja?«

Sie nickt und konzentriert sich darauf, ihre Blusen sorgfältig zusammenzulegen. »Nett, dich kennenzulernen, Ellie.«

Ich bleibe noch einen Augenblick an der Tür stehen. Ich bin irgendwie nervös und wundere mich, dass sie bereits meinen Namen kennt. Außerdem bin ich enttäuscht, denn das Zimmer sieht aus wie ein ganz normaler Schlafsaal. Einfache Betten, weiß getünchte Wände und kleine Schreibtische, vermutlich von IKEA. Nichts erinnert an das Palastartige der Gemeinschaftsräume. Der einzige Lichtblick ist ein großes Fenster mit einer Fensterbank aus dunklem Holz.

Ich lasse mich in den am nächsten stehenden Schreibtischstuhl aus Plastik fallen und beobachte Sage, die dabei ist, mit geschickten Bewegungen ihre Kleidung auszupacken und in den Kleiderschrank zu hängen.

Ihre Klamotten sehen alle gleich aus. Seltsam. Sie sind schwarz oder grau, ganz schlicht, ohne Rüschen oder Aufdrucke. Noch seltsamer finde ich, dass Sage nach dem langen Flug keine Abnutzungserscheinungen zeigt. Keine noch so kleine Falte in ihrem Outfit, keine Andeutung von Augenringen. Im Vergleich dazu muss ich wie eine Vollkatastrophe aussehen. Ich habe die Haare zu einem unordentlichen Pferdeschwanz gebunden und mein Gesicht ist fettig und verschwitzt.

»Wow! Toll, wie organisiert du bist«, sage ich, um einen leichten Ton bemüht. »Ich glaube, ich werde erst in ein paar Tagen genug Energie zum Auspacken finden.«

»Ich hoffe, das stimmt nicht. Ich kann Unordnung nicht ausstehen.«

Okay.

Ich setze erneut an. »Wie war dein Flug? Ich habe mit ein paar anderen Leuten gesprochen, und die haben keine Minute geschlafen. Aber wie soll man auch, wenn man weiß, dass man bald hier sein wird!«

»Ich habe eine Schlaftablette genommen und sieben Stunden durchgeschlafen.« Sie kneift die Augen zusammen, als würde sie mich abchecken.

Oh mein Gott, muss ich mit dieser Person jetzt vier Monate lang zusammenleben? In dieser Schuhschachtel von einem Zimmer? Das überlebe ich nicht. Ich habe noch nie mein Zimmer mit jemandem geteilt. Ich bin ein Einzelkind. Von ein paar Übernachtungen bei Freundinnen und einigen Tagen im Sommercamp abgesehen hatte ich immer meine Privatsphäre. Und ich bin sehr wohl ordentlich! Ich frage mich nur, wozu man Sachen verstauen soll, wenn man sie dann sowieso wieder herausholt, sobald man sie braucht. Wäschestapel sind viel praktischer als Schubladen. Mein Traum von einer tollen Freundschaft mit meiner Mitbewohnerin bekommt erste Risse.

Sage ist mit ihren Klamotten fertig und öffnet einen weiteren Koffer, der bis zum Rand mit Büchern und Notizheften gefüllt ist. Keine unterhaltsamen Bücher. Keine Bücher, die mir gefallen würden. Kein einziger Reiseführer oder zerfledderter Roman. Stattdessen holt sie einen dicken Wälzer nach dem anderen heraus. *Zellbiologie. Die Grundlagen der Onkologie. Fortgeschrittene Konzepte der Populationsgenetik.*

Ich fasse es nicht. »Sind – sind das unsere Unterrichtsbücher?«

Das bringt sie zum Lachen. »Nein, die sind für meine Forschung.«

»Deine Forschung?«

Sie strafft die Schultern, als würde sie sich für eine lange Erklärung wappnen. »Ich bin nicht wegen dem Programm hier. Das ist schon in Ordnung, aber mein wirkliches Anliegen ist es, an der University of London mit Dr. Reese zusammenzuarbeiten. Wir haben uns im letzten halben Jahr über ihr Forschungsgebiet ausgetauscht, und dieses Auslandssemester ermöglicht es mir, in England zu leben, weiterhin die Highschool zu besuchen und Leistungspunkte für die Uni zu sammeln. Dabei bleibt mir genug Zeit, um ein Praktikum in ihrem Labor zu machen.« Sie zuckt mit den Schultern. »Da passt einfach alles zusammen.«

Wer zur Hölle *ist* dieses Mädchen? Dieses Auslandssemester soll doch Spaß bringen. Aber sie scheint eher auf einen Doktortitel hinzuarbeiten. Na, immerhin ist sie so damit beschäftigt, die nächsten vier Jahre ihrer beruflichen Laufbahn zu planen, dass sie sich nicht mit den neuesten viralen Videos befassen kann.

»Was ist mit dir?«, fragt sie, sehr zu meinem Missfallen. »Was interessiert dich hier in England?«

Heiße britische Jungs mit tollem Akzent? Der Highschool-Hölle entkommen? In diesem Haus sämtliche Schlupfwinkel aufspüren, in denen sich Feen versteckt halten?

»Ähm … also, mir gefällt die Vorstellung, gleichzeitig Leistungspunkte für die Highschool und für die Uni zu sammeln.«

Sie hebt eine Augenbraue. »Dann versuchst du also nicht, ein ganzes Weltmeer zwischen dich und Andy zu bringen?«

Ich lasse den Kopf in die Hände sinken. »Du hast das verdammte Video also auch gesehen?«

»Das ließ sich kaum vermeiden.«

»Ich wollte hier so eine Art Neustart machen.« Ich versuche, vergnügt zu klingen, aber meine Kehle wird eng und ich bekomme die

Worte nur mühsam heraus. Ich bin hier, um die Waterford High und das Nachbeben der Party hinter mir zu lassen. Doch wie soll mir das gelingen, wenn jeder, einschließlich einer Populationsgenetikforscherin, darüber Bescheid weiß, dass ich mich in Grund und Boden blamiert habe? Plötzlich überwältigt mich der Jetlag.

Ich steige die Leiter zum oberen Bett hoch. Ich habe weder ein Bettlaken noch ein Kissen – und nicht die geringste Hoffnung, meiner Vergangenheit zu entkommen. Also lasse ich meinen Kopf auf die nackte Matratze sinken. Ich bin so müde, dass es mich nicht einmal kümmert, ob sie dreckig ist.

Kapitel 6

Wenige Minuten später – so kommt es mir jedenfalls vor – rüttelt Sage mich wach.

»Es wird Zeit, nach unten zu gehen. Die Einführungsveranstaltung ist obligatorisch.«

Mein Gehirn ist noch vom Schlaf benebelt, doch ich zwinge mich, aus dem Bett zu steigen. Ich folge ihr in die Long Gallery. Dabei handelt es sich um einen mit Verzierungen überladenen Versammlungsraum mit Kristallkronleuchtern, so groß wie Doppelbetten. An den Wänden prangen skurrile Tonköpfe, die auf uns herabstarren. Ich bin umringt von etwa vierzig Mitschülern, die an dem Auslandsprogramm teilnehmen. Einige davon werfen mir bereits verstohlene Blicke zu. Es ist nur eine Frage der Zeit, bis das Video auch hier seine Runde machen wird.

Ich tue so, als würde ich einen der Tonköpfe studieren, um jeglichen Augenkontakt zu vermeiden. Zum Glück verstummen die Unterhaltungen, als ein älterer Herr in einem tadellosen Tweedanzug den Raum betritt. Er steigt auf ein kleines Podium, das vor einem riesigen Steinkamin aufgebaut ist, und klatscht einmal in die Hände.

»Guten Abend, liebe Schülerinnen und Schüler. Willkommen in Emberton Manor. Ich möchte der Erste sein, der Sie hier im Namen sämtlicher Lehrkräfte und Angestellten begrüßt. Wir freuen uns sehr, dass Sie gekommen sind.«

Mit seinem vornehmen britischen Akzent klingt er wie ein echter Gentleman. Ich fahre mir über die fettigen Haare. Vielleicht hätte ich lieber duschen sollen, anstatt mich auf dem Bett zusammenzurollen.

»Mein Name ist Mr. Odell. Ich bin der Schulleiter von Emberton

Manor. Die Hillsboro University in Virginia war in den letzten zehn Jahren bestrebt, Emberton Manor zu einer der herausragendsten Einrichtungen für Auslandsstudien in England zu machen. Wir haben diesem historischen Gebäude seinen alten Glanz zurückgegeben und Fakultätsmitglieder von Weltruf engagiert. Wir freuen uns sehr darüber, dass fünfzig unserer Collegestudentinnen und -studenten in diesem Semester hier unterrichtet werden.« Es gibt vereinzelten Applaus. »Außerdem arbeiten wir seit Kurzem mit der Waterford Valley Highschool zusammen, um den begabtesten Schülern der Abschlussklasse diese einzigartige Möglichkeit zu bieten. Jeder von Ihnen kann stolz darauf sein, dass sie oder er in das Auslandsprogramm aufgenommen wurde.«

Die Lehrer, die auf beiden Seiten der Bühne stehen, spenden uns höflichen Applaus. Mr. Odell lässt erwartungsvoll seinen Blick schweifen, und ich zucke zusammen. Denn ich bin nur hier, weil ich einen Wucherpreis dafür bezahlt habe.

»Neben dem Unterricht stehen Ihnen weitere Bildungsmöglichkeiten offen«, fährt Mr. Odell fort. »Sie können an Vorträgen über aktuelle Themen in Großbritannien und an außerschulischen Aktivitäten teilnehmen. Außerdem können Sie die wunderschönen Traditionen erleben, die England zu bieten hat. Wir hoffen, dass Sie davon ausgiebig Gebrauch machen werden. Am Wochenende könnten Sie das Herrenhaus und das umliegende Areal erkunden, bevor am Montag der Unterricht beginnt. Wie Sie sehen werden, handelt es sich um ein großes Anwesen, auf dem es viel zu entdecken gibt. Die nächstgelegene Stadt ist Northampton. Während des Semesters haben wir einen Bus, der abends und an den Wochenenden in die Stadt fährt. Ich schlage jedoch vor, dass Sie Ihre Zeit überwiegend hier verbringen und sich auf Ihre Fächer konzentrieren.«

Aus dem Augenwinkel sehe ich jemanden nicken. Ich drehe den Kopf. Es ist Sage. Ich lasse die Schultern hängen.

»Ich hoffe, dass Sie alle ein wunderbares Semester verleben werden«, fährt Mr. Odell fort. »Und jetzt möchte jede unserer Lehrkräfte ein paar Worte zu Ihnen sagen. Anschließend sind Sie alle eingeladen, Horsd'œuvres zu genießen und ein wenig zu plaudern.«

Während die Lehrer sich einzeln vorstellen, werden die Schüler zusehends unruhig. Nach der letzten Rede werden die Platten mit Essen hereingebracht. Sofort stürzen alle wie ein Rudel hungriger Löwen zum Büfett. Ich kämpfe mich durch das Gedränge, fülle meinen Teller und suche mir eine ruhige Ecke. Von dem hallenden Stimmengewirr im Raum bekomme ich Kopfschmerzen.

Zwei Mädchen stellen sich vor mich. Wieder einmal fallen mir die Namen nicht ein, aber ich meine, sie schon mal gesehen zu haben. Die mit den glatten schwarzen Haaren neigt ihren Kopf zur Seite und starrt mich an. Ich umklammere meinen Teller.

»Ähm, hi?«, sage ich.

Sie verzieht das Gesicht. »Verdammt!«

Das andere Mädchen legt einen kleinen Freudentanz hin. »Haha! Ich hab dir doch gesagt, das ist sie! Du schuldest mir zwanzig Pfund.«

»Vorhin hast du zwanzig Dollar gesagt!«

Das Mädchen grinst. »Du solltest keine Wetten abschließen, die du nur verlieren kannst.«

Mir rutscht das Herz in die Hose und die Kirschtomaten kullern beinahe vom Teller. Sie schließen Wetten über mich ab? Der Krach im Raum dröhnt in meinen Ohren. Ich muss hier raus. Ich mache einen Schritt rückwärts, doch das erste Mädchen streckt eine Hand aus, um mich festzuhalten.

»Warte kurz. Können wir ein Selfie mit dir machen? Das wird mein erstes Bild mit einem Star.«

Ich reiße entsetzt die Augen auf und mache einen weiteren Schritt rückwärts. Ich remple jemanden an, und diesmal landen meine Tomaten wirklich auf dem Fliesenboden.

»Oh, Mist, tut mir leid!« Ich knie mich hin und sammle sie ein, bevor jemand darauf ausrutschen kann. Sonst werde ich zum Star eines weiteren viralen Videos. Es wäre das zweite in nur einem Monat.

»Genau deswegen esse ich auf Cocktailpartys nur flache Sachen. Die haben eine bessere Tellerhaftung.«

Beim Klang der Stimme richte ich mich auf. Sage knabbert vornehm an einem rechteckigen Käsecracker. Sie wirkt völlig entspannt. Ihr kurz geschnittener, dunkler Bob umrahmt ihr blasses Gesicht und bringt ihre Kronleuchter-Ohrringe zur Geltung.

»Stimmt. Guter Tipp. Ist notiert«, murmle ich.

Ich drehe mich um, aber die beiden Mädchen sind fort. Ich atme erleichtert auf.

Sage zieht ein zusammengefaltetes Blatt aus der Tasche. »Mein Stundenplan.«

»Oh, ja, cool.«

»Die erste Stunde habe ich im Wells-Raum.«

»Im Wells-Raum?«

Ich studiere ihren Stundenplan. Er ist handgeschrieben in fünf verschiedenen Farben. War ja klar.

»Benannt nach H. G. Wells«, erwidert Sage. »Jedes Klassenzimmer trägt den Namen eines berühmten britischen Autors aus dem neunzehnten Jahrhundert.« Als mir dazu nichts einfällt, fährt sie fort: »Na, weil Emberton im neunzehnten Jahrhundert gebaut wurde. Und der ursprüngliche Besitzer hat sich selbst als Poet versucht. Hast du denn nichts von den Informationen gelesen, die sie uns geschickt haben?«

»Doch, habe ich. Ich habe mir nur nicht gemerkt, in welchen Klassenzimmern ich sein würde.«

Sage wirft den Kopf zurück, als hätte ich nicht Englisch, sondern Walisisch gesprochen.

»Hast du gerade Wells gesagt?« Wir drehen uns um und sehen Dev und Huan auf uns zukommen. »Geht es um den Anatomiekurs?«

»Ja.« Sage lächelt anerkennend und Dev strahlt. »Hast du den auch belegt?«

»Allerdings. Wir beide.« Dev deutet auf Huan. »Danach haben wir Englische Literatur und anschließend Chemie. Und du?«

»Nun, Englische Literatur haben wir alle, das ist ein Pflichtfach.« Sage deutet auf ihren perfekt ausgearbeiteten Stundenplan. »Und in Chemie sind wir ebenfalls zusammen. Habt ihr als letztes Fach Analysis für Fortgeschrittene?«

»Ich bin in Kunstgeschichte angemeldet«, erwidert Dev.

»Aber ich habe Analysis.« Huan grinst. »Sieht so aus, als hätten wir in diesem Semester den gleichen Stundenplan, Sage. Möge der Wettkampf beginnen.«

»Du hast wohl vergessen, dass es *keinen* Wettkampf gibt«, sagt Sage mit ernster Miene, aber ein Glitzern in ihren Augen lässt Huan auflachen.

Ich fingere an meinem Teller herum und fühle mich zusehends fehl am Platz. »Dann seid ihr also alle befreundet?«

Sie wechseln Blicke, als würden sie auf gegenseitige Bestätigung warten.

»Ja, schon«, erwidert Huan. »Wir sind seit dem ersten Highschool-Jahr in denselben fortgeschrittenen Mathe- und Naturwissenschaftskursen.«

»Und letztes Jahr haben wir gemeinsam an einem Biologieprojekt gearbeitet«, ergänzt Dev.

»Stimmt. Dev und ich sind immer zusammen, aber Sage …« Huan schaut mit erhobener Augenbraue in ihre Richtung. »Du hast nie Zeit für uns.«

Sie zuckt mit den Schultern. »Ist nichts Persönliches. Ich habe für niemanden Zeit.« Sie nickt mir zu. »Wie ist es mit dir, Ellie? Bist du auch in unseren Kursen?«

Ich kann ein sarkastisches Lachen kaum unterdrücken. Ähm, nein.

Ich habe mich nicht bei den naturwissenschaftlichen Vorbereitungskursen aufs Medizinstudium angemeldet. Ich habe nur ein einziges naturwissenschaftliches Fach, also einen »entspannten« Stundenplan. Aber für mich wird er schwer genug sein.

»Sieht so aus, als wären wir alle in Chemie und Englischer Literatur, aber ich habe weder Anatomie noch Analysis. Ich habe morgens Sozialpsychologie und nachmittags Kunstgeschichte.«

»Hm«, macht Sage. »Nun … das ist bestimmt auch ganz in Ordnung.«

Ich sehe wieder zu den Tonfiguren mit den Fratzengesichtern. Vielleicht hat man den Raum deswegen so dekoriert, damit man während peinlicher Unterhaltungen etwas zum Anschauen hat.

Huan stupst mich sanft mit dem Ellbogen an. »Ich habe gute Neuigkeiten. So, wie es aussieht, findet Psychologie im Brontë-Raum statt. Der ist sicher sehr düster und unheilvoll. Genau die richtige Atmosphäre, um sich mit menschlichen Denkvorgängen zu befassen.« Er zwinkert mir zu und ich lächle dankbar zurück.

»Wie wäre es, wenn wir uns auf die Suche nach unseren Klassenräumen machen?« Devs Blick ruht auf Sage.

Ich springe sofort darauf an. Endlich ein Vorwand, um hier wegzukommen, wo jederzeit wieder jemand um ein Selfie mit mir bitten könnte.

Als wir uns von der Menge entfernen, steigt meine Laune. Die Räume sind so extravagant, dass ich mich nicht wundern würde, wenn einzelne Bereiche mit roten Samtkordeln abgesperrt wären. Es gibt Marmorsäulen, die so dick sind, dass ich sie mit den Armen nicht umfassen könnte; Kamine, die so hoch sind, dass ich hineinspazieren könnte; und genug Skulpturen und Gemälde, um ein ganzes Museum zu füllen. Mum wäre hin und weg. Ich mache für sie Unmengen an Fotos.

Sage besteht darauf, dass wir sämtliche Unterrichtsräume besichtigen und zum Schluss auch noch einen Blick in die riesige Bibliothek und den überladenen Speisesaal werfen. Auf der anderen Seite des Gebäudes entdecken wir einen Wintergarten. Als ich hineingehe, entspanne ich mich sofort. Wärme und der wohlige Geruch frisch umgegrabener Erde hüllen mich ein. Die letzten abendlichen Sonnenstrahlen bringen die Glaswände zum Leuchten. Wenn ich von Pflanzen umgeben bin, fühle ich mich zu Hause. In unserer neuen Maisonettewohnung haben wir keinen Garten, aber wir haben auf der Terrasse Farne und kleine Palmen aufgestellt. Außerdem stehen auf meinem Schreibtisch eine Menge Miniaturpflanzen und weiteres Zubehör, mit dem ich Feengärten gestalte.

Ich gehe weiter in den Wintergarten hinein. In der Mitte ist ein Teich mit Springbrunnen eingelassen. Ein paar fette Kois kreisen träge um Seerosenblätter. Ich gehe in die Hocke und blicke ins Wasser.

Abgewetzte Schuhe erscheinen in meinem Blickfeld. Als ich aufblicke, sehe ich Dev.

»Dieser Ort ist der Wahnsinn, oder?« Ich deute auf die Miniaturfuchsien entlang der Rückwand. »Ich kann kaum fassen, dass jemand genug Geld hatte, um sich in seinem Privathaus so etwas einzurichten.«

»Der Wintergarten wurde in den 70er-Jahren im Zuge der Renovierungen angebaut, nachdem das Anwesen an die Hillsboro University verkauft worden war.«

Ich verdrehe die Augen.

»Was denn?«

»Nichts. Ich vergesse nur immer wieder, dass ich von Leuten umgeben bin, die auf alles eine Antwort wissen.«

Er schiebt die Hände in die Taschen. Ich erwarte, dass er geht, doch er starrt auf die Palmen.

Ich komme auf die Beine. »Ist alles in Ordnung?«

»Hm? Ja, tut mir leid. Ich kann immer noch nicht so richtig fassen, dass ich jetzt hier wohne.«

»Ist doch toll, oder?«

»Klar. Ich meine, es ist wunderschön.«

»Aber?«

»Es ist ein bisschen zu viel des Guten.« Er deutet mit der Hand nach hinten und meint damit das gesamte Gebäude. »Wie du schon sagtest, hat eine einzige Familie hier gelebt. Sie hatten all diesen Platz für sich und alle Dinge haben ihnen gehört. Ich wünschte mir fast, sie hätten die ganzen Kunstwerke und Antiquitäten einem Museum vermacht, damit mehr Menschen sich an ihnen erfreuen können. Denk nur an alle, die ihr Leben lang nie die ganze Pracht dieser Sammlung zu sehen bekommen werden. Das ist doch nicht fair.«

Ich blinzle und bin sprachlos darüber, wie ernst er geworden ist. »Nun, wenn du ein schlechtes Gewissen bekommst, dann denk dran, was die Alternative wäre. Die Linoleumböden in der Waterford High entlangschlurfen. Pissgelbe Wände mit Bewerbungspostern für die Schülersprecherwahl anstarren. Wir leben hier in einem Schloss. Ich finde, das sollten wir auch genießen.«

»Stimmt. Ich gehe jetzt besser ins Bett, sonst lande ich vor Müdigkeit noch mit dem Kopf voraus in diesem Teich. Morgen fahren Huan und ich übrigens mit dem Bus nach Northampton ... falls du mitkommen möchtest.«

Ich brauche einen Moment, um zu realisieren, dass er mich einlädt, sie zu begleiten. Ich zögere und frage mich, wie es sein wird, einen ganzen Tag mit den beiden zu verbringen. Wir scheinen nicht viel gemeinsam zu haben. Andererseits möchte ich eine fremde Stadt nicht allein erkunden, und wenigstens ziehen sie mich nicht wegen Andys Party auf. Ich lächle und vergesse meine schlechte Laune von vorhin. Morgen werde ich lospilgern und England erkunden!

»Und, äh, könntest du vielleicht Sage mitbringen?«, ergänzt er.

Ich nicke, wundere mich aber dabei, wie schüchtern er klingt, als er das fragt. Könnte es sein, dass Dev in Sage verknallt ist? Mir ist aufgefallen, dass er ihr immer wieder sehnsüchtige Blicke zugeworfen hat. Ich wette, dass er mich nur aus diesem Grund eingeladen hat, aber das ist mir egal. Es könnte Sage ein bisschen lockerer machen. Und schon gefällt es mir hier viel besser.

Kapitel 7

Als wir am nächsten Tag mit dem Bus nach Northampton fahren, sauge ich alle Eindrücke in mich auf wie ein Schwamm. So schön das Anwesen auch sein mag, mein eigentlicher Grund für die Reise ist das, was ich jetzt zu sehen bekomme: echte englische Läden! Und Essen! Und *Jungs!* Da fahre ich voll drauf ab.

Der Bus rollt an grünen Feldern vorbei, auf denen wie hingetupft weiße Schafe und alte Steinhäuser stehen. Dann lassen wir die ländliche Region hinter uns und kommen in bewohntere Gegenden. Die engen Straßen werden breiter, und ich habe das verwirrende Gefühl, eine verkehrte Version von Amerika zu sehen. So vieles ähnelt sich: Asphaltstraßen, Kreisverkehre, Müll am Straßenrand. Aber vieles ist auch das genaue Gegenteil. Als wir in den ersten Kreisverkehr einbiegen, schreie ich beinahe auf, denn der Busfahrer lenkt nach links anstatt nach rechts. Ich sehe, wie Huan mich angrinst.

Die Vororte von Northampton erinnern nur teilweise an das England meiner Träume. Die meisten Gebäude sind aus Ziegelstein oder Beton, aber hin und wieder taucht etwas Hübsches auf, etwa eine gotische Steinkirche neben einem heruntergekommenen Elektronikladen. Als wir uns der Innenstadt nähern, werden die Gebäude höher, die roten Ziegel weichen den honigfarbenen Steinen, aus denen auch Emberton Manor erbaut wurde.

Der Bus hat kaum angehalten, da springe ich schon hinaus und drehe mich einmal um mich selbst, um alles in mich aufzunehmen. Selbst Sage macht große Augen. Wir überqueren die Straße und entdecken einen großen, offenen Platz, der von Häusern umgeben ist. Die

Häuser stehen eng an eng und haben verschiedene Dachformen, Farben und Fenster. Es ist so berauschend europäisch.

»Was ist das?« Ein Mädchen aus Emberton deutet auf die vielen Reihen von Ständen mit rot-weiß gestreiften Segeldächern.

»Das ist der Sonntagsmarkt«, antwortet Sage, als wäre es völlig offensichtlich.

»Toll.«

Ich wende mich an Sage, Huan und Dev: »Wollen wir uns umschauen?«

»Zuerst brauchen wir Fish and Chips.« Dev deutet auf einen Laden mit einer grellgelben Tür und ebensolchen Fenstern.

Jeder von uns kauft sich eine fettige braune Tüte voller Bratfisch und Fritten … äh, Chips, und mein Magen knurrt vor Hunger.

»Essig und Würzsoße stehen da vorne«, sagt der Kassierer.

Huan streckt angewidert die Zunge raus. Aber Dev greift schon nach einer Flasche. »Am besten macht man es wie die Einheimischen«, sagt er und gönnt sich einen kräftigen Schuss. Ich beäuge die dickflüssige braune Soße. Nein, danke. Die Briten mögen sich mit Tee und Gebäck auskennen, aber ich bleibe lieber bei meinem guten alten Ketchup.

Wir drücken uns zusammen auf eine Bank, und die anderen schaufeln sich Essen in den Mund, doch ich zögere. Wie soll ich das essen, ohne meine Finger, mein Gesicht und vielleicht sogar meine Klamotten mit Fett zu verschmieren? In Gegenwart von Andy oder Crystal würde ich so etwas niemals essen. Sie hat immer die Augen verdreht, wenn ich während einer Schicht mehr als eine der Smoothie-Kostproben getrunken habe. Aber Himmel, das riecht köstlich!

»Wenn du das nicht willst, nehme ich es.« Huan greift nach meiner Tüte.

»Nein.« Ich entreiße sie ihm. »Ich esse es. Ich wollte nur erst daran schnuppern.«

Dev und Sage fangen an, sich über die Stadt zu unterhalten, und ich nutze die Gelegenheit, um unbeobachtet in ein Stück Fisch zu beißen. Fett, Salz und Wärme entfalten sich in meinem Mund, und ich denke nicht mehr darüber nach, welchen Eindruck ich mache. Das ist tausendmal besser als jeder Fisch, den ich je gegessen habe.

Ich höre Gekicher, und als ich mich umdrehe, stehen auf dem Gehweg rechts von uns die beiden Selfie-Mädchen von gestern Abend. Sie deuten auf etwas auf ihren Handys. Der Fisch liegt schwer in meinem Magen. Haben sie mein fettverschmiertes Gesicht gesehen? Oh nein! Was, wenn sie gerade ein paar eklige Fotos von mir posten und ich das nächste Mal, wenn ich online gehe, eine Million neue miese Kommentare entdecke?

Hastig wische ich mir Mund und Kinn ab und wende mich an die anderen. »Habt ihr gesehen, was die Mädchen gemacht haben? Sie haben doch nicht etwa Fotos von mir gemacht, oder?«

Devs Augenbrauen schießen in die Höhe. »Nein, warum sollten sie? Du weißt schon, ein Meme macht aus dir noch keine Berühmtheit?«

Ich ziehe beschämt den Kopf ein. »Das weiß ich. Ich will doch gar nicht, dass Leute Fotos von mir machen. Aber gestern Abend …« Ich spreche nicht weiter, weil es mir albern vorkommt, das zu erklären.

»Nicole und Heather sind harmlos«, sagt Huan. »Für meinen Geschmack sind sie aber ein bisschen dämlich. Sie interessieren sich immer für den neuesten Hype.« Er grinst. »Bist du der neueste Hype?«

Ich verziehe den Mund. »Hoffentlich nicht.«

»Was ist auf der Party eigentlich passiert? Das ist doch bestimmt nicht die ganze Geschichte.«

»Ihr wisst alle genau, was passiert ist. Tu nicht so, als hättest du das Video nicht gesehen und mich genau wie alle anderen ausgelacht.« Ich weiß nicht, was ich sonst sagen soll. Ich will die grässlichen Ereignisse der Party nicht noch einmal im Detail durchsprechen.

Dev und Huan wechseln einen Blick, aber Sage schnaubt nur. »Ich habe es gesehen, aber ich fand es nicht witzig. Ich war viel zu entsetzt darüber, dass Crystal wegen diesem Idioten die Reise abgesagt hat.«

»Allerdings. Ich verstehe nicht, was alle in diesem Typen sehen«, erwidert Huan. »Ja, er spielt gut Basketball, aber sonst interessiert er sich für nichts. Er ist der langweiligste Typ an unserer Schule.«

»Mir brauchst du das nicht zu sagen«, erklärt Dev zwischen zwei Bissen. »Ich kann mir nicht vorstellen, dass sich ein Mädchen ihm so an den Hals werfen sollte, wenn er sie nicht geschickt manipuliert hätte. Das gibt ihm vermutlich einen Kick. Ich kenne den Kerl seit der Grundschule und er war immer schon ein Arschloch mit Hämorrhoiden.«

Ich pruste los. Huan und Sage stimmen ein und wir krümmen uns vor Lachen. Besser kann man Andy nicht beschreiben.

Huan schlägt Dev kopfschüttelnd auf den Rücken. »Also, diese Beleidigung hätte es verdient, ein Meme zu werden.«

Allein der Markt wäre das Geld für den Flug nach England wert gewesen. Überall gibt es etwas Neues zu entdecken. Regional hergestellter Ziegenkäse, jede Obst- und Gemüsesorte, die in England wächst, alte CDs und Schallplatten, antiquarische Bücher, parfümierte Seifen und Kerzen. Wir sind erst durch drei Reihen geschlendert und ich habe in Gedanken schon eine zehn Punkte lange Liste von Sachen, die ich kaufen möchte.

Als wir an einem Stand vorbeikommen, der Cicely Mary Barker gewidmet ist, kann ich mein Glück kaum fassen. Ich zittere regelrecht, als ich eins der Bücher berühre – ein echtes Sammlerstück. Sie war Illustratorin, und ihre blumigen Feenzeichnungen haben mein zehnjähriges Ich … na gut, okay, begeistern mein siebzehnjähriges Ich immer noch.

Wie kann man solche wunderschönen Mädchengestalten mit Flügeln und Blütenröcken, die in Blumenkelchen sitzen, nicht lieben?

»Willst du dich hier umschauen?«, fragt Dev.

Ich lasse meinen Blick auf den Notizheften verweilen, dann schüttle ich den Kopf. Dass ich auf Feen abfahre, geht in Emberton Manor niemanden etwas an. Und wenn ich mit so einem Heft ins Klassenzimmer spaziere, lässt es sich nicht mehr leugnen.

Der nächste Stand, an dem wir anhalten, hat lauter Sachen, die mit der britischen Flagge bedruckt sind. Ich krame durch die T-Shirts und Sage und Dev studieren die Tassen. Dev setzt wieder sein unergründliches Grinsen auf, und ich kann nicht sagen, ob er sich über die günstigen Preise freut oder darüber, dass er mit Sage redet.

Ich falte ein T-Shirt auf und halte es in die Höhe, um es den anderen zu zeigen. Es trägt den Aufdruck: *Männer und Tee mag ich am liebsten heiß und britisch.* Da bemerke ich aus dem Augenwinkel voller Entsetzen, dass zwei extrem süße Jungs mich anstarren.

Nein, nicht mich – das T-Shirt in meinen Händen.

Ich werfe es zurück auf den Tisch, als hätte es Feuer gefangen. Mein Herz klopft bis zum Hals. Oh Gott, jetzt machen sie sich über mich lustig, das spüre ich. *Nicht hinsehen*, sage ich mir. *Nicht hinsehen, Volldepp!*

Doch ich sehe hin.

Kapitel 8

Okay, sie kichern. Aber nicht auf fiese Art. Und dann lächelt mich der Junge mit den dunkelblonden Haaren an, der aussieht, als käme er direkt vom Set einer BBC-Serie.

Mein Herz setzt einmal aus. Ein umwerfend gut aussehender Junge hat mich *angelächelt*. Davon kann ich noch meinen Enkelkindern erzählen. Vielleicht sogar *unseren* Enkelkindern? Ich schüttle den Kopf. Nur nichts überstürzen.

Ich wende mich ab, weil ich befürchte, dass man mir meine verrückten Gedanken ansehen könnte. Als ich es wage, wieder hinzusehen, sind die beiden bereits in der Menge verschwunden. Ich lasse den Kopf hängen. Wenn ich nicht dieses dämliche T-Shirt hochgehalten hätte, wären sie vielleicht zu mir gekommen und hätten mich angesprochen. Vielleicht auch nicht, aber es ist eine nette Vorstellung.

Huan folgt meinem Blick. »Glaubst du, dass die auf unsere Schule gehen?«

Ich zucke zusammen. Ich wusste nicht, dass sie ihm auch aufgefallen waren. »Das sind keine Amerikaner«, sage ich leise.

Ich war zwar nicht nahe genug dran, um sie sprechen zu hören, aber ich erkenne so etwas. Es liegt an der Ausstrahlung. Eine Kultiviertheit, die mir das Gefühl gibt, im Vergleich dazu eine typische Amerikanerin mit Gürteltasche und weißen Tennisschuhen zu sein. Ich spiele eindeutig nicht in deren Liga.

Der Rest meiner Gruppe ist immer noch damit beschäftigt, die Stände abzugrasen, darum nutze ich die Gelegenheit und kehre für ein paar Minuten zum Feenstand zurück. Er ist noch schöner, als ich beim ersten Vorbeigehen gedacht habe. Hier gibt es Bücher, Poster, Kalender, Kunstdrucke – und ich möchte am liebsten alles haben. Während ich die Kunstdrucke durchblättere, fällt mir ein Tisch mit kleinen Feenfiguren auf. Ich gehe hinüber und will mir eine nehmen, als eine andere Hand nach derselben Schachtel greift. Unsere Hände berühren sich. Rasch ziehe ich meine zurück und sehe auf.

»Tut mir leid.«

Oh. Mein. Gott. Er ist es. Der umwerfende dunkelblonde, britische Junge. Und sein Akzent ist so wunderbar, dass ich erstarre.

Er neigt den Kopf in meine Richtung. »Ich hab dich vorhin gesehen. Du bist das Mädchen, das seinen … *Tee* gerne heiß mag.«

Ich werde knallrot. »Ich … nein. Ich meine, ich trinke Tee am liebsten heiß, aber das bedeutet nicht … also, ich meine …« Ich schüttle den Kopf. »Es war nur ein albernes T-Shirt.«

Lachend wirft er den Kopf zurück und ich lache unwillkürlich mit.

»Es ist nicht albern. Ich mag das T-Shirt.« Er hebt die Schachtel hoch, die er noch in der Hand hält. »Und ich wollte dir die hier nicht wegschnappen. Wolltest du sie kaufen?«

»Nein, das ist in Ordnung. Ich habe mich nur umgeschaut.«

Uff, passiert das gerade wirklich? Es fühlt sich an wie ein Traum. Ich greife nach irgendeiner anderen Schachtel, um mich zu beruhigen, aber ich beobachte ihn weiter aus dem Augenwinkel. Ist es möglich, dass ich einen geradezu lächerlich attraktiven britischen Jungen entdeckt habe, der sich auch für Cicely Mary Barker interessiert? Kann das Leben so perfekt sein?

Er dreht die Schachtel um und studiert den Aufdruck. »Bist du sicher? Meine kleine Schwester würde sich bestimmt darüber freuen.«

Mein Magen zieht sich zusammen. Okay, also doch nicht *ganz* so perfekt.

»Oder ist die da besser?«, erkundigt er sich und greift nach einer anderen Schachtel. »Ich glaube, ich brauche ein bisschen Beratung.

Weißt du, ich möchte nicht die falsche Blume aussuchen. Meine Schwester ist verdammt wählerisch.«

Er zeigt ein verschmitztes Lächeln, und ich kann nicht anders, als es zu erwidern. Ich nehme die Fee, die ein Kleid aus weißen Blütenblättern trägt und ein Gänseblümchen hält. »Die hier ist eindeutig besser.«

Er kichert. »Eindeutig.«

Vor dem Stand quietschen zwei kleine Mädchen und kommen hergerannt. »Mami, schnell, schau dir die an!«

»Die kennen ihre Zielgruppe ganz genau«, kommentiert der Junge und verdreht leicht die Augen. »Für wen kaufst du ein? Hast du auch so eine aufgedrehte kleine Schwester?«

Ich fingere an der Schachtel herum. »Oh nein, leider nicht. Ich bin Einzelkind. Ich sehe mich nur um. Du weißt schon, Eindrücke sammeln.«

»Ja. Genau wie ich.« Er tritt einen Schritt näher und ich habe Schmetterlinge im Bauch. »Ich bin Will.«

Wie heiße ich noch gleich?

»Ich bin, äh, El-« Meine Kehle wird eng und ich muss hastig schlucken.

»Elle?« Er sagt es langsam, als würde er sich den Namen auf der Zunge zergehen lassen. »Ein hübscher Name.«

»Oh, äh, danke.« Ich werde rot. Ich heiße tatsächlich Elle, aber so nennt mich nie jemand. Ich versuche schon seit Ewigkeiten, die Leute dazu zu bringen, mich Elle zu nennen, aber sie sagen immer Ellie. Das klingt, als würde ich noch Windeln tragen. Oder sie sagen Eleanor. Das klingt, als würde ich Seniorenwindeln brauchen. Als er mich Elle nennt, hört es sich wunderbar vornehm an. So, als wäre ich kein kleines Mädchen mehr.

Der andere Typ von vorhin kommt zu uns und Will zeigt in seine Richtung. »Das ist mein bester Freund Frank.«

Frank trägt rote Jeans und ein locker sitzendes T-Shirt mit einem

V-Ausschnitt, der den Blick auf sein Schlüsselbein freigibt. Seine kurzen blonden Locken fallen störrisch zur Seite.

»Bist du aus der Gegend, Elle?«, fragt Will, aber sein hochgezogener Mundwinkel verrät mir, dass er die Antwort bereits kennt.

»Aus Emberton Manor. Ich meine, ich bin dort Schülerin. Ich komme aus den USA.«

»Klar. Schön, dich kennenzulernen. Wie gefällt es dir in England?«

»Es gefällt mir gerade ausgezeichnet«, platze ich heraus und möchte mich danach am liebsten unter dem Tisch verstecken.

»Hattest du schon Gelegenheit, dich umzusehen?« Er scheint meine Verlegenheit nicht zu bemerken. »Wenn du magst, führe ich dich gerne herum. Ich kenne mich schließlich aus.«

Ich nicke viel zu begeistert. Will zahlt rasch die Fee und folgt mir zu dem Stand, an dem die anderen sich gerade aufhalten. Sie starren uns an.

»Hallo, Leute«, sage ich, »das sind Will und Frank. Sie geben mir eine kleine Führung über den Markt. Wir sehen uns später, okay?«

»Aber du hast uns deine Freunde noch gar nicht vorgestellt«, wirft Frank ein. »Ich würde sie gerne kennenlernen.«

»Oh, stimmt, tut mir leid.« Ich deute nacheinander auf jeden einzelnen. »Das sind Sage, Dev und Huan.« Frank zwinkert, als ich auf Huan deute, und Huans Wangen werden so rot, wie meine es mit Sicherheit auch sind. Mir schwant, dass ich nicht die Einzige bin, die Tee und britische Männer gerne heiß mag.

Ich schwebe, als ich mit Will an meiner Seite weitergehe. Wessen Leben ist das? Meines bestimmt nicht. Dann fällt mir ein, dass ich mich weiter über irgendetwas mit ihm unterhalten sollte, und ich lande wieder auf dem Boden.

»Will, ich war in der Scheune noch nicht fertig«, beschwert sich Frank.

»Das bist du nie.«

»Die Scheune?«, frage ich.

»Die Schallplattenscheune.« Will deutet auf einen Stand schräg gegenüber. »Frank versucht, jede existierende Vinylplatte zu kaufen. Er denkt, er wäre unglaublich cool.«

»Ich *bin* unglaublich cool«, erwidert Frank lachend.

Will sieht mich an. »Was für Musik hörst du gern, Elle?«

Sein eindringlicher Blick macht mir klar, dass es sich nicht um *irgend*eine Frage handelt. Es gibt eine »richtige« Antwort – aber wie könnte die lauten? Welche Band könnte er mögen? Ich habe keine Ahnung. Ich höre überwiegend Oldies und Popmusik. Jede Wette, dass auf seiner Playlist Selena Gomez nicht ganz oben erscheint. Oh Mann. Ich sage das Erste, was mir in den Sinn kommt. »Die *Beatles*.«

Will und Frank wechseln einen Blick. Mist. Mir wird flau zumute.

»Hm«, macht Will. »Ja, einige ihrer älteren Titel sind nicht schlecht. Als sie unter Drogen standen.«

Begeisterung hört sich anders an. Aber dann erinnere ich mich an eine Band, auf die Crystal steht, und sage: »Und *The 1975*.«

Will nickt und ich atme aus. Ich habe den Test bestanden.

»Die mag ich auch«, sagt er. »Sie können melancholisch sein, aber eher auf einer Metaebene, weißt du?«

»M-hm.« Ich habe keine Ahnung, was er meint. »Unbedingt.«

Als wir am Stand mit den Platten ankommen, blättern die beiden sofort einige Kisten durch. Ich nutze die Gelegenheit, um Will genauer zu betrachten. Du meine Güte, wie gut er aussieht! Ob er viel Sport treibt? Er ist gebräunt, und seine marineblaue Hose liegt so eng an, dass ich erkennen kann, wie muskulös er ist. Ich könnte den ganzen Tag damit zubringen, ihn anzustarren.

»Was studierst du denn an der Uni?«, erkundigt sich Will, ohne von den Platten aufzusehen.

Mir fallen fast die Augen aus dem Kopf. Er hält mich für eine Studentin. Das ist naheliegend. Emberton gehört einer amerikanischen

Universität und diese Jungs sind eindeutig nicht in der Highschool. Ich möchte ihn berichtigen, aber ich belasse es wieder dabei. Solange ich in England bin, kann man mich gern für eine Studentin halten. Schließlich werde ich hier zusammen mit Studenten von Professoren unterrichtet.

»Psychologie«, sage ich und denke dabei an den ersten Kurs auf meinem Stundenplan. »Aber, äh, ich hab gerade erst angefangen und weiß noch nicht viel.«

»Genial. Du kannst mich analysieren.«

Aber gerne doch. »Gehst du hier irgendwo zur Schule?«

Seine Miene wird düster. »Nein. Ich arbeite zurzeit.«

Ich würde ihm gerne weitere Fragen stellen, lasse es aber lieber bleiben und sehe stattdessen mit ihm zusammen ein paar Platten durch. Gibt es wirklich Leute, die sich das Zeug heute noch anhören? Muss das nicht grässlich klingen? Ist ja auch egal. Ich bin erst seit zwei Tagen in diesem Land und hab mich schon mit zwei hinreißenden britischen Jungs angefreundet. Über alles andere kann ich später nachdenken.

Ich präge mir beim Blättern durch die Platten ein paar Bandnamen ein, falls Will mir später weitere Fragen stellt. Frank zieht immer wieder eine Platte heraus, hält sie wie eine Trophäe in die Höhe und klatscht Will ab. Ich kenne diese Bands nicht einmal. *The Stone Roses? The Fratellis?* Aber mir fällt auf, dass Frank auch auf Rap abfährt. Ob er auch auf Beatboxen steht?

Ich sehe meine Gruppe vorbeigehen. Huan wackelt mit den Augenbrauen in meine Richtung und Sage wirft einen abschätzigen Blick auf Will. Dev formt mit den Lippen: *Hast du Spaß?* Ich nicke und Will bemerkt es.

»Möchtest du mit deinen Freunden weitergehen?«

»Nein.«

»Gut, denn ich bin noch nicht bereit, mich von dir zu trennen.« Er wendet sich an Frank. »Wir treffen uns später.« Frank winkt zum Abschied.

Einige Leute drehen sich um, als wir an ihnen vorbeigehen. Verkäufer grüßen Will. Mädchen sehen mich finster an – was ich toll finde. Als ich vorhin auf den Markt kam, war ich komplett unsichtbar, nur eine Besucherin von vielen. Aber jetzt bin ich jemand. Seit der Party war ich nur damit beschäftigt, mich vor allen zu verstecken, dass es eine willkommene Abwechslung ist, wieder gern wahrgenommen zu werden.

Das einzige Problem ist, dass ich weiterhin etwas sagen sollte, wenn ich sein Interesse an mir aufrechterhalten will. »Und … äh … wie lange lebst du schon hier?«

»Oh, ich lebe nicht hier.« Er lacht. »Ich wohne eigentlich in London. Ich bleibe nur in Northampton, bis mein Vater sich wieder beruhigt hat und mich wieder nach Hause fahren lässt.«

»Ihr habt euch … gestritten?« Ich bin nicht sicher, ob ich genug von der britischen Ausdrucksweise verstehe, um ihm zu folgen.

»Er hat sich über mein Abschlusszeugnis aufgeregt. Er wollte, dass ich in Oxford studiere, aber meine Noten waren dafür nicht gut genug.« Er kickt einen Stein weg. »Er macht sich mehr Gedanken darüber, wie er alle anderen beeindrucken kann, als darüber, was ich mit meinem Leben machen möchte.«

»Und warum möchte er, dass du in Northampton lebst?«

»Ich arbeite hier in seinem Immobilienbüro, bis ich beweise, dass ich *erwachsen* bin. Er behauptet, dass der Job mich auf das Leben vorbereitet, aber in Wirklichkeit möchte er mich einfach von London fernhalten. Dort gibt es zu viele Ablenkungen.«

Sein bitterer Tonfall überrascht mich. Ich finde, dass Northampton ein toller Ort ist, aber was weiß ich schon? London ist im Vergleich bestimmt viel glamouröser. Ich zermartere mir das Hirn nach einem besseren Gesprächsthema, obwohl Will mürrisch sogar noch süßer ist.

»Nun, immerhin hast du hier Freunde. Frank scheint echt nett zu sein. Arbeitet ihr zusammen?«

»Nein, er hat null Interesse daran, Immobilien zu verticken. Er hat sich ein Jahr Auszeit genommen und jobbt bei der BBC in London als Praktikant in der Produktion. Er möchte beim Radio arbeiten.«

»Wow, das ist cool.«

Seine Schultern entspannen sich. »Er ist der *Beste*. Die meisten meiner Freunde aus London würden mich nie hier besuchen, aber ihm gefällt die Ruhe.«

»Ich finde es hier großartig.«

Er betrachtet mich lächelnd. »Dann bist du also eine waschechte heißblütige Amerikanerin? Wie viele Cowboyhüte besitzt du? Hängt bei euch in jedem Zimmer die amerikanische Flagge?« Ich will etwas einwenden, doch er fährt unbeirrt fort. »Oder, besser noch – nimmst du die Flaggen jeden Tag mit, wenn du bei McDonald's isst?«

Ich lache. »Was?! Du hast wohl noch nicht viele Amerikaner kennengelernt.«

»Jedenfalls keine, die so hübsch sind wie du.«

Oh, wow, er ist charmanter, als für ihn gut ist.

Wir gehen weiter durch die Reihen. Ich fühle mich, als würde ich ein Stück über dem Boden schweben. Will erzählt mir von einem der Häuser, an dessen Verkauf er beteiligt ist, und ich erzähle ihm alles über Emberton Manor. Er hat von dem Anwesen gehört, ist aber noch nie dort gewesen. Ich beschreibe ihm ausführlich die prachtvollen Räumlichkeiten. Nebenbei stöbern wir, nehmen Gegenstände in die Hand und wühlen uns durch Kleiderständer.

»Kommst du eine Weile allein klar?«, fragt er, als ich an einem Stand stehen bleibe, um an den selbst gezogenen Kerzen zu schnuppern. »Ich muss kurz etwas besorgen.«

Ich stelle die Kerze ab. »Ich kann mitkommen.«

»Nein, lass dir Zeit.«

Bevor ich ihn aufhalten kann, eilt er schon davon. Ich sehe seinem Rücken hinterher und frage mich, wieso er mich nicht mitnehmen wollte. Habe ich versehentlich etwas Dummes gesagt? Habe ich ihn gelangweilt? Ich hoffe, es war nicht nur eine Ausrede, um mich loszuwerden.

Ich wende mich wieder den Kerzen zu und gebe vor, jede genau zu studieren, während ich beim Warten nervös werde und schwitzige Handflächen bekomme. Ein paar Minuten später sehe ich aus dem Augenwinkel etwas Weißes winken. Ich drehe mich um. Da steht Will mit einem Strauß weißer Gänseblümchen in braunem Papier. Er streckt sie mir entgegen.

»Für dich.« Er kommt näher. »Eine kleine Überraschung. Als Dankeschön dafür, dass du die Gänseblümchenfee für mich entdeckt hast. Ich hoffe, du magst sie.«

»Oh!« Ich drücke sie so eng an mich, dass ich fast die Stängel abgeknickt hätte. »Wow, die sind wunderschön. Das ist so lieb von dir.«

Wir gehen weiter, und ich kann nicht aufhören, an Mum zu denken und wie aufgeregt sie sein wird, wenn ich ihr von diesem Tag erzähle. Sie wird alles wissen wollen über die Stadt, den Markt und Will. Und nachdem ich in den letzten Wochen Instagram und jede andere App gemieden habe, wird es großartig sein, endlich wieder etwas Erfreuliches posten zu können. Ich nehme also meinen ganzen Mut zusammen und frage ihn: »Können wir zusammen ein Foto machen? Du bist der erste britische Junge, mit dem ich mich hier angefreundet habe.«

»Du betrachtest mich also als Freund?«, fragt er lächelnd. »Gut. Ich kann Freunde gebrauchen.« Er kommt mit dem Gesicht ganz nah an meines. »Lächeln.«

Oh, jetzt kann ich es allen zeigen. Ich werde dieses Foto auf sämtlichen meiner Social-Media-Kanäle posten.

»Hey!« Als wir uns umdrehen, kommt Frank auf uns zu. »Mir ist langweilig.«

Will schürzt die Lippen. Ich versuche, mich ganz natürlich zu benehmen und mir nicht anmerken zu lassen, dass mir schwer ums Herz wird bei dem Gedanken, mich von ihm zu verabschieden. »Schon okay«, sage ich. »Ich sollte sowieso nach meinen Freunden Ausschau halten.«

»Falls du hier nichts mehr vorhast, könnte ich dich nach Emberton zurückfahren.«

Mein Puls beschleunigt sich. »Das würdest du tun?«

»Na klar. Was wäre ich denn für ein Gentleman, wenn ich dich hier zurücklassen würde?« Er streift meinen Arm, und meine Haut prickelt bei der Berührung.

Wir entdecken Sage und Huan an einem Stand mit gebrauchten Büchern. Sage ist so vertieft, dass sie uns nicht bemerkt, während Huan mit seinem Handy beschäftigt ist. Dev ist nirgends zu sehen.

»Hallo Leute«, sage ich.

»Na endlich!«, ruft Huan, ohne aufzusehen. »Ich kann Sage nicht von hier loseisen und habe keine Ahnung, wo Dev abgeblieben ist. Hast du ihn gesehen?«

»Hier bin ich.« Dev kommt an den Stand und schiebt hastig ein Blatt Papier in seine Tasche.

»Also …« Plötzlich bin ich nervös. »Ich hatte vor, jetzt nach Emberton zurückzufahren.«

»Hast du nicht zugehört?«, fragt Dev. »Der Bus kommt erst um sechzehn Uhr. Wir haben noch genug Zeit, uns vor der Rückfahrt das Rathaus anzusehen.«

»Ja, also …« Ich werfe Will einen Blick zu. »Will wird mich fahren.«

Plötzlich habe ich die volle Aufmerksamkeit der anderen.

»Ich halte das für keine gute Idee«, sagt Sage.

»Sie ist absolut sicher«, erwidert Will. »Ich habe zwar nicht genug Platz für euch alle, aber noch für einen von euch. Vielleicht magst du mitfahren?« Er grinst Sage verschmitzt an. Ich bin froh, dass sie so offenkundig desinteressiert an ihm ist, sonst könnte ich glatt eifersüchtig werden.

»Ich fahre mit«, ruft Dev.

Ich trete einen Schritt näher zu ihm. »Das ist *wirklich* nicht nötig.«

Skeptisch sieht er zwischen Sage und Will hin und her. »Doch, das ist es. So hat Sage mehr Zeit, sich hier umzuschauen.«

»Dann bleib bei Sage«, flüstere ich ihm zu. »Ich komme klar.«

Er verdreht die Augen. »Nur weil jemand einen britischen Akzent hat, heißt das noch lange nicht, dass er kein Axtmörder ist. Hast du noch nie eine Folge von *Luther* gesehen?«

Er geht zu Will und Frank, und ich bin sicher, dass sie seinen letzten Kommentar gehört haben, so wie sie ihn anschauen. Ich schnaube und folge ihm.

Wir verlassen den Markt und gehen ein paar Blöcke weiter zum Parkplatz. Überall stehen europäische Autos mit seltsamen gelben Kennzeichen. Sie sehen alle ziemlich gewöhnlich aus, bis auf jenes, das Will ansteuert. Ich habe null Ahnung von Autos, aber selbst ich erkenne, dass es ein besonderes Auto ist.

Dev kommt ins Straucheln, als er die Jaguarfigur auf der Motorhaube sieht.

»Bereit?«, fragt mich Will.

Ich bin nie im Leben für etwas bereiter gewesen.

Die Fahrt ist der Wahnsinn. Der warme Wind bläst durch das offene Fenster in mein Gesicht und durch meine Haare. Jedes Mal, wenn uns ein anderes Auto auf der falschen Fahrbahnseite entgegenkommt, erschrecke ich und lehne mich an Will, dann lache ich erleichtert auf, wenn es vorbeigefahren ist. Es war jeden Cent wert, mein mühsam zusammengespartes Autogeld für diese Reise auszugeben.

Dev beugt sich zwischen die beiden Vordersitze. »Du scheinst dich ja prächtig zu amüsieren, Ellie.«

»Ellie?« Will sieht mich an. »Du wirst Ellie genannt?«

»Nein, ich möchte lieber Elle genannt werden. Er ist nur albern.« Ich werfe Dev einen strengen Blick zu, damit er mich nicht verpetzt.

Dev verzieht die Mundwinkel zu einem Grinsen. »Genau. So bin ich eben. Immer ein bisschen albern.«

Frank sagt vom Rücksitz aus: »Will findet seinen richtigen Namen auch nicht so berauschend.«

»Halt die Klappe, Frank.«

»Wie lautet der?«

»Seine Mutter hat darauf bestanden, ihn Willoughby zu nennen.« Frank kichert unterdrückt.

»Nach der Romanfigur aus *Sinn und Sinnlichkeit*?«, frage ich.

Will starrt finster auf das Auto vor uns. »Ich hasse die bescheuerten Bücher dieser Frau. Solange ich denken kann, bekomme ich das zu hören.«

Gut zu wissen. Ich schätze, ich werde ihn nicht dazu überreden, mich auf eine der Jane-Austen-Touren mitzunehmen, die Mum und ich bei unseren Recherchen entdeckt haben.

Will biegt in die lange Einfahrt, die zu Emberton Manor führt. Es ist gut, dass er sich auskennt, denn ich hätte den Weg nicht gefunden. Das Auto holpert über die unebene Straße. Dreck spritzt auf. Das Herrenhaus in der Ferne sieht prunkvoll aus, aber ich bin nicht so begeistert wie bei meiner Ankunft. Wie soll ich Will je wiedersehen, wenn ich die Tage hier verbringe?

Will muss ähnlich denken, denn er wird langsamer und beugt sich zu mir. »Das war schön heute«, flüstert er.

»Das war es.« Er riecht göttlich nach Zitrone und Thymian. Tausendmal besser als Andy. Ich möchte meine Nase in seinem Hemd vergraben.

»Ich würde dich gerne wiedersehen, Elle.«

»Ich dich auch.«

»Nächstes Wochenende kommen ein paar Freunde zu mir. Sie werden sich vor allem besaufen, aber das kennst du ja von der Uni.«

Ich blinzle und bin mir nicht hundertprozentig sicher, was er meint. Hinter mir gibt Dev einen erstickten Laut von sich.

»Ach, du meinst, du machst eine Party?«, erkundige ich mich. Als er nickt, nicke ich mit. »Ja. Wow, das wäre … toll.«

»Dann kommst du also?« Seine Miene hellt sich auf. »Kann ich dich am Samstag gegen sieben abholen?«

»Wirst du da nicht Hausaufgaben machen müssen, Elle?«, fragt Dev betont.

Ich werfe ihm einen finsteren Blick zu. »Nein. Das ist kein Problem. Sieben Uhr geht klar.«

»Du bist ebenfalls herzlich eingeladen«, sagt Will zu Dev. »Und bring deine Freunde mit.«

Als Frank das hört, streckt er den Rücken durch.

Will nimmt die kurvige Auffahrt etwas zu schnell und wirbelt dabei Staub auf. Einige Schüler, die herumlaufen, bleiben stehen und drehen sich um. Ich zucke reflexartig zusammen, doch dann schüttle ich meine Unsicherheit ab. Heute habe ich jedenfalls keinen Grund, mich zu schämen. Ja, ich wette sogar, dass jedes Mädchen in Emberton Manor sich wünscht, sie könnte auf der Stelle mit mir tauschen.

Ich öffne die Beifahrertür, um auszusteigen, und Will greift nach meiner Hand. Er zieht mich nah genug zu sich, dass ich die Zitronennote seines Parfüms riechen kann. »Ich kenne nicht einmal deinen Nachnamen.«

»Nichols.« Er ist mir so nah, dass ich kaum sprechen kann.

»Will Chapman.«

Er macht keine Anstalten, von mir abzurücken, und ich bin wie hypnotisiert. So sitzen wir da, bis Dev gegen meine Rückenlehne drückt und den Zauber zerstört.

»Gehen wir, *Elle*.«

Ich werfe Dev einen weiteren bösen Blick zu, dann tausche ich mit Will Telefonnummern aus und verabschiede mich. Als er davonfährt und uns in einer Staubwolke zurücklässt, winke ich so eifrig, dass ich aussehen muss wie ein Fan vor dem Hotel eines Superstars. Ich höre erst damit auf, als das Auto nicht mehr zu sehen ist. Dev starrt mich mit offenem Mund an, als sei ich die größte Spinnerin, die ihm je begegnet ist.

»Immerhin hast du ihm deinen richtigen Nachnamen genannt«, sagt er.

Kapitel 9

Viel zu schnell wird es Montag. Sage ist um sechs Uhr schon wach. *Und summt.* Ich drücke mir Pinky aufs Gesicht und stöhne. Ich würde nichts lieber tun, als noch fünf Stunden länger im Bett zu bleiben, aber bei den schiefen Tönen ihrer Version von »Creep« von *Radiohead* ist an Schlaf nicht zu denken. Schließlich hole ich mein Handy heraus. Mum hat mir mit einer langen E-Mail geantwortet, in der sie viel zu oft geschrieben hat, dass sie mich drückt und knuddelt – alles sehr unpassend für eine Vierzigjährige. Sie ist total aus dem Häuschen darüber, wie attraktiv Will ist. Und sie ist nicht die Einzige. Ich entdecke Dutzende mit Herz-Emojis gespickte Kommentare von Mitschülerinnen an der Waterford High. Sie beschweren sich, dass sie den ganzen Spaß in England verpassen. Was für eine willkommene Abwechslung.

Jedes Mal, wenn ich an die Stunden mit Will auf dem Markt zurückdenke, drehe ich fast durch vor Freude – doch dann kriege ich Angst. Er war so charmant und sooo süß.

Wie zur Hölle soll ich es schaffen, dass er weiterhin Interesse an mir hat, wenn mir das nicht einmal bei Andy gelungen ist?

»He.«

Ich kreische auf und zucke zurück. Sage steht vor mir, ihr Gesicht in Höhe meines Betts.

»Du solltest jetzt besser aufstehen, wenn du vorhast, zu duschen und zu frühstücken. Sonst bist du nicht früh genug im Klassenzimmer und musst mit einem Platz in der letzten Reihe vorliebnehmen.«

Ich grinse und lege mich wieder hin. Das klingt großartig.

Nach einem schnell hinuntergeschlungenen Croissant mit Nuss-Nougat-Creme (ich habe beschlossen, in England jeden Tag Nuss-Nougat-Creme zu essen) nehme ich Platz in meiner ersten Unterrichtsstunde. Leider kenne ich sonst niemanden im Psychologiekurs. Etwa die Hälfte der Teilnehmer sind Studenten, die sich nicht für uns interessieren, und meine Mitschüler von der Waterford High unterhalten sich bereits untereinander. Ich bin dankbar, dass Dev mich gestern eingeladen hat, nach Northampton mitzukommen. Ich habe den Eindruck, dass die meisten hier nicht daran interessiert sind, neue Freundschaften zu schließen.

Unsere Professorin kommt herein, und die Gespräche verstummen.

»Guten Morgen, alle zusammen, und willkommen in Emberton Manor. Sehen Sie sich nur diesen herrlichen Raum an, in dem wir dieses Semester Unterricht haben.« Sie macht ausladende Bewegungen und wir folgen ihren Händen mit den Blicken. Der Raum ist das komplette Gegenteil der Waterford Valley Highschool.

»Ich bin Dr. Stevenson. Stellen Sie sich bitte alle vor, danach legen wir los.«

Der Reihe nach nennen wir unsere Namen, erzählen, wo wir herkommen, ob wir von der Highschool oder der Uni sind und auf welche Erfahrungen wir uns in England besonders freuen. Ich kann wohl kaum sagen: »Mit einem britischen Jungen knutschen«, also behaupte ich, dass ich gern Big Ben in London sehen möchte. Dr. Stevenson nickt aufmunternd und streut witzige Bemerkungen ein. Jedenfalls scheint sie nicht die Furcht einflößende Professorin zu sein, die ich erwartet hatte.

Als alle fertig sind, lächelt sie und holt einen Stapel Blätter aus ihrer Tasche.

»In Ordnung, ich möchte direkt ins Thema einsteigen und die einleitenden Infos nur kurz durchgehen. Ich gehe davon aus, dass Sie alle zur Vorbereitung Kapitel eins und zwei gelesen haben, wie es im Stundenplan vorgesehen ist.«

Augenblick mal. Was? Ich schaue nach rechts und links, in der Hoffnung, aufgerissene Augen und verwirrte Gesichtsausdrücke zu sehen, aber die anderen Schüler wirken entweder gleichgültig, gelangweilt oder lerneifrig, während sie ihre Hefte aufschlagen und ihre … sind das *Aufzeichnungen*? Wie in aller Welt kann es sein, dass sie sich schon Notizen gemacht haben? Das ist doch unser erster Schultag!

»Im Laufe des Semesters werden Sie regelmäßig Tests schreiben, damit ich Ihren Kenntnisstand überprüfen kann. Auf diese Weise kann ich den Unterrichtsstoff auf Aspekte abstimmen, die nicht verstanden wurden.«

Dr. Stevenson verteilt in der ersten Reihe Blätter mit Fragen.

»Tische leerräumen.« Sie nickt in meine Richtung und ich verstaue alles in meiner Tasche, bevor ich womöglich in den Kerker geworfen werde – oder wo auch immer man hier nachsitzen muss. Ich nehme ein Blatt von jemandem links von mir und überfliege die ersten Fragen.

Welche zwei Elemente muss ein Forscher mit einbeziehen, um ein schlüssiges Experiment durchzuführen?

Welche Korrelation zeigt eine stärkere prädiktive Beziehung zwischen zwei Variablen: r = 0,87 oder r = 0,86?

Welche der folgenden Aussagen veranschaulicht am besten das Thema »Einfluss der Situation auf unser Verhalten«?

Dr. Stevenson geht durch die Reihen, gibt sich freundlich und normal, aber ich durchschaue jetzt ihre liebenswerte Fassade. Sie ist eine Teufelin in einem schlecht sitzenden Blazer.

Als ich nach der letzten Unterrichtsstunde in mein Zimmer zurücktaumle, dampfen mir aus allen Körperöffnungen Vokabeln, Daten und Hausaufgaben. Zu meiner Überraschung ist Sage nicht beim Lernen. Sie hängt sich eine kleine Tasche über die Schulter und macht sich auf den Weg zur Tür.

»Wohin gehst du?«

Sie bleibt stehen. »Ich fahre nach Northampton.«

Hoffnung keimt in mir auf. Sage macht sich an unserem ersten Schultag aus dem Staub, um durch die Stadt zu bummeln? Vielleicht habe ich mich in ihr getäuscht. Ich lasse meine Tasche fallen und mache einen Schritt auf sie zu. Sie muss mir meine Begeisterung ansehen.

»Äh, wolltest du mitkommen?«

»Falls es dir nichts ausmacht. Ich könnte eine Pause dringend gebrauchen.« Ich greife nach meiner Geldbörse. »Hast du schon Pläne?« Ich denke dabei an ein bisschen shoppen, etwas essen gehen …

»Ich will mir weiteres Lernmaterial kaufen.«

Das war ja klar!

Sage und ich steigen in den Bus. Sie holt sofort einen Jahresplaner, so groß wie ein Atlas, heraus und blättert zur aktuellen Woche. Dann beginnt sie, mit verschiedenfarbigen Stiften die Abgabetermine für die Hausaufgaben in jedem Fach einzutragen. Ihre Schrift ist makellos. Vielleicht übt sie nebenbei Kalligrafie.

Normalerweise wäre ich gekränkt, weil sie mich ignoriert, aber nach einem ganzen Vormittag voller Unterricht tut mir die Stille gut. Wir sind schon fast in Northampton angelangt, als sie sich endlich zurücklehnt. Sie sieht so zufrieden aus wie eine fette Katze, die eine Schüssel Sahne geschleckt hat.

»Beeindruckend«, sage ich.

»Eher unabdingbar. Ich muss jede Stunde sorgfältig planen, wenn ich den Unterricht und meine Forschung in London unter einen Hut bringen will, ohne durchzudrehen.« Sie sieht mich von oben bis unten an. »Hast du einen Planer, Ellie?«

»Also … ich wollte mir, äh, hier einen besorgen.«

»Oh, ich kann dir helfen, einen auszusuchen.«

Ich lache über ihren plötzlichen Enthusiasmus. »Du liebst die Schule wirklich sehr, was?«

»Nicht immer. Aber ich nehme sie ernst, falls du das meinst. Sie ist die Eintrittskarte in meine Zukunft.«

Klar ist die Schule Sages Eintrittskarte. Im Gegensatz zu mir würde sie vermutlich an jeder Universität angenommen werden, an der sie sich bewirbt. Ich bin mir nicht sicher, ob ich überhaupt für die Uni geeignet bin. Es ist nicht so, als wäre ich eine grottenschlechte Schülerin. Ich rassle nicht durch Prüfungen oder so. Aber ich war einfach nie gut genug in der Schule, um besonderen Wert drauf zu legen. Ich habe im Laufe der Jahre nur wenige Male eine Belobigung bekommen und es nie unter die Klassenbesten geschafft. Außerdem ist es schwer, sich zu motivieren, wenn man keine besondere Karriere anstrebt.

»Ich möchte einfach nur jeden Augenblick meines Aufenthalts in England in mich aufsaugen.«

»Ich auch.« Sage lehnt die Stirn ans Fenster. »Aber bei dieser Reise geht es nicht um mich. Ich habe meiner Mum versprochen, dass tolle Dinge passieren würden, wenn sie mir die Teilnahme erlaubt. Ich darf sie nicht enttäuschen.«

»Das klingt nach einer Menge Druck.«

»Tja, nicht jeder von uns kann das hier als Urlaub betrachten.«

Ich zucke innerlich zusammen. Ich möchte mich nicht mit ihr streiten, aber ich habe kein Interesse daran, das ganze Semester lang in meinem Zimmer über Büchern zu brüten. Das ist eine einmalige

Chance, in einem anderen Land zu leben und das normale Leben zu *vergessen*, nicht noch tiefer darin zu versinken. Vielleicht kann ich Sage meine Sichtweise klarmachen, wenn ich es langsam angehe.

Der Bus hält und ich folge ihr in den Schreibwarenladen. Sie lässt ihre Schultern kreisen. »Packen wir's an.«

Wie sich herausstellt, macht es sogar Spaß, Schulsachen zu kaufen, wenn man jemanden wie Sage dabeihat, der einem zeigt, worauf es ankommt. Die Grundausstattung kannte ich schon: gelbe Marker und gut gespitzte Bleistifte. Aber ich hatte keine Ahnung, was es für eine Auswahl an Sachen gibt, die mir helfen, mein Leben zu organisieren. Ich entdecke ein Schreibtischset mit Farnmuster und suche mir farblich zusammenpassende Stifte, Notizhefte und Post-its aus. Sage wählt einen Planer für mich aus, der so detailliert ist, dass ich meine Lernzeit auf eine halbe Stunde genau planen kann. Bei dem Gedanken daran bricht mir der kalte Schweiß aus, aber dann zeigt sie mir, dass ich mich jedes Mal, wenn ich eine meiner täglichen Aufgaben erledigt habe, mit einem Regenbogensticker belohnen kann. Ich kaufe letztlich fünf zusätzliche Packungen mit Stickern. Lernen macht mir zwar keinen Spaß, aber Basteln.

Am Ende sind wir beladen mit Tüten und gut gelaunt. Hier ist alles so anders, dass selbst der banalste Einkaufsbummel spannend wird.

»Wollen wir noch einen Kaffee trinken, bevor wir zurückfahren?«, frage ich. Ich befürchte, Sage könnte Nein sagen, doch sie nickt begeistert.

»*Ja*. Ich brauche dringend Koffein, sonst halte ich nicht bis zum Abendessen durch.«

Wir gehen in einen entzückenden kleinen Coffeeshop, besorgen uns Kaffee und ein paar Scones, dann schlendern wir weiter die Straße entlang. Es macht Spaß, sich mit ihr zusammen die Stadt anzuschauen. Wir staunen, wie viele Friseurläden es in diesem Straßenabschnitt gibt – mindestens drei – und entdecken ein nicht besonders einladend aussehendes Lokal, das *American Pizza & Fish Bar* heißt.

Wir sehen uns an.

»Könnte interessant sein …«, meine ich und hebe die Augenbrauen.

Sie lacht. »Nein, danke. Ich bin noch satt von dem Scone.« Sie tätschelt sich den Bauch.

Ich deute auf das Gartengeschäft daneben.

»Macht es dir etwas aus?«

Sie zuckt mit den Schultern und ich drücke die Tür auf. Während sie damit beschäftigt ist, die Blumensträuße vorne im Laden zu bewundern, gehe ich weiter hinein und entdecke eine kleine Abteilung mit Regalen voller Zubehör für Miniatur- und Feengärten: verschiedene Moossorten, Dekosteine, Heißklebepistolen und kleine Vogelhäuser aus Holz. Und natürlich reihenweise Feenfiguren. Ich kann nicht aufhören zu grinsen. Es würde mir solchen Spaß machen, während meines Aufenthalts einen Feengarten zu gestalten, aber ich bezweifle, dass ich irgendwo ungestört daran arbeiten könnte.

»Was ist das alles?«

Ich fahre herum. »Oh … das ist Zeug für Feengärten. Glaube ich.«

Sie sieht mich an, dann nimmt sie eins der Vogelhäuschen in die Hand und betrachtet es.

Mein Rücken kribbelt nervös. Ich habe aufgehört, anderen von meinen Feengärten zu erzählen. Ich habe damit im ersten Highschool-Jahr in Virginia schlechte Erfahrungen gemacht. Meine frühere Freundin Laura und ich hatten in unserer Kindheit immer gern solche schönen Sachen gemacht. Jahrelang haben wir uns Geschichten ausgedacht über Feen und Einhörner und Zwerge, die unten in Baumstämmen lebten. Wir hatten sogar unseren eigenen Feenclub gegründet mit allem Drum und Dran: zarte Blütenkränze, Flügel und detailverliebte Minigärten. Immer, wenn es Taschengeld gab, haben wir unsere Mütter angefleht, mit uns in den Bastelladen zu fahren, damit wir neue Figuren für unsere Gärten aussuchen konnten.

Als wir älter wurden, haben wir die Flügel weggelassen, aber den Gärten bin ich treu geblieben. Aus meiner Sicht war daran nichts verkehrt … bis ich Laura und ein paar Mädchen aus ihrer Lacrosse-Mannschaft zu einer Pyjamaparty eingeladen habe. Als sie die vielen Minigärten in meinem Zimmer sahen, bekamen sie große Augen.

»Sind das … spielst du etwa mit *Feen*?«, fragte eine.

Laura war entsetzt. »Hast du das Zeug immer noch?«

Ich sah hin und her zwischen ihr und den anderen, die höhnisch grinsten und zu kichern begannen. »Ja …«

»Himmel, Ellie, wir sind doch keine acht Jahre mehr alt. Kein Wunder, dass kein Junge sich für dich interessiert.«

Das fanden die Mädchen wahnsinnig lustig. Danach hing Laura nicht mehr oft mit mir ab. Die Mittagspause verbrachte ich dann häufig mit einigen Mädchen aus meinem Französischkurs. Mein Hobby habe ich nie wieder erwähnt.

»Bastelst du so etwas gerne?«, will Sage wissen.

Ich schüttle sofort den Kopf. »Nein. Ich meine, früher mal. Aber das ist eher etwas für Kinder.«

»Das hier ist kein Spielzeugladen«, sagt sie stirnrunzelnd. »Du solltest dir ein paar Sachen kaufen.« Sie deutet auf mich. »Hauptsache, du machst in unserem Zimmer keine Unordnung.«

»Oh … ich weiß nicht so recht.«

»Ellie, du machst niemandem etwas vor. Ich kann doch sehen, wie viel Lust du darauf hast.«

Sie nimmt mir die Tüte mit den Schulsachen ab, damit ich die Hände frei habe. Die Nervosität, die sich in mir aufgestaut hat, verebbt. Sage scheint mich nicht im Geringsten zu verurteilen. Sie sieht sogar ziemlich fasziniert aus. Lächelnd wähle ich ein paar Sachen aus, darunter einen Beutel mit blau schillernden Steinen, mit denen man in den Minigärten kleine Bäche gestalten kann. Ich trage alles zur Kasse und halte zweimal an, um weitere Zimmerpflanzen für die Gärten mitzunehmen. Als ich alles einpacke, überreicht mir die Kassiererin ein Flugblatt.

»Vielleicht könnte dich das interessieren. Wir haben ein paar neue Sachen für die Feengärten bekommen und führen im Stadtpark die neuen Techniken vor.«

Ich überfliege die Anzeige. Die Vorführung richtet sich eindeutig an Kinder, aber es heißt, jeder wäre willkommen. Und sie findet an einem Mittwochnachmittag statt. Wenn ich mich nach der letzten Schulstunde beeile, sollte ich es rechtzeitig nach Northampton schaffen. Ich stecke das Blatt ein und bin dankbar, dass es wieder etwas gibt, worauf ich mich freuen kann.

Als wir in den Bus steigen, belegen unsere Einkäufe zwei komplette Sitze. Ich werfe einen Blick in eine der Taschen aus dem Gartengeschäft und stelle mir bereits vor, was für eine Art von Feengarten ich für unser Fensterbrett gestalten könnte. Sage wühlt sich inzwischen durch die Schulsachen.

»Danke, dass du mich mitgenommen hast«, sage ich leise zu ihrem Rücken. »Sicher lief es nicht so, wie du dir deinen heutigen Ausflug nach Northampton vorgestellt hast.«

»Nein.« Sie zieht mit Schwung meinen neuen Planer heraus und reicht ihn mir. »Es war viel besser.«

Wärme breitet sich in meiner Brust aus. »Ja, finde ich auch.«

»Und wir haben noch nicht einmal angefangen. Warte nur ab, bis wir deine sämtlichen Abgabetermine hier eingetragen haben. Wir werden jede Farbe deiner Filzstifte nutzen.«

Heute früh hätte ich bei der Bemerkung noch die Augen verdreht, aber jetzt klingt es tatsächlich großartig.

Kapitel 10

»Kannst du nicht mal zwei Sekunden lang stillstehen?«, fragt Dev. »Du machst mich ganz hibbelig, und dabei ist mir die Party im Grunde völlig egal.«

Ich verdrehe die Augen. Ich kann nichts dafür, dass meine Nerven verrücktspielen, denn ich habe Wills Party die ganze Woche schon entgegengefiebert. Es ist meine erste seit der bei Andy, und ich will unbedingt, dass alles gut läuft. Wills Ankunft erspart mir eine Antwort. Wie beim letzten Mal kurvt er so schnell in die Auffahrt, dass die winzigen Kiesel wie kleine Pfeile unter den Rädern hervorschießen.

Ich bedecke mein Gesicht und hoffe, dass mein Outfit nichts abbekommt. Ich habe zwei Stunden gebraucht, um mich zwischen etwas Schickem – *wirkt das zu bemüht?* – und etwas Lässigem – *wirkt das zu gleichgültig?* – zu entscheiden, wobei meine Wahl letztlich auf einen Rock und einen bauchfreien Pullover fiel. Aber ein Blick auf Will verrät mir, dass ich ihm sowieso nicht hätte gerecht werden können.

Er ist die Verkörperung von Perfektion. An der Waterford High hätte niemand die Kombination aus einem engen marineblauen Hemd und einem blauen Leinenblazer tragen können, ohne auszusehen, als sei er auf dem Weg zur Kirche oder zum Abschlussball, aber Will steht der Look richtig gut. Ich werfe Dev und Huan einen Seitenblick zu. Der Gipfel an modischem Aussehen beschränkt sich bei ihnen darauf, zur Abwechslung saubere T-Shirts zu tragen. Niemand auf der Party wird rätseln müssen, wer von den Gästen die Amerikaner sind.

»Elle, du siehst toll aus. Ich freue mich so, dass du zugesagt hast.«

Ich ramme meine Hände in die Rocktaschen, damit er nicht sieht, dass sie zittern. *Elle.* Jawohl, er nennt mich Elle.

»Jungs, schön, dass ihr auch dabei seid. Ihr seht aus, als würde euch ein bisschen Abwechslung guttun.« Er deutet auf die Rücksitze, damit klar ist, dass der Beifahrersitz für mich reserviert ist.

Wir steigen ein, und Will rast so schnell die Einfahrt hinunter, dass ich jeden Augenblick damit rechne, den Hausmeister zu sehen, der hinter einem der Büsche hervorspringt und dem Auto hinterherrennt.

»Wo ist eure andere Freundin? Die vom Markt?«

»Sage ist in London«, antwortet Dev.

»Sie fährt jeden Freitag hin, um an einem Forschungsprojekt zu arbeiten«, ergänzt Huan.

»Oh Mann, ihr nehmt das alle sehr ernst.«

»Tja, es ist für uns ja auch kein Urlaub«, sagt Dev. »Wir sind zum Arbeiten hier.«

Das hätte von Sage stammen können. Die beiden wären wirklich ein süßes Paar.

»Gilt das für alle?« Will hebt eine Augenbraue und sieht mich an.

»Nein. Ich möchte auch etwas von der Kultur hier erleben.«

»Super! Ich helfe dir liebend gerne dabei, sie zu genießen.« Er greift herüber und drückt leicht meine Hand. »Zum Arbeiten ist noch genug Zeit, wenn du wieder in den USA bist.«

»Guter Plan.«

Bei dem Gedanken daran, dass ich von nun an sogar noch mehr Zeit mit Will zusammen verbringen werde, durchströmt mich ein Glücksgefühl. Ich weiß, dass alle anderen zum Lernen hier sind, aber ich finde es völlig in Ordnung, wenn meine Leistungen unter dem Durchschnitt bleiben, solange es bedeutet, dass ich mehr Zeit mit Will verbringen kann.

»Dann gehst du also nicht zur Schule?«, wendet sich Dev an Will.

Will kneift die Augen ein wenig zusammen. »Ich arbeite im Moment in der Immobilienagentur meines Vaters.«

»Ich liebe britische Immobilien«, platze ich heraus.

Ich weiß nichts über Immobilien.

Will biegt in eine von Bäumen gesäumte Straße ein. Erst als in der Ferne ein riesiges Haus erscheint, wird mir klar, dass das keine Straße ist. Es ist Wills *Auffahrt*. Ich bin total eingeschüchtert, als ich sehe, wie viele Autos vor dem Haus parken und um welche Modelle es sich handelt. Es ist, als würde man an einem Autohaus für Luxuswagen vorfahren.

Huans Augen weiten sich, als wir das Gebäude betreten, aber Dev runzelt die Stirn, als hätte das Haus ihn persönlich beleidigt. Ich liebe es jedoch, selbst wenn die Maisonettewohnung meiner Mum hier locker in die Eingangshalle passen würde. Sie ist hell, luftig und in perfekt zueinanderpassenden Creme-, Blau- und Grüntönen eingerichtet. Wills Eltern haben sich offensichtlich einen sündhaft teuren Innenarchitekten geleistet.

»Wow, das sieht aus wie in einem Einrichtungsmagazin.«

»Das muss ich meinem Vater sagen. Er träumt davon, es auf die Seiten eines Architektur-Hochglanzmagazins zu schaffen. Er glaubt, das wäre gut fürs Geschäft.« Will sagt es so dahin, als wäre es keine große Sache.

Wir durchqueren einen Gang mit holzverkleideten Wänden und betreten eine riesige Küche. Ein Mädchen und ein Junge stehen am anderen Ende an die Arbeitsplatte gelehnt. Sie unterhalten sich leise und bemerken uns nicht. Auf der Kücheninsel stehen so viele Flaschen mit alkoholischen Getränken, dass ich sie nur verschwommen wahrnehme. Will kichert über meinen Gesichtsausdruck.

»Es ist schwer, jemanden aus London herzulocken, wenn man nicht genügend Alkohol im Angebot hat.«

Ich nicke und lächle, aber ich beginne zu schwitzen. Meine Erfahrung mit Alkohol beschränkt sich auf ein paar Schlucke eines ekligen alkoholfreien Biers auf einer kleinen Party bei Crystal. Und bevor ich an die Waterford High kam, bestanden Partys aus Übernachtungen mit Mikrowellenpopcorn und peinlichen »Wahrheit oder Pflicht«-Spielen. Was, wenn Will erwartet, dass ich mich besaufe wie alle anderen? Plötzlich bereue ich, dass ich ihn nicht berichtigt habe, als er dachte, ich ginge auf die Uni. Damals erschien mir die Lüge harmlos, aber jetzt bin ich mir nicht mehr so sicher.

»Endlich seid ihr da!«

Frank kommt durch die Verandatür herein. Seine Haare sehen noch verrückter aus als auf dem Markt. Die krausen blonden Locken türmen sich auf seinem Kopf wie Schlagsahne. Er grinst mich an, aber sein Blick bleibt an Huan hängen.

»Taugt jemand von euch als guter Bowler?«, fragt er. »Die versuchen im Garten ein Spiel zu starten, aber sie sind zu voll, um einen Treffer zu erzielen.«

»Ihr habt draußen eine Bowlingbahn?« Ich stelle mich auf die Zehenspitzen und blicke durch die Glastüren. »Es ist schon eine Weile her, seit ich das letzte Mal beim Bowling war, aber in der Mittelstufe war ich nicht schlecht.«

Alle außer Huan beginnen zu lachen. Laut.

»Was denn?«

»Aus dem Grund habe ich die drei eingeladen«, sagt Will zu Frank und wischt sich die Augen. »Ich wusste, wir würden mit ihnen Spaß haben.« Er wendet sich an mich. »Frank redet über Kricket.«

Ich starre ihn verständnislos an.

»Wills absolute Lieblingssportart«, sagt Frank.

Zu meiner Überraschung tritt Dev vor. »Braucht ihr einen guten Spieler? Ich habe schon Kricket gespielt, aber nicht oft.«

»Nö, Kumpel, die da draußen sind alle schon ziemlich dicht. Es genügt, wenn du in der Lage bist, in die richtige Richtung zu schauen«, sagt Will.

Frank macht eine Handbewegung in Devs Richtung. »Bitte, Dev, geh raus, bevor er anfängt, über die Nationalmannschaft zu reden.«

»Ist das für euch okay?« Dev sieht Huan und mich an.

Ich nicke und Huan antwortet: »Geh ruhig. Ich … sehe mich ein bisschen um.«

Frank schnappt sich ein paar Flaschen von der Arbeitsplatte und zeigt sie Huan. »Ich mache uns einen Gin Tonic.«

Dev geht nach draußen, Huan gesellt sich zu Frank und beäugt die Flaschen. Plötzlich bin ich mit Will allein.

»Sieht aus, als wären deine Freunde versorgt. Wie wäre es, wenn wir auch etwas trinken?« Er zeigt auf drei Zapfhähne, die in die Granittheke eingelassen sind. »Ich trinke Bier lieber frisch gezapft als aus der Flasche.«

Ich nicke verblüfft. Was es in seiner Küche alles gibt! »Das ist beeindruckend.«

»Danke.« Er deutet mit dem Daumen zum Garten, wo das Kricketspiel angefangen hat. »Den Schwachköpfen ist es egal, was sie trinken. Weißt du, ich habe darüber nachgedacht, in eine Brauerei zu investieren. Ich bin in meinen letzten Ferien durch Deutschland gereist. Brauereien sind faszinierend. Ich muss nur noch meinen Vater überzeugen.« Er dreht sich um und lächelt mich an. »Tut mir leid. Du wirst schnell lernen, welche Themen du vermeiden solltest, weil ich mich sonst nicht bremsen kann. Frank verkrümelt sich immer, sobald ich loslege.«

»Ich höre dir gerne zu.«

»Ich dir auch. Dein Akzent ist hinreißend.«

Ich erröte. *Mein* Akzent?

Er zapft zwei Gläser Bier, ein dunkles und ein helles, und reicht mir mit einem begeisterten Grinsen das helle. »Ein mildes Bier.«

Ich hasse Bier, aber ich würde sogar Abwasser trinken, wenn er es mir so enthusiastisch anböte. Ich nehme einen großen Schluck und muss mich zusammenreißen, um ihm nicht alles direkt auf die Schuhe zu spucken. Es ist absolut widerlich.

Er hebt die Augenbrauen. »Man sieht dir an, dass du keine große Biertrinkerin bist. Egal, ich werde dich schon noch auf den Geschmack bringen.«

Plötzlich schmeckt mir das Bier viel besser. »Ach, das kommt nur daher, dass ich noch nicht einundzwanzig bin und bis jetzt wenig Gelegenheit hatte.«

»Ich hätte nicht gedacht, dass du jemand bist, der sich an Vorschriften hält, Elle.«

Das Sprechen fällt mir schwer, wenn er mir so nah ist. »Bin ich auch nicht.«

Jemand ruft und Will sieht durch das Fenster zum Kricketspiel. »Auf der Veranda haben wir mehr Ruhe.«

Er nimmt meine Hand und führt mich durch ein riesiges Wohn- und Esszimmer auf eine überdachte Veranda. Wir sind umgeben von üppigen Hortensien mit weißen Blüten, so groß wie Melonen. Ich würde die nächste Stunde am liebsten damit verbringen, die Gärten rund ums Haus zu erforschen – es gibt nichts Charmanteres als englische Gärten – aber ich habe das Gefühl, dass Will die Zeit auf seiner eigenen Party lieber anders gestalten möchte.

»Wenn es bei uns so eine Veranda gäbe, würde ich dort für immer leben wollen.« In der Ferne ertönt ein Freudenschrei, gefolgt von Gelächter. »Ist es nicht unhöflich, dass wir nicht bei deinen Freunden sind?«

Er winkt ab. »Das stört sie nicht. Sie sind glücklich, solange sie sich an den Alkoholvorräten meines Vaters bedienen können.«

Ich muss verwirrt wirken, denn er zuckt mit den Schultern. »Ich lade meine Freunde immer mal wieder ein, aber es ist nicht mehr so wie früher. Wir sehen uns kaum. Sie gehen zur Uni und ich arbeite.« Er lächelt. »Darum freue ich mich so, dass du kommen konntest. Es wird Zeit, dass ich neue Freunde finde.«

»Gern zu Diensten.« Ich krame in meinem Gehirn nach einem Thema, über das wir reden können. »Du reist also viel, ja? Ich meine, in Europa?«

»Ständig.« Er setzt sich auf einen gepolsterten Sessel und ich tue es ihm nach.

»Meine Mum reist sehr gern. Sie nimmt uns immer noch jeden Sommer und jeden Winter in den Urlaub mit.«

»Das klingt toll.«

Er trinkt einen Schluck. »Aber nach einer Weile vermischen sich die europäischen Städte im Kopf. Ich finde es schöner, weiter weg zu reisen. Wie nach Amerika. Woher kommst du nochmal?«

»Aus Washington, D.C. Dort sind wir im Frühjahr hingezogen.«

Er lächelt. »Großartige Museen.«

»Einige der besten.«

»Ich wünschte, ich hätte mehr von den USA gesehen. Oder hätte dort zur Schule gehen können. Es gibt auf der Welt so viel mehr zu sehen als hier.«

»Machst du Witze? Du führst ein traumhaftes Leben. Dieses Haus … dieses Land …«

»Wie schade, dass ich meine Welt nicht mit deinen Augen sehen kann.«

Er streicht mir die Haare aus dem Gesicht und ich komme mir vor wie in einer romantischen Komödie. Ich kann beinahe hören, wie die Musik anschwillt.

»Ich bin echt glücklich darüber, dass ich dich auf dem Markt am Feenstand gefunden habe, Elle. Du bist genau das, was ich gerade brauche.«

Er verlagert sein Gewicht in meine Richtung und mein Herz setzt beinahe aus. Seine Lippen sind voll und ich möchte hineinbeißen. Und dann möchte ich ein Foto davon machen und es auf eine Handyhülle drucken lassen.

»Du *Arsch!*« Der Schrei schneidet durch die abendliche Stille.

Will lehnt sich zurück und stöhnt. »Meine Freunde haben ein echt mieses Timing.«

Ich möchte seine Hand packen und ihn hier bei mir festhalten. Stattdessen eilen wir um das Haus herum auf den großen, gepflegten Rasen dahinter. Mindestens zwanzig Personen sind hier versammelt, darunter eine Gruppe von Jungs, die sich leise unterhalten und jemanden auf der anderen Seite des Rasens anstarren.

Dev.

»He, Will!«, ruft einer der Jungs. »Was ist das für ein Wichser, den du uns als Bowler geschickt hast? Er hat Charlie den Ball ins Gesicht geworfen.«

Ich eile an Devs Seite. »Was ist hier los?«, frage ich flüsternd. »Du hast den Kerl ins *Gesicht* getroffen?«

Er sieht mich finster an. »Ist doch nicht meine Schuld, dass der Idiot eine Meile am Ball vorbeigeschlagen hat. Er hat mindestens fünf Drinks intus.«

»Aber darum geht es doch!« Ich schaue, ob wir immer noch angestarrt werden. »Alle sind betrunken. Hättest du den Ball nicht etwas weniger fest werfen können?«

»So funktioniert das beim Kricket nicht!«

Ich atme aus und trete an Wills Seite. Er hat Charlie vom Boden aufgeholfen, aber der Kerl stöhnt und hält sich das Auge, als könnte es jeden Moment rausploppen.

»Es tut Dev echt leid. Das hat er nicht gewollt.«

Charlie murmelt etwas Unverständliches.

Will wischt ihm den Rücken ab, die anderen rücken näher und schließen mich dadurch aus dem Kreis aus.

Ich fahre mit den Zehen durchs Gras, das beinahe künstlich wirkt, so dicht ist es. Dabei entdecke ich ein paar Eicheln. Sie sind wunderschön – winzig, rund und vollkommen. Sie würden sich herrlich als

Dach für ein kleines Feenhaus eignen. Will redet immer noch, darum haste ich zu der Stelle mit den Eicheln und sammle ein paar ein.

»Elle?«

Ich fahre herum und verberge die Eicheln hinter meinem Rücken. »Ja?«

Er runzelt die Stirn. »Hast du … etwas vom Boden aufgesammelt? Sag bloß nicht, diese Blödmänner lassen ihren Müll hier liegen.«

»Oh nein!« Ich presse die Lippen zusammen und zeige ihm die Eicheln. »Ich habe nur diese, ähm, Eicheln gesehen und fand sie so niedlich, darum …«

Will furcht die Stirn noch mehr. »Niedlich?«

Warum konnte ich die verdammten Eicheln nicht liegen lassen wie ein normaler Mensch!

Er deutet in Charlies Richtung. »Er denkt, dass er eine Gehirnerschütterung hat.«

»Soll ich etwas Eis besorgen?«

»Das wäre prima. Danke.«

Ich laufe in die Küche, wobei ich rasch einige der Eicheln in die Tasche stecke, als ich außer Sichtweite bin. Huan und Frank sind immer noch da. Sie lachen über etwas auf Huans Handy. Als Huan mich sieht, wird er ernst. »Gibt's Ärger? Was hat Dev wieder angestellt?«

»Er hat Charlie so fest mit einem Kricketball getroffen, dass er umgekippt ist.« Ich schnappe ein Handtuch und öffne den Gefrierschrank. Von wegen in Europa ist alles kleiner! Er ist doppelt so groß wie unserer in Washington.

»Ach, halb so wild«, meint Frank. »Charlie ist ein Weichei. Einmal ist er vor einem Club gestolpert und hat danach eine Stunde lang rumgeheult.« Doch noch während er das sagt, greift er an mir vorbei nach einem Eisbeutel und reicht ihn mir.

Charlie jammert tatsächlich immer noch, als ich zurückkomme, gefolgt von Huan und Frank. Ich reiche Will den Beutel und er lächelt mich dankbar an. Dev steht immer noch ein Stück von allen anderen entfernt.

Ein paar Leute beginnen Bemerkungen zu machen. Panisch sehe ich mich um und fange Huans Blick auf. Er spürt es auch. Die Gäste sind betrunken, gelangweilt und könnten in Streit geraten. Die Party braucht eine Ablenkung, bevor Dev zur Zielscheibe wird – und dadurch auch Huan und ich.

»Alles gut, die Show ist vorbei«, ruft Frank von der Küchentür her. »Was wir brauchen, ist Musik. Will, bitte sag, dass du etwas Gutes dahast. Ich ertrage die Achtziger-Jahre-Rockmusik deines Vaters nicht mehr.«

»Musik hilft nicht gegen mein blaues Auge«, beschwert sich Charlie. »Und dabei will ich mich morgen mit Tara treffen.«

Huan tritt vor, räuspert sich lautstark – und fängt mit Beatboxen an. Alle Gespräche verstummen. Er beginnt mit einem langsamen Rhythmus. Seine Augen sind auf etwas irgendwo über unseren Köpfen gerichtet und seine Backen arbeiten wie Blasebälge, während seine Zunge hervorschnellt, als wollte er uns anspucken. Der Rhythmus wird schneller. Ich bekomme eine Gänsehaut. Die Laute, die er macht, können eigentlich gar nicht von einem Menschen stammen.

Frank lehnt sich überrascht nach hinten. Einige Leute johlen und ich stimme ein. Wie kann er den Mund so schnell bewegen und in so viele verschiedene Stellungen bringen? Frank scheint sich das auch zu fragen, denn er steht jetzt direkt neben Huan und starrt ihn mit einer Mischung aus Begeisterung und Bewunderung an.

»Wuhuuu!«, ruft Dev.

Frank tut so, als würde er jeden Augenblick in Ohnmacht fallen.

Und schon ist die Party gerettet.

Als Huan aufhört, ist er rot im Gesicht und außer Atem. Er strahlt vor Freude. Der Beifall ist so laut, dass ich mich selbst nicht mehr denken hören kann. Für einen Augenblick erinnere ich mich an Andys Party und bin unendlich dankbar, dass ich hier bin und nicht zu Hause. Ich werde auf jeden Fall Fotos von dieser Party posten.

»Der Junge braucht ein Bier!«, ruft Frank und zieht Huan zurück in die Küche. Die ganze Meute folgt, sogar Charlie, dem es gar nicht gefällt, dass sich plötzlich niemand mehr für ihn interessiert.

»Und wieder einmal hat Huan meinen Arsch gerettet«, sagt Dev in mein Ohr.

»Wegen ihm lohnt es sich, dich zu kennen.«

»Als ob ich das nicht wüsste.« Er streckt die Hand aus und zeigt mir ein Häufchen der Eicheln, die ich bewundert habe. »Ich hab das vorhin mitgekriegt. Ich weiß nicht, warum du sie haben möchtest, aber jedem das Seine.« Er lässt sie in meine Hand kullern und zuckt mit den Schultern, als ich ihn überrascht ansehe.

Ich starre auf meine Hand und sehe dann wieder ihn an. »Ich … äh …«

»Tut mir leid, dass ich fast deine große Party ruiniert hätte.« Er bemerkt etwas in der Ferne und deutet mit dem Kinn auf die Eicheln. »Oh, er kommt!«

Kaum habe ich die Eicheln in meiner Rocktasche verstaut, da erscheint Will neben mir. Als ich aufsehe, schlängelt Dev sich bereits durch die Menge, die Huan umringt.

Wills Finger flechten sich in meine und alle anderen Gedanken verlassen augenblicklich meinen Kopf. »Ich wusste nicht, dass du neben deiner Schönheit auch noch ein Unterhaltungsprogramm mitbringen würdest«, flüstert er mir zu.

»Nicht zu vergessen eine kleine Kampfeinlage.«

Er kichert und zieht mich näher zu sich. »Du bist ein vielseitiges Mädchen.«

Kapitel 11

»Du warst großartig«, lasse ich Huan zum hundertsten Mal wissen. Es ist Montag und wir unterhalten uns beim Essen immer noch über die Party.

Er grinst, dann schüttelt er bescheiden den Kopf. Jedes Mal, wenn wir über sein Beatboxen reden, wechselt sein Gesichtsausdruck zwischen verlegen und selbstzufrieden.

Ich sitze neben ihm und Dev, Sage hockt uns gegenüber, zusammen mit ihrem Freund Sam und dessen Freundin Kelly. Alle sehen Huan erwartungsvoll an, als ob er jeden Augenblick eine Zugabe geben könnte. Ich kann es immer noch nicht fassen, dass ich nach nur einer Woche hier schon mit so vielen Leuten zusammensitze. Ich bin an diesem Nachmittag allein in die Cafeteria gegangen, aber als alle anderen kamen, haben sie sich sofort zu mir gesetzt, als hätte ich den Tisch für sie freigehalten. Und vielleicht habe ich das unbewusst sogar getan. Es fühlt sich großartig an, ohne viel Umstände einfach akzeptiert zu werden – nicht nur geduldet wie damals an Crystals Tisch. Hier gehöre ich dazu, als würde ich sie schon seit Jahren kennen, genau wie sie sich untereinander.

»Ach, ich bin nicht annähernd so gut, wie ihr alle meint«, erwidert Huan. »Ihr habt nicht genug Erfahrung, um zu wissen, wie sich echtes Weltklassebeatboxen anhört. Ich bin noch ein blutiger Anfänger.«

»Das stimmt«, sagt Dev. »Ich höre ihn ständig üben und es ist wirklich nicht so schwer, wie es klingt.« Dev schnalzt mit der Zunge, bläst durch die Lippen und fängt an, die seltsamsten, grässlichsten Geräusche der Welt zu produzieren. Es ist, als würde ein Dämon durch ihn sprechen.

Der ganze Tisch bricht in schallendes Gelächter aus. Huan wedelt entsetzt mit der Hand, und ich beuge mich über den Tisch und schlage Dev auf die Schulter. Selbst Sage lacht über seine lächerlichen Versuche, was ihn nur noch mehr anstachelt.

»Ich glaube, ich habe mich noch gar nicht bei dir dafür bedankt, dass du uns mitgenommen hast«, flüstert Huan mir zu.

»Schön, dass ihr Spaß hattet.«

»Das ging offensichtlich nicht nur uns so.«

Ich huste, um meine Verlegenheit zu überspielen. Ich konnte das ganze Wochenende nur an Will denken. Klar, ich hatte gehofft, hier einen Freund zu finden, aber jetzt ... jetzt möchte ich nicht mehr irgendeinen britischen Freund. Ich möchte *Will*. Er ist alles, was ich mir nur erträumen kann: charmant, witzig, umwerfend – kurzum: perfekt. Aber je mehr ich darüber nachdenke, desto klarer wird mir, wie abwegig mein Wunsch ist. Es hilft nicht, dass ich übers Wochenende jede Menge Posts von Andy gesehen habe, in denen er davon schwärmt, wie schön und wunderbar er Crystal findet. Kann jemand wie Will tatsächlich an einer Beziehung mit mir interessiert sein? Was habe ich schon zu bieten? Ich bin ein seltsames Mädchen, das Eicheln sammelt wie ein Eichhörnchen. Ich spiele nicht in seiner Liga.

Ich schrecke auf, als ich merke, dass Huan mich immer noch beobachtet. »Und, ähm, hättest du Lust, die Leute dort wiederzusehen?«, frage ich, bevor er sich erkundigen kann, was mir durch den Kopf gegangen ist.

»Frank hat mir schon zweimal geschrieben und gefragt, wann wir uns wiedersehen. Er möchte mich nach London mitnehmen und mich einigen Leuten aus dem Musikbusiness vorstellen, die er kennt.«

»Echt? Das ist großartig! Wann fährst du hin?«

Huan winkt ab. »Gar nicht. Ich bin so mit dem Chemiekurs ausgelastet, dass ich dafür überhaupt keine Zeit habe.«

»Machst du Witze? Das könnte dein großer Durchbruch sein.«

»Beatboxen ist nur ein Hobby.«

»Lass es gut sein, Ellie«, sagt Dev, den Mund voller Chips. »Huan ist ein Sturkopf.«

»Aber – warum willst du es denn nicht versuchen?«

»Ich möchte Medizin studieren. Das will ich schon, seit ich elf war.«

Ich sehe mich Hilfe suchend am Tisch um, aber niemand pflichtet mir bei. Ich lasse die Schultern hängen. »Aber du bist doch so talentiert.«

»In den Naturwissenschaften ist er ebenfalls talentiert. Nicht so sehr wie ich, aber wer ist das schon?«, sagt Sage neckend.

Huan schnaubt.

»Aber …« Ich schüttle den Kopf und fokussiere mich auf mein Sandwich. Ich war noch nie von Leuten umgeben, die genau wissen, was sie mit ihrem Leben vorhaben. Ist das normal? Sollte man im letzten Schuljahr schon einen Karriereplan für die nächsten zwanzig Jahre haben? Ich wünschte, ich wüsste, was ich mal machen will. Wenigstens ungefähr.

»Geht jemand von euch heute Abend zu dem Vortrag über Essays für Unibewerbungen?«, fragt Sam, beugt sich vor und beäugt die anderen.

Ich stöhne innerlich. Das Letzte, was ich will, ist, jetzt über die Uni zu reden. Alle außer Sage und mir nicken. Immerhin bin ich nicht die Einzige, die es ausfallen lässt.

»Ich habe meine ganzen Bewerbungen schon geschrieben, bevor ich hergekommen bin«, erklärt Sage. »Ich wollte hier keine Ablenkung haben. Außerdem habe ich mich vorzeitig in Yale beworben, darum musste ich diesen Sommer sowieso alles fertig machen.«

»Beeindruckend«, sagt Sam nickend.

»Bewirbst du dich auch bei Universitäten, die nicht so weit entfernt sind?«, fragt Dev ein bisschen zu eifrig.

Sie zuckt die Schultern. »Ja, bei ein paar, nur zur Sicherheit. Wenn ich in Yale nicht genommen werde, möchte ich eigentlich an die Westküste.«

Dev sinkt in sich zusammen. Er steht ganz offensichtlich auf Sage, aber ich weiß nicht, ob sie das schon bemerkt hat.

Er wendet sich mir zu. »Und was ist mit dir, Ellie? Hast du schon Unipläne?«

Ich verschränke die Hände in meinem Schoß. »Äh, ich habe meine Bewerbungen auch schon geschrieben.«

Es ist nicht geschwindelt, aber es ist auch nichts, womit ich angeben möchte. Ich habe mich an einem Community College beworben, wo ich mit ziemlicher Sicherheit angenommen werde. Mum hatte darauf bestanden. Ich wünschte, ich hätte etwas Vernünftiges, das mich begeistert, wie Medizin oder Wirtschaftswissenschaften, aber wenn ich mir vorstelle, so etwas studieren zu müssen, wird mir übel. Ich möchte kein Geld für einen Studienabschluss ausgeben, der mir unwichtig ist, zumal ich die Büffelei sowieso nicht so prickelnd finde. Ich möchte über das nächste Jahr am liebsten überhaupt nicht nachdenken.

»Wo hast du dich beworben?«, fragt Sam. Es klingt ein bisschen voreingenommen, und ich wünsche mir plötzlich, er hätte sich woanders hingesetzt.

»Also …« Meine Knie wippen so schnell, dass mein Stuhl zu wackeln beginnt. Dev bemerkt es.

»Eine Uni, an der du bestimmt keine Chance hättest«, sagt Dev zu Sam. »Wo wir gerade von Strebern sprechen: Wie läuft es mit deiner Forschungsstelle, Sage?«

Die Unterhaltung ändert die Richtung und ich atme erleichtert aus. Hat irgendjemand außer Dev mein Zögern bemerkt? Ich weiß es zu schätzen, dass er das Thema gewechselt hat, aber es ärgert mich, dass das überhaupt nötig war. Ich bin erst seit einer Woche hier und schon ist mir klar, dass ich in einer Hinsicht nicht so bin wie die anderen.

Am nächsten Abend summt mein Telefon und reißt mich aus meinem Lesefluss. Ich lege meinen aufgeschlagenen *Beowulf* weg und lese Wills Nachricht. Er hat mir ein Foto von einem wunderschönen Steincottage geschickt.

> Kennst du potenzielle Käufer? 😉 Ich wünschte, ich wäre jetzt bei dir.

Er hat mich nicht vergessen! Bevor ich antworten kann, kommt schon die nächste Nachricht.

> Was hast du am Samstag vor? Warst du schon in Bath?

> Nein, noch nicht. Aber ich würde gerne hinfahren.

Ich muss jedes Wort zweimal tippen, weil meine Hände zittern und ich immer wieder auf den falschen Buchstaben lande.

> Gut, dann ist es abgemacht. Wir verbringen dort den Tag. Jetzt habe ich etwas, worauf ich mich freuen kann.

Ich drücke das Handy an die Brust, als wäre es Pinky. Ein Ausflug mit Will! Nur wir beide in einer wunderschönen englischen Stadt! Beim Gedanken daran werde ich total kribbelig. Das ist meine Chance, ihn besser kennenzulernen und ihn zu motivieren, sich häufiger mit mir zu treffen. Ich muss nur noch herausfinden, wie ich das anstelle, zumal ich bei seinem Anblick kaum ein vernünftiges Wort herausbringe.

»Gefällt dir *Beowulf?*«, fragt Sage über meine Schulter.

Ich blinzle verwirrt, doch dann wird mir klar, dass ich vor Freude gekreischt haben muss, als Wills Nachricht kam. »Nein, ich finde *Beowulf* ein bisschen trocken. Aber Will hat mich für Samstag zu einem Ausflug nach Bath eingeladen.«

Sie grinst. »Eine Bildungsreise.«

»So genieße ich Bildung am liebsten«, sage ich und reibe mir die Hände.

Ich versuche zweimal, eine Seite in *Beowulf* von vorn zu lesen, bevor ich beschließe, dass ich eine Pause brauche. Ich schiebe das Buch zur Seite und hole behutsam das Zubehör für den Feengarten hervor, das ich mit Sage zusammen gekauft habe, außerdem die Eicheln von Wills Party. Ich kann es kaum erwarten, eine neue Technik auszuprobieren: Ich will ein Stück Draht an den Eicheln befestigen, um daraus kleine Lampen für den Garten zu gestalten. Aber es wird sich seltsam anfühlen, so etwas zu machen, wenn ich nicht allein bin.

Klick. Klick. Klick.

Bei dem seltsamen Geräusch drehe ich mich um. »Wow. Du strickst?«, frage ich.

Sage kämpft mit einem riesigen lila Wollknäuel auf ihrem Schoß. »Es ist entspannend, wenn man es erst mal richtig draufhat. Der Trick dabei ist, einfache Dinge zu stricken, damit man keine Maschen zählen muss.«

Ich sehe ihr bei der Arbeit zu, ein sanftes, leises Lächeln auf meinen Lippen. Jetzt fehlen nur noch ein Schaukelstuhl und ein knisterndes Kaminfeuer. Wenn ich es recht bedenke, müsste beides irgendwo in Emberton zu finden sein. Wäre das nicht ein göttliches Bild? Ich muss sie nur dazu überreden, dafür zu posieren.

Ich halte meine Tüte in die Höhe. »Ich finde Handarbeiten toll, aber Stricken sieht zu kompliziert aus, um Entspannung zu bringen. Ich pappe lieber Sachen mit einer Heißklebepistole zusammen.«

»Zum Beispiel deine Finger?«

»Haha, nein.« Jedenfalls nicht in letzter Zeit. »Ich habe mir überlegt, mit dem Feengarten für unser Zimmer anzufangen.«

»Das hört sich wie ein Vorwand an, um *Beowulf* nicht weiterlesen zu müssen.«

Mist, sie kennt mich schon zu gut. Ich wedle als Ablenkung in Richtung Wollknäuel. »Und was strickst du?«

»Eine Babydecke. Sie muss vor Weihnachten fertig werden.«

Mein Blick wandert zur Wand über ihrem Schreibtisch, wo sie ein paar Fotos angepinnt hat. Auf einem sieht man, wie jemand ein schlafendes Baby im Arm hält.

Sage folgt meinem Blick und nickt. »Das ist Maddie. Sie ist drei Monate alt.«

»Sie ist niedlich. Ist sie deine Kusine?«

»Meine Nichte.«

»Süß. Macht es Spaß, Tante zu sein?«

»Ich schätze, ja.« Sage sieht angestrengt auf ihr Strickzeug. »Aber vor allem ist es seltsam. Meine Schwester Wren ist gerade erst achtzehn geworden, darum …«

»Oh, verstehe.« Ich hangle in Gedanken nach etwas, das ich sagen kann, ohne unhöflich oder neugierig zu wirken. Zum Glück klopft jemand an die Tür und mir bleibt eine Antwort erspart. Ich lege *Beowulf* über die Eicheln, dann öffne ich die Tür. Dev steht davor.

»Wie läuft's?« Er kommt herein und entdeckt das Buch sofort. »Hast du das noch nicht fertiggelesen?«

»Du und Sage, ihr müsst aufhören, euch gegen mich zu verschwören. Ich gebe mir Mühe.«

Sage wirft ihm über ihre Stricknadeln einen Blick zu. »Sie gibt sich *keine* Mühe.«

Dev hält ihr eine Tasse hin. »Ich war in der Küche, um Tee zu holen, und dachte mir, du könntest vielleicht auch einen gebrauchen. Irischer Frühstückstee. Ich habe mir gemerkt, dass das deine Lieblingssorte ist.«

»Oh, danke. Das Koffein kommt wie gerufen.«

»Und ich kriege nichts?« Nicht, dass ich es erwartet hätte. Dev ist offensichtlich nicht meinetwegen hier.

»Tut mir leid, ich wusste nicht, dass du überhaupt da bist. Ich dachte, der britische Ken hätte dich wieder entführt.«

Ich lache. Der britische Ken – ja, Will hat eine gewisse Ähnlichkeit mit einer Ken-Puppe, weil sein Körper umwerfend ist.

»Heute Abend nicht. Aber er hat mich gerade für Samstag zu einem Ausflug nach Bath eingeladen. Ich kann immer noch nicht fassen, wie perfekt er ist.«

Dev tut so, als müsse er sich übergeben.

»Was hast du für ein Problem mit Will?«

»Willoughby ist schon in Ordnung. Ich verstehe nur nicht, warum du ihn so vergötterst.«

»Äh – hast du ihn dir angesehen? Er ist der bestaussehende Junge, dem ich je begegnet bin. Und dieser Akzent …«

Er schüttelt den Kopf. »Und da heißt es immer, Männer würden nur aufs Äußere achten.«

»Sage, sag doch etwas.« Ich winke in ihre Richtung. »Ich weiß, du hast nicht viel Zeit mit ihm verbracht, aber mal ehrlich, auf einer Skala von eins bis zehn ist er mindestens eine Fünfzehn, hab ich recht?«

Sie senkt ihr Strickzeug. »Wenn die Skala bei zehn endet, *kann* er keine Fünfzehn sein. Das wäre mathematischer Unsinn.«

Ich stöhne.

»Aber … von dieser Spitzfindigkeit abgesehen … würde ich sagen, dass er zumindest eine Zwölf ist.« Sie grinst und Dev wirft verärgert die Hände in die Luft.

»Siehst du!«, rufe ich. »Da hast du es. Bestätigt von der klügsten Person, die wir kennen.«

»Ihr seid beide unmöglich«, sagt Dev, aber seine Augen blitzen dabei. »Und es ist dir vermutlich völlig egal, dass er überhaupt nichts über dich weiß.«

»Genau aus dem Grund muss ich ja mehr Zeit mit ihm verbringen.«

»Klar. Damit du ihm sagen kannst, dass du Elle heißt und Immobilien liebst.«

»Dein Freund kennt nicht einmal deinen richtigen Namen?«, wundert sich Sage.

»Elle *ist* mein richtiger Name. So steht es jedenfalls in meiner Geburtsurkunde. Und Will ist nicht mein Freund – noch nicht.« Ich sehe Dev finster an. »Wir lernen uns so nach und nach kennen.«

»Vielleicht solltest du ihm erzählen, dass dein Vater der CEO von Jaguar ist. Oder dass du die Erbin der Heineken-Dynastie bist. Ich wette, dass du damit sein Interesse wecken kannst.«

Ich kicke nach ihm und er lacht.

»Und was weißt du eigentlich über ihn?«, will er wissen.

»Er arbeitet für die renommierte Immobilienagentur seines Vaters. Er … er hat ganz Europa bereist und ist schon zweimal in den USA gewesen. Und er mag importiertes Bier und Kricket.«

»Lass mich raten. Du hast ihm gesagt, dass du Kricket ebenfalls magst.«

»Ich kann mich damit anfreunden.«

»Ich wette, dass du keinen Schimmer davon hast.«

»Dafür gibt es ja Wikipedia.«

»Ellie, diesen Seiten kannst du nicht vertrauen. Jeder kann dort schreiben, was ihm einfällt«, erklärt Sage. »Du brauchst Primärquellen.«

Oh Himmel! Nur Sage kann vorschlagen, Primärquellen zu verwenden, um sich auf eine Unterhaltung mit einem Jungen vorzubereiten.

Sie richtet einen Finger auf Dev. »Du bist doch hier der Kricketexperte. Du könntest ihr helfen.«

»Auf gar keinen Fall. Ich möchte nichts mit der Katastrophe zu tun haben, die sich unaufhaltsam anbahnt.«

»Woher kennst du Kricket?«, frage ich.

»Bloß, weil du nie davon gehört hast, heißt das noch lange nicht, dass es auch sonst niemand kennt.« Er verdreht die Augen. »In Indien ist es ein wichtiger Sport. Meine ganze Familie fährt darauf ab.«

Was? Ich lege den Kopf schief.

»Aber ich lasse mich nicht in dieses seltsame kleine Drama mit dem britischen Ken hineinziehen. Wenn du etwas über Kricket erfahren willst, gibt es viele Möglichkeiten. Du könntest sogar mitmachen! Es ist ein gemischtes Team.«

Jetzt bin ich es, die die Augen verdreht. »Als ob ich hier Zeit hätte, auch noch einer Sportmannschaft beizutreten. Kann ich vielleicht einfach bei dir vorbeischauen, falls ich Fragen habe? Höchstens eine oder zwei?«

»Von mir aus.« Er wendet sich an Sage. »Wie ist der Tee?«

»Oh …« Sie nippt an der Tasse. »Er ist gut. Genau richtig gesüßt.«

Ich schaue zwischen den beiden hin und her. Sie wären ein hinreißendes Paar, wenn sie zusammenfänden. Aber Sage scheint überhaupt nicht zu bemerken, was Dev für sie empfindet. Und ich befürchte, dass Dev keine Ahnung hat, wie er es anstellen soll. Trotz all ihrer Univorbereitungskurse und Lernstrategien sind sie in manchen Lebensfragen komplett ahnungslos. Ein tröstlicher Gedanke.

Kapitel 12

Als ich am folgenden Samstag in Bath aus Wills Auto steige, bin ich ganz zittrig. Zu dreißig Prozent kommt das wahrscheinlich daher, dass Will auf der Fahrt mit einem Affenzahn durch die engen Straßen gekurvt ist, und zu siebzig Prozent daher, dass ich dabei neben ihm gesessen habe. Ich schaffe es kaum, ihm in die Augen zu sehen, als er um das Auto herumgeht und sich zu mir gesellt. Er ist perfekt gekleidet in lässigen Jeans, abgewetzten Stiefeln und einer Cabanjacke. Sie steht ihm wahnsinnig gut. Der hochgestellte Kragen lässt mein Herz höherschlagen.

Wir gehen die enge Straße entlang. Rechts und links verkaufen noble Geschäfte Kleidung, Badeprodukte und eine Menge anderer Sachen, die ich nicht brauche, aber unbedingt haben möchte. Es liegt an den ungewöhnlichen europäischen Namen, die in mir den Wunsch wecken, alles auszukundschaften. Leider ist es früh am Morgen und die meisten Geschäfte scheinen noch geschlossen zu haben.

Will deutet auf ein Café. »Wollen wir etwas trinken?«

Ich nicke begeistert und folge ihm. Das Gebäude ist malerisch und drinnen ist es mollig warm, verglichen mit dem kühlen Septembermorgen. Ich studiere die Karte. »Welchen Tee nimmst du?«

»Wieso denkst du, ich würde Tee trinken? Nur weil ich Engländer bin?« Er zwinkert mir zu. »Wir trinken nämlich nicht alle Tee. Einige von uns brauchen eine Menge Koffein, um wach zu werden.«

Erst nachdenken, dann sprechen, Ellie!

Das Schweigen dehnt sich aus, während wir in der Schlange stehen. Mir fällt einfach nichts ein. Gestern Abend im Bett habe ich mir ein paar Sätze überlegt, mit denen ich eine Unterhaltung beginnen kann. *Welche Fernsehsendung magst du am liebsten? Findest du britische Komödien genau so witzig wie wir Amerikaner? Wie bekommst du es hin, dass deine Haare so toll fallen?* Aber diese Themen klingen jetzt alle bescheuert. Dass andere Leute Will anstarren, macht es nicht einfacher.

Schließlich sage ich: »Danke für den Ausflug. Ich hab bis jetzt noch fast nichts von England gesehen.«

»Gerne. Ich hab mich schon die ganze Woche drauf gefreut.«

»Ich auch. Ich hab die Tage gezählt.«

Will reicht mir meinen Kaffee und wir setzen uns an einen winzigen Bistrotisch an der Tür. »Erzähl mir etwas über dich.«

Ich blinzle. Mir fällt nichts ein. »Ach, keine Ahnung. Da gibt es nicht viel zu erzählen. Mein Leben ist viel langweiliger als deins.«

»Aber du kennst mein Leben doch gar nicht. Woher willst du wissen, dass ich nicht der langweiligste Mensch in England bin?« Er lächelt verschmitzt. »Vielleicht verbringe ich die meiste Zeit mit meiner Briefmarkensammlung. Oder ich kann perfekt Elbisch sprechen. Oder ich habe ein Zimmer voller Porzellanpuppen.«

Ich lache. »Das hört sich nicht langweilig an, nur gruselig.«

»Allerdings. Das war ein bisschen viel.« Er beugt sich vor. »Worauf ich hinauswill: Ist dir schon mal der Gedanke gekommen, dass dein Leben für mich so faszinierend sein könnte wie meins für dich?«

Ich schüttle den Kopf.

»Na, dann lass den Gedanken zu. Ich verbringe meine Zeit nämlich nicht mit Sachen – oder Menschen –, die mich nicht interessieren.«

Mein Magen schlägt einen Purzelbaum, als wäre ich gerade eine gigantische Achterbahn hinuntergesaust. Meine Lippen sind wie zusammengeklebt. Fieberhaft überlege ich, was ich ihm erzählen soll. Er darf auf keinen Fall merken, dass er sich womöglich in mir getäuscht hat.

»Ich gehe – ich meine, ich bin auf die Waterford Valley Highschool in Washington, D.C., gegangen«, sage ich. Fast hätte ich mich verplappert. »Meine Mutter bearbeitet Schadensfälle für eine Versicherungsgesellschaft. Tatsache ist, dass sie in ihrer Freizeit sehr gerne Jane-Austen-Verfilmungen schaut.«

Er verdreht gutmütig die Augen. »Das klingt, als würden sich unsere Mütter bestens verstehen. Es gibt schließlich einen Grund, warum sie mich Willoughby genannt hat. Was ist mit deinem Vater? Ist er auch dauerverliebt in diesen verdammten Mr. Darcy?«

»Äh, meinen Vater sehe ich nie. Meine Eltern haben sich scheiden lassen, als ich noch klein war. Er schickt Geburtstagskarten und Geld, aber das ist es auch schon.«

Will neigt mitfühlend den Kopf, doch ich zucke mit den Schultern. Ich weiß, es ist seltsam, wenn ich so über meinen Vater rede, aber ich bin nicht traurig darüber, dass wir keine Beziehung zueinander haben. Ich weiß, dass meine Mutter ohne ihn glücklicher ist. Sie ist alles, was ich an Familie brauche.

»Das tut mir leid. Obwohl ich ein bisschen neidisch bin. Es wäre der reinste Segen, wenn ich von meinem Vater nur Geburtstagskarten und Geld bekäme. Er mischt sich viel zu sehr in mein Leben ein und versucht, es so zu gestalten, wie es *seinen* Vorstellungen entspricht. Ich warte immer noch darauf, dass er in mir einen erwachsenen Mann sieht, der seine eigenen Entscheidungen treffen kann, aber …« Sein Gesichtsausdruck verdüstert sich für einen Augenblick, doch dann winkt er ab und seine Miene ist wieder glatt und entspannt. »Was gefällt dir denn so?«

»Nun, ich höre gern Musik und mag Fantasyromane. Und Horrorfilme, wenn sie nicht zu blutig sind.«

»Ich bin besessen von Horrorfilmen! Am liebsten mag ich es, wenn die Spannung steigt, bis man es kaum noch aushält, und dann – *Boom!* – springt plötzlich jemand irgendwo hervor und du erschrickst zu Tode.«

»Ja!« Ich lache und er lacht mit. »Vor ein paar Jahren bin ich im Kino mal so heftig erschrocken, dass ich meinen Popcornbecher hochgeworfen habe. Er traf jemanden hinter mir. Der Film war toll, aber ich war sauer, dass ich kein Popcorn mehr hatte.«

»Wenn ich mit dir ins Kino gehe, kaufe ich einen zweiten Popcornbecher als Reserve.« Er lächelt. »Ohne Popcorn macht Kino nur halb so viel Spaß.«

»Sehe ich auch so.«

Endlich kann ich mich entspannen. Es ist gar nicht so schwer, mit ihm zu reden, wie ich erwartet hatte. Er strahlt etwas Warmes und Freundliches aus. Soll ich ihm auch von meinen etwas peinlicheren Hobbys erzählen? Die Sache mit den Eicheln auf der Party kam nicht so gut, aber es war ja auch ziemlich seltsam. Vielleicht wird er die anderen Sachen nicht für peinlich halten, sondern für liebenswert. »Und dann gibt es noch etwas, das ich unheimlich mag.« Ich atme tief durch. »Einhörner.«

»Einhörner?«

»Ja …« Mir wird flau im Magen, weil er mich so verblüfft ansieht. *Kommando zurück!* Es ist zu früh für solche Geständnisse. Viel zu früh. »Na egal, ich weiß auch nicht. Mir gefallen halt die Hörner und so.«

»Oh …« Er nimmt einen Schluck Kaffee, als wollte er Zeit gewinnen. »Du meinst, du mochtest sie als Kind? Als ich jünger war, habe ich auch die albernsten Sachen gut gefunden. Ich konnte von Paddington Bär nicht genug kriegen. Bücher, Sendungen – und an die zwanzig Spielfiguren. Wenn wir in den Park gingen, hat meine Mutter mir sogar einen blauen Dufflecoat angezogen und Marmeladensandwiches eingepackt. Davon erzählt sie heute noch.«

Er versteht also, wie hinreißend so etwas sein kann, aber ich bin sicher, dass Will heute keinen Paddington-Bär-Hoodie mehr besitzt, den er anzieht, wenn er traurig ist. So cool wie er werde ich nie sein.

»Fehlt dir Amerika?«, fragt er.

»Nicht besonders. Allenfalls mein großes Bett zu Hause. Und ein eigenes Badezimmer. Aber davon abgesehen finde ich es aufregend, hier zu sein. Ich möchte es so richtig auskosten.«

»Tust du das denn gerade?«

Ich lächle schüchtern. »Oh ja. Ich wüsste nicht, wo ich im Moment lieber wäre.«

»Ich auch nicht.« Er streckt seine Hände in meine Richtung. »Du bist so anders als die anderen Mädchen, die ich kenne. Keine großen Dramen. Mit dir kann man sicher eine Menge Spaß haben.«

Ich straffe die Schultern. Das stimmt. Spaß ist genau das, was ich in England haben möchte. »Das kann man wohl sagen.«

Er lächelt mich an und drückt meine Hand. Die Berührung lässt mein Herz schneller schlagen. »Was möchtest du denn zuerst machen? Ich bin schon oft hier gewesen, darum geht es heute nur um dich.«

Da Mum und ich ausgiebig recherchiert haben, weiß ich, dass es in Bath jede Menge Sehenswürdigkeiten gibt, die mit Jane Austen zu tun haben. Einige ihrer Bücher spielen hier, und es wäre wunderbar, sich die Orte anzusehen, nachdem ich die Filme zigmal gesehen habe. Aber das schlage ich mir aus dem Kopf. Ich bin hier, um Zeit mit Will zu verbringen. Wenn er bei mir ist, macht alles Spaß.

»Ich möchte nicht, dass du dich langweilst«, sage ich. »Wir sollten uns etwas überlegen, das du hier noch nie gemacht hast.«

»Das hier *habe* ich noch nie gemacht.« Mit einem Lächeln deutet er auf uns. Verdammt, dieses Grinsen kann einem Mädchen echt Ärger einhandeln.

»Nun ... wie wäre es mit den Römischen Bädern?«

Er steht entschlossen auf. »Auf zu den Bädern!«

Wie sich herausstellt, sind wir bereits ganz in der Nähe. Wenige Minuten später hat Will zwei Eintrittskarten gekauft und ich folge ihm durch den Eingang.

»Die Terrasse«, verkündet er, als ich einen steinernen, umlaufenden Innenbalkon betrete, der von Statuen gesäumt ist. Er stellt sich ans Geländer und deutet nach unten. »Und das große Bad.«

»Wow.« Ich sehe unter mir ein rechteckiges Wasserbecken. Es überrascht mich ein wenig, dass es der Witterung ausgesetzt ist, und es verblüfft mich, dass das Wasser darin grün ist. »Haben hier drin wirklich Leute gebadet? Es sieht irgendwie … eklig aus.«

Will kichert. »Ich hoffe, dass darin gebadet wurde, sonst bräuchte die Stadt einen anderen Namen.«

Wir durchqueren die Museumszone: Modelle der Bäder, historische Gegenstände in Vitrinen, Plaketten mit wichtigen Informationen in kleiner Schrift. Ein Teil von mir ist interessiert und möchte mehr über die Geschichte wissen, aber der größere Teil von mir möchte einfach nur Will nahe sein. Als wir jedoch an einigen Metallplatten an der Wand vorbeikommen, bleibt Will stehen.

»Es lohnt sich, sie genauer anzusehen. Das sind die Fluchtafeln.«

»Flüche?« Ich beuge mich vor.

»Die Römer haben Flüche auf Tafeln geschrieben, wenn jemand ihnen etwas angetan oder sie bestohlen hat. Die Tafeln wurden dann ins Wasser geworfen in der Hoffnung, dass die Göttin Sulis Minerva für sie Rache übt.«

»Hm.« Meine Mundwinkel zucken, als ich mir vorstelle, welche Flüche ich aufschreiben würde.

»Genau«, flüstert Will. »Wenn ich wüsste, dass diese Göttin sich immer noch hier herumtreibt, dann würde ich auch ein paar Flüche verewigen.«

»Wen würdest du verfluchen?«, frage ich, ohne nachzudenken.

Wills Miene verdunkelt sich, und mir wird klar, dass meine Frage zu persönlich war. Doch als er antwortet, klingt sein Tonfall unbekümmert. »Den Polizisten, der mir einen Strafzettel für zu schnelles Fahren gegeben hat, als ich heute früh auf dem Weg zu dir war.«

»Du hast einen Strafzettel bekommen? Das hast du gar nicht erwähnt.«

Er legt eine Hand um meine Taille und zieht mich näher zu sich. »Ich konnte es nicht erwarten, dich zu sehen, und bin ein bisschen zu schnell gefahren.«

Ich atme den würzigen Duft seines Parfüms ein und vergesse die Sache mit den Flüchen.

Schließlich kehren wir zu dem grünen Bad zurück, das wir von der Terrasse aus gesehen haben. Ich steuere auf den Beckenrand zu, doch Will hält mich zurück. »Niemand darf das Wasser berühren. Es heißt, es sei giftig.«

»Ernsthaft?«

Dampfschwaden steigen auf und lassen den ganzen Ort unheimlich und magisch erscheinen, wie eine Szene aus einem meiner Fantasyromane, kurz bevor Männer in Umhängen aus dem Schatten treten und die Zukunft weissagen.

»Aber was kümmern uns Regeln?« Will zwinkert mir zu und kniet sich vor das Wasser.

Ich folge grinsend seinem Beispiel. »Es wird Zeit für ein Abenteuer.« Ich stecke einen Finger ins Wasser.

Seine Augen funkeln, als er es mir gleichtut und seinen kleinen Finger in meinen hakt.

Nach der Besichtigung schlendern Will und ich durch ein paar Touristenläden, bevor wir in ein Pub gehen. Er unterhält sich mit dem Barkeeper über die Auswahl an Biersorten, und ich nutze die Gelegenheit, um meiner Mutter ein paar Fotos zu schicken und ein besonders gelungenes von Will und mir vor einer römischen Statue zu posten. Ich kann der Versuchung nicht widerstehen, allen zu Hause zu zeigen, was für eine tolle Zeit ich hier verbringe, zumal Crystal und Andy ja auch keine Hemmungen haben, stündlich gemeinsame Fotos zu posten. Es ist befriedigend, aber ausnahmsweise kann Instagram nicht annähernd festhalten, was für einen wunderbaren Tag ich erlebe.

Will kehrt mit zwei Gläsern Bier zurück und ich trinke meins in winzigen Schlucken. Zum Glück hat sich der Kellner nicht nach meinem Alter erkundigt, als Will unsere Getränke bestellt hat, aber wer weiß, wie lange das noch gut geht.

Im ganzen Pub hängen Fernseher, auf denen Sportkanäle laufen, und Will scheint es in Ordnung zu finden, dass wir schweigend dasitzen und fernsehen, bis unser Essen gebracht wird. Aber ich finde das Spiel nicht interessant genug, um mich darauf zu konzentrieren. Ich möchte jeden Augenblick dieses Tages damit verbringen, Will besser kennenzulernen.

»Was hast du diese Woche vor? Musst du arbeiten?«

»Ja, wie immer.«

»Hört sich an, als hättest du auf keinen Fall vor, das Familiengeschäft zu übernehmen.«

Er lacht heiser. »Ich würde mich eher an den Zehen aufhängen lassen. Ich kann es kaum erwarten, bis ich Dad mit diesem ganzen Kram nicht mehr helfen muss.«

»Klingt stressig. Was hast du anschließend vor? Hast du schon Pläne?«

Sein Blick wandert zum Bildschirm und dann zurück zu mir. »Ich bin mir noch nicht sicher. Ich mag es nicht, allzu weit vorauszuplanen.«

»Ich auch nicht«, erwidere ich nickend. »Alle anderen scheinen genau zu wissen, was sie wollen, aber ich habe keine Ahnung. Ich hoffe auf eine plötzliche Eingebung, die mir verrät, was ich tun möchte, aber bis jetzt glänzt sie durch Abwesenheit. Es hilft mir nicht, dass um mich herum alle schon auf ihre Facharztausbildung hinarbeiten.«

»Ja, meine Eltern liegen mir ständig wegen der Uni in den Ohren, aber das akademische Leben liegt mir nicht. Ein paar meiner Freunde haben gemeinsam in einen Club im West End investiert. So etwas würde mir auch vorschweben.«

»Einen Nachtclub führen?«

»Nicht unbedingt einen Nachtclub. Eher so etwas wie die Brauerei, die ich auf der Party erwähnt habe.«

»Das klingt wundervoll. Ich wette allerdings, dass man zum Bierbrauen eine Menge Kenntnisse braucht.«

»Vermutlich. Aber ich muss ja nicht wissen, wie es funktioniert. Ich brauche nur das Kapital, um es in jemanden mit den nötigen Fachkenntnissen zu investieren.« Er hebt sein Glas, als wollte er einen Toast ausbringen. »Auf maximalen Gewinn bei minimalem Arbeitseinsatz!«

Ich hebe ebenfalls mein Glas.

Es ist seltsam, jemanden so reden zu hören. Er hat so viel Geld, dass er ein Unternehmen auf die Beine stellen kann, ohne über die damit verbundene Arbeit nachzudenken. Er lebt in einer völlig anderen Welt als ich. Aber wenn es bedeutet, dass er mehr Freizeit hat, die er mit mir verbringen kann, dann soll es mir recht sein.

Unser Essen kommt, und Will richtet seine Aufmerksamkeit wieder auf den Fernseher. Ich schiele in Richtung Bildschirm. England gegen Westindien. Verdammt, wenn ich doch nur etwas von dem Spiel verstünde. Selbst nachdem ich es gegoogelt habe, kapiere ich es nicht.

»Was hältst du von dem Spiel?«, fragt Will.

Er sieht mich erwartungsvoll an. Ich erinnere mich daran, dass Frank gesagt hat, Kricket sei Wills Lieblingssport. Es wäre genial, wenn ich mitreden könnte. Wir hätten etwas gemeinsam, so wie Crystal und

Andy. Sie wusste alles über die Basketballteams, wenn er gefachsimpelt hat, aber ich hab nie richtig zugehört.

»Es ist toll!« Ich versuche, besonders begeistert zu klingen. »So ganz anders als die amerikanischen Sportarten.«

»Nicht wahr?« Seine Miene hellt sich weiter auf. »Es ist wirklich der beste Sport. Es wäre wunderbar, jemanden zu haben, der ihn ebenfalls zu schätzen weiß.« Er verschränkt seine Finger mit meinen und ich nicke automatisch.

»Ja. Unbedingt.«

Er führt meine Hand an seine Lippen, und ich muss den Mund zusammenpressen, um nicht zu quietschen. Die Hitze seines Kusses wandert meinen Arm hoch und durch meine Brust.

Nach einem weiteren dankbaren Lächeln widmet sich Will wieder dem Kricketspiel und ich starre auf mein Essen. Mit ihm zusammen zu sein ist himmlisch, aber es lässt sich nicht leugnen, dass wir kaum etwas gemeinsam haben. Ich weiß nichts über Kricket, Brauereien oder Nachtclubs. Ich verstehe nichts von britischen Immobilien, doch darüber will er sowieso nicht reden. Ich habe keines der Länder bereist, in denen er war, und ich kenne die Fernsehsendungen nicht, die er gerne schaut. Wir könnten vielleicht über das Wetter meckern oder darüber, wie blöd die Schule ist. Wir könnten über ein paar amerikanische Filme reden, die er gesehen hat. Aber wie weit wird uns das bringen? Reicht es für ein weiteres Date? Oder zwei?

Meine Kehle schmerzt. Ich will nicht noch einmal zurückgewiesen werden. Nicht von jemandem wie Will. Aber … vielleicht gibt es eine Chance. Nur weil ich nichts von Brauereien oder Kricket verstehe, heißt das nicht, dass ich nichts darüber lernen kann. Ich muss mich einfach reinknien. Genau das hat Crystal bei Andy getan. Sie hat sich die Zeit genommen und ihren Horizont erweitert. Das kann ich auch.

Ich setze mich aufrecht hin. Meine neue Entschlossenheit siegt über meine Befürchtungen. Will nimmt wieder meine Hand, und ich halte seine fest und möchte sie nie wieder loslassen. Ich mag das Gefühl, das ich habe, wenn Will mich ansieht. Als wäre ich etwas Besonderes. Als wäre ich seine Aufmerksamkeit wert.

Als wir im Auto sitzen und uns auf den Heimweg machen, geht bereits die Sonne unter und die Temperatur ist drastisch gesunken. Nachdem wir in die lange Einfahrt zu Emberton Manor eingebogen sind, hält Will an, anstatt wie üblich bis zum Gebäude zu rasen.

Ich richte mich auf. »Ist alles in Ordnung?«

»Ich möchte kurz mit dir reden, ohne dass wir von neugierigen Studenten unterbrochen werden.«

Ein ungutes Gefühl beschleicht mich. *Er hat keine Zeit, sich noch einmal mit mir zu treffen. Ich bin zu langweilig. Er möchte, dass wir nur Freunde bleiben. Er möchte nicht einmal, dass wir Freunde bleiben.*

»Ich hatte heute einen tollen Tag.« Er nimmt meine Hände vom Sitz. »Wenn ich mit dir zusammen bin, erinnerst du mich daran, wie man glücklich ist.«

Meine Hände zittern in seinen.

»Hast du den Ausflug genossen?«

»Natürlich.«

»Gut. Denn ich würde mich gerne noch viel öfter so fühlen.«

Er fährt mir mit den Fingern durch die Haare. Ich atme ruckartig ein, als er sich zu mir beugt. Dann treffen sich unsere Lippen, und die Hitze, die in meinem Körper explodiert, könnte glatt das Auto zum Schmelzen bringen. Ich habe nie zuvor etwas so Wunderbares gespürt.

Kapitel 13

Nach der letzten Unterrichtsstunde am Mittwoch ist mein epischer Kuss mit Will nur noch eine ferne Erinnerung. Ich habe in meiner letzten Arbeit in Englischer Literatur eine Vier bekommen. Und die ist immer noch besser als die Fünf, die ich für meine Hausaufgabe in Chemie kassiert habe. Ich schlurfe durch den Korridor und dann zum Bus. Der einzige Lichtblick des Tages ist die Feengartenvorführung, die heute Nachmittag in Northampton stattfindet.

Es wäre nicht so schlimm, wenn alle anderen in ihren Klassen genauso miese Leistungen abliefern würden. Dann könnten wir zusammensitzen und darüber ablästern, wie streng die Professoren sind und wie unfair die Benotung ist. Aber alle anderen kommen bestens klar. Nun, ich weiß nicht, wie gut es ihnen emotional geht, aber ihre Noten sind gut, und meine sind es nicht. Jeden Tag hoffe ich, dass das Unterrichtstempo nachlässt oder dass ich wie durch ein Wunder mehr kapiere, doch stattdessen wird es immer nur schlimmer.

Im Bus werfe ich einen Blick auf meinen Insta-Feed. Nach Andys Party habe ich die Mitteilungsfunktion deaktiviert, darum bin ich überrascht, wie viele Leute die Fotos von mir und Will geliked haben. Erleichterung strömt warm durch meinen Körper. Ich weiß, es ist albern, aber es fühlt sich gut an, die anderen wissen zu lassen, dass ich nicht deprimiert bin und Andy nachweine. Ihm und Crystal scheint es blendend zu gehen, und ich möchte allen zeigen, dass ich wieder auf die Beine gekommen bin. Ich denke ungern an meine Rückkehr an die Waterford High, aber wenn es so weit ist, wird man mich wenigstens nicht mehr als das Mädchen mit der Party-Katastrophe abstempeln.

Zwanzig Minuten später lässt mich der Fahrer an der Ecke von Northampton Park aussteigen. Mein Herz schwillt an wie ein Ballon, als ich die Umgebung wahrnehme und meine Sorgen vergesse. Ich liebe diese entzückenden Reihenhäuser entlang der Straße, mit ihren blauen Türen, winzigen Vorgärten und doppelten Schornsteinen. Ich liebe die gedrungenen europäischen Autos mit ihren langen, gelben Nummernschildern. Und am meisten liebe ich es, dass heute irgendein Mittwochnachmittag mitten im September ist und ich *hier* bin – ganz allein in einem fremden Land.

Dieser Teil des Parks besteht überwiegend aus Rasenflächen mit ein paar alten Fußballtoren, aber in der Ferne erspähe ich einige zusammengeschobene Picknicktische unter einem Partyzelt. Das Zelt ist mit Ballons und Blumen geschmückt. Genau da muss ich hin.

Wie sich herausstellt, sind alle anderen Erwachsenen hier entweder Angestellte des Gartengeschäfts oder Begleitpersonen von Kindern. Und dann sind die »neuen Techniken« obendrein ziemlich einfach. Als mir klar wird, dass ich nichts Neues lernen werde, helfe ich einem kleinen Mädchen dabei, die einzelnen Schuppen eines Tannenzapfens auf das Dach ihres hölzernen Vogelhauses zu kleben. Das macht Spaß. Ich wünschte, ich könnte jeden Tag Kinder auf diese Weise unterrichten, anstatt selbst zum Unterricht zu gehen. Noch besser wäre es, wenn man einen Masterabschluss in Feengartengestaltung machen könnte. Dann wäre *ich* zur Abwechslung mal die Einserschülerin.

Als die Vorführung vorbei ist, habe ich keine Lust, schon nach Emberton Manor zurückzufahren (wo nichts als Büffelei auf mich wartet), darum schlendere ich durch den Park. Es nieselt, aber dadurch fühle ich mich umso britischer. In der Ferne rennt eine große Gruppe von Leuten herum. Ich meine, kleine Torringe zu sehen, die im Boden stecken. Bin ich da womöglich auf ein Quidditch-Turnier gestoßen? Ich habe noch nie ein echtes gesehen. Lachend laufe ich auf das Feld zu.

Beim Näherkommen wird mein Grinsen so breit, dass mir fast die Mundwinkel einreißen. Als Kind habe ich die Harry-Potter-Bücher verschlungen. Ich habe sie immer wieder hervorgeholt, wenn ich mich traurig oder einsam gefühlt habe und Trost brauchte.

Ich sondiere das Spielfeld. Genau wie in den Büchern gibt es an jeder Seite des Felds drei Torringe, der mittlere etwas höher als die anderen, aber nicht so hoch, dass man einen Besen bräuchte, um hindurchzufliegen. Aber … ups! … die Spieler haben tatsächlich Besen. Du meine Güte! Keine Filmrequisiten, sondern kurze, gelbe Besenstile. Jeder Spieler hat einen zwischen die Beine geklemmt. Sie rennen und springen und flitzen.

Ich erstarre. Was … zur … Hölle …?

Ich trete einen Schritt näher, dann noch einen. Das kann doch nicht sein … das ist doch nicht etwa …?

Aber ich bilde es mir nicht ein. *Dev* ist auf dem Feld.

Mein Mund steht offen, während ich mich wie magisch angezogen dem Feld nähere. Kein Zweifel, er ist es. Er schwitzt, der Besen steckt zwischen seinen Beinen, und er umklammert mit einer Hand einen großen, weißen Ball. Er wirft ihn jemandem an den Rücken, der daraufhin stolpert und seinen Besen verliert. Meine Verblüffung verwandelt sich in ein Lachen, das tief aus meinem Bauch kommt. Ich kann es einfach nicht fassen, dass Dev – der ernste, strebsame *Dev* – Quidditch spielt.

Was für ein Tag!

Ein Schiedsrichter pfeift ab, die Mannschaften trennen sich und laufen zur Seitenlinie. Jemand reißt die Torringe aus dem Boden. Dev verlässt das Feld mit einem anderen Jungen, mit dem er sich angeregt unterhält. Sie scheinen einen Spielzug zu besprechen, denn sie tun so, als würden sie Bälle auf imaginäre Personen werfen. Ich lache weiter, während ich trotz des immer stärker werdenden Regens langsam auf die beiden zugehe. Es ist faszinierend, was man über jemanden erfahren kann, wenn er sich unbeobachtet fühlt.

Plötzlich dreht Dev sich um und unsere Blicke treffen sich. Sein Besen fällt zu Boden.

»Hi!«, rufe ich winkend.

Ein paar weitere Leute drehen sich zu mir um, doch ich erkenne niemanden sonst aus Emberton Manor. Das muss eine Mannschaft aus ganz Northampton sein. Devs Augen treten fast aus den Höhlen, und er sagt etwas zu seinem Freund, bevor er zu mir gelaufen kommt.

»Ellie!«, raunt er mir zu. »Wie in aller Welt hast du mich hier entdeckt?«

»Ich war in einer Gartenvorführung im Park.« Ich deute auf den Weg, den ich gekommen bin. »Ich meinte, ein Quidditch-Spiel zu sehen, und wollte es mir näher anschauen.«

Er schaut sichtlich beunruhigt an mir vorbei. »Ist jemand bei dir? Hast du es Huan erzählt? Oder Sage?«

»Nein. Ich bin allein.« Ich deute auf das Feld. »Also, was hat es damit auf sich? Du spielst *Quidditch?* Habe ich dein dunkles Geheimnis gelüftet?«

»Halt bloß die Klappe.«

Ich hebe abwehrend die Hände. »Aber ich sage doch gar nichts. Ich habe noch nie so etwas Tolles gesehen. Es ist nur so unerwartet.« Ich nicke in Richtung seines Besens und lächle. »Ich hätte mir nie vorgestellt, dass du auf so etwas abfährst.«

Er schiebt die Hände in die Hosentaschen und starrt auf den Boden. »Ich hab schon lange davon geträumt. Um Stress abzubauen. Als ich die Bücher zum ersten Mal gelesen habe, dachte ich sofort, wie toll es wäre, Quidditch zu spielen. In D.C. gab es zwar ein Team, aber ich konnte nicht zum Training gehen. Als ich auf dem Markt den Flyer für das örtliche Team entdeckt habe …«

Er hat das Geheimnis seit unserem ersten Besuch hier gehütet? Ich dachte, ihn durch und durch zu kennen, aber in Dev steckt wohl mehr, als ich geahnt habe.

»Weißt du, Quidditch ist jetzt eine große Sache«, fügt er hinzu, »ein offizieller Sport. Es gibt sogar eine Weltmeisterschaft.«

Es regnet mittlerweile so stark, dass meine Kleidung an mir klebt. »Können wir woanders darüber reden?«

Er sieht mich mit zusammengekniffenen Augen an, dann schaut er zum Himmel, als würde ihm der Regen jetzt erst auffallen. Jungs!

»Ja, komm mit.«

Er geht noch mal zurück, um seine Tasche zu holen, und gibt mir ein Zeichen, ihm zu folgen. Wir laufen unter einen der großen Bäume, die im Park stehen. Ich versuche, die Nässe abzustreifen, aber genauso gut könnte ich versuchen, meine eigene Haut abzulegen.

»Bist du sauer, weil ich es herausgefunden habe?«

Er seufzt. »Nein. Aber es wäre mir recht, wenn du aufhören könntest, so breit zu grinsen.«

Ich versuche es, erreiche aber eher das Gegenteil. »Tut mir leid, ehrlich! Es ist nur wegen deinem Besen und den Bällen und …«

Er beginnt zu kichern. »Ich bin einer der Treiber, obwohl der Mannschaftskapitän mich lieber als Schnatzläufer einsetzen würde.«

»Ein Schnatzläufer? Was soll denn das sein?«

»Es ist fast genauso wie in den Büchern.« Dev lächelt. »Allerdings würde ich ein goldenes Trikot tragen und um das Feld laufen mit einer Socke an der Hüfte, in der ein Tennisball steckt.«

Wir müssen beide schallend lachen. Er zieht eine Sportsocke aus seiner Tasche und lässt sie über seinem Kopf kreisen. Ich wische mir Lachtränen aus den Augen und mache scheuchende Bewegungen. Ich bekomme keine Luft mehr. Wir lachen, bis uns der Bauch wehtut und Dev japst.

»Schön, dass ich dir den Tag versüßen konnte.« Er steckt die Socke zurück in die Tasche und wir lachen erneut. »In Wirklichkeit ist es gar nicht so lächerlich, wie ich tue. Es ist ein harter Sport.« Er deutet auf seine aufgeschrammten Schienbeine. »Ich glaube, der Regen hat nachgelassen. Wollen wir etwas essen gehen, bevor wir den Bus nehmen?«

»Klar. Worauf hast du Lust?«

»Etwas Amerikanisches.«

»Pizza?«, frage ich.

»Die ist italienisch.«

»Nicht, wenn man sie bei Pizza Hut holt.«

Kapitel 14

Der Pizza Hut sieht aus wie … ein Pizza Hut. Die größten Unterschiede sind die Preise (autsch!) und die Tatsache, dass wir Wein bestellen könnten. Zum Glück haben Dev und ich den gleichen Geschmack und einigen uns beim Belag schnell auf Salami und grüne Oliven. Dazu trinken wir Orangenlimo.

»Also, meine Fragen zu Kricket …«, sage ich.

Dev nimmt einen Schluck, lehnt sich zurück und beäugt mich. »Ich finde diese ganze Sache immer noch bescheuert.«

»Von wegen! Als Will und ich in Bath waren, hat er gesagt, wie sehr er Kricket liebt und sich wünscht, sich mit mir darüber unterhalten zu können. Aber dann habe ich das Spiel angeschaut und überhaupt nichts kapiert.«

»Das am Samstag? England gegen Westindien? Tolles Spiel.«

»Siehst du! Bitte, ich muss wenigstens versuchen, die Regeln zu verstehen. So kann ich ihn für mich gewinnen.«

»Du hast doch schon einen Tag mit ihm in Bath verbracht. Glaubst du nicht, dass du ihn schon … ›für dich gewonnen‹ hast?« Er verzieht den Mund, als hätte er etwas Ekliges gegessen.

»Ich weiß es nicht. Für den Augenblick vielleicht, aber worüber sollen wir beim nächsten Treffen reden?«

»Hmm, schwierige Frage. Hast du schon mal mit dem Gedanken gespielt, ein Thema anzuschneiden, dass *dich* interessiert?«

»Ja, natürlich werde ich auch über solche Sachen reden, aber jetzt muss ich mehr über das wissen, was *ihn* interessiert.«

»Und was, wenn er über etwas anderes reden möchte?«

»Na, dann informiere ich mich darüber eben auch. Ich hab eine Liste erstellt.« Ich krame mein Handy raus. »Kricket steht ganz oben. Ich sollte außerdem etwas über Biersorten und wahrscheinlich über ein paar Brauereien wissen. Und ich sollte mich sicherheitshalber mit ein paar weiteren Sportarten auskennen. Soccer – hier sagt man Fußball dazu, stimmt's? Aber auch … na, wie heißt es noch gleich? Dieses brutale Spiel?«

»Rugby?«

»Genau! Das meinte ich. Und, was weiß ich, vielleicht etwas, das mit Musik zu tun hat. Zum Beispiel …«

»Halt! Mir bluten schon die Ohren.«

»Was denn? Ich versuche nur, mich gut vorzubereiten.«

»Um bei ihm ein völlig anderer Mensch zu sein! Warum willst du überhaupt – ach, vergiss es.« Er nimmt einen weiteren Schluck und schüttelt den Kopf. »Ich weiß nicht, Ellie. Das klingt nach einer gigantischen Zeitverschwendung. Die Kurse hier sind kein Kinderspiel, außerdem habe ich Kricket, die außerschulischen Aktivitäten …«

»Du meinst Quidditch?«

»*Jaaa*, Quidditch. Und das Training für Bewerbungsgespräche, Workshops über Unibewerbungen. Ich hatte mir auch überlegt, am akademischen Triathlon teilzunehmen. Ich kann dir jetzt ein bisschen mehr über Kricket erzählen, aber ich hab keine Zeit, dir beizubringen, wie man sich einem britischen Jungen an den Hals wirft. In dem Fach bin ich grottenschlecht.«

»Glaube mir, ich würde liebend gerne jemand anderen darum bitten, um mir deine spöttischen Bemerkungen zu ersparen. Aber was bringt es mir, wenn ich Huan über Kricket ausfrage?«

Dev lächelt.

»Oder sollte Sage mich mit ihren beeindruckenden Kricketkenntnissen unterrichten?«

»Wer weiß. Wie ich sie kenne, hat sie sich vor der Reise auch darüber schlaugemacht.«

Ich beuge mich vor. Es wird Zeit, Klartext zu reden. »Wo wir gerade von Sage sprechen …«

»Ja?« Er klingt normal, aber seine Augen werden schmal.

»Keine Spielchen mehr. Es ist offensichtlich, dass du sie magst.« Dev wirkt, als wollte er es leugnen, doch ich lasse ihn nicht zu Wort kommen. »Das geht in Ordnung. Ich verstehe dich.«

Er blinzelt. »Wirklich? Dann bist du die Einzige.«

»Klar. Ihr seid beide ernsthaft am Lernen interessiert. Ihr wart in den gleichen Schwerpunktkursen. Ihr habt viel gemeinsam.«

»Ja. Aber das ist nicht alles.« Er lehnt sich voller Eifer gegen den Tisch, als wäre er überglücklich, dass er endlich mit jemandem darüber reden kann. »Sie ist so selbstbewusst. Sie entschuldigt sich nie dafür, bessere Noten zu schreiben als alle anderen. Das käme ihr nie in den Sinn. Und man kann sich richtig ernst mit ihr unterhalten. Ich meine, nicht dass ich mit ihr schon viele tiefsinnige Gespräche gehabt hätte, aber ich kann es mir gut vorstellen.«

Ich muss lächeln. Sein Enthusiasmus ist hinreißend.

»Ich glaube, ihr würdet großartig zusammenpassen. Und wir hätten eine Win-Win-Situation. Du kannst jeden Abend in unser Zimmer kommen, wenn Sage da ist. Ich weiß doch, dass dir jeder Vorwand recht ist, und sei er noch so verstörend. Doch jetzt hast du einen soliden Grund. Du hilfst mir mit Will, und ich lege bei Sage ein gutes Wort für dich ein.«

»Ich denke nicht, dass deine Meinung sie besonders interessiert.«

»Wir sind Zimmergenossinnen. Ich könnte sie schon irgendwie beeinflussen.«

Er hebt eine Augenbraue.

»Wie auch immer, so kannst du in ihrer Nähe sein. Ich habe im Psychologiekurs gelernt, dass Anziehungskraft vor allem durch räumliche Nähe erzeugt wird. Und so bist du ihr besonders nah. *Und* du darfst dich über mich lustig machen, so viel du magst.«

»Als könntest du das verhindern.« Doch er lächelt, als er das sagt.

»Haben wir einen Deal?«

»Unter zwei Bedingungen. Erstens: Die Schule geht immer noch vor.«

»Ja, klar.«

»Und zweitens: Du darfst niemandem vom Quidditch erzählen, bevor ich es dir erlaube.«

»Was? Na, hör mal! Ich hatte schon überlegt, ob ich es morgen beim Mittagessen laut verkünden oder mit einem Besen nachspielen soll.«

Seine Augen werden groß. »Du musst es versprechen. Es ist etwas, das ich im Moment ganz für mich allein haben will. Wenn die anderen es herausfinden, werden sie alle zuschauen wollen und mich damit aufziehen. Das wird mir ewig nachhängen.«

»Na gut.« Ich sehe ihn von oben herab an. »Aber wer versucht jetzt, seinen wahren Charakter zu verbergen?«

Er runzelt die Stirn, doch dann kommt die Pizza und wir langen zu. Sie ist *köstlich*. Ich weiß nicht, woran es liegt – haben die hier in Northampton ein anderes Rezept? – aber ich kann die Pizzastücke nicht schnell genug verschlingen.

»Wir veranstalten kein Wettessen«, sagt Dev lachend.

»Du vielleicht nicht.«

Ich nehme mir ein weiteres Stück und lehne mich zurück. Verblüffend, wie viel Spaß es macht, mit ihm zusammen essen zu gehen! Besonders, weil ich ihn jetzt gnadenlos wegen Quidditch aufziehen kann, aber nicht nur das. Ich dachte immer, Dev käme es nur darauf an, lauter Bestnoten einzuheimsen, aber wir sind uns ähnlicher, als ich für möglich gehalten habe. Es ist schön, jemanden zu kennen, der ebenfalls ein schrulliges Hobby hat und es lieber für sich behält. Ich mag es, in sein Geheimnis eingeweiht zu sein.

»Weißt du, wenn du Will besser kennenlernen willst, solltest du ihn nach seiner Familie fragen. Auf diese Weise erfährt man eine Menge über einen Menschen. Hast du das schon versucht?«

»Ja, darüber haben wir tatsächlich gesprochen«, sage ich mit wichtigem Tonfall.

»Und?«

»Und ...« Ich verziehe kurz den Mund. Hmm ... ich weiß im Grunde nicht viel. »In der Beziehung zu seinem Vater kriselt es ...« Ich halte inne. »Er hat eine jüngere Schwester. Oh, und seine Mutter reist gern!«

Dev nickt. »Ich schätze, das ist ein Anfang. Hast du ihm über deine Familie erzählt?«

»Ein wenig. Es gibt nicht viel zu erzählen. Ich kenne meinen Vater eigentlich nicht, und Mum ... nun, sie liebt alles Britische noch mehr als ich. Bevor ich herkam, haben wir in einem zweiwöchigen Filmmarathon sämtliche Buchverfilmungen der BBC angeschaut. Aber damit kann ich bei Will nicht punkten.«

»Nicht unbedingt. Aber ich finde es cool, dass ihr das gemacht habt. Habt ihr ein gutes Verhältnis?«

Ich zögere. Normalerweise erzähle ich nicht allzu viel über meine Mum. Ich befürchte, dass man mich für bescheuert hält, weil ich so gerne Zeit mit ihr verbringe. Wird von Teenagern nicht erwartet, ihre Mütter zu hassen? Aber so habe ich nie empfunden. Manchmal nervt sie mich tierisch, aber sie ist auch eine meiner engsten Freundinnen.

»Jaaa«, erwidere ich langsam. »Seit dem Umzug habe ich so gut wie keinen Kontakt mehr zu meinen früheren Mitschülern, darum verbringe ich die meisten Abende und Wochenenden mit ihr.« Ich zupfe an einer Olive und wappne mich für einen bissigen Kommentar.

»Bei mir ist es ähnlich«, sagt er, ohne auch nur ansatzweise verurteilend zu klingen. »Nicht dass wir umgezogen wären oder Filmmarathons veranstalten würden – meine Eltern stehen nicht so auf Filme –, aber ich verbringe meine Zeit überwiegend in der Schule oder mit meiner Familie.«

»Das ist toll.«

»War es schwer, in eine neue Schule zu kommen? Ich stelle es mir ätzend vor.«

»Ich vermisse Virginia nicht. Meine alten Freundinnen … sagen wir, wir haben uns auseinandergelebt. Ich war sogar erleichtert, als Mum das Jobangebot in D.C. bekam. Dann hat sich Crystal mit mir angefreundet und ich konnte mein Glück kaum fassen.« Ich zucke mit den Schultern. »Aber wie das ausging, ist allgemein bekannt.«

»Ach, das hält höchstens zwei Monate. Du kennst Andy nicht so gut wie wir anderen. Bevor wir wieder zurück in den Staaten sind, hat er längst eine Neue im Visier.« Er deutet auf mich. »Und wenn du nicht an unsere Schule gekommen wärst, dann hättest du nie die Chance gehabt, diese vorzügliche Pizza zu essen. Du Glückspilz.«

»Wohl wahr.« Betont genussvoll nehme ich einen weiteren Bissen. Als ich fertig gekaut habe, frage ich: »Gefällt es dir hier? Oder vermisst du deine Familie?«

Sein Gesichtsausdruck wird weicher. »Sowohl als auch. Natürlich fehlen sie mir. Ständig schicken sie mir E-Mails oder rufen an.« Er holt sein Handy raus. »Jep! Zwei neue E-Mails und ein paar Bilder, seit ich das letzte Mal nachgesehen habe.«

»Wow.«

»Ich vermisse vor allem meine Geschwister.« Er zeigt mir ein Foto. Es ist ein Selfie von ihm, einem jüngeren Bruder und zwei kleinen Mädchen. »Das sind Anaya und Riya«, sagt er und deutet auf die beiden Mädchen. Sie sind total niedlich – die jüngste hat Ringellocken. »Und das ist Sahil. Er ist im ersten Highschool-Jahr. Er ist ziemlich enttäuscht, dass ich fort bin, jetzt, wo wir doch endlich wieder an derselben Schule sind.«

»Wieso hast du die Reise dann gemacht? An unserer Highschool gibt es doch auch jede Menge Univorbereitungskurse.«

Das nehme ich jedenfalls an. Ich habe mich nicht wirklich dafür interessiert.

Er schiebt das Pizzastück auf seinem Teller herum. »Meine Eltern und ich waren der Ansicht, dass ich dann bessere Bewerbungen schreiben kann. Auslandserfahrungen hat schließlich nicht jeder vorzuweisen. Ich habe mich so auf die Schule konzentriert, dass ich nur an wenigen der benötigten außerschulischen Aktivitäten teilgenommen habe. Ich hoffe, dass ich besser herausstechen kann, wenn ich in meinen Bewerbungen die Schwerpunktkurse, die kleinen Klassengrößen und die Einzelgespräche mit den Professoren hier erwähne.«

»Ich bin sicher, dass deine Bewerbungen so oder so herausstechen werden. Du bist doch ein glatter Einserschüler, nicht wahr?«

»Ich kann jede Hilfe gebrauchen, denn ich bin auf ein Stipendium angewiesen. Ein Vollstipendium. Ohne finanzielle Unterstützung können meine Eltern uns unmöglich alle vier an die Uni schicken. Sie verlassen sich darauf, dass ich meinen Geschwistern ein gutes Vorbild bin, das haben sie mir oft gesagt. Ich darf sie nicht enttäuschen.«

»Verstehe.«

Er lehnt sich zurück und betrachtet mich. »Weißt du, ich kann kaum glauben, dass ich das sage, aber ich bin froh, dass wir uns heute Abend getroffen haben.«

Ich hebe mein Glas. »Auf Quidditch, Kricket und die Verwirklichung unserer Träume.«

Wir stoßen an.

»Und auf Nachhilfestunden.« Er lächelt verschlagen. »Die gebe ich manchmal meinen Geschwistern.«

»Und?«

»Ich bin sehr gründlich. Sie hassen es.«

Kapitel 15

»Also, was bedeutet ›Bein vor Wicket‹?«

Ich stöhne und lehne mich in meinem Stuhl zurück. »Weiß ich nicht.«

Dev seufzt und wechselt einen verstohlenen Blick mit Sage.

»So schwer ist es doch nicht«, lässt Sage mich wissen. »Nutze einfach deinen gesunden Menschenverstand.«

Dev hat Wort gehalten und ist diese Woche jeden Abend pünktlich um neunzehn Uhr in unser Zimmer gekommen. Seit unserer Begegnung auf dem Quidditch-Feld habe ich mehr Zeit mit ihm verbracht als in den ganzen vier Wochen davor. Zuerst war Sage anscheinend nicht gerade begeistert, dass wir jetzt mehr Gesellschaft und Ablenkung haben, aber ich glaube, sie fängt an, es insgeheim zu genießen. Eigentlich sollte Dev verdammt dankbar sein, dass ich in sportlichen Belangen so schwer von Begriff bin, denn das ist der einzige Grund, warum er und Sage sich zusammengetan haben: Sie sind beide davon genervt, wie schwer ich mich mit diesen Fachausdrücken tue.

»Ähm.« Ich reibe mir die Augen. »Ich denke, hm, er stellt seinen Fuß vor das Kricket …«

»Du musst das richtige Wort benutzen. Die Holzstäbe heißen Wicket, nicht Kricket.«

»Ja doch. Er stellt ein Bein vor das Wicket, anstatt den Ball mit seinem Schläger abzublocken.«

Dev nickt. »Okay, das kann ich durchgehen lassen. Und jetzt sag mir, was es mit den Spielfeldlinien auf sich hat.«

»Aber die Frage hatten wir doch schon.«

»M-hm. Und du hast sie noch nicht richtig beantwortet.«

»Hey! Das stimmt nicht ganz. Ich wusste, dass es verschiedene Arten von Kricket gibt. Obwohl ich kaum glauben kann, dass manche Spiele über fünf Tage gehen. Das ist doch verrückt.«

»Witzige Bemerkung am Rande: Wusstest du, dass das längste Kricketspiel mehr als eine Woche gedauert hat?«

Ich stöhne. »Dev, du musst lernen, wie man *witzig* definiert.«

»Und du musst lernen, was Overs und Innings sind.«

Ich stöhne lauter. Warum muss Will auf so langweiliges Zeug stehen?

»Hey, hast du deine Hausarbeit über *Beowulf* schon fertig?«

Ich drehe mich um, aber Dev meint nicht mich. Er steht über Sages Tisch gebeugt. Echt geschmeidige Anmache!

»Seit zwei Tagen«, erwidert sie.

»Cool«, meint er. »Super. Ich bin gestern Abend fertig geworden. Dann hast du heute Abend frei? Ein paar Leute schauen nämlich im Gemeinschaftsraum die neueste Staffel von *Doctor Who*, falls du Interesse hast. Eine richtig tolle Serie.«

»Danke, aber ich muss arbeiten. Dr. Reese hat mir ein paar Artikel zum Lesen mitgegeben.«

Dev sinkt in sich zusammen. Mensch, Sage macht es ihm echt nicht leicht.

»Wie ist es mit dir, Ellie? Bist du fertig?«, fragt Sage munter, und mich beschleicht der Verdacht, dass sie Devs Aufmerksamkeit von sich ablenken will.

»Ja, fast.«

Dev macht große Augen. »Die Arbeit ist morgen fällig.«

»Ich weiß. Ich mache sie gleich fertig.«

»Darf ich mal sehen?« Er deutet auf meinen Laptop.

Zögernd hole ich ihn hervor. Dann klettere ich auf mein Bett hoch. Ich bin erschöpft. Vor lauter Unterricht, Lesestoff, Hausarbeiten und dem Büffeln von Wills Interessen ist Schlaf von meiner Prioritätenliste gerutscht.

»Gar nicht so schlecht.« Dev kann die Überraschung in seiner Stimme nicht verbergen.

»Wirklich?«

»Du brauchst eine stärkere Einleitung. Und du solltest den Abschnitt über Tolkiens Kritik besser ausarbeiten. Aber alles in allem ist es gelungen. Mindestens eine ordentliche Zwei.«

Ich schiele zum Laptop hinunter, um mich zu versichern, dass er die richtige Datei liest. Tatsächlich. Ich habe dem Aufsatz zusätzliche Zeit in der Bibliothek gewidmet, weil Will den ganzen Tag mit seinem Vater unterwegs war und mir nicht schreiben konnte. Ich kann mich wohl besser konzentrieren, wenn ich nicht darauf warte, dass mein Handy sich meldet.

Mein Display leuchtet auf. Wenn man vom Teufel spricht …! Ich werfe Dev und Sage einen entschuldigenden Blick zu. Dev zuckt mit den Schultern und geht wieder zu Sages Schreibtisch hinüber.

»Hallo?«

»Elle! Ich hatte gehofft, dich zu erwischen. Störe ich?«

»Nein, überhaupt nicht.« Ich steige vom Bett, verlasse das Zimmer und gehe durch den Korridor zu einem der gemütlichen Sessel mit Blick auf den Park. Ich rolle mich darin zusammen. Die Müdigkeit ist vergessen.

»Wie ist Brighton?«

»Ach, vermutlich wäre es großartig, wenn mein Vater nicht dabei wäre«, sagt er. »Erzähl mir von deinem Tag. Er war bestimmt besser als meiner.«

»Da bin ich mir nicht so sicher. Eben der übliche Schultag. Frühstück, Unterricht, lernen, noch mehr Unterricht, noch mehr lernen. Als ich mich zu der Reise entschlossen habe, hatte ich keine Ahnung, wie viel Arbeit mich erwarten würde.«

»Musst du wirklich so viel lernen? So wichtig kann es doch nicht sein.«

Ich presse die Augenlider zusammen und denke an meinen Nachhilfeunterricht bei Dev. »Einiges davon durchaus.«

Ich höre, wie er sich bewegt, und stelle mir vor, dass er sich räkelt und es sich in seinem Sessel gemütlich macht. Erneut seufzt er. »Ich wünschte, wir könnten etwas zusammen unternehmen. Oder irgendwo hingehen. Lass uns so tun, als ob. Worauf hättest du Lust?«

»Wenn wir zusammen irgendwo hingehen würden?«

»Genau.«

»Ich weiß nicht. Ich wäre vermutlich an jedem Ort glücklich. Solange es kein Leichenschauhaus ist oder so.«

Als er lacht, fährt mir ein wohliger Schauer über den Rücken. »Das ist deine einzige Bedingung? Kein Leichenschauhaus? Du bist wirklich nicht wählerisch.«

»Und du? Wo würdest du hingehen?«

»Mit dir zusammen? Überallhin.«

Mein ganzer Körper kribbelt. Wenn er jetzt hier wäre, würde ich ihn leidenschaftlich küssen.

Jemand ruft nach Will und er knurrt. »Das ist wieder mein Vater. Ich muss los.«

»Schön, dass du angerufen hast.«

»Ich fand's auch schön, mit dir zu sprechen. Sehen wir uns, wenn ich zurück bin?«

»Auf jeden Fall. Ich kann es kaum erwarten.«

Ich beende das Telefonat und schwelge in dem schönen Gefühl. *Mit dir zusammen? Überallhin.* Ich bin zu glücklich, um mich meinem Aufsatz zu widmen, also scrolle ich wieder durch meine Bath-Fotos. Wer hätte gedacht, dass ich nach der tiefen Demütigung in der Highschool so einen Höhenflug habe und jemanden date, der so perfekt ist? Bei mir zu Hause bestimmt niemand. Ein paar Mädchen haben mir sogar Nachrichten geschickt, in denen sie mich beschuldigen, ich würde Will in meine Bilder photoshoppen! Als ob ich mich für so etwas gut genug mit Computern auskennen würde. Aber ich nehme es als Kompliment … und als Anlass, noch mehr Fotos zu posten.

Schließlich raffe ich mich auf. Dev ist immer noch in meinem Zimmer und unterhält sich mit Sage. Sie sieht mich nur kurz an und schnalzt mit der Zunge. »Aha, ein erfreulicher Anruf.«

»Sehr erfreulich.« Ich lächle und lasse mich in meinen Stuhl sinken.

»Tja, du hast eine sehr erbauliche Unterhaltung über Englische Literatur verpasst«, sagt Dev.

»Die British Library hat die einzige erhaltene Handschrift von *Beowulf*«, erläutert Sage. »Ich hab mir überlegt, sie anzuschauen.«

Dev dreht sich um. »Wirklich?«

»Was anschauen?«

»Die Originalausgabe von *Beowulf*«, erklärt Sage und nimmt ihre Ausgabe vom Tisch. »Sie ist nicht ständig ausgestellt, aber hin und wieder können Besucher sie anschauen. Außerdem haben sie die *Canterbury Tales*, die Originalseite eines Shakespearestücks, die handschriftliche Urfassung von *Alice im Wunderland* … es muss faszinierend sein.«

Dev springt auf. »Wir sollten einen Ausflug planen«, schreit er förmlich.

Ich fange seinen Blick auf und mache mit der Hand eine Geste, als würde ich ein Bremspedal betätigen.

Sage sieht uns mit leuchtenden Augen an. »Wir könnten sowohl in die British Library als auch ins British Museum gehen …«

»Vielleicht auch in die St. Paul's Cathedral?«, ergänzt Dev.

»Au ja!« Sage klatscht in die Hände. »Wenn ich freitags wegen meiner Forschung nach London fahre, bekomme ich kaum etwas von der Stadt zu sehen.« An mich gewandt fährt sie fort: »Du bist noch gar nicht in London gewesen, nicht wahr, Ellie?«

Überrascht schüttle ich den Kopf.

»Du solltest mitkommen.«

»Äh …« Ich würde London unheimlich gerne besuchen, aber ich möchte nicht stören. Ich werfe Dev einen verstohlenen Blick zu.

»Ja, komm mit.« Er nickt aufmunternd. »Ich werde Huan fragen, ob er auch möchte. Es wäre doch schön, wenn wir wieder als Gruppe losziehen könnten.«

»Echt? Ja, hört sich gut an. Vielleicht könnten wir auch bei Harrods reinschauen?«

Dev und Sage sehen mich mit verwirrtem Stirnrunzeln an.

»Das berühmte Kaufhaus. Dort gibt es ein Denkmal für Prinzessin Diana.«

»Klar, sicher …«, meint Sage. »Jedenfalls, wenn wir dafür noch Zeit haben. Du bist also dabei?«

»Ich bin dabei. Vorausgesetzt, dass wir ein bisschen Abwechslung in die Museumstour bringen.«

Kapitel 16

»Das kann ich mir unmöglich alles merken.« Ich lasse meinen Kopf auf die Tischplatte sinken. Wir sind jetzt seit fünf Wochen hier und die ersten Prüfungen stehen an. Ich habe so viel gebüffelt, dass mir schier der Schädel platzt. Das ganze Wochenende habe ich mich auf Chemie und Sozialpsychologie konzentriert, und jetzt hat mein Gehirn Aufnahmestopp. Ich habe meine Mitschriften in Kunstgeschichte gelesen und ich kann mir diese ganzen Künstler und Gemälde immer noch nicht merken. Es fehlt nicht viel – höchstens ein einziger Blick in meine Lernkartei – und ich werfe meine Schulbücher aus dem Fenster.

Sage sieht von ihrem Planer auf. »Wenn du nicht gerne auswendig lernst, dann hättest du dich nicht für Kunstgeschichte anmelden sollen. Was hast du denn gedacht, worum es darin geht?«

»Keine Ahnung. Ich wusste nicht genau, was Kunstgeschichte ist. Es klang so ein…«

»Sprich das Wort nicht einmal aus!«, erwidert sie und hebt streng eine Augenbraue.

Ich seufze und blättere durch die Seiten meines Kunstgeschichtebuchs. Es ist so schwer wie ein Grabstein und voll mit bunten Hochglanzfotos von Kunstwerken. Es sind viel zu viele, als dass man sie sich merken könnte. Erschwerend kommt hinzu, dass sie sich in meinem Geist alle miteinander vermischen. Ich muss die Sache irgendwie anders angehen.

Ich schiele auf die Seiten, während sich eine Idee anbahnt. Ich greife nach meiner Schere und dem Filzstiftsortiment, das ich mit Sage zusammen gekauft habe, dann öffne ich den Internetbrowser, und sofort hebt sich meine Laune.

Zehn Minuten später habe ich fünfzig Fotos von Kunstwerken ausgedruckt. Ich fächere sie vor Sage auf. »Schau mal. Ich werde sie ausschneiden und auf der Rückseite alles notieren, was ich darüber wissen muss. Ich könnte die Informationen farbig markieren, um es noch einfacher zu machen.«

Sie lächelt. »Ich dachte, du hasst Lernen?«

»Das hier zählt nicht.«

»Hauptsache, du prägst dir alles wirklich ein, wenn du fertig bist.«

Ich seufze wieder einmal. »Ja, das ist der blöde Teil.«

»Jetzt schmoll nicht so. Und was machst du überhaupt noch hier? Geh damit zu Dev. Er liebt es.«

»Er liebt Basteln?«

»*Nein*, Kunstgeschichte.« Sie spitzt die Lippen. »Du bist einfach keine gute Beobachterin.«

»Dann hast du Dev also beobachtet, stimmt's?« Ich zwinkere ihr vielsagend zu.

»Ich hätte nichts sagen sollen.«

»Ach was, ich rede gern über dich und Dev.«

»Es gibt kein ›mich und Dev‹. Es gibt nur mich. Ich sitze hier und versuche, rechtzeitig mit meinen Hausaufgaben fertig zu werden, damit ich schlafen gehen kann.«

»Du willst mir doch nicht etwa erzählen, dass du nie mit dem Gedanken gespielt hast? Ihr beide würdet irre gut zusammenpassen.« Ich lege den Kopf schief. »Oder stehst du generell nicht auf Jungs?«

»Ich mag Jungs theoretisch – aber nicht in meinem Leben.« Sie schüttelt den Kopf so fest, dass ihre langen Ohrringe gegen ihren Hals schlagen. »Ich habe zu viel zu tun und brauche keine zusätzlichen Dramen.«

»Du hast keine Zeit für ein Date? Ich weiß, dass du es mit der

Schule und deiner Forschung ernst meinst, aber du musst auch ein bisschen Spaß haben.«

»Den Spaß hebe ich mir für später auf. Meine Forschungsarbeit ist wichtig. Dr. Reese studiert, welche Rolle die genetische Veranlagung bei Krebserkrankungen spielt. Und wenn sie Erfolg hat, könnte das einen großen Einfluss auf die Therapiemethoden haben. Ich habe die Chance, daran mitzuwirken, aber in dem Labor, in dem ich arbeite, gibt es viel Konkurrenz. Ich darf meine Stelle nicht verlieren.«

Ich verziehe den Mund. Dem habe ich nichts entgegenzusetzen. Als ich Dev versprochen habe, ihm bei Sage zu helfen, habe ich nicht geahnt, wie schwer es sein würde.

Obwohl ich nicht davon überzeugt bin, dass Dev sich für meine alberne Lernmethode interessieren wird, mache ich mich auf den Weg zu seinem und Huans Zimmer. Nur für den Fall, dass Sage recht hat. Ich erwarte, dass es darin so still ist wie in einer Kirche, aber durch die Tür dröhnt Musik.

»Guten Abend, Miss Nichols.«

Mein Kopf schnellt hoch und ich sehe Dr. Michaels im Korridor. Mist, ich habe nicht an die Zimmerkontrollen gedacht. Jeden Abend um zehn kommt einer der Dozenten vorbei, um sich zu vergewissern, dass alle Highschool-Schüler anwesend sind. Wir müssen entweder in unseren Zimmern sein oder uns in einem der Lernbereiche im Haupthaus eingetragen haben, sonst bekommen wir einen Verweis. Ich bin neidisch auf die Collegestudenten, die sich im gesamten Haus frei bewegen dürfen.

»Was machen Sie abends auf dem Herrenstockwerk?« Sein Gesichtsausdruck verrät nichts, doch ich höre in seiner Stimme, was er vermutet.

Ich ziehe einige der Lernkarten für Kunstgeschichte aus meiner Büchertasche. »Ich möchte mit Dev für Kunstgeschichte lernen.«

Seine Miene erhellt sich. »Ah, sehr schön. Ich bin sicher, dass Dev ein ausgezeichneter Lernpartner ist. So ein kluger junger Mann.«

»M-hm, ja.« Das werde ich Dev nicht erzählen, sonst wird er es mir immer wieder aufs Brot schmieren.

»Dann checke ich kurz das Zimmer, damit Sie anschließend ungestört lernen können.« Dr. Michaels klopft an.

»Herein!« Dev öffnet die Tür. »Oh, hallo, Dr. Michaels.«

»Guten Abend, Dev. Ich wollte nur nach Ihnen und Huan sehen.«

»Hier!«, ruft Huan aus dem Zimmer.

»Wunderbar.« Er tritt zur Seite, sodass ich direkt vor Dev stehe. »Und Ellie ist zum Nachhilfeunterricht gekommen.«

Mir fallen schier die Augen raus. Er denkt, dass Dev mir *Nachhilfe* gibt? Ja, okay, das stimmt – aber nur in Kricket. Doch ich kann es nachvollziehen. Warum sonst sollte Dev mit mir zusammen lernen wollen?

Auch Dev macht große Augen. »Oh … ja. Hi, Ellie, äh, komm doch rein.«

»Danke.« Ich schiebe mich ins Zimmer.

»Ich weiß, dass Sie nur lernen wollen, aber dennoch …«, Dr. Michaels klopft zweimal an die Tür, »denken Sie daran, die Tür offen zu lassen, bis Ellie wieder auf ihr Zimmer geht.«

»Mache ich«, erwidert Dev prompt. Schweigend stehen wir da, bis wir hören, dass Dr. Michaels an die nächste Tür klopft.

Dev runzelt die Stirn. »Was ist los?«

»Sage hat mich hergeschickt.«

Für einen Augenblick scheint er ein Stück zu wachsen und mir wird klar, was er denken muss. »Tut mir leid. Ich meine, ich bin ihr mit meinem Gejammer auf den Keks gegangen und sie sagte, ich soll lieber dich nerven. Auf dem Weg bin ich Dr. Michaels begegnet.«

»Aha. Verstehe.«

Sein niedergeschlagener Gesichtsausdruck tut mir überraschend leid. Ich weiß nicht, was ich sagen soll, also sehe ich mich im Zimmer um. Es ist nicht annähernd so unordentlich, wie ich erwartet hatte, obwohl einige Klamottenhaufen auf dem Boden verstreut liegen. Poster von Darth Vader und Darth Maul bedecken eine Wand.

»Bist du ein Fan der dunklen Seite?«, frage ich Huan lächelnd.

»Der größte Fan. Die dunkle Seite ist immer cooler als die helle.«

»Besonders wenn Kylo Ren kein Oberteil trägt, was?«

Er zwinkert mir zu. »Schön, dass du mich so gut kennst.«

Ich lache und gehe zu seinem Schreibtisch. »Woran arbeitest du?«

Er deutet auf ein YouTube-Video. Wie sich herausstellt, läuft da das Video mit der Musik, die ich gehört habe. »Ich lerne nur ein paar neue Tricks.«

»Cool! Die will ich hören.«

»Oh, keine Sorge«, wirft Dev ein. »Selbst wenn du wolltest, könntest du ihn nicht davon abhalten.«

Huan macht mit seinem Mund ein paar seltsame Quietschgeräusche, die kein bisschen musikalisch klingen. Ich lächle aufmunternd. Ich lausche ihm noch eine Weile, doch es ist seltsam, jemanden dabei zu beobachten, wie er fasziniert ein Video mit Mundbewegungen anschaut, darum wende ich mich wieder Dev zu. Wie zu erwarten, ist sein Schreibtisch mit Büchern und Notizen übersät. In einer Ecke stapeln sich sogar Karteikarten.

»Arbeitest du auch mit einer Lernkartei?«

Er runzelt die Stirn. »Du hast eine Lernkartei?«

»Na ja, nicht direkt.« Ich hole die Ausdrucke heraus und erkläre meine Idee.

»Wow, das ist tatsächlich – genial.« Er hält seine eigenen Karteikarten hoch. »Ich habe die hier angelegt, aber ich habe auf eine Seite den Namen des Gemäldes geschrieben. Auf die Idee, ein Bild davon auszudrucken, bin ich nicht gekommen.«

»Vielleicht kann ich die Bilder auf deine Karten kleben. Das würde eine Menge Zeit sparen.«

»Hast du denn …«

Mit breitem Grinsen hole ich mehrere Klebestifte heraus. Er verdreht lachend die Augen.

»Sage hat schon auf dich abgefärbt.«

»Ach was, ich hab immer schon gerne so Zeug gemacht. Nur die Büffelei ist nicht mein Ding.«

Ich mache mich an die Arbeit und schneide Bilder aus. Dev ordnet sie den richtigen Karten zu, weil ich sie durcheinanderbringen würde. Er hält ein Bild hoch, auf dem eine Frau ein Kind stillt, während ein Mann zusieht. Ich weiß, dass es berühmt ist, aber ich mag es nicht so sehr.

»*La Tempesta*«, sagt er, als er merkt, dass mir der Namen nicht einfällt. »Wusstest du, dass dies eines der ersten Beispiele eines Renaissancemalers ist, der Menschen in Landschaften gemalt hat? Giorgione interessierte sich viel mehr für Landschaften als andere Maler seiner Zeit. Stell dir vor, wie das ist, etwas als Erster zu machen. Ist das heute überhaupt noch möglich? Und denk nur an all die Gemälde, die von diesem einen Kunstwerk beeinflusst wurden. Hunderte – nein, Tausende, vielleicht Hunderttausende anderer Künstler haben dieses Werk studiert.«

»Müssen wir das für die Prüfung wissen?«

Er seufzt. »Nein. Na ja, vielleicht den ersten Teil. Ich finde es einfach faszinierend. Außerdem hilft es mir, das Bild zu erkennen.«

Ich studiere das Bild erneut. Ich mag den Stil immer noch nicht besonders, aber in der Prüfung werde ich mich nun sicher daran erinnern.

Der Beatboxer im Video macht jetzt Robotergeräusche. Sie sind so realistisch, dass ich mich frage, ob er nicht schummelt. Huan klingt allerdings wie ein jammerndes Kleinkind. Ich sehe Dev an und wir lachen uns schlapp.

Huan nimmt einen Bleistift und wirft ihn nach uns. »Ihr könnt mich mal.«

»Vielleicht sollten wir einen etwas … gastfreundlicheren Ort zum Lernen suchen«, schlägt Dev vor.

»Roboter und Renaissance passen nicht zusammen. Aber ich glaube nicht, dass wir jetzt noch irgendwo hingehen können.«

Prinzipiell dürfen wir überallhin, vorausgesetzt wir haben uns anwesend gemeldet und verlassen nachts nicht das Haus, aber die Bibliothek und die Cafeteria werden um zehn Uhr geschlossen. Es gibt kleine Nischen mit Stühlen und Fensterbänken, aber Dev wird vermutlich einen richtigen Tisch brauchen.

Er grinst und schiebt das Buch in seine Büchertasche. »Ich hab eine Idee. Nimm deinen Krempel mit.«

Schweigend gehen wir durchs Haus, vorbei an der Long Gallery und dem Eingang zur Bibliothek. Ich bin mir nicht sicher, wo wir hinwollen, aber ich bin gerne bereit, ihm zu folgen und es herauszufinden. Dev geht immer weiter in den hinteren Teil des Gebäudes und betritt einen der vergoldeten Räume, in denen wir tagsüber Unterricht haben. Es sieht so aus, als wolle er direkt in die holzvertäfelte Wand hineinspazieren, doch dann entdecke ich eine winzige Klinke in der Holzvertäfelung. Ich staune.

»Ist das …«

»Ein Geheimgang.« Er strahlt jetzt. »Ich hab ihn entdeckt, als ich mich mal in der Nacht umgesehen habe. Angeblich gibt es im ganzen Haus verteilt viele davon.«

Er zieht an der Tür und sie schwingt auf. Ein dunkler Gang wird sichtbar, viel schlichter als das restliche Gebäude. Ein grober Steinboden und weiß getünchte Wände. Da drin ist es totenstill, und ich bin plötzlich froh, Dev neben mir zu wissen. Ich wäre nicht überrascht, wenn plötzlich ein Dementor heransausen würde.

»Hier entlang!« Er schließt die Tür hinter sich und geht den Gang entlang. »Ich bin ziemlich sicher, dass es sich um einen der alten Dienstbotengänge handelt. Du weißt schon, damit die feinen Herrschaften ihnen nicht beim Arbeiten zusehen mussten.« Er verdreht die Augen.

»Wow.« Wie viele Studenten wissen das?

»Hier sind wir.«

Er öffnet eine Flügeltür. Dahinter liegt ein kleiner Salon, in dem ein Tisch mit Stühlen, eine gemütlich wirkende Ledercouch und zwei Lehnsessel vor einem Kamin stehen. Ein paar Scheite brennen noch darin und es riecht nach verbranntem Holz. Wir sind wohl nicht die Einzigen, die hierherkommen. Ich lasse mich auf einen Stuhl sinken und seufze tief. Der Raum vermittelt Geborgenheit auf eine Weise, die dem Rest des Herrenhauses fehlt.

Ich schließe die Augen und lehne den Kopf zurück. »Dürfen wir uns hier überhaupt aufhalten?«

»Ich bin mir nicht sicher. Vermutlich eher nicht.«

Ich richte mich auf. »Heißt das, dass *du* gegen eine Regel verstößt?«

Er winkt ab. »Wenn nirgends ein Schild ist, dann gibt es keine Regel. Jedenfalls gehörte der Raum nicht zum offiziellen Rundgang, denn er war früher ein Dienstbotensalon. Man hält ihn wohl nicht für edel genug.« Er schüttelt den Kopf und deutet auf den kunstvoll geschnitzten Kaminsims.

»Dann denkst du also immer noch, das Haus wäre zu luxuriös?«

»In diesen riesigen Räumen fühle ich mich winzig. Der hier erinnert mich an mein Zuhause.«

»Klar, wir haben schließlich alle deckenhohe Fenster wie diese hier. Tatsächlich ist der Kamin in meinem Schlafzimmer nur ein klein wenig größer als der da. Absolut normal.«

Er starrt mich an und ich klatsche auf seinen Arm. »Ich mache Witze. Mann, traust du mir das zu?«

»Tut mir leid. Ich dachte nur, deine Familie hat bestimmt eine Menge Geld.«

Ich blinzle. »Wie kommst du denn *darauf?*«

»Na, weil … weil du eben hier bist.«

»Du doch auch.«

»Aber ich bin es wegen meiner Noten.«

»Und ich wegen …?«

Er rutscht verlegen hin und her, dann zieht er seine Bücher heraus.

Oh. Hitze schießt durch meinen Körper. Er weiß, dass wir ganz schön dafür blechen mussten, damit ich mitkommen durfte. Klar, die anderen mussten auch etwas bezahlen, aber meine Zahlungen gleichen eher einem Bestechungsgeld, da ich weder den benötigten Notendurchschnitt erreicht noch zu den Klassenbesten gehört habe. Das denken bestimmt alle hier. Dass ich zu dumm für das Programm bin. Dass ich die Idiotin bin, mit der die Lehrer sich herumplagen müssen, damit sie mein Schulgeld kassieren können. Scheiß drauf! Ich packe meine Büchertasche und stehe auf.

Dev berührt mich am Arm. »Warte. Geh nicht! Ich hätte das nicht sagen sollen. Es war unfair. Ich hab es nicht so gemeint.«

Ich ziehe meinen Arm weg. »Doch, das hast du.«

»Ich meinte …« Er schüttelt den Kopf. »Keine Ahnung, ich bin so ein Arschloch. Das sagt Sahil immer zu mir. Ich hab es nur nicht geglaubt.«

»Ich würde mich gut mit ihm verstehen.«

Er zieht mich zurück auf den Stuhl. »Ja, vermutlich. Jetzt bleib hier, damit wir lernen können. Bitte.«

Ich zögere, aber ich stelle meine Sachen nicht ab.

»Ich halte dich nicht für dumm«, versichert Dev.

»Wow. Gibt es hier einen Kurs im Komplimentemachen? Du könntest darin Unterricht geben.«

»Ach, verdammt, ich hab's einfach nicht drauf.« Er reibt sich mit den Handballen die Augen und sieht mich an. »Schau, ich denke, dass du schlauer bist, als du glaubst. Und witziger. Und die Hälfte der Jungs in meiner Quidditch-Mannschaft haben sich beim nächsten Training nach der Telefonnummer meiner ›heißen Freundin‹ erkundigt. Du hast also mehr vorzuweisen als die meisten Leute hier, mich eingeschlossen. Okay? Können wir uns jetzt damit beschäftigen, Raffael zu lernen?«

Er wendet sich ab und blättert durch seine Karteikarten. Ich sitze da wie erstarrt. Dev hält mich für schlau. Und – Augenblick mal, seine Mannschaftskameraden finden mich heiß? Findet er das auch? Ich überlege, ob ich etwas erwidern soll oder ob ich ihn fragen soll, welche Jungs er meint. Doch er umklammert die Karteikarten so fest, dass sie sich biegen.

»Danke, dass du mir diesen Salon gezeigt hast, Dev.« Ich stelle meine Büchertasche auf den Boden.

Er drückt mir eine Karteikarte in die Hand. »Du bist dran. Finde das passende Bild zur Karte. Und nicht schummeln!«

Kapitel 17

Unsere Lernkarten haben es voll gebracht. Ich kann es kaum fassen, als Dr. Lotfi in der nächsten Woche unsere Prüfungsbögen zurückgibt und ich achtzig Prozent richtig habe – eine grün eingekringelte Zwei minus. Klar, es ist eine knappe Zwei minus, aber es ist meine bisher beste Leistung in Kunstgeschichte. Ich bin noch nie so stolz auf eine Note gewesen. Ich hätte mir das echt nicht zugetraut.

Wie zu erwarten, hat Dev ganze achtundneunzig Prozent richtig. Über seiner Arbeit steht in großen Buchstaben: *Sehr gut gemacht!* Dev beugt sich zu mir rüber, um meine Note zu sehen, und ich habe plötzlich den Drang, mein Blatt wegzuziehen. Er hebt die Augenbrauen und für einen Moment befürchte ich, dass er einen sarkastischen Kommentar abgeben wird. Doch er flüstert nur: »Nicht schlecht.«

Nach der Stunde folgt er mir in den Korridor.

»Ich habe eine Hausaufgabe für dich.« Seine Augen leuchten aufgeregt.

»Nur wenn ich die besten Läden für unseren Ausflug nach London ausfindig machen soll. Andere Hausaufgaben habe ich schon genug.«

»Du willst doch nicht wirklich mit uns shoppen gehen, oder? Wir sind nur ein Tag in London, das wäre die reinste Zeitverschwendung.«

»Du solltest mich regelrecht anflehen, dir beim Shoppen zu helfen.« Ich trete einen Schritt zurück und betrachte ihn von oben bis unten. Seine Jeans könnte etwas lässiger sein und seine Tennisschuhe schreien förmlich: Ich bin Amerikaner! Aber wenn ich ehrlich bin, sieht er bereits ganz gut aus. Er trägt ein Kricketshirt, das nicht annähernd so ausgeleiert ist wie die Shirts, die die meisten Jungs aus unserer

Klasse anhaben. Und Blau steht ihm gut. Das ist mir noch gar nicht aufgefallen.

»Gefällt dir, was du siehst?« Er grinst und legt eine übertriebene Drehung hin. Ein paar Leute im Gang kichern.

»Lass das! Ich habe mir nur deine Klamotten angeschaut.«

»Du hast mich abgecheckt.«

»Habe ich *nicht!*«

Ich spüre, wie ich erröte, und schubse ihn, damit er es nicht mitbekommt. Wenn ich nicht aufpasse, wird er mich immer wieder damit aufziehen. Ich würde lügen, wenn ich behaupte, Dev wäre nicht süß, aber mir geht es um sein Styling.

»Wir müssen in London auf jeden Fall shoppen gehen. Du kannst nicht jeden Tag Kricketshirts tragen. Du brauchst etwas Schickeres.«

»Jetzt willst du also meine Klamotten aussuchen? Ich dachte, das machen Mädchen nur für die Jungs, mit denen sie zusammen sind. Solltest du dich nicht lieber auf Willoughby konzentrieren?« Sein Blick ist herausfordernd.

»Will braucht keine neuen Klamotten. An ihm gibt es nichts mehr zu verbessern.«

Er schnaubt. »Wie auch immer. Unser Kricket-Schulteam hat am Samstag das erste Testspiel, und ich dachte, du würdest vielleicht gern mitkommen.« So wie er es sagt, klingt es, als würde er mir eine Geheimtür in die Feenwelt zeigen. »Das ist ideal für dich. Ich vermute, du musst das Spiel in Aktion sehen, um dir die Fachausdrücke besser merken zu können.«

»Du hast mir doch jede Menge YouTube-Videos geschickt. Vier Stunden Kricketmaterial.«

»Und hast du sie tatsächlich angeschaut?«

Ich seufze. Ich war schon stolz darauf, dass ich eine halbe Stunde durchgehalten habe.

»Hab ich mir gedacht. Es wird auf jeden Fall mehr helfen. Nicht nur, dass du die Spielzüge und die Rufe des Schiedsrichters mitbekommen wirst. Ehrlich gesagt«, er reibt sich den Nacken, »das Spiel wird außerdem sehr viel langsamer ablaufen als die professionellen Spiele, die du versucht hast anzuschauen. Wir sind noch nicht so gut.«

»Das klingt vielversprechend.«

»Du kommst also?«

»Ja, klar.«

»Super.« Er deutet den belebten Gang hinunter zu Sage. »Mal sehen, ob ich sie jetzt überreden kann. Bis nachher beim Essen.« Er grinst und überkreuzt die Finger.

Die Leute drängeln sich an mir vorbei und eilen in ihre Zimmer, in die Bibliothek oder zu ihren außerschulischen Aktivitäten. Ich sollte das auch tun. Die erste Runde der Prüfungen in diesem Semester ist zwar geschafft, aber die Abgabetermine für Hausaufgaben in anderen Fächern stehen bald an. Ich muss viel lesen, Artikel für Psychologie durcharbeiten und eine große Gruppenpräsentation in Chemie vorbereiten, die wir in zweieinhalb Wochen halten müssen. Die ist besonders einschüchternd, weil Sam in meiner Gruppe ist. Er hat sich als überheblicher Idiot entpuppt. Wenn ich etwas im Unterricht nicht gleich verstehe, grinst er höhnisch und lacht übertrieben, halb hustend. Seine Lieblingsphrase ist: »Ist das denn zu fassen!« Ich wäre froh, wenn ich nie wieder eine Minute in seiner Gegenwart verbringen müsste.

Wenn Will wieder in Northampton wäre, würde ich mit dem nächsten Bus in die Stadt fahren, doch leider ist er immer noch mit seinem Vater verreist. Ich brauche einfach nur eine kurze Erholung vom Schulstress. Ich eile durch das Gebäude, bis ich im Wintergarten ankomme. Dort ist nie jemand. Ich atme den erdigen Duft ein und lasse mich auf die nächste Bank sinken.

»Anstrengender Tag?«

Ich fahre zusammen und sehe im hinteren Teil des gläsernen Anbaus eine ältere Frau. Sie schiebt einen großen Tank, an dem ein Wasserschlauch befestigt ist.

»Oh, ich … wollte nur ein wenig ausruhen.«

»Dafür ist das der ideale Ort.« Sie wässert eine riesige Schirmmagnolie.

Ich sehe ihr zu und beneide sie um ihre ruhige Arbeit. »Es ist wunderschön hier.«

»Gärtnern Sie auch?«

»Ich habe zu Hause auch Pflanzen, aber nur ganz gewöhnliche. Farne und verschiedene Lilienarten. Und ich gestalte gerne kindische Feengärten. Nichts davon ist hiermit vergleichbar.« Ich deute zu der Wand links von mir, wo zarte Orchideen blühen.

»Wenn man etwas gerne tut, ist es niemals kindisch.«

»Kann sein.«

»Immerhin interessieren Sie sich fürs Gärtnern. Ich glaube, die meisten jungen Menschen in Ihrem Alter verstehen nicht, was daran so besonders ist. Niemand wirft auch nur einen Blick hier herein.«

Hinter der Glastür laufen Studenten vorbei, ohne etwas zu bemerken. Es stimmt, dass die meisten von ihnen kein Interesse an Gartenarbeit haben. Aber auch sie mögen schöne Orte. Und stille Räume, in denen man lernen kann.

»Vielleicht würden sie kommen, wenn es bequemere Sitzgelegenheiten gäbe.«

»Gepolsterte Sessel zum Beispiel?«, fragt sie sarkastisch.

»Warum nicht? In der Mitte ist genug Platz.« Ich stehe auf und deute auf die Stelle. »Sie könnten die Sessel um den Teich herum anordnen, dann könnten die Besucher beim Lernen das Wasser anschauen. Und in den Ecken könnte man Tische mit Stühlen aufstellen. Wenn man die Töpfe mit den Farnen zum Hibiskus rücken würde, wäre genug Platz.«

»Sie kennen sich damit ja wirklich gut aus.« Sie betrachtet mich eingehend. »Ich werde darüber nachdenken. Und ich würde gern einige Ihrer Feengärten sehen. Bringen Sie mir doch Fotos davon. Ich hätte vielleicht ein paar Sachen, die Sie dafür verwenden könnten.«

»Oh … äh, okay. Danke.«

Sie wischt ihre mit Erde verschmierten Hände an ihrer Hose ab. »Fühlen Sie sich jetzt besser?«

»Ja, tatsächlich.«

»Gärtnern ist eine tolle Beschäftigung gegen Alltagsstress, finde ich. Man darf nur nicht zu viel Zeit allein mit den Pflanzen verbringen, sonst fühlt man sich in der Gesellschaft von Menschen nicht mehr wohl.« Sie nickt in Richtung des Eingangs. »Ich hoffe, Sie haben ein paar Freunde, mit denen Sie einen Teil Ihrer Zeit verbringen.«

Ich nicke. Dabei denke ich zuerst an Dev, aber dann habe ich eine Idee. Was, wenn ich Will an diesem Wochenende zu Devs Kricketspiel einlade? Er müsste bis dahin wieder zurück sein, und es wäre die ideale Gelegenheit, ihn zu sehen. Ich habe die ganzen Feinheiten des Spiels immer noch nicht durchschaut, aber ich weiß genug, um mich darüber zu unterhalten. Die Vorstellung, Will wieder an meiner Seite zu haben, ist wie eine kühlende Kompresse auf einer Verbrennung.

»Ja, die habe ich. Und danke noch mal.« Ich hole mein Handy hervor und mache mich auf die Suche nach einem Ort mit besserem Empfang.

»Nächstes Mal lasse ich Sie mitarbeiten«, ruft sie mir nach.

Kapitel 18

An dem Samstag, an dem das Kricketspiel stattfindet, muss ich bei Dev und Huan dreimal anklopfen, bevor jemand öffnet.

»Hi.« Huan schlüpft gerade in ein langärmeliges Shirt und zieht es über seine Jeans. Auf dem Bett liegen weitere T-Shirts, darunter einige mit Star-Wars-Aufdruck. Wie es aussieht, hat er sich heute schon mehrfach umgezogen.

»Will und Frank sind gleich da«, sage ich. »Wir sollen uns draußen mit ihnen treffen.«

Ich habe Will sofort angerufen und ihn zu dem Spiel am Wochenende eingeladen. Ich befürchtete, er könnte etwas Besseres zu tun haben als Amateurkricket zu schauen, aber er ist sofort drauf angesprungen. Ein paar Stunden später hat er mir geschrieben, dass Frank auch kommen wollte. Ich bin überglücklich, dass ich den ganzen Tag mit ihm verbringen kann. Die wenigen Gelegenheiten nach dem Bath-Besuch, bei denen wir uns sehen konnten, haben sich angefühlt wie ein wahr gewordener Traum. Wir sind Hand in Hand malerische englische Straßen entlanggegangen, haben uns beim Abendessen schüchtern angelächelt und uns im Mondlicht geküsst. Aber da wir beide von der Arbeit beziehungsweise vom Lernen ausgelaugt sind, können wir uns immer nur kurz treffen und keine tiefgründigen Unterhaltungen führen. Meist reden wir nur über so alberne Sachen wie die seltsamsten Dinge, die er gesehen hat, als er mit Kaufinteressenten Immobilien besichtigt hat (einmal haben sie in einem Keller eine einarmige Schaufensterpuppe mit einer Clownsperücke entdeckt). Ich hoffe, dass wir uns heute die ganze Zeit beim Kricket näherkommen können. Ich würde ihn so gerne mit meinen neuen Kenntnissen überraschen.

Huan legt mir die Hände auf die Schultern. »Steigere dich nicht rein. Wir sehen doch nur ein Kricketspiel. Dev war nicht so nervös wie du, dabei ist er einer der Spieler.«

Ich wische mir die verschwitzten Handflächen an der Hose ab. Ich wünschte, Dev und Sage wären hier, aber Dev wärmt sich auf, und Sage wollte den Tag unbedingt damit verbringen, ihren Lesestoff nachzuholen. Armer Dev.

Mein Handy vibriert und ich hole es rasch heraus. »Hallo-ho!«, rufe ich, und Huan zuckt zusammen.

»Himmel, Ellie, beruhig dich, sonst schlägst du ihn in weniger als zwei Sekunden in die Flucht.«

Doch Huan passt sich meinem Tempo an, als wir durch das Gebäude zur Einfahrt sausen, wo die Jungs auf uns warten.

»Hi!«, rufe ich, kaum dass wir aus der Tür sind. Will lächelt breit und streckt die Hände aus, um mich zu umarmen. Wir gehen über die Wiesen hinter dem Haus zum Kricketfeld. Ich werfe einen Blick auf Huan und Frank, die bereits in eine Unterhaltung vertieft sind. Ich grinse und lege den Kopf in den Nacken, damit die Sonne an diesem kühlen Oktobertag meine Wangen wärmen kann. Wenn Will da ist, fühlt Emberton sich anders an – hell und leuchtend, wieder so wie an meinem ersten Tag.

»Ich habe schon viel zu lange kein ordentliches Kricketspiel mehr gesehen, außer im Fernsehen. Ich wusste nicht einmal, dass Emberton eine Mannschaft hat.«

»Also, ich bin mir nicht sicher, wie *ordentlich* sie sind. Dev hat mich gewarnt, dass es derb zugehen könnte.«

»Schaut er nicht mit uns gemeinsam zu?«

»Er ist in der Mannschaft. Er ist derjenige, der mich eingeladen hat. So kam ich auf die Idee, auch dich einzuladen.«

Will wird langsamer. »Er hat dich eingeladen, ihm beim Spielen zuzusehen?«

Mist. Das kam ganz falsch rüber. »Nein – ich meine, nicht auf diese Art. Er …« Ich halte inne, denn mir wird klar, dass ich Will nicht sagen kann, warum Dev mich eingeladen hat, ohne gleichzeitig zu verraten, dass Dev mir helfen soll, Will zu daten. »Also, er weiß einfach, dass ich mich für Kricket interessiere.«

»Ach so. Nett von ihm.« Will deutet auf die Metalltribünen entlang einer Seite des Schlagfelds. Es gibt nur wenige Zuschauer, vielleicht so um die zwölf außer uns. »Sollen wir dorthin?«

»Ja. Die Spiele hier ziehen wohl nicht viele Besucher an.« Ich lache, aber es klingt eher wie ein Quieken. »Immerhin können wir in der ersten Reihe sitzen.«

Wir steigen auf die Tribüne, die sich als etwas wackelig entpuppt. Ich stolpere auf einer Stufe, und Wills Hand schnellt sofort vor, um mich aufzufangen, bevor ich das Gleichgewicht verliere. *Wow!*

»Das dürfte ein interessanter Tag werden.« Er nimmt meine Hand und wir schieben uns seitwärts auf die Bank.

Nachdem wir uns hingesetzt haben, hört mein Knie nicht auf zu wippen. Vielleicht war das doch keine so gute Idee für ein Date. Letzten Samstag hat Will mich mit einer Reservierung im schicksten italienischen Restaurant Northamptons überrascht. Wie kam ich auf die Idee, das hier könnte dem ebenbürtig sein? Spontan beuge ich mich zu ihm. »Ich weiß, es ist nicht das, was du gewöhnt bist. Tut mir leid, dass ich dich nicht zu etwas Coolerem einladen konnte.«

»Du brauchst dich nicht zu entschuldigen.« Er legt eine Hand auf meinen Oberschenkel und ein Kribbeln jagt über meinen Rücken. »Um ehrlich zu sein, bin ich nicht wegen des Kricketspiels hier.«

»Da wären wir schon zwei«, sagt Frank.

»Meinst du nicht drei?«, fügt Huan hinzu.

In dem Augenblick kommen die beiden Studententeams von

Emberton aufs Feld und wir klatschen und pfeifen höflich. Leider hatte Dev recht, was das Spiel anbetrifft. Selbst mit meinem begrenzten Wissen kann ich beurteilen, dass es langsam und langweilig ist. Die Bowler von professionellen Teams werfen den Ball mit gut hundertfünfzig Stundenkilometern. Hier sieht es mehr nach fünfzehn aus.

»Aaaaalso«, sagt Huan gedehnt, »ich kapiere es nicht. Ist das eine seltsame Form von Baseball?«

Will stößt einen kehligen Laut aus. »Das soll wohl ein Witz sein.«

Frank macht große Augen und legt Huan eine Hand auf den Mund. »*Psssst.* In Gegenwart von Du-weißt-schon-wem dürfen wir nichts Schlechtes über Kricket sagen.« Er deutet mit dem Daumen theatralisch auf Will. »Wir müssen lächeln und nicken, als hätte das alles einen Sinn.«

Ich lache. »Wart ihr gemeinsam schon bei vielen Spielen?«, frage ich Frank.

»Einige.« Er und Will grinsen sich an. »Man kann nicht mit Will befreundet sein, ohne sich mit Kricket zu arrangieren, aber ich versuche mich möglichst oft irgendwie zu drücken. Obwohl ich Ausnahmen mache.«

»Ich möchte ja nicht in ein Wespennest stechen, aber welchen Zweck erfüllen die Stäbe hinter dem Batter?«, will Huan wissen.

»Die nennt man Wicket«, erkläre ich. »Der Bowler der gegnerischen Mannschaft muss es mit dem Ball treffen, dann scheidet der Batter aus. Falls es dem Batter gelingt, den Ball zu treffen, versucht einer der Feldspieler, den Ball zu fangen, um den Batter aus dem Spiel zu werfen. Ich würde sagen, es ist ähnlich wie die Bases im Baseball, aber ich bin mir nicht sicher, ob Kricketfans das auch so sehen.« Ich straffe die Schultern vor Stolz, dass ich mich an das alles erinnere, auch wenn ich es immer noch nicht spannend finde.

Will starrt mich an, und ich befürchte, dass er mich berichtigen wird, doch stattdessen breitet sich ein überraschtes Lächeln auf seinem

Gesicht aus. »Beeindruckend«, flüstert er und küsst mich hinters Ohr. »Und ich dachte, noch sexyer könntest du gar nicht mehr werden.«

Er findet mich sexy? Wegen *Kricket?* Du liebe Zeit, ich muss Dev als Dankeschön einen gigantischen Schokoriegel kaufen.

Wills Augen leuchten. »Wie hast du die Kricketregeln gelernt?«

»Ach, ich wollte es einfach wissen und hab mich schlaugemacht.«

»Genial. Jetzt können wir alle Spiele gemeinsam anschauen.«

Ich nicke begeistert. Ich weiß, das bedeutet eine Menge Kricket, aber dennoch wird mir ganz blubberig warm in der Brust. Ich freue mich so sehr, dass er eine seiner Lieblingsbeschäftigungen mit mir teilen möchte. »Ich glaube, Emberton wird noch mehr solcher Spiele veranstalten. Du könntest kommen und wir schauen sie alle gemeinsam an.«

Er lacht und deutet auf das Feld. »Na, das könnte sogar mir ein bisschen zu viel werden. Vergiss nicht, dass ich bald nach Belgien fliege.« Er schlägt in die Luft und macht ein säuerliches Gesicht. »Ich habe es dir nicht gesagt – mein Vater ist einfach abgesprungen. Immer kommt in letzter Minute etwas dazwischen.«

»Oh nein.«

»Eigentlich wird es ganz okay. Nach all der harten Arbeit kann ich endlich ein bisschen ausspannen.« Er legt den Arm um meine Taille und zieht mich zu sich. »Aber ich werde dich vermissen.«

»Ich dich auch.« Da habe ich eine Idee und drehe mich so, dass ich ihn anschauen kann. »Warte mal, ist Belgien nicht bekannt für seine Biersorten?«

»Was meinst du, warum ich der Reise zugestimmt habe?«

»Dann könnte sich das als tolle Gelegenheit entpuppen. Du hast ja erwähnt, dass du in eine Brauerei investieren willst. Du könntest ein bisschen herumfahren, mit Brauereibesitzern sprechen, Biere verkosten. Und dann könntest du alles, was du in Erfahrung gebracht hast, deinem Vater vorlegen.«

»Ach, ich glaube, es ist nicht mehr so schlau, das weiterzuverfolgen. Der Markt ist mit Brauereien übersättigt, und wenn ich meine erste Investition in den Sand setze, wird mein Vater mir *nie* vertrauen. Aber meine Kumpels und ich waren vor ein paar Wochen in einem Pop-up-Restaurant in London – das Essen war der Hammer – und der Chefkoch sucht einen Investor.« Er wendet sich Frank zu. »War es nicht superlecker?«

»Und ob! Aber du solltest trotzdem nicht in ihn investieren.«

»Du findest nie, dass ich in irgendetwas investieren sollte.«

»Weil *du* nicht derjenige bist, der etwas investiert. Das Geld gehört deinem Vater. Wenn du es anlegst, wirst du nie von ihm loskommen. Du musst in dich selbst investieren.«

»Solche Vorträge hält er mir ständig.« Will sieht mich an und verzieht das Gesicht.

»Du musst etwas finden, für das du richtig brennst«, fährt Frank fort.

»Ach, ich weiß nicht. Leute, die tun, was sie lieben, hassen es am Ende.«

Frank wirft die Hände in die Luft. »Das stimmt doch gar nicht.«

»Jeder hasst seinen Job. Etwas beruflich zu machen, ist der schnellste Weg, sich die Freude daran zu verderben.«

»Und wie sollen wir unser Leben sonst gestalten?«, fragt Huan.

»Mach etwas, das dir nichts bedeutet und womit du einen Haufen Kohle verdienst. Alles, was du liebst, kannst du in deiner Freizeit tun.«

Ich bin so überrascht, dass ich laut auflache. Na, wenn *das* kein neuer Lifestyle ist. Vielleicht sollte ich doch Medizin studieren. Huan und Frank tauschen einen abschätzigen Blick. Frank sieht mich an und schüttelt andeutungsweise den Kopf, als wollte er sagen: »Hör nicht auf diesen Schwachsinn.« Ich unterdrücke ein Lächeln.

Das Spiel nimmt kein Ende. Huan und Frank fällt das allerdings nicht auf – sie sind völlig vertieft in ihre Unterhaltung über Musik und die Konzerte, die Frank in letzter Zeit besucht hat. Ich freue mich, dass

Huan mit Frank so glücklich und aufgekratzt ist. Genau das wünsche ich mir mit Will. Unsere Unterhaltungen sind noch nicht so entspannt wie die von Huan und Frank, aber wir sind auf einem guten Weg.

Nach einer Weile holt Will sein Handy hervor, ein unmissverständliches Zeichen dafür, dass er sich langweilt. Ich sehe mich um und überlege, wie ich das Ganze ein bisschen auflockern kann.

»Es gibt hier kaum Möglichkeiten, etwas zu kaufen, aber ich könnte vielleicht versuchen, in der Küche etwas abzustauben«, sage ich. »Mit Snacks ist alles gleich viel besser.«

»Das wäre großartig.« Er gibt mir einen Kuss. »Bleib nicht zu lange fort.«

»Wow, sieh einer an, wen du zum Kricket mitgebracht hast. Ein echtes Upgrade!«

Als ich die Stimme höre, erstarre ich, immer noch nah an Wills Gesicht, und drehe mich um. Es sind die Mädchen aus der Einführungsveranstaltung, Nicole und Heather. Sie setzen einen unschuldigen Blick auf, aber mein Magen verkrampft sich nervös. Sie wirken *viel* zu fasziniert von Will. Ich hoffe, sie platzen nicht in seiner Gegenwart mit etwas Verrücktem heraus. Ich möchte einfach nur einen schönen Tag verbringen, ohne an das Fiasko mit Andy und Crystal erinnert zu werden.

Ich schüttle warnend den Kopf, doch sie achten gar nicht auf mich.

»Hallo«, sagt Will neugierig.

Die Mädchen quietschen regelrecht: »Hiii!« An mich gewandt, fragt Heather: »Wo habt ihr euch kennengelernt?«

»Northampton.« Meine Stimme ist nur ein Flüstern.

Nicole macht große Augen. »Hast du vielleicht ein Glück!«

»Nö, es ist genau umgekehrt.« Will erhebt sich und greift nach meiner Hand. »Seid ihr daran interessiert, jemanden kennenzulernen? Ich hab jede Menge Freunde, die liebend gerne eine amerikanische Freundin hätten, so wie ich.«

Ich atme hörbar ein. Er nennt mich seine Freundin! Ich wusste gar nicht, dass er es so ernst mit mir meint. Blitze schießen mir durch die Arme und Beine und ich würde am liebsten aufspringen und mit High Kicks über die Tribüne sausen wie Heath Ledger in *10 Dinge, die ich an dir hasse*.

Nicole strahlt und Heather stellt sich neben sie. »Ja, gerne.«

»Euer Wort ist mir Befehl«, sagt Will lachend. »Wir können euch doch nicht allein an die Uni zurückschicken.«

Nicole und Heather tauschen verwirrte Blicke und meine Augen quellen hervor. Oh nein …

»Wir sind noch nicht an der Uni. Wir sind mit dem Auslandsstudienprogramm unserer Highschool hier.« Nicole klimpert ihn mit ihren Wimpern an. »Aber am liebsten würde ich niemals zurückkehren. Ich *liebe* es hier.«

Will kneift die Augen zusammen. »Tut mir leid, ich stehe heute wohl auf dem Schlauch. Seid ihr nicht alle im selben Programm?«

Ich ziehe ihn am Arm. »Ich bin jetzt wirklich durstig. Warum kommst du nicht mit und hilfst mir, Getränke zu holen? Ich könnte dich in Emberton Manor herumführen. Es ist wirklich schön.«

Wills Blick ruht weiterhin auf Nicole und Heather, aber aus den Augenwinkeln sehe ich Huan näherrücken, mit Frank an seiner Seite.

Heather nickt zufrieden. Ihre ganze Aufmerksamkeit gilt Will. »Doch, wir sind alle im selben Programm, wobei Ellie erst in letzter Minute dazugestoßen ist.«

Will wirkt zuerst verwirrt, dann schockiert. Ich schwanke rückwärts. Aus meiner Freude von eben wird Angst.

Er wendet sich an mich. »Warte mal, verstehe ich das richtig? Du bist noch in der Highschool?«, fragt er kaum hörbar.

Ich nicke stumm.

Will sagt eine Weile nichts, dann geht er die Tribüne hinunter. »Ich könnte den Snack jetzt dringend gebrauchen.«

Kapitel 19

Ich blinzle ein paarmal und folge ihm. Die Mädchen winken zum Abschied, sichtlich verwirrt von Wills plötzlichem Stimmungsumschwung. Als wir am Feld vorbeigehen, fängt Dev meinen Blick auf. Er ist so weit weg, dass ich schreien müsste, um mich mit ihm zu verständigen, aber ich kann erkennen, dass er die Stirn runzelt. Er deutet auf den Pitch, um mir zu signalisieren, dass er gleich mit Schlagen an der Reihe ist. Ich sehe von ihm zu Will, der mit großen Schritten vorausläuft. Ich möchte Dev gerne spielen sehen, aber jetzt ist es ungünstig. Ich bin sicher, dass er es verstehen wird, schließlich hat er mich ja nur eingeladen, weil er mir Nachhilfe in Kricket gibt.

Ich forme mit den Lippen: »Tut mir leid«, dann beeile ich mich, Will einzuholen, der jetzt schon einen großen Vorsprung hat.

»Du bist in der Highschool?«, wiederholt er, als ich ihn erreiche. »Du hast noch keinen Abschluss?«

Er klingt so verärgert, dass ich eine Grimasse ziehe. Will ist normalerweise so entspannt, dass ich mir erfolgreich eingeredet habe, mein Schulstatus wäre ihm egal. Aber da lag ich eindeutig falsch.

»Ich mache bald meinen Abschluss.«

»Ach ja?«

»Na ja, am Ende des Schuljahrs. Aber was spielt das schon für eine Rolle? Es dauert ja nicht mehr lange, dann ist Frühling.« Ich hoffe, ihm damit ein kleines Lächeln zu entlocken, doch er verdreht die Augen.

»Warum hast du es mir nicht gesagt?«

»Ich weiß nicht.« Ich blicke zu Boden. »Ich dachte nur – du und Frank, ihr seid schon mit der Schule fertig, und wir hatten uns gerade erst kennengelernt, und ich habe ja wirklich zusammen mit Collegestudenten Unterricht und …« Ich lasse die Schultern hängen. »Keine Ahnung. Ich schätze, ich wollte einfach … dass du mich magst.«

»Und du dachtest, das erreichst du, indem du mich anlügst?« Er zieht die Augenbrauen zusammen. »Frank hat versucht, mir zu sagen, dass Huan in Amerika in die Highschool geht, aber ich habe behauptet, dass er sich irrt. Jetzt stehe ich da wie der letzte Depp.«

Er macht längere Schritte, und ich muss schneller gehen, um mitzuhalten. »Es tut mir leid, Will. Ehrlich. Es war dumm von mir. Es ist mir auf dem Markt so rausgerutscht und ich wusste nicht, wie ich es hinterher berichtigen sollte.«

Vor Emberton Manor bleibt Will ruckartig stehen. Ich nehme seine Hand. Er zieht sie nicht weg, aber er umfasst meine nicht.

»Warum gehen wir nicht irgendwohin und reden?« Ich drehe mich zum Haus. »Wir könnten drinnen etwas trinken. Oder woanders hingehen. Vielleicht zusammen Mittag essen.«

Sein Blick wandert vom Gebäude zu mir. Sein Gesichtsausdruck ist immer noch verkniffen. »Ich glaube, ich fahre jetzt nach Hause. Ich bin todmüde und meine Mum liegt mir damit in den Ohren, dass ich endlich für die Reise packen soll. Das verstehst du doch, nicht wahr?«

»Ich …« Meine Beine zittern und ich kann nur flach atmen. Oh nein, was passiert da gerade? Was geht ihm durch den Kopf? »Ist alles okay mit uns? Ich wünschte, du müsstest jetzt nicht gehen. Kannst du nicht doch ein bisschen länger bleiben?«

»Nein. Ich denke, es ist besser, wenn ich gehe.«

»Und was ist mit Frank?« Ich wedle mit der Hand in Richtung Kricketspiel, verzweifelt auf der Suche nach einem Grund, ihn hierzubehalten. »Du kannst nicht ohne ihn wegfahren. Wir müssen ihm wenigstens sagen, dass du gehen möchtest.«

Er schaut zwar zum Feld, doch er schüttelt den Kopf. »Nein, ich will sein Date nicht kaputtmachen. Er kann sich später ein Taxi rufen.«

Er seufzt. »Wir reden, wenn ich aus Belgien zurück bin, in Ordnung? Meine Mum bringt mich um, wenn ich während des Urlaubs Handynachrichten schreibe.«

Nachdem Will fort ist, wandere ich durchs Haus, ziellos und verloren in Gedanken, aber noch nicht bereit, sie mit jemandem zu teilen. Immer wieder gehe ich die Szene mit Will durch. Warum nur musste er herausfinden, dass ich an die Waterford High gehe? Ich hätte ihn von der Tribüne ziehen sollen, nachdem Nicole und Heather ihn entdeckt hatten. Oder ich hätte ihn packen und so fest küssen sollen, dass er alles andere vergessen hätte. Jetzt ist er sauer, und ich weiß nicht, ob es mir gelingen wird, unsere Beziehung wieder in Ordnung zu bringen.

Ich lande im Wintergarten. Es ist der einzige Ort, an dem ich nicht von Menschen umgeben bin. Tatsächlich bin ich hier wieder ganz für mich allein. Ich gehe herum, betrachte die Pflanzen und beobachte die Fische, die langsam im Kreis schwimmen. Ich weiß, dass es eine Stimme gibt, die mich beruhigen wird, und hole mein Handy heraus.

»Mum?«

»Schatz!« Sie klingt laut und fröhlich. »Ich freue mich ja so, dass du anrufst. Ich hab gerade an dich gedacht.«

»Du fehlst mir.« Meine Stimme ist belegt und ich schließe die Augen.

»Stimmt etwas nicht, weil du schon so früh anrufst?«

Ich sehe mich verwirrt um. »Es ist zwei Uhr mittags.«

Mums Lachen legt sich wie Balsam auf meine wunden Gefühle. »Ach, ich habe gar nicht an die Zeitverschiebung gedacht. Hier ist es neun Uhr morgens.«

Ich setze mich auf eine Bank und lehne den Kopf zurück. »Trinkst du gerade Tee und liest dabei?«

»Was sonst sollte ich an einem Samstagmorgen machen?«

Ich lächle. Die Briten wissen zwar, wie man guten Tee macht, aber ich kann es kaum erwarten, eine Tasse von Mums englischem Frühstückstee zu trinken, wenn ich wieder zu Hause bin. »Es läuft ganz gut, schätze ich. Die Kurse sind ziemlich schwierig, darum konnte ich nicht so viel herumreisen, wie ich gehofft hatte.«

»Und …«

Ach, wie gut sie mich kennt! »Und der Junge, den ich hier kennengelernt habe – Will – fährt morgen mit seiner Familie in Urlaub, darum werde ich ihn eine Weile nicht sehen. Wir hatten … eine kleine Auseinandersetzung.«

»Hat er dir wehgetan?«

Ich grunze. »Mum, nein, natürlich nicht. Wir … ich weiß nicht, ich will nicht darüber reden. Der Tag heute lief einfach nicht wie geplant.«

»So geht es manchmal im Leben. Wie ist es mit deinen neuen Freunden? Wie kommst du mit ihnen klar?«

»Gut. Wir planen für nächstes Wochenende sogar einen Ausflug nach London. Ich hatte ganz vergessen, es dir zu erzählen.«

Mum quiekt, und ich muss das Handy ein Stück vom Ohr weghalten. »Hast du noch die Liste mit meinen ganzen Empfehlungen? Es gibt dort so viel zu sehen. Wie viel Zeit habt ihr?«

»Das wissen wir noch nicht.« Ich lache darüber, wie begeistert sie klingt. »Aber ich werde ihnen auf jeden Fall deine Liste als Anregung vorlegen.«

»Anregung?« Sie schnaubt. »Es ist die ultimative Liste, an der es nichts zu verbessern gibt.« Dann wird sie ernster. »Weißt du, ich freue mich wirklich, dass du neue Freunde gefunden hast. Ich fühle mich viel besser, seit ich weiß, dass du mit Menschen in deinem Alter zusammen bist, die du magst.«

»Danke, Mum.«

Sie hat recht, und ich weiß, dass ich ihnen nicht aus dem Weg gehen sollte, nur weil ich mich über die Sache mit Will aufrege. Ich stehe auf und gehe zurück zum Kricketfeld. Dabei erzähle ich Mum von meinen Prüfungen und unseren vorläufigen London-Planungen. Als ich näher komme, sehe ich, dass alle schon wieder zum Haus zurückgehen. Ich habe wohl die Zeit vergessen. Ein Stück entfernt erspähe ich Sage, die mit Huan, Frank und Dev auf mich zukommt. Ich verabschiede mich von Mum und gehe ihnen entgegen.

»He, was machst du hier draußen?«, frage ich sie.

»Nach einer Weile hatte ich genug vom Lesen und habe eine Pause gebraucht. Ich habe noch nie ein richtiges Kricketspiel gesehen – nur die Ausschnitte, die du in unserem Zimmer angeschaut hast.«

»Dummerweise hast du immer noch kein richtiges Kricketspiel gesehen«, sagt Dev grinsend.

»Es war schnell genug, Kumpel«, sagt Frank. »Noch schneller, und ich wäre nicht mehr mitgekommen.«

»Wie ist das Spiel ausgegangen?«, erkundige ich mich.

»Devs Run hat das Spiel entschieden.« Huan klopft ihm auf den Rücken. »Ich habe so begeistert geschrien, dass ich jetzt heiser bin. Ich werde tagelang nicht beatboxen können.«

»Dann komme ich in den Genuss von Stille?« Dev schüttelt den Kopf. »Der Tag wird immer besser.«

»Das ist großartig, Dev. Schade, dass ich deinen Run verpasst habe.«

»Finde ich auch.« Er sieht mich nicht an, als er das sagt.

Huan und Frank beäugen mich neugierig. Sie denken offenbar daran, wie Will und ich das Spiel verlassen haben, doch ich schüttle den Kopf. Ich möchte jetzt nicht über Will reden. Es ist nicht cool, mein Problem zur Sprache zu bringen, während Dev von seinem Spiel noch ganz aufgekratzt ist. Außerdem möchte ich nicht erklären, dass ich geschwindelt und behauptet habe, ich sei an der Uni. Ich kann mir vorstellen, wie Sage mich dann ansieht.

Dev wendet sich an die anderen. »Ich gehe jedenfalls rein. Ich muss Sahil anrufen. Er will alles haarklein berichtet bekommen.«

Er sprintet zum Haus, und ich sehe ihm nach, während mich das schlechte Gewissen zwickt. Erst habe ich die Sache mit Will vermasselt und dann habe ich mich so hineingesteigert, dass ich Devs großen Augenblick verpasst habe. Ich straffe die Schultern und folge den anderen zum Gebäude. Ich wünschte, ich könnte den Tag noch mal ganz von vorne anfangen.

Kapitel 20

Die nächste Woche kriecht im Schneckentempo dahin. Ich höre nichts mehr von Will, nachdem er sich zuletzt vom Flughafen aus gemeldet hat, um mir mitzuteilen, dass er jetzt nach Belgien fliegt und dass wir miteinander reden, wenn er wieder da ist. Einzig die Vorfreude auf London hellt meine trübe Stimmung auf. Als es endlich Samstag ist, wache ich auf, noch bevor mein Handywecker klingelt.

»Aufgeregt?«, frage ich Sage.

»Aber hallo.« Sie legt ihre langen Ohrringe mit den winzigen Büchern aus Zinn an. Dieses kleine Accessoire kommt bei ihren kurzen Haaren toll zur Geltung und sie sieht umwerfend aus. »Ich frage mich nur, ob wir es schaffen, alles zu machen, was auf unserer Liste steht. Die ist ziemlich umfangreich.«

»So oder so kannst du den ganzen Tag mit Dev verbringen.« Ich stoße sie mit der Hüfte an.

»Ich hab dir doch schon gesagt, dass ich nicht auf der Suche nach einem festen Freund bin.«

»Ich weiß, dass du nicht auf der *Suche* bist.« Ich stelle mich hinter sie, sodass wir beide im Spiegel zu sehen sind. »Lass uns einfach locker sein und einen schönen Tag genießen. Wir erforschen London und du kannst Zeit mit ihm verbringen. Wenn man ihn näher kennenlernt, ist er ein echt cooler Typ.«

Sage wirft mir einen abschätzigen Blick zu. »Du vergisst, dass ich ihn seit der fünften Klasse kenne. Und wie ich schon sagte, möchte ich meiner Mutter und Wren von der lebensrettenden Forschung erzählen, an der ich beteiligt bin, nicht von Dates mit irgendwelchen Jungs.

Außerdem war Wren immer hinter Jungs her, und wir wissen ja, wohin das geführt hat.« Sie nickt in Richtung der halb fertigen Babydecke, die sie über ihren Schreibtischstuhl geworfen hat.

»Nun, um ihren kleinen Wonneproppen zu bekommen, musste sie schon ein bisschen mehr tun, als durch ein Museum zu laufen.«

Sage schnaubt. »Ja, das ist mir klar. Kannst du dir vorstellen, wie viele Aufklärungsvorträge ich mir von Mum anhören musste, nachdem Wren schwanger geworden war? Sie hat mir ständig Kondome zugesteckt, selbst wenn ich nur zum Briefkasten gegangen bin.«

Ich schnappe nach Luft. Sage und ich sind uns in den letzten sieben Wochen zwar nähergekommen, aber *Kondome* liegen weit außerhalb unserer üblichen Gesprächsthemen. Sage lächelt amüsiert. Es gefällt ihr wohl, dass sie mich schockiert hat. Ich pruste los.

»Was hast du mit den ganzen Kondomen gemacht?« Ich blättere durch eins ihrer Bücher über Genetik. »Sie als Lesezeichen benutzt?«

»Hör auf!« Lachend schlägt sie das Buch zu, dann errötet sie. »Tatsächlich habe ich etwa ein Dutzend davon an den Kerl verkauft, der letztes Jahr sein Schließfach neben meinem hatte. Es war ihm peinlich, selbst welche zu kaufen, und ich brauchte das Geld.« Sie tippt mit dem Zeigefinger an ihre Ohrringe. »Rate mal, womit ich die bezahlt habe?«

»Iiih! Das sind Kondom-Ohrringe?!«

Lachend lasse ich mich rückwärts auf ihr Bett fallen und Sage auch. Als ich wieder Luft bekomme, deute ich auf sie. »Und du bist sicher, dass du sie nicht selbst brauchen wirst?«

Sie grinst. »Ich hab sie ja nicht alle verkauft. Sie sind noch lange haltbar, und wenn ich meinen Schulabschluss habe, wird mir mehr Freizeit bleiben.«

Ich quietsche vor Lachen, und sie wirft einen Pulli nach mir.

Als es klopft, halten wir inne. Ich werfe den Pulli zu Sage zurück und ziehe die Tür auf. Huan steht davor. Er hat besonders viel Gel benutzt, um seine Haare in die Höhe stehen zu lassen, und trägt ein

T-Shirt mit der britischen Flagge und dem Aufdruck: *Wenn ich einen britischen Akzent hätte, würde ich nie den Mund halten.*

»Schick.«

»Das hat Frank mir nach dem Kricketspiel gegeben.« Er sieht zwischen uns hin und her. »Hat sich angehört, als hättet ihr eine Menge Spaß.«

»Wir haben bloß übers Shoppen und über außerschulische Aktivitäten geredet«, sage ich. Hinter mir unterdrückt Sage ein Lachen.

Dev streckt den Kopf durch die Tür. »Kommt ihr jetzt?«

Ich wende mich an Sage. »Sagtest du nicht, dass du erst nach dem Schulabschluss wieder Zeit hast?«

Diesmal trifft der Pullover mich voll ins Gesicht.

Eine halbe Stunde später starre ich aus dem Fenster, während der Zug nach London saust, und genieße die Aussicht auf die Landschaft. Neben mir tippt Huan eine Nachricht (an Frank?). Dev und Sage sitzen uns gegenüber, stecken die Köpfe zusammen, blättern in seinem London-Reiseführer und diskutieren über Öffnungszeiten. Die beiden sind so süß, dass ich einen Stich spüre. Was macht Will jetzt gerade in Belgien?

Wir sind noch etwa zwanzig Minuten von London entfernt, als mein Handy klingelt. Mein Herz schlägt schneller, als ich sehe, dass es Will ist.

»Hallo?«, sage ich leise. Drei Augenpaare richten sich auf mich.

»Hallo, Elle.«

Als ich seine schöne Stimme höre, wird mir heiß.

»Ich dachte, du würdest dich erst am Montag melden.« Ich steige über Huans und Devs Beine und gehe den Mittelgang im Zug entlang. Ich mag es nicht, angestarrt zu werden. »Wie geht es dir. Wie ist Belgien?«

»Grässlich. Wir sind auf dem Heimweg.« Er klingt mürrisch. »Die ganze Reise war ein Reinfall. Es hat die ganze Zeit geregnet, und das Hotel hat unsere Reservierung falsch eingetragen. Wir mussten uns ein Zimmer teilen und haben uns unentwegt gestritten.«

Ich unterdrücke ein überraschtes Lachen. »Es tut mir leid, dass es so blöd gelaufen ist«, sage ich, obwohl es mir gar nicht so seltsam vorkommt, dass Will und seine Schwester ein Zimmer mit ihrer Mutter teilen. So wie ich Will kenne, haben sie sich bestimmt nicht in einer billigen Absteige einquartiert.

»Wenigstens bin ich jetzt früher zurück und wir können unter vier Augen reden. Ich musste in Belgien ständig an dich denken.«

»Ach ja?«

»Ich …« Er sucht offenbar nach den richtigen Worten. »Ich wusste, dass ich unseren Abschied vermasselt habe, und das hat mich fertiggemacht. Kann ich heute Nachmittag vorbeischauen, damit wir reden können?«

Verwirrt sehe ich im Zug herum, bis mir klar wird, dass er ja nichts von meinem heutigen Ausflug weiß. Ich habe ihn vielleicht einmal in einer Textnachricht erwähnt, aber ansonsten standen wir ja die ganze Woche nicht wirklich in Kontakt miteinander.

»Also, ich bin gar nicht in Emberton Manor. Ein paar Freunde und ich sind gerade auf dem Weg nach London.«

»Echt?« Er lacht. »Dann müssen wir uns treffen! Ich komme in ein paar Stunden in London an. Spätestens um eins. Jetzt kann ich die elend langweilige Rückfahrt nach Northampton um einen Tag verschieben.«

»Hm …«

Will ist in London? Heute? Ich bin gleichermaßen begeistert und entsetzt. Ich bin mir nicht sicher, ob ich mental darauf vorbereitet bin, heute mit ihm ein ernstes Gespräch zu führen, falls es das ist, worauf er hofft. Aber er hat gesagt, dass es ihm leidtut, wie der Abschied verlaufen ist. Wenn er nicht mehr mit mir zusammen sein wollte, hätte er nicht angerufen. Ich werfe einen Blick auf meine Jeans und das T-Shirt mit dem Londoner Underground-Symbol. Mist! Warum habe ich nichts angezogen, das nicht so nach typischer Touristin aussieht?

Will lässt sich von meinem Zögern nicht bremsen. »Das ist genial. Ich wollte wirklich mit dir sprechen. Ich bin nicht gerade begeistert, dass du mich angelogen hast, was die Uni angeht, aber ich verstehe es. Ich hab früher ständig ein falsches Alter angegeben, wenn ich mit meinen Freunden in Clubs gehen wollte. Und so viel jünger als ich bist du ja gar nicht. Tut mir leid, dass ich mich wie ein Idiot benommen habe. Kann ich es wiedergutmachen?«

»Ich ... also, ich fände es toll, wenn wir uns treffen. Es ist nur ... ich käme mir doof dabei vor, weil wir so viel geplant haben. Wir wollen uns alle Sehenswürdigkeiten anschauen. Wir haben sogar eine farblich ausgearbeitete Route und ...«

»Ach, ich habe deine Freunde ganz vergessen. Welche Sehenswürdigkeiten? Hoffentlich nicht diese verdammten Touristenfallen.«

Mein Magen krampft sich zusammen. »Tja ...«

»Ich verstehe. Du hast nicht mit mir gerechnet. Würdest du den Tag lieber mit deinen Freunden verbringen?«

Ich zögere nur einen Augenblick. »Nein! Ich würde den Tag liebend gern mit dir verbringen. Schreib mir, wenn du angekommen bist, und ich sage dir, wo du mich abholen kannst.«

Ich stecke das Handy ein und sehe den Gang entlang zu meinen Freunden. Huan legt den Kopf schief, wie um zu fragen, ob mit mir alles in Ordnung ist. Ich zeige ihm den hochgereckten Daumen, aber mir wird schwer ums Herz bei der Vorstellung, ihnen meinen Entschluss zu erklären. Sie werden stinksauer auf mich sein, aber ich kann unmöglich die Chance verpassen, mich heute mit Will zu treffen. Er klang nett am Handy, aber ich werde mir unserer Beziehung erst wieder sicher sein, wenn wir uns persönlich gegenüberstehen.

»War das Willoughby?«, fragt Dev, als ich an meinen Platz zurückkehre.

»Ja.«

Ich muss ein mieses Pokerface haben, denn er bläst den Atem durch die Lippen aus und lehnt sich zurück. »Bitte sag nicht, dass du das sagen willst, wovon ich denke, dass du es sagen willst.«

»Das war ein unnötig komplizierter Satz«, bemerkt Sage.

Ich winde mich innerlich.

»Ellie, nein!« Huan sieht zwischen Dev und mir hin und her. »Du lässt uns doch nicht etwa sitzen, oder? Hast du nicht erzählt, Will sei in Belgien?«

»Dort war er, aber seine Familie kommt früher nach London zurück und …«

»Du kannst uns nicht sitzenlassen!«, wiederholt Huan. »Wir haben diesen Ausflug schon ewig geplant. Wir wollen uns den Bahnhof King's Cross ansehen, Big Ben, die St. Paul's Cathedral … wenn du nicht dabei bist, dann werden die beiden hier sämtliche unterhaltsamen Sachen auslassen und den ganzen Tag in Museen verbringen.«

»Aber zum Globe Theatre gehen wir auf jeden Fall«, sagt Sage. »Dr. Florence hat versprochen, dass wir dafür Extrapunkte bekommen.«

Huan verdreht die Augen. »Als ob du noch Extrapunkte bräuchtest!«

»Aber ich will sie trotzdem.«

»Es tut mir so leid, Leute. Ich wusste nicht, dass sich das ergeben würde. Und ich habe mich wirklich sehr auf den heutigen Tag gefreut … doch als er gefragt hat …«

Dev knurrt.

»Was denn?«, fahre ich ihn an.

»Du ziehst ihn uns immer vor.«

»Stimmt doch gar nicht.«

Dev fummelt an seinem Handy herum und ich studiere ihn mit wachsendem Ärger. Doch plötzlich weiß ich, was los ist.

»Geht es um das Kricketspiel?«

»Nein«, erwidert er alles andere als überzeugend.

Ich verschränke die Arme. Er hat nie etwas darüber gesagt, dass ich das Spiel verpasst habe.

»Ich wusste nicht, dass ich die ganze Zeit dableiben sollte, schließlich war es nur eine Hausaufgabe.«

»Eine Hausaufgabe, um die du gebeten hast.«

Huan und Sage sehen zwischen uns hin und her wie bei einem Tennismatch.

»Eben. Damit ich Will näherkomme. Und das ist eindeutig passiert, denn er möchte den Tag mit mir in London verbringen. Genau darum ging es doch, falls du das vergessen hast.«

Dev drückt auf dem Display herum. »Hab ich nicht. Mach dir deswegen keine Gedanken.«

»Was ist dann dein Problem?«

Jetzt starrt das Paar mittleren Alters auf der anderen Seite des Gangs zu uns herüber.

»Du hast mein Wicket verpasst«, sagt Dev leise. »Du bist die Einzige, die versteht, was das bedeutet.«

»Ich auch«, ergänzt Sage. »Ich war dabei, als du es ihr erklärt hast.«

»Ja, aber du bist erst danach zum Spiel erschienen.« Seine Stimme klingt erst bitter, dann traurig. »Ist ja auch egal. Ich hab einfach nicht gedacht, dass du jemand bist, der seinen Freund seinen Kumpels vorzieht.«

Ich sinke in meinem Sitz zusammen.

»Warte mal.« Huan hebt eine Hand. »Versteh mich nicht falsch, ich finde es auch blöd, aber wir können ihr doch keinen Vorwurf daraus machen, dass sie den Tag in einer der tollsten Städte der Welt mit ihrem Freund verbringen will. Ihrem sehr gut aussehenden Freund, wie ich wohl nicht extra erwähnen muss.« Er wendet sich an mich. »Nicht, dass es mir aufgefallen wäre.« Er sieht wieder zu Dev. »Besonders, nachdem sie sich zuvor gestritten haben.«

Dev sieht neugierig auf. »Ihr habt euch gestritten?«

»Er hat herausgefunden, dass ich immer noch in der Highschool bin, und hat nicht gut drauf reagiert. Darum haben wir das Spiel verlassen.«

»Oh.« Er reibt sich den Nacken. »Das wusste ich nicht. Du hättest etwas sagen sollen.«

»Du hast dich so über den Sieg gefreut. Und lass uns ehrlich sein – wir wissen beide, dass dir meine Beziehung zum ›britischen Ken‹ nicht wirklich wichtig ist.«

Er zieht die Stirn in Falten. »Tut mir leid.«

Ich atme tief durch. Ich kann nicht fassen, dass er sich die ganze Woche über mich geärgert hat, weil ich das Ende des Kricketspiels verpasst habe. Ich hätte nicht gedacht, dass es ihm etwas ausmacht. Und mal ehrlich, ist es wirklich wichtig, ob ich heute dabei bin oder nicht? Dev wird mit seinem besten Freund zusammen sein und mit der Frau, auf die er steht. Ich wurde doch von Anfang an einfach nur mitgeschleift. Es wundert mich, dass er nicht erleichtert ist, mich los zu sein.

Ich beuge mich über den Tisch zwischen uns. »Ich will echt keine Gewohnheit daraus machen, aber … so wie die Dinge mit Will und mir gerade stehen, konnte ich ihm keine Abfuhr erteilen.«

Dev nickt.

»Wann holt er dich ab?«, fragt Sage.

»Zwischen zwölf und eins.«

Sie beäugt unseren Zeitplan. »Vielleicht können wir die Reihenfolge ändern. Ich weiß, dass du auf das hier keinen Wert legst.« Sie streicht einen der Punkte in ihrem fein säuberlich ausgearbeiteten Plan durch. »Oder auf das.« Ein weiterer Punkt wird durchgestrichen.

»Warte.« Ich greife nach ihrer Hand.

»Und das hier verlegen wir auf später.«

Dev beugt sich über Sage, um zu sehen, was sie notiert hat. »Aber wir steigen doch extra in King's Cross aus, weil es so nah an der Bibliothek ist.«

»Vergiss nicht, Zeit für Gleis 9¾ einzuplanen«, wirft Huan ein.

Ich sehe ihn überrascht an. »Ich wusste gar nicht, dass du ein Fan bist.«

Er zuckt mit den Schultern. »Nicht wirklich, aber ich liebe Daniel Radcliffe. Und ich möchte lieber alberne Fotos mit einem Gepäckwagen schießen als eine Stunde mehr in Museen zu verbringen.«

»Ihr braucht nicht eure ganzen Pläne über den Haufen zu werfen«, sage ich. »Schließlich bin ich diejenige, die alles durcheinanderbringt.«

»Ist kein großes Ding«, behauptet Sage, als hätte sie nicht viele Stunden ihrer wertvollen Lernzeit damit verbracht, diesen Plan auszuarbeiten.

Ich lehne mich zurück und habe plötzlich einen Kloß im Hals. Ich bin sicher, dass Crystal nie im Leben mir zuliebe ihre Pläne geändert hätte. »Danke«, flüstere ich.

»Aber wehe, wenn Will das Opfer nicht wert ist«, sagt Huan.

»Ich bin sicher, das ist er. Er hat gesagt, dass er sich mit mir versöhnen will.«

Huan nickt zufrieden.

Ich riskiere einen Blick auf Dev. »So wie es aussieht, bist du ein erstklassiger Nachhilfelehrer.«

»Vielleicht sollte ich ab jetzt ein Honorar verlangen.«

»Du würdest reich werden«, entgegne ich verlegen.

Ich sehe aus dem Fenster, um die Spannung abzubauen. Als ich mich eine Minute später wieder umdrehe, ruht Devs Blick immer noch auf mir.

Kapitel 21

Als wir am Bahnhof King's Cross ankommen, bin ich sofort begeistert. Es wimmelt hier von Menschen, die kreuz und quer durcheinanderlaufen. Da sind erschöpfte, glücklich und cool aussehende Backpacker mit Rucksäcken, die fast bis zum Boden reichen. Da sind Leute in extrem schicken Anzügen, Eltern mit Kindern, ältere Paare. Verschiedene Sprachen umschwirren mich, akustisch verstärkt durch die moderne Kuppeldecke. Ich finde es großartig. Wir stehen alle grinsend und mit großen Augen da, und sofort ist die Anspannung der Zugfahrt vergessen. Wir können an nichts anderes mehr denken als daran, wie fantastisch London ist.

Als Erstes gehen wir zu Gleis 9¾, aber dort wartet schon eine große Touristengruppe. Jeder von ihnen will ein Foto mit dem Gepäckwagen machen.

Sage schüttelt den Kopf. »Dann heben wir uns das für den Rückweg auf. Wenn wir Big Ben gemeinsam anschauen wollen, sollten wir uns auf den Weg machen.«

Wir folgen Sage, die Fahrkarten kauft – eine komplizierte Angelegenheit – und die richtige U-Bahn-Linie ausfindig macht. Ich bin in D.C. viel Metro gefahren, aber die Londoner U-Bahn ist irgendwie viel bezaubernder. Überall gibt es Hinweise mit *Mind the Gap*. Ich weiß, noch touristischer kann man fast nicht sein, aber bevor ich England verlasse, werde ich mir auf jeden Fall ein *Mind-the-Gap*-T-Shirt kaufen. Oder zwei.

Wir durchqueren die Stadt, und als wir die U-Bahn-Station verlassen, sehen wir sofort Big Ben.

Er ist atemberaubend. Und hoch.

Die ganze Gegend ist so typisch für … London. Was ja klar ist, denn *natürlich* sieht London wie London aus. Doch es ist, als hätte man all die größten Sehenswürdigkeiten der Stadt genommen und sie als Highlights für die Touristen auf ganz engem Raum zusammengepfercht. Wir lassen uns von den Menschenmassen in Richtung Big Ben schieben, während wir das riesige Parlamentsgebäude am Themseufer bestaunen. Dahinter befindet sich die Westminster Abbey, und auf der anderen Seite des Flusses ragt das London Eye in die Höhe, das wirklich lächerlich große Riesenrad. Und obendrein fahren schicke schwarze Taxis und rote Doppeldeckerbusse an uns vorbei. Man könnte meinen, wir wären direkt in einem Postkartenmotiv gelandet.

Nachdem wir eine Minute mit offenen Mündern gestaunt haben, holt Sage ihren Plan heraus und streicht etwas aus. »Großartig! Als Nächstes steht auf der Liste …«

»Moment mal!« Ich packe sie am Arm. »Bist du verrückt? Wir können noch nicht gehen. Wir haben noch keine Fotos gemacht.« Ich bringe alle dazu, sich zusammenzustellen. Dann machen wir Selfies mit Big Ben im Hintergrund. Dev schneidet ständig alberne Grimassen und Huan kitzelt mich, sodass ich auf allen Fotos unscharf bin und kichere anstatt normal zu lächeln. Ich zögere kurz, dann poste ich trotzdem eins davon. Ich sehe vielleicht wie eine Idiotin aus, aber wenigstens bin ich eine gut gelaunte Idiotin, umgeben von tollen Menschen.

Danach stellen wir uns in die Schlange vor der Westminster Abbey. Drinnen steuert Sage zuerst das Grab von Charles Darwin an, dann das von Isaac Newton. Wie sich herausstellt, sind hier unheimlich viele bekannte Leute begraben. Die Besucher sind teils ehrfürchtig, teils aufgeregt, wenn sie ihre »Lieblinge« entdecken. Flüsternd gehen sie um die Grabstätten herum, die in den Wänden und sogar im Boden eingelassen sind. Während ich über die Gräber steige, wünschte ich, meine Schuhsohlen wären sauberer.

Huan macht mich auf eine große Reisegruppe aufmerksam, die den Mittelgang hinuntergeht, in dem wir uns befinden. Der Reiseleiter wedelt mit einer australischen Flagge, darum vermute ich, dass es sich um Australier handelt. Huan grinst und bewegt sich auf die Gruppe zu. Ich lache kaum hörbar und wir gesellen uns zu einigen umherstehenden Teilnehmern. Dann tun wir so, als würden wir zuhören, und nicken, wenn der Reiseleiter etwas sagt.

Ich werfe einen Blick hinter mich. Sage hat die Augen so weit aufgerissen wie noch nie, und Dev schüttelt den Kopf und winkt uns vergeblich zu sich.

Die Gruppe geht weiter und folgt dem Reiseleiter aus der Abtei in einen der außen liegenden Kreuzgänge. Ein Schild an der Tür sagt: *Zutritt nur für Führungen*.

Ich beiße mir auf die Lippe, senke den Kopf und folge ihnen.

»Was in aller Welt macht ihr da?«, flüstert Dev. Er und Sage sind eilig zu uns gelaufen.

»Lasst das«, raunt sie, »sonst bekommen wir noch Ärger.«

Huan schüttelt den Kopf. »Cool bleiben. Oder zumindest so cool wie möglich.«

Der Reiseleiter deutet auf etwas hinter uns und die ganze Gruppe dreht sich in unsere Richtung. Beinahe hätte ich mich geduckt. Stattdessen drehe ich mich um und tue so, als würde ich dasselbe ansehen wie die anderen. Doch wir machen niemandem etwas vor. Zwei Frauen flüstern miteinander und werfen uns böse Blicke zu.

Eine andere tritt vor. »Ich kann mich nicht entsinnen, dass Sie zur Rugby Sevens Mannschaft gehören.«

Oh, Mist! Die Gruppe besteht nur aus Frauen. Sehr durchtrainierten, sehr einschüchternden Frauen.

»Äh, nett, Sie kennenzulernen«, sage ich.

Eine weitere junge Frau tritt vor.

Huan zieht mich am Arm. »Komm.«

Wir fliehen durch die Tür zurück in die Kapelle. Dann huschen wir durch die Menschenmenge und auf den Rasen vor dem Gebäude. Ich lege meine Hände auf die Knie und lache los.

»Wir wären beinahe in einer Kirche verprügelt worden.«

Die anderen lachen jetzt auch, obwohl Sage dabei den Kopf schüttelt. »Was habt ihr euch dabei gedacht? Was, wenn sie die Wachen alarmiert hätten? Was, wenn man uns rausgeschmissen hätte?«

»Wollten wir denn noch mal herkommen?«, fragt Huan.

Sie stöhnt. »Ich hätte jedenfalls gern die Möglichkeit dazu. Vielleicht gibt es eine Liste mit Leuten, die Hausverbot haben.«

»Oder einen Kerker in der Abtei?«, ergänze ich.

Sie verdreht die Augen, doch dabei lächelt sie schief.

»Nun, das hat mehr Spaß gemacht, als ich erwartet habe.« Huan zeigt auf Sages Zeitplan. »Was ist jetzt dran?«

Ich deute auf das London Eye. »Haben wir dafür Zeit?«

»Ich wette, da gibt es jetzt schon eine elend lange Warteschlange«, erwidert Sage. »Ich meine, wir könnten es versuchen, aber …«

Ich wische meine Enttäuschung beiseite. »Ach, egal. Ich folge euch einfach.«

»Okay, dann gehen wir jetzt zum Trafalgar Square. Ich denke, der ist nicht weit weg.«

Ich schaue auf mein Handy. Es ist halb zwölf. Meine Zeit wird langsam knapp, aber ich möchte keine einzige Minute in London verschwenden. »Also los!«

Als die U-Bahn einfährt, ist sie schon fast voll. Wir drängeln uns hinein und weitere Leute folgen nach. Alle drehen sich so, dass sie niemanden direkt ansehen müssen. Meine Nase ist nur wenige Zentimeter von der Schulter einer Frau entfernt. Direkt hinter mir spüre ich Dev. Huan und Sage sind ein Stück entfernt. Die Bahn saust los zur nächsten Haltestelle, und wir schwanken alle im Gleichtakt. Eine widerliche Mischung aus Parfüm und Schweiß steigt mir in die Nase.

Trotz klaustrophobischer Bedingungen grinse ich unentwegt. Ich studiere den U-Bahn-Plan und die lustigen Werbetexte, die im Inneren des Waggons angebracht sind. Ich möchte alles fotografieren und online stellen, damit ich es nicht vergesse. Als ich mich umdrehe, um die Anzeige zu meiner Linken zu lesen, sehe ich, dass Dev mich beobachtet. Sein Gesicht ist meinem ganz nahe.

»Du wirkst hier immer so glücklich. Soweit ich mich erinnern kann, warst du im letzten Schuljahr nie so drauf.«

Mir war nicht klar, dass er mich damals bemerkt hat. Die Erkenntnis lässt meinen Rücken kribbeln, und ich konzentriere mich auf sein T-Shirt, um ihm nicht in die Augen zu schauen. »Ich bin eben aufgeregt, weil ich endlich London sehen kann.«

Die Bahn quietscht und alle taumeln nach vorne. Dev knallt gegen mich, und meine Hand verliert den Halt an der Stange. Ich strecke die Arme aus und stoße dabei gegen einen Mann mittleren Alters.

»He, passen Sie doch auf!«, schimpft der Typ. Dev fasst mich um die Taille und zieht mich zu sich, bevor ich noch weitere Leute anremple.

»Tut mir leid!«

»Es war meine Schuld«, sagt Dev zu dem Mann. »Ich habe nicht richtig aufgepasst und sie umgestoßen. Tut mir sehr leid.«

Der Mann murmelt etwas über Touristen und streicht seinen Mantel glatt.

»Alles in Ordnung?«, fragt Dev flüsternd. Mein Rücken ist immer noch an seine Brust gepresst und seine Arme liegen so fest auf meinem Bauch, dass ich durch mein T-Shirt hindurch die Hitze seiner Finger spüre. »Es tut mir leid, ich …«

Ich sehe ihn über die Schulter an und er schließt den Mund. Uns trennen nur noch wenige Millimeter. Seine Augen glänzen fiebrig und für einen Augenblick schließen sich seine Hände noch fester um meine Taille. Mein Herz kommt ins Stolpern. Wieso ist mir noch nie aufgefallen, wie schön Devs Augen aus der Nähe aussehen?

Seine Arme werden steif und er lässt mich los. Mein Blick wandert zu der Anzeige links von mir. Ich mache einen unsicheren halben Schritt weg von ihm. Ich sehe hinter mich, aber Sage starrt auf den Boden. Hat sie gesehen, wie Dev mich gepackt hat? Hoffentlich kommt sie nicht auf die Idee, dass zwischen mir und Dev etwas läuft. Ich hätte mich neben Huan stellen sollen, damit sie und Dev mehr Zeit miteinander haben, nur für den Fall, dass die Sache mit ihnen noch eine Chance hat.

In peinlichem Schweigen stehen wir da, während die U-Bahn weitersaust. Dann fällt mir etwas ein und ich stupse Dev mit dem Ellbogen. »Jetzt sind wir quitt.«

»Wieso?«

»Wegen damals, als ich auf der Treppe stehen geblieben bin und du fast über mich gestolpert bist.« Ich straffe den Rücken. »Jetzt bin ich nicht mehr der einzige Tollpatsch.«

»Von wegen quitt.« Sein Gesicht hellt sich auf und er grinst frech. »Das war viel schlimmer. Ich hätte mir das Genick brechen können. Du hast gerade nur jemanden angerempelt.«

»Jemanden, der mich jetzt womöglich verflucht«, flüstere ich und deute mit dem Kinn auf den Mann vor mir.

»Tja, der Typ ist halt ein Arschloch.«

Ich lache und versuche dabei zu ignorieren, dass wir immer noch so nah beieinanderstehen, dass ich seinen Atem auf meiner Haut spüren kann. Als die Türen der Bahn aufgleiten, habe ich es sehr eilig, nach draußen zu kommen. Auf dem ganzen Weg zum Trafalgar Square kann ich Dev nicht in die Augen sehen. Ich bin froh, als er anfängt, mit Sage über Museen zu diskutieren.

»In der Nationalgalerie hängen einige der berühmtesten Kunstwerke der Welt.«

»In der Porträtgalerie ebenfalls«, erwidert Sage. »Möchtest du denn nicht die Gemälde der Windsors sehen?«

Ich horche auf. »Uuuh, gibt es auch ein Porträt von Prinz Harry?«

»Ja!« Sage nickt. »Siehst du.«

Dev wirft mir einen finsteren Blick zu. »Du darfst nicht mitbestimmen.«

»Na gut, dann genieße ich das Ambiente bei den Löwen, während ihr euch einig werdet.«

Huan tritt neben mich. »Das ist die beste Idee, die ich heute gehört habe.«

Wir gehen zu der riesigen Säule, die in der Mitte des beliebten Platzes steht. Sie ist von vier riesigen Bronzelöwen umgeben. Es gibt viele Schilder, die die Besucher ermahnen, nicht draufzuklettern, also setzen Huan und ich uns in der Nähe auf eine Stufe.

»Freust du dich darauf, Will zu treffen?«

»Und wie.« Ich habe Schmetterlinge im Bauch, wenn ich daran denke, dass er mich bald abholen wird. Ich hoffe, wir können über das ungute Ende unserer letzten Begegnung hinwegkommen und einen tollen Nachmittag miteinander verbringen.

Huan fährt sich durch die Haare, die daraufhin noch steiler in die Höhe stehen. »Also … du und Dev …«

»Wir sind Freunde«, sage ich rasch. Hat er Dev und mich vorhin in der U-Bahn beobachtet? »Hoffe ich jedenfalls. Ich gehe ihm ganz schön oft auf die Nerven.«

»Du weißt auf jeden Fall, wie man ihn verrückt macht.«

»Und wie läuft es bei dir? Ich bin nicht die Einzige, die einen süßen britischen Jungen kennt, der in London lebt.«

Huan grinst, sagt aber nichts.

»Hast du ihm gesagt, dass du hier sein würdest?«

»Ja, er weiß Bescheid. Er wollte uns begleiten, doch ich wollte lieber nur mit euch dreien zusammen sein.«

Ich sinke in mich zusammen und fühle mich richtig schlecht deswegen.

»Nein, so hab ich es nicht gemeint. Ehrlich. Es ist in Ordnung, Ellie. Ich sehe doch, wie sehr du Will magst und wie viel er dir bedeutet. Mir geht es nun mal nicht so.«

»Du stehst also gar nicht so sehr auf Frank?«

Er lässt den Blick über die Menschen schweifen. »Frank ist klasse. Er ist ... nun, ganz anders als alle Jungs, die ich bisher kennengelernt habe. Oder vermutlich jemals kennenlernen werde.«

»Was ist dann das Problem?«

Er schaut sich betrübt um. »*Das hier* ist das Problem. Ich werde nicht hier leben. Und er wird nicht in den USA leben. Wozu es dann überhaupt miteinander versuchen?«

Überrascht lehne ich mich zurück. »Weil du ihn magst. Und weil du nur wenige Monate hier sein wirst.«

»Eben.«

»Dann *genieße diese Monate*, Huan. Mach das Beste draus. Denk nicht zu viel nach.«

Er schüttelt den Kopf. »Hast du keine Angst vor dem, was dann passiert? Wenn wir heimfliegen? Wie soll das an der Waterford High werden, nach ... all dem hier?«

Ich überlege. Am Anfang der Reise war die Rückkehr an die Highschool mein schlimmster Alptraum. Bei der Vorstellung, Andy und Crystal zusammen zu sehen, wollte ich lieber bis zum Schulabschluss von einem europäischen Land ins nächste reisen. Doch jetzt ... jetzt will ich immer noch nicht zurück, aber es geht nicht mehr um die beiden. Mir graut, wenn ich an die Highschool denke, weil ich dann nicht mehr hier sein werde. Kein Emberton Manor mehr mit seinen großen Sälen und den weiten, grünen Feldern. Keine Wochenendausflüge mehr in wunderschöne Städte zusammen mit meinen Freunden. Und, schlimmer noch, kein Will mehr, der nur eine Zugfahrt entfernt ist.

Mein Handy meldet eine Nachricht von Will. Er parkt im Halteverbot.

Ich springe auf. »Lass uns noch nicht an die Heimreise denken.« Wir sollten einfach jeden Tag so gut wie möglich genießen. Alles andere wäre Zeitverschwendung.

Ich winke Dev und Sage zu mir. »Mein Fahrer ist da.« Ich halte mein Handy hoch. »Wer von euch hat gewonnen?«

Dev wirft sich stolz in die Brust.

»Wow, ich bin beeindruckt.« Ich klatsche artig. »Also, macht heute ganz viele Fotos. Und viel Spaß beim Anschauen der ganzen Kunst.«

»Dir viel Spaß beim Knutschen«, erwidert Huan.

»Den werde ich haben.«

Dev zieht eine Grimasse. »Dann *bitte* keine Fotos.«

Ich winke und eile dorthin, wo Will auf mich wartet. Als ich am Rande des Platzes ankomme, drehe ich mich um und winke noch mal, aber sie sind bereits dabei, ein Gruppenselfie zu machen. Es zieht mich innerlich in zwei Richtungen, einerseits zu Will, andererseits zu meinen Freunden. Ich wünschte, ich könnte noch ein paar Minuten mit ihnen verbringen. Und ich wünschte, ich könnte mehr Tage mit Will verbringen. Vor allem aber wünschte ich, ich müsste mich nicht zwischen beiden Möglichkeiten entscheiden.

Kapitel 22

Ich entdecke Wills Auto an einer stark befahrenen Straße. Er parkt in zweiter Reihe, lehnt sich aus dem Fenster und winkt einen Bus vorbei.

»Bin schon da, sorry!« Eilig quetsche ich mich ins Auto.

Ich habe kaum die Tür zugezogen, da drückt er aufs Gas und schert auf die Straße aus. »Der Verkehr hier ist eine Katastrophe, aber du bist es mir wert.« Er küsst mir die Hand und schon verschwende ich keinen Gedanken mehr an den Trafalgar Square. »Ich freue mich riesig, dass du heute in London bist.«

»Ich auch.«

»Ist mit uns alles gut?«, fragt er, die Augen immer noch auf die Straße gerichtet. »Du bist mir doch nicht böse, oder?«

Wie sollte ich ihm böse sein, wenn er so umwerfend aussieht, meine Hand küsst und mich fragt, ob ich ihm böse bin? Völlig unmöglich.

»Von meiner Seite ist alles gut. Wenn du es auch so empfindest, dann brauchen wir nicht weiter darüber zu sprechen.«

Er entspannt die Schultern und drückt mir einen weiteren Kuss auf die Hand. »Du bist einfach wundervoll. Waren deine Freunde sehr enttäuscht, dass ich dich von ihnen weggelockt habe?«

»Kein Problem. Sie verstehen es.«

»Ich schätze, wir hätten sie einladen können, uns zu begleiten, jedenfalls am Nachmittag. Sie hätten sich vielleicht gefreut, wenn jemand sie herumführt. Daran hatte ich gar nicht gedacht. Ich wollte einfach nur den Tag mit dir verbringen, und mein Vater hat sich furchtbar aufgeführt und …« Er hält inne. »Ich wollte, dass du mich von dem ganzen Mist ablenkst. Darin bist du perfekt.«

Ich beiße mir auf die Innenseite der Wange. Er hat mich perfekt genannt – was wohl das schönste Kompliment für ein Mädchen ist. Aber er meinte, dass ich perfekt darin bin, ihn von seinem Leben abzulenken. Ist das wirklich ein Kompliment?

Ich schüttle meine Bedenken ab. »Keine Sorge. Meine Freunde brauchen keinen Fremdenführer. Sie wissen bereits genau, was sie sich anschauen wollen und wie sie hinkommen.« Lächelnd denke ich an Sage. »Heute Abend, wenn wir wieder in Emberton Manor sind, wollen wir uns gegenseitig erzählen, wie es war.«

»Gut, denn ich möchte dich ungern mit anderen teilen.«

Ich sonne mich in diesem Gedanken, während ich aus dem Fenster auf Geschäfte und vorbeieilende Touristen schaue. Die Straßen des Stadtviertels Mayfair sind gesäumt von teuren Läden, Restaurants und Luxushotels, vor denen Pagen in Uniformen stehen. London auf diese Weise zu sehen, ist eine ganz andere Erfahrung. Ich fühle mich wie eine Einheimische.

Will hält vor einem Restaurant. »*The Lady in White*«, verkündet er. »Wir haben eine Reservierung zum Mittagessen. Vorausgesetzt, du hast Lust.«

Das Restaurant wirkt … nobel. So, als müsste man berühmt sein oder ein sechsstelliges Gehalt verdienen, um einen Tisch zu bekommen. »Bist du sicher?«

»Du hast den besten Tag verdient, den ich dir bieten kann. Ich dachte, wir machen hier den Anfang.« Will reicht dem Pagen seinen Autoschlüssel und bekommt ein Ticket. »Ich hoffe, es gefällt dir. Sie haben eine Speisekarte mit traditioneller britischer Küche. Nicht ganz mein Stil, aber meine Mutter liebt es.«

Mir fallen schier die Augen raus, als wir das Restaurant betreten. Vergoldete Kronleuchter glitzern in den raumhohen Spiegelpaneelen an der Rückwand des Restaurants. Auf jedem der mit Leinentischtüchern gedeckten Tische steht ein lila Blumenstrauß. Dicke, bestickte

Vorhänge umrahmen die riesigen Fenster, die zur Straße hinausgehen. Teenager essen nicht in solchen Lokalen. Hier essen Politiker, Anwälte und Geschäftsleute. Die Middletons würden hier vielleicht essen. Aber doch nicht ich!

»Sie werden uns hinauswerfen«, flüstere ich eingeschüchtert.

»Bestimmt nicht. Ehrenwort.«

Und tatsächlich führt uns eine Kellnerin ohne Umschweife zu unserem Tisch. Es ist ein kleiner Tisch, der direkt bei den hohen Fenstern steht, aber so, dass wir auch den Rest des Restaurants überschauen können. Ich atme tief ein und genieße den Moment.

»Gefällt es dir?«, fragt Will, als er meinen Gesichtsausdruck bemerkt.

»Ich … es ist unglaublich.«

»Das freut mich. Mein Vater hat für uns reserviert. Meine Mutter hat ihn darum gebeten.« Seine Stimme bekommt einen bitteren Unterton. »Sie würden nie jemanden abweisen, für den auf seinen Namen reserviert wurde.«

»Dein Vater muss sehr erfolgreich sein.«

Er verdreht die Augen. »Es ist leicht, Erfolg zu haben, wenn man unablässig arbeitet. Irgendwas hat er immer zu tun. Cocktails. Abendessen. Gruppenmassagen.« Als er das sagt, lehne ich mich zurück und er lächelt. »Wer weiß, was er alles macht. Aber es stimmt, er ist gut in seinem Job. Darum bin ich in so einem Umfeld groß geworden.«

Er deutet zur Straße. Oh, wow! Er hat mich nicht in diesen teuren Teil Londons geführt, um mich zu beeindrucken. Er hat mich hergebracht, weil das sein Zuhause ist.

Ich muss mich beherrschen, nicht zu nervös zu zappeln, während ich die Speisekarte lese. Ganz oben steht ein traditioneller English Tea mit Scones, Sandwichhappen und winzigen Desserts. Das kleine Mädchen in mir (also gut neunzig Prozent von mir) strahlt, bis ich den Preis sehe. Fünfundsechzig Pfund. Ich verschlucke mich fast. Das sind um die achtzig Dollar. Ich überfliege die Speisekarte auf der Suche nach etwas Preiswerterem. Könnte ich einen Beilagensalat nehmen?

Will neigt seine Speisekarte in meine Richtung und deutet direkt auf den English Tea. »Der soll hier sehr gut sein. Hättest du Lust darauf?«

»Bist du sicher? Er ist so teu- … Ich meine, du magst doch eigentlich nichts Britisches.«

Er lacht etwas zu laut für diese ruhige Umgebung. »Willst du mich aufziehen? Natürlich mag ich britische Dinge. Ich *bin* Brite.«

Ich erröte. »Klar magst du dich selbst. Ich meinte nur … ach, ich weiß nicht. Zum Beispiel Jane Austen und Touristenattraktionen und so was. Du scheinst traditionelle Dinge nicht zu mögen.«

»Ich mag keine Stereotypen. Und Jane Austen kann mir gestohlen bleiben, aber ich wäre verrückt, wenn ich Scones nicht mögen würde.«

Ich überfliege noch einmal die Speisekarte und zwinge mich, den Preis zu ignorieren. »Das klingt wirklich gut.«

»Dann bestellen wir es.« Grinsend nimmt er mir die Speisekarte aus der Hand.

Die Kellnerin serviert uns eine kunstvoll angerichtete dreistöckige Etagere mit kleinen Sandwiches, Desserts und Scones, die mit Orchideenblüten verziert sind. Ich lasse Will noch nichts davon nehmen. Zuerst muss ich alles dokumentieren. Meine Mutter wird mich umbringen, wenn sie keine *detaillierten* Fotos davon zu sehen bekommt.

Wie zu erwarten, schmeckt das Essen genauso wunderbar, wie es aussieht. Die Sandwiches mit Frischkäse und Feigen, Schinken und Brie schmelzen im Mund. Und die Desserts sehen aus, als hätten die besten Bäcker aus *The Great British Bake Off* sie kreiert. Es gibt Cremetörtchen mit roten Himbeeren, winzige Tässchen mit seidiger Orangen-Pannacotta, in perfekte Quadrate geschnittenen, saftigen Earl-Grey-Kuchen und Schokomousse, die in Becher aus Milchschokolade geschichtet ist. Ich befinde mich inmitten meiner English-Tea-Seite auf Pinterest.

»Ich bin nicht undankbar«, sagt Will aus heiterem Himmel. Ich erstarre mit der Teekanne in der Hand. Seine Augen sind geweitet, so als würde er versuchen, mich von etwas zu überzeugen. »Ich meine, für diesen Lebensstandard. Ich hoffe, dass ich nicht so rüberkam. Ich weiß, wie viel Glück ich im Leben hatte. Es ist nur …« Seine Hand umschließt die filigrane Tasse viel zu fest. »Es gibt immer einen Geschäftsabschluss auszuhandeln oder einen Kunden zu umwerben oder ein dringendes Problem, das keinen Aufschub duldet. Das war so, seit ich denken kann. Deshalb hat meine Mutter immer unsere Urlaubsreisen geplant. Sie dachte, wenn wir im Ausland sind, könnten wir Zeit miteinander verbringen, aber für gewöhnlich hat er in letzter Minute einen Grund gefunden, warum er absagen musste. Sie fragt ihn kaum noch, ob er mitkommen möchte.« Will spricht jetzt etwas schneller. »Ich kann mich nicht daran erinnern, wann er mich das letzte Mal nach meinen Freunden gefragt hat, oder danach, was mich in letzter Zeit interessiert hat oder was ich am Wochenende vorhabe. Ich kann mich nicht daran erinnern, wann wir das letzte Mal über *irgendetwas* anderes gesprochen haben als Arbeit oder Schule.«

Will redet so laut, dass sich einige Gäste zu uns umdrehen. Ich stelle die Teekanne ab und lehne mich vor, dann nehme ich seine Hand. »Das tut mir leid«, flüstere ich. »Dann hast du mit ihm wohl auch nicht darüber sprechen können, dass du in ein Restaurant investieren möchtest, oder?«

»Ich habe es versucht. Er hat genau dreißig Sekunden lang zugehört, dann hat er mich unterbrochen und mir gesagt, ich solle aufhören, mit einfältigen Ideen herumzuspielen. Er findet jede Idee einfältig, außer sie stammt von ihm selbst.«

Ich drücke seine Hand. Die Bitterkeit in seinen Augen versetzt mir einen Stich. Sein Verhältnis zu seinem Vater lässt mich daran denken, wie viel Glück ich mit meiner Mutter habe.

»Er benimmt sich schrecklich. Woher sollst du wissen, was du mit dem Rest deines Lebens anfangen willst, wenn er dir nie die Möglichkeit gibt, dich auszuprobieren?«

»Du sagst es.« Er beugt sich so eifrig vor, dass er fast seine Teetasse umschmeißt. »Mit dir kann man so toll reden. Niemand sonst versteht mich.« Er hebt meine Hand an seine Lippen und schließt die Augen. Als er sie wieder öffnet, wirkt er nicht mehr so aufgewühlt. Ich liebe es, dass ich auf ihn so eine beruhigende Ausstrahlung habe.

Nach dem Essen führt Will mich durch die noble Burlington Passage. Hier reiht sich ein teurer Laden mit Klamotten und Schmuck an den anderen. Danach schlendern wir durch die Straßen zum Green Park. Auf dem Boden entdecke ich ein paar riesige Kiefernzapfen und würde sie am liebsten einsammeln, doch ich lasse es bleiben. Ein Jammer. Solche Kiefernzapfen eignen sich wundervoll, um Dächer von Feenhäuschen zu decken.

»Bist du hier in der Nähe zur Schule gegangen?«, frage ich stattdessen.

»Nein, mein Vater bestand darauf, dass ich Harrow besuche.«

»Was ist Harrow?«

Er sieht mich überrascht an. »Ein Internat für Jungs.«

»Ein Internat?« Ich muss kichern, weil ich vor meinem geistigen Auge lauter kleine Jungs mit Strickwesten und Krawatten sehe. »Wie war es dort?«

Er senkt den Kopf. »Es war … wie ein zweites Zuhause. Frank und ich haben uns dort vor vielen Jahren kennengelernt. Alle meine Freunde sind von dort.«

»Habt ihr Uniformen getragen? Hattet ihr Häuser wie in Hogwarts?«

»Uniformen ja, Hogwartshäuser definitiv nicht.«

»War es eher wie das Internat in *Alles, was wir geben mussten*?«

Er blinzelt. »Ähm, ich bin mir nicht sicher. An den Film erinnere ich mich gar nicht.«

»Warte, hast du das Buch nicht gelesen? Es ist großartig.«

»Lesen ist nicht so meins. Ist es ein dickes Buch? Dicke Bücher halte ich nicht durch.«

Ich muss die Lippen aufeinanderpressen, um nicht aufzuschreien. *Bitte* sag mir, dass er nicht zu den Leuten gehört, die sich erst die Verfilmung anschauen, bevor sie ein Buch lesen!

»Hast du mal versucht, stattdessen Hörbücher zu hören? Das kann manchmal fast besser sein, als die gebundene Ausgabe zu lesen.«

»Äh, dafür habe ich mich nie interessiert.«

»Oh.«

Will legt seine Hand um meine und führt mich den Weg entlang. »Komm, lass uns weitergehen.«

Er schlägt den Weg ein, der den Park umrundet. Ich ärgere mich, dass er mir nicht zuhört, aber meine Stimmung bessert sich, je weiter wir gehen.

Ich liebe es, den Familien zuzusehen, die auf dem Rasen spielen, und den jungen Paaren, die Hand in Hand spazieren gehen. Es fühlt sich unwirklich an, selbst eines dieser Paare zu sein. Will zeigt auf das riesige, goldene Tor in der Ferne, das die Touristen vom Buckingham Palace trennt, dann zieht er uns auf eine der Bänke, die am Wegrand stehen, und wendet sich mir zu.

»Ich bin so froh, dass du heute nach London gekommen bist. Manchmal frage ich mich, was passiert wäre, wenn Frank mich nicht genötigt hätte, mit ihm auf den Markt zu gehen. Dann wären wir uns nie begegnet.« Er atmet tief durch. »Und du hättest mich nie gerettet.«

Ich weiche überrascht ein Stück zurück. »Ich hab dich doch nicht gerettet.«

»Was denkst du denn, was du gerade tust?«

Er legt eine Hand an meinen Hinterkopf und ich hole nervös Luft. Als er sich vorbeugt, sinke ich förmlich in seine Arme. Der Kuss vertieft sich, seine andere Hand wandert an meinem Bein hoch. Einem Teil von mir ist bewusst, dass wir im Freien sind und alle uns sehen können, aber es kümmert mich nicht. Mein Puls beschleunigt mit jeder Sekunde, die vergeht, bis ich befürchte, gleich einen Herzstillstand zu erleiden.

So hat mich noch kein Junge geküsst. Er hat offensichtlich viel Erfahrung, während ich bisher nur Jim Hartwell geküsst habe. Das war in der neunten Klasse nach dem Winterball – und der Kuss war kurz, trocken und enttäuschend. Wie weit würde Will noch gehen, wenn wir nicht befürchten müssten, wegen Erregung öffentlichen Ärgernisses verhaftet zu werden? Bei dem Gedanken daran steigt mir noch mehr Hitze in die Wangen, und ich bin plötzlich froh, dass wir im Park sind. Ich hätte kein Problem damit, den Rest meines Londonausflugs damit zu verbringen, Will zu küssen, aber ich glaube nicht, dass ich schon bereit bin, Sage Kondome abzukaufen.

Mein Handy vibriert, was mich ablenkt. Es hat schon den ganzen Nachmittag vibriert, aber ich habe es ignoriert.

Will löst sich von mir. »Geh ruhig ran«, sagt er und zeigt auf mein Handy, während er sein eigenes hervorholt. »Meine Mutter möchte, dass ich sie anrufe.« Er steht auf und entfernt sich ein paar Schritte.

Ich schüttle den Kopf, während ich durch meine Nachrichten scrolle Sage, Dev und Huan haben mir den ganzen Tag über Fotos geschickt. Die drei, wie sie vor der National Gallery posieren. Dev, der stolz neben den Gemälden steht, die wir in Kunstgeschichte durchgenommen haben. Alle drei mit Duckfaces neben einer riesigen Tüte Pommes frites und zwei kleinen Ketchup-Päckchen. Offensichtlich machen sie ein Spiel daraus, mir so viele Fotos wie möglich zu schicken, in immer alberneren Posen. Dev vor dem Tower of London beim

Versuch, Huan zu erwürgen. Huan, der neben einigen sehr mürrisch aussehenden Wachen in schicken schwarz-roten Uniformen einen Handstand mit Überschlag macht. Sie haben sogar Sage dazu gebracht, so zu posieren, dass es aussieht, als würde sie eine riesige Brücke im Hintergrund wegschieben. Ich lache laut auf, aber ich spüre auch einen Anflug von Traurigkeit. Sie verbringen wirklich einen tollen Tag ohne mich.

Will kommt wieder zu mir. »Was ist so witzig?«

Ich zeige ihm einige der Fotos.

»Sieht so aus, als hätten sie Spaß.«

»Sie albern nur herum.«

Er seufzt. »Ich habe schlechte Neuigkeiten, falls du gehofft hast, dass wir heute noch einmal schick essen gehen können.«

»Was ist los?«

»Mein Vater hat zu Hause anscheinend einige Unterlagen für mich bereitgelegt, und meine Mutter möchte, dass ich sie abhole.« Er verdreht die Augen. »Ich habe ihr gesagt, dass ich den Tag mit dir verbringe, aber sie meinte, ich könnte dich doch mitbringen. Ich glaube, sie ist neugierig auf dich.«

Mein Mund wird trocken. »Deine Mutter möchte mich kennenlernen?«

»Du weißt ja, wie Mütter sind. Sie wollen immer wissen, mit wem ihre Söhne zusammen sind.«

»Aber … aber so, wie ich angezogen bin, kann ich unmöglich deiner Mutter gegenübertreten«, sage ich entsetzt und sehe hinab auf mein Touristenshirt, die Jeans und die abgenutzten Sneaker. »Wird dein Vater auch da sein?«

»Nein, er ist fast nie zu Hause.« Er beugt sich zu mir und küsst mich auf die Wange. »Und du siehst wunderschön aus. Sie weiß, dass das nicht geplant war. Sie hat keine Erwartungen.«

Ich schlucke gegen den Kloß im Hals an. Dann *würde* sie von mir also erwarten, mich besser zu kleiden, wenn ich gewusst hätte, dass ich sie kennenlernen würde.

Er zieht mich von der Bank hoch. »Das Beste dabei ist, dass sie bei unserem Lieblingsinder etwas zu essen bestellt. Es wird dir schmecken. Besseres indisches Essen bekommst du sonst nirgends auf der Welt.«

Ich lache und frage mich, ob Dev zustimmen würde.

Kapitel 23

Wills Londoner Haus ist noch verrückter als das Landhaus seiner Familie. Es steht in einer ruhigen Allee, in der sich ein weißes Haus an das andere reiht. Ich erwarte, dass das Innere dem traditionellen Erscheinungsbild der Fassade entspricht, doch es ist ultramodern. An den Wänden hängen Leuchtreklamen neben barocken Gemälden. Die Böden sind aus riesigen, reinweißen Marmorplatten und die Möbel sind seltsam geformt und wirken unbequem. Sogar die Stille hier drin lässt mich an ein menschenleeres Museum für moderne Kunst denken.

Als Will sieht, wie ich ein Gemälde von Marc Chagall betrachte, das wir im Unterricht besprochen haben, flüstert er: »Mein Vater mal wieder. Er war schon Kunstsammler, als er so alt war wie ich.«

Ich versuche mir gerade vorzustellen, wie es ist, in einer Umgebung voller Kunstwerke aufzuwachsen, die genauso viel kosten wie mein gesamtes Zuhause, als seine Mutter hereinkommt. Sie ist wunderschön. Groß und elegant und genau so, wie ich sie mir vorgestellt habe.

»Sie müssen Elle sein.« Sie nimmt meine Hand mit ihren beiden Händen und drückt sie herzlich. »Wie geht es Ihnen?«

»Ich freue mich, Sie kennenzulernen.« Mein Herz pocht und ich wünschte, ich hätte Will auf dem Weg hierher gefragt, was seine Mutter mag und was nicht. »Es, äh, tut mir leid, dass Sie Ihre Reise vorzeitig abbrechen mussten.«

»Ach ja, es ist schön, zu Hause zu sein. Kommen Sie herein und entspannen Sie sich.« Sie winkt uns aus der Eingangshalle in ein gigantisches Wohnzimmer. »Das Essen sollte jeden Augenblick kommen. Beatrix!«, ruft sie. »Komm und begrüße unseren Gast.«

Beatrix?, frage ich Will lautlos.

Er flüstert mir ins Ohr: »Meine Schwester. Meine Mutter hat Englische Literatur studiert, falls du dir das bei unseren Namen nicht schon gedacht hast.«

Ein junges Mädchen, zwölf oder dreizehn, kommt hereinstolziert. Sie ist schlank und ihre blonden Haare fallen strähnig um ihr Gesicht. Als sie mich sieht, lächelt sie.

»Du bist da! Ich habe mich fast schon gefragt, ob Will dich nur erfunden hat.« Sie neigt den Kopf, um mich genauer anzusehen. »Nach allem, was er erzählt hat, bist du nicht halb so doof wie seine ganzen anderen Freundinnen.«

»Bea!«

»Ich freue mich, das zu hören«, sage ich und versuche, nicht zu lachen.

»Er hat auch gesagt, du wärst nicht so eine Dramaqueen wie seine letzte Freundin. Ich hoffe, das stimmt, denn sie war grässlich. Ständig hat sie geheult und sich aufgeführt.« Sie schüttelt den Kopf. »Und du bist Amerikanerin. Ich wünschte, ich hätte Freunde in Amerika. Es wäre so cool, hinzufliegen, um sie zu treffen.« Sie lässt sich neben mich aufs Sofa plumpsen, ohne auf den finsteren Blick ihres Bruders zu achten. »Ich war erst ein einziges Mal in Amerika. Es ist so riesig. Ich bringe dort alles durcheinander.«

»Dann würdest du dort nicht auffallen. Auch viele Amerikaner bringen alles durcheinander.« Ich tippe mir an die Schläfe, als würde ich angestrengt nachdenken. »Am schwersten zu merken sind diese ganzen Staaten in der Mitte. Ich glaube, Kansas muss irgendwo hier sein …«

Bea kneift kurz die Augen zusammen, dann lacht sie laut.

»Oh, du bist witzig.« Sie rutscht auf dem Sofa näher zu mir. »Du darfst bleiben.«

Das Abendessen wird geliefert, und ich werde zu einem riesigen Glastisch geführt, auf dem sich Gerichte türmen, die ich noch nie gesehen habe. Ich halte mich zurück, weil ich unsicher bin, während Beatrix um mich herumgreift.

»Hast du noch nie Indisch gegessen?«, fragt Will.

Ich schüttle den Kopf.

»Tja, dann bist du auf jeden Fall in der richtigen Stadt.« Er nimmt einen Teller und fängt an, ihn zu beladen. »Alle denken immer, dass wir in England nur Fish and Chips und Hackfleischpasteten essen, aber unsere Nationalspeise ist Chicken Tikka Masala.« Er reicht mir den Teller. Darauf prangt ein Berg Reis mit Huhn in einer orangebraunen Soße. »Wenn du britisch sein willst, iss das.«

Ich probiere erst mal einen vorsichtigen Bissen. Dann fluten warme Gewürze meinen Mund und ich nehme eine große Gabel voll. Wie konnte ich bisher ohne dieses Gericht leben?

»Wie hat Ihnen das Mittagessen geschmeckt?«, erkundigt sich seine Mutter.

Ich wische mir rasch mit der Serviette übers Gesicht, bevor ich antworte. »Es war magisch. Wir haben den English Tea bestellt.

»Stellen Sie sich vor, ich weiß nicht, wann ich Will das letzte Mal dazu überreden konnte, mit mir Tee zu trinken.«

»Nun, um ehrlich zu sein, hat er nur wenig Tee getrunken.«

»Verräterin!«, sagt Will.

Beatrix kichert und mir wird warm ums Herz. »Was habt ihr sonst noch gemacht?«, fragt sie.

»Danach sind wir shoppen gegangen und durch den Green Park gelaufen.«

Sie schaut ihren Bruder ungläubig an. »Klingt nach einem langweiligen Tag. Meine Freunde und ich haben das schon tausend Mal gemacht.« Beatrix dreht sich um und zeigt mit dem Finger auf Will. »Warum hast du nichts anderes mit ihr unternommen?«

Will zuckt zusammen. »Ich …«

»Ach, das ist schon in Ordnung«, mische ich mich ein. »Dein Bruder hat alles richtig gemacht. Und einige der großen Sehenswürdigkeiten habe ich heute Vormittag schon mit meinen Freunden zusammen besichtigt. Big Ben, Westminster Abbey, Trafalgar Square. Es war toll.«

Will runzelt die Stirn und mir wird klar, dass ich ihm von meinem Vormittag gar nichts erzählt habe. Wenn ich es recht bedenke, war Will an diesem Nachmittag so damit beschäftigt, über seinen Vater und seine Reise zu sprechen, dass er keine Gelegenheit hatte, mich überhaupt etwas zu fragen.

Mein Blick fällt auf ein weiteres Gemälde, das ich wiedererkenne. Wir haben es in Kunstgeschichte durchgenommen, als die italienische Renaissance dran war. Die meisten Gemälde habe ich schon wieder vergessen, aber dieses ist mir im Gedächtnis geblieben, weil es sich merkwürdig angefühlt hat, die nackte Frau anzustarren, die sich im Vordergrund räkelt, während Dev direkt neben mir saß.

»Ist das, ähm, die Venus von Urbino?«

Wills Kopf fährt zu mir herum.

»Aber ja, das ist sie. Eine Reproduktion.« Seine Mutter betrachtet liebevoll das Gemälde. »Es passt nicht in Timothys Sammlung, aber er war damit einverstanden, dass wir es hängen lassen. Ich habe es während unserer Flitterwochen in Italien gekauft.« Sie neigt den Kopf in meine Richtung. »Sind Sie Kunstliebhaberin? Ich meinte, Will hätte gesagt, dass Sie Psychologie studieren.«

»Ja, also in diesem Semester habe ich auch einen Kurs in europäischer Kunstgeschichte. Wir haben gerade die Renaissance durchgenommen.«

Unter dem Tisch drückt Will mein Bein und ich erschrecke mich. Oh nein, bringe ich ihn etwa in Verlegenheit? Doch als ich ihn anschaue, wirkt er überrascht und zufrieden. Auch seine Mutter betrachtet mich jetzt mit mehr Interesse als bisher. Sie wendet sich an Will.

»Ich habe mit deinem Vater gesprochen, als er die Unterlagen vorbeigebracht hat. Er hat einen neuen Klienten, der an der UCL arbeitet. Er ist begeistert von der Idee, dass du womöglich aufgenommen wirst. Er möchte, dass du ihn nach dem Abendessen anrufst.«

»An der UCL?«, frage ich Will. Die gute Laune verschwindet aus seinem Gesicht.

»University College London«, erklärt seine Mutter.

»Ich dachte, ich müsse nach Oxford«, murmelt Will.

»Er hat sich damit abgefunden, dass du …« Sie wedelt unbestimmt mit der Hand.

»Damit, dass ich schlechte Noten habe? Nein, hat er nicht. Aber ist auch egal. Er wird mich an der UCL genauso wenig unterbringen wie in Oxford.«

Ihr Blick wandert kurz zu mir. »Darüber können wir später sprechen.«

»Ich möchte keine Gefälligkeiten von ihm. Ich muss nicht an die Uni gehen, um es im Leben zu etwas zu bringen.«

»Willoughby, also wirklich! Jetzt ist nicht der geeignete Moment, um das Thema zu erörtern. Also«, sie richtet ihre Aufmerksamkeit auf mich, »aus welcher Gegend der USA kommen Sie? Ich hatte immer schon eine Schwäche für die Westküste.«

»Ich komme aus Washington, D.C. In Kalifornien war ich tatsächlich noch nie.« Ich werfe einen Blick zu Will, der sein Essen anstarrt. »Ich würde gerne mal hinfliegen. Es ist bestimmt wunderbar.«

»Oh, und wie!«, ruft Beatrix und erzählt mir davon, wie sehr sie das Santa Monica Pier liebt. Ich lächle und nicke aufmunternd. Ich bin erleichtert, über etwas anderes zu sprechen als Wills Aussichten auf einen (oder *keinen*) Studienplatz. Ich bin sehr dankbar dafür, dass meine Mum mich nie so unter Druck setzt, wie Wills Eltern es machen. Aber das ganze Gerede über die Uni stresst mich. Immerhin haben Will und ich gemeinsam, dass wir beide unentschlossen sind.

Das Abendessen endet ohne weitere Diskussionen, einzig dank Beatrix, denn Will sagt nichts und ich habe kaum etwas Interessantes beizusteuern. Nachdem wir vom Tisch aufgestanden sind, bringen Will und seine Mutter die Teller in die Küche und ich entschuldige mich und gehe auf die Toilette. Doch als ich wieder herauskomme, höre ich deutlich Wills Stimme.

»Es gefällt ihm, über mich zu bestimmen.«

»Hör auf, so über deinen Vater zu reden«, ermahnt ihn seine Mutter. »Du weißt, dass er nur das Beste für dich möchte. Er hat dich nach Northampton geholt, damit du Erfahrungen in der Arbeitswelt sammeln kannst.«

Ich ziehe mich auf Zehenspitzen wieder ins dunkle Badezimmer zurück. Vielleicht sollte ich den Flur entlangtrampeln, damit sie mich kommen hören. Oder ich könnte mich lautstark räuspern.

»Von wegen Erfahrungen sammeln«, widerspricht Will. »Er möchte, dass ich unter seiner Fuchtel stehe. Er überwacht mich wie einen Gefangenen.«

»Wenn du die Schule mit besseren Noten abgeschlossen hättest, müssten wir diese Unterhaltung gar nicht führen.«

»Weißt du was, du redest so viel über die USA. Vielleicht sollte ich eine Weile dorthin ziehen. Es wäre für uns alle am besten, wenn Vater und ich mal eine Auszeit voneinander hätten.«

»Also wirklich, Willoughby.« Sie seufzt theatralisch. »Was könntest du dort schon machen, außer noch mehr von unserem Vermögen zu verprassen.«

Autsch. Vielleicht sollte ich lieber noch ein paar Minuten im …

»Elle! Ich habe mich schon gefragt, wo du bleibst.«

Beatrix erscheint in der Tür. Sie grinst und stützt die Hände in die Hüften.

»Oh … ja. Ich …« Ich drehe mich um auf der Suche nach einer Erklärung dafür, dass ich allein im Dunkeln herumlungere. »Ich wusste nicht mehr, in welche Richtung ich muss. Euer Haus ist so riesig.«

»Einfach hier entlang.« Sie hakt sich bei mir unter und zieht mich mit sich. »Die beiden sind immer so. Ständig geht es um Unis und all so was. Je eher du dich daran gewöhnst, desto besser.«

Sie führt mich zurück ins Wohnzimmer, wo Will und seine Mutter nebeneinanderstehen, steif, aber lächelnd.

»Wie wäre es mit einem Tee, bevor Sie gehen?«, fragt sie mich.

»Geht nicht«, wirft Will ein. »Wir haben schon etwas vor.«

»Gut, gut.« Sie küsst jeden von uns auf beide Wangen. »Pass auf unseren Willoughby auf. Er hat es nötig.«

»Oh … sicher. Das werde ich.«

Ich klatsche Beatrix ab, und sie sagt, ich soll unbedingt wiederkommen. Sie will mir all die coolen Orte zeigen, die Will nicht kennt. Das bringt uns alle zum Lachen.

Als wir vor dem Haus auf der Straße stehen, sagt Will: »Ich nehme an, dass du den Streit zwischen meiner Mutter und mir gehört hast.«

Meine Ohren brennen vor Verlegenheit. »Ich wollte nicht lauschen. Ich kam aus dem Bad und da …«

»Ist schon in Ordnung. Meine Kumpel erleben unsere Auseinandersetzungen oft mit. Warum soll es dir anders ergehen.«

»Ist alles in Ordnung?«

»Jetzt schon, nachdem ich wieder mit dir allein bin.«

Ich lache nervös. »Hat dir schon mal jemand gesagt, dass du sehr charmant bist?«

»Das bekomme ich jeden Tag zu hören.« Er legt den Arm um meine Taille und zieht mich an sich.

»Und wo bringst du mich jetzt hin? Ich wusste nicht, dass wir heute Abend noch etwas vorhaben.«

Er lächelt. »Das wird nicht verraten.«

Wir nehmen die U-Bahn, da die Parkplatzsuche in Londons Innenstadt eine Katastrophe ist. Als wir aussteigen, erkenne ich die Haltestelle.

»Ist das nicht …?«

»Pssst. Verdirb nicht die Überraschung. Komm.«

Der Bahnhof ist überfüllt und es dauert lange, bis wir ins Freie gelangen. Ich drehe mich um, und da ist es – das London Eye. Groß und so verlockend wie heute Morgen ragt es ein Stück entfernt in die Höhe. Ich schaue Will mit einer Mischung aus Verwirrung und Freude an.

»Ich hatte gehofft, dass ich dabei bin, wenn du Big Ben zum ersten Mal siehst, aber da ich diese Chance verpasst habe, muss das hier herhalten.«

»Ich finde es toll«, flüstere ich und bewundere wieder das Riesenrad und den ganzen Trubel darum herum.

»Es gibt in London eine Menge Touristenattraktionen, die Schrott sind, aber *diese* mag ich.«

Beim Anblick der Warteschlange vor dem London Eye wird mir flau im Magen. Aber ich sollte nicht überrascht sein, schließlich ist es ein Samstagabend in London. Natürlich reißen sich alle darum. Ich ziehe mein Handy heraus, um zu sehen, wie spät es ist, und entdecke eine neue Nachricht und ein Foto von Dev. Er, Huan und Sage haben es bereits zurück zum Bahnhof King's Cross geschafft und stehen ohne mich vor Gleis 9¾. Huan hält sich am Gepäckwagen fest, und Dev umklammert Huan, als würde ihn gleich ein starker Wind wegpusten. Sage posiert ganz normal neben den beiden. Meine Kehle wird eng. Wie traurig, dass ich das verpasst habe. Ich lese, was er geschrieben hat.

> Als etwas weniger los war, haben wir schnell ein Foto gemacht. Sobald du da bist, können wir auch noch eins von uns allen machen. Bist du schon auf dem Weg?

»Alles klar?«

Ich zucke zusammen. Ich habe für einen Moment vergessen, wo ich bin. »Ja, tut mir leid.« Ich schiebe das Handy in die Tasche, damit er das Foto nicht sieht. Ich will lieber nicht hören, was er von diesem touristischen »Schrott« hält.

Ich nicke in Richtung der Warteschlange. »Das ist so eine süße Idee, aber ich glaube, dafür reicht die Zeit nicht.«

Er grinst triumphierend und hält mir sein Handy hin mit zwei Eintrittskarten. »Das sind Karten, mit denen man eine bestimmte Zeit bucht und nicht warten muss. Ich stelle mich nie in Schlangen an.« Er nimmt meine Hand und wir hasten zum Eingang. Sein Lachen hilft mir, King's Cross zu vergessen. Im Nu scannt ein Angestellter unsere Karten und weist uns einen Platz in einer ovalen, gläsernen Kabine zu. Ein paar Leute steigen ein, aber ich bemerke sie kaum. Ich kann meinen Blick nicht von der Aussicht losreißen.

Unter mir fließt die Themse und daneben erstreckt sich das Parlamentsgebäude. Big Ben, der an diesem Morgen so unfassbar groß auf mich gewirkt hat, wird zusehends kleiner, während unsere Kabine in die Höhe schwebt. Ich bin von ganz London umgeben und fühle mich klein und erhaben zugleich. Ich atme tief ein und genieße den Anblick.

Hände legen sich von hinten um mich. Zärtlich küsst Will mich auf die Wange.

»Willkommen in London, Elle.«

Kapitel 24

Als wir am Bahnhof King's Cross ankommen, bleiben mir weniger als zehn Minuten bis zur Abfahrt des Zuges. Will gibt mir einen Abschiedskuss, und ich rase durch die U-Bahn-Station, die Treppen hoch und in den Bahnhof. Meine Tasche schlägt mir im Laufen gegen die Oberschenkel. Ich finde meinen Zug auf der Bahnhofsanzeige – Gleis zwei – und schiebe mich durchs Drehkreuz. Dann springe ich durch die erste offene Wagentür. Ein paar Passagiere erschrecken, als ich so plötzlich auftauche. Nachdem ich ein paarmal tief durchgeatmet habe, checke ich auf meiner Fahrkarte noch mal die Platznummer.

Wagen E, Platz zweiundvierzig. Und ich bin in Wagen A. Na, toll.

Ich ziehe Blicke auf mich, als ich durch die Wagen gehe. Ich bin erst im zweiten angelangt, als der Zug sich in Bewegung setzt und aus dem Bahnhof rollt. Der unerwartete Ruck lässt mich rückwärts stolpern, doch ich kann mich an einem Sitz festhalten.Das erinnert mich daran, wie Dev mich heute früh in der U-Bahn aufgefangen hat, und Hitze schießt meinen Rücken hinunter. Was für ein seltsamer Moment das zwischen uns war. Ich hoffe nur, dass Sage nichts mitgekriegt hat. Sie würde womöglich etwas Falsches hineininterpretieren. Und selbst, wenn sie im Moment kein Interesse an einer Beziehung hat, möchte ich auf keinen Fall, dass sie denkt, zwischen mir und Dev wäre etwas, und damit die Chance zerstören, dass aus den beiden etwas wird.

Als ich endlich Wagen E erreiche, bin ich überrascht, weil meine Freunde nicht sitzen, sondern stehen. Sage tippt etwas in ihr Handy, Huan sieht angestrengt aus dem Fenster und Dev steht mit dem Rücken zu mir hinten im Wagen.

Ich eile auf sie zu. »Ich bin da! Ich habe es geschafft. War echt knapp.«

»Wenn das mal kein dramatischer Auftritt ist!« Huan atmet tief durch. »Wir dachten, du wärst irgendwo gestrandet.«

»Hast du meine Nachrichten nicht bekommen?«, fragt Sage.

Ich rutsche auf meinen Platz und hole mein Handy heraus. Tatsächlich. Seit ich das London Eye verlassen habe, hat Sage mir sechsmal geschrieben. Sie hat sogar schon nachgeschaut, ob ich einen späteren Zug nehmen könnte. Als ich das lese, wird mir warm ums Herz.

»Es tut mir so leid. In der U-Bahn hatte ich keinen Empfang, und danach musste ich rennen und konnte nicht …«

»Himmel, Ellie!«, unterbricht mich Dev. Er ragt im Gang vor mir auf.

Ich verkrampfe mich, weil ich erwarte, dass er mir Vorwürfe macht. Doch stattdessen lässt er sich in den Sitz mir gegenüber sinken und hält sich die Handflächen an die Stirn.

»Wir dachten, dir wäre etwas passiert. Du hast nicht geantwortet und wir wussten nicht, wo du bist …«

»Oh.« Ich senke den Blick. »So hab ich das gar nicht gesehen. Will und ich haben die Zeit vergessen, und ich musste mich beeilen, um es rechtzeitig zu schaffen. Ich wollte wirklich nicht, dass ihr euch Sorgen um mich macht.«

»Über was habt ihr die Zeit vergessen?«, fragt Huan und wackelt mit den Augenbrauen. Er ist offensichtlich schon darüber hinweg, dass ich so spät gekommen bin. »Habt ihr in einem schicken Club geknutscht?«

»Wir sind mit dem London Eye gefahren.« Ich kann nicht anders, als glücklich zu klingen.

»Du hast es geschafft?«, fragt Sage. »Und ich dachte, wir würden heute viel mehr zu sehen bekommen als du. Wie lang musstet ihr anstehen?«

»Will hat Karten mit festem Termin besorgt.«

Huan nickt anerkennend. »Er hat es drauf, das muss man ihm lassen. Aber du hast trotzdem einen genialen Tag verpasst.«

Sage gähnt. »Morgen werde ich entsetzlich müde sein. Und ich muss noch für die Anatomieklausur lernen. Wir hätten den früheren Zug nehmen sollen.«

»*Wie auch immer*. Hast du unsere Fotos bekommen?«, fragt Huan.

Ich lache und scrolle durch weitere Fotos. So wie es aussieht, sind sie am Abend über einen Markt spaziert.

»Covent Garden«, kommt Dev meiner Frage zuvor. »Echt klasse, mit tollen Straßenkünstlern.«

»Das sehe ich.« Ich tippe auf ein Foto, auf dem Dev seinen Arm um einen Mann gelegt hat, der von Kopf bis Fuß golden bemalt ist.

Dev hebt einen Arm, als wollte er mich auffordern, an seiner Achsel zu schnuppern. Sein Shirt ist mit goldener Farbe verschmiert. »Das war es absolut wert.«

»Das darfst du nicht waschen.« Ich lache. »Das beste Souvenir, das ich je gesehen habe.«

»Wo wir von Souvenirs sprechen …« Huan greift in seine Tasche und fischt ein kleines Plüschtier heraus. »Das ist für dich, weil du so viel verpasst hast.«

Es ist ein winziges Einhorn mit einer Regenbogenmähne.

Ich drücke es an mich. »Oh, ich liebe es! Das hast du für mich gekauft?«

»Wir haben uns alle beteiligt.«

»Nein«, sagte Dev. »Er ist nur bescheiden. Du sitzt neben unserem höchstpersönlichen Straßenkünstler.«

Ich drehe meinen Kopf und sehe Huan an. »Wie? Hast du …?«

»Oh, er hat zu beatboxen begonnen und wurde von Menschen umringt.«

»So viele waren es nun auch wieder nicht«, wendet Huan ein, »höchstens ein paar Leute.«

»Ein halbes Dutzend«, murmelt Sage mit geschlossenen Augen.

»Aber immerhin!«, sage ich. »Das ist großartig.«

»Er hat genug eingenommen, um das da zu kaufen.« Dev deutet auf das Plüschtier.

»Aber …« Ich stocke. »Das wäre doch nicht nötig gewesen, dass du mit dem Geld etwas für mich kaufst. Ich hab nicht gewusst, dass wir uns was schenken. Ich hab jetzt nichts für euch.«

»Mach dir deswegen keine Gedanken. Ich hätte dir nichts von meinem *eigenen* Geld gekauft. Aber da es das Geld anderer Leute war, fand ich es okay. Außerdem warst du diejenige, die mich dazu ermutigt hat, in der Öffentlichkeit aufzutreten. Also dachte ich, das passt.«

Ich halte das Einhorn hoch. Es ist perfekt. Ich wusste nicht, dass sie mich alle gut genug kennen, um so etwas für mich auszusuchen. Ich umarme Huan. »Danke. Du bist wunderbar.«

Huan erwidert meine Umarmung kurz und löst sich gleich wieder von mir. »Wenn du uns schon keine Geschenke mitgebracht hast, dann hoffentlich einige gute Geschichten. Wie lief es mit Will? Ihr habt euch ganz offensichtlich versöhnt.«

Ich fange mit seinem verrückten Haus an, und kurz darauf erzählen wir uns gegenseitig haarklein alles, was wir heute erlebt haben. Wir quatschen während der ganzen Zugfahrt zurück nach Northampton. Erst als wir in den Bus nach Emberton Manor steigen, werden wir still. Sage rollt sich auf ihrem Platz zusammen und Huan starrt aus dem Fenster. Aus Langeweile scrolle ich durch meinen Insta-Feed, aber das ist längst nicht mehr so interessant für mich. Die ganzen Leute, denen ich folge, sind mir egal. Mein Feed besteht überwiegend aus den ständigen Posts von Andy und Crystal sowie einigen Fotos aus Clubs und von Fußballspielen. Ich schließe die App und schaue mir lieber meine eigenen Fotos an. Ich bleibe bei einem Foto hängen, das ich im London Eye aufgenommen haben. Will sitzt mit dem Rücken zu mir und blickt auf die Themse hinaus. Im Hintergrund ist Big Ben zu sehen.

Es ist ein wunderbares Foto von ihm und auch von der Stadt. Wie aus einem Film.

Jemand berührt mich und ich zucke zusammen. Dev beugt sich über den Mittelgang und reicht mir eine kleine Plastiktüte. »Für dich.« Dabei sieht er mir nicht direkt in die Augen.

Ich runzle die Stirn und öffne die Tüte. Darin liegt etwas, das in Seidenpapier eingewickelt ist. Ich wickle es aus und bin perplex. Es ist eine winzige Feenfigur. Ich erkenne sie sofort, denn es ist eine meiner Lieblingsfeen – die Rosenfee von Cecily Mary Barker. Ich drehe sie in der Hand und bewundere alle Details. Ich kann nicht fassen, dass Dev wusste, was für eine Freude er mir damit machen würde.

»Ich hab sie in einem Laden in Covent Garden entdeckt. Ich dachte, du hättest sie gern für deinen Feengarten.«

»Du weißt davon?«

Er sieht mich an. »Man kann ihn kaum übersehen, denn er steht auf deiner Fensterbank. Und die Fee hat mich an diesen Stand auf dem Markt erinnert. Und – magst du sie?«

Ich öffne den Mund und schließe ihn wieder. Mein Blick ruht auf der Fee. »Natürlich! Aber das hättest du nicht zu tun brauchen.«

»Ellie, es tut mir leid, dass ich heute früh gemein zu dir war.«

Ich sehe ihm in die Augen. »Mir tut es leid, dass ich dein Spiel verlassen habe.«

Wir starren uns noch einen Augenblick lang an, dann sehen wir beide zu Boden. Ich möchte noch mehr sagen. Ich möchte mich bedanken oder ihn fragen, was er sonst noch über mich weiß. Aber er dreht sich zum Fenster und macht damit klar, dass die Unterhaltung beendet ist. Ich halte die Fee fest in meiner Hand. Sie wird so hübsch aussehen, wenn ich sie zwischen die Blätter im Feengarten stelle. Da dreht Dev sich wieder um.

»Du hast uns gefehlt. Ohne dich war es irgendwie nicht dasselbe.«

Ich drücke die Fee fester. »Ihr habt mir auch gefehlt.«

Kapitel 25

Während des Ausflugs nach London befand ich mich in einer Traumwelt, doch der Montag ist wie eine eiskalte Dusche und bringt mich zurück in die Realität.

»Können wir nicht mal eine Pause einlegen?«, frage ich und lasse mich auf den Resopalstuhl in der Cafeteria sinken.

Neben mir beugen sich Dev, Sage, Huan, Sam und Kelly über ein aufgeschlagenes Chemiebuch. Auf dem Tisch verteilt stehen Laptops, dazwischen Becher mit kaltem Kaffee, halb gegessene Sandwiches, bekritzelte Notizhefte und kunstvoll gestaltete Karteikarten (mein Beitrag zur Lernorgie). Alle sind total durch den Wind wegen der bevorstehenden Chemiearbeit und den Gruppenpräsentationen. Niemand nimmt sich auch nur Zeit, mal etwas zu essen. Ich frage mich nur, warum. Soweit ich das beurteilen kann, wissen sie doch längst alles.

»Ellie, du bist diejenige, die zuhören sollte«, sagt Sage, ohne vom Buch aufzusehen. »Ich weiß, dass du Kapitel acht nicht verstanden hast.«

»Ich bekomme nichts mehr in den Schädel. Haben deine Eltern dir nicht beigebracht, dass es unhöflich ist, bei Tisch zu lesen?«

Sam gibt ein undefinierbares Geräusch von sich. »Und haben deine Eltern dir nicht beigebracht, wie wichtig es ist, gute Noten zu schreiben?«

Ich starre finster auf seinen Rücken. Meine Noten sind seit den ersten Wochen hier durchaus besser geworden. In Psychologie und Kunstgeschichte stehe ich auf einer Zwei, in Englischer Literatur auf einer Drei und in Chemie auf einer Drei minus. Ich weiß, dass viele dieser Streber einen Nervenzusammenbruch bekommen, wenn sie keine glatten Einser schreiben, aber ich bin auf meine Noten verdammt stolz. Ich habe mich hier mehr angestrengt als je zuvor. Früher waren mir die Schulnoten relativ egal, aber ich bin mit minimalem Lernaufwand in meinen Fächern ganz gut durchgekommen. Das würde hier nicht ausreichen. Und ich könnte meiner Mum nicht unter die Augen treten, wenn ich mit Vierern und Fünfern nach Hause käme.

Kelly fragt etwas über ionische chemische Bindungen, und alle reden durcheinander, um es ihr zu erklären. Ich schaue noch einmal auf mein Handy, aber ich habe heute noch keine Nachricht von Will bekommen. Sein Vater hat in letzter Minute beschlossen, ihn auf eine zweiwöchige Geschäftsreise nach Manchester mitzunehmen, darum wird er erst Anfang November wieder in Northampton sein. Will meint, sein Vater wolle ihm damit heimzahlen, dass er Urlaub in Belgien gemacht hat, anstatt zu arbeiten. Ich weiß nur, dass es richtig beschissen ist. Ich hatte wirklich gehofft, nach London *mehr* Zeit mit ihm zu verbringen, nicht weniger. Seufzend stecke ich mein Handy in die Tasche.

»He, Ellie?« Huan legt seine Hand auf das Buch. »Meinst du, du hast dieses Kapitel verstanden? Wir sind damit fast durch, aber wenn du magst, könnten wir ein paar der Gleichungen noch einmal durchgehen.«

Ich sinke auf meinem Stuhl in mich zusammen. Ich weiß, dass er es nett meint, aber sein Angebot macht es nur schlimmer. Ich *hasse* es, dass ich als Einzige immer noch mit dem Lernstoff kämpfe.

»Nein, alles klar. Danke.« Ich halte ein halb gegessenes Sandwich mit gegrilltem Huhn in die Höhe. »Ich glaube, das werfe ich lieber in den Müll.«

Bevor er etwas einwenden kann, eile ich zu den Abfalleimern. Wenn ich ein bisschen Zeit schinde, wendet sich die Unterhaltung inzwischen vielleicht Dingen zu, die nicht so entmutigend sind. Als ich zurückkomme, beugen sich alle über Sam. Ich laufe hin, denn ich will auch wissen, welches Gerücht oder Geheimnis sie gerade besprechen.

»Ich wünschte nur, Dr. Allen hätte sie nicht in meine Gruppe gesteckt. Sie kann nicht mithalten«, flüstert Sam.

»Himmel, sei doch nicht so ein Arschloch. Sie ist schließlich unsere Freundin«, sagt Huan.

Ich bleibe hinter ihm stehen, damit niemand bemerkt, dass ich wieder da bin, und schlinge die Arme um meinen Oberkörper. Es gibt nur eine Person, die Sam meinen kann.

»Ja, das weiß ich. Und sie ist ja ganz nett, wenn man nur herumhockt und belangloses Zeug redet, aber nicht, wenn man mit ihr eine Gruppenarbeit machen soll. Wie zur Hölle soll sie dabei helfen, eine PowerPoint-Präsentation über den Zerfall von Radioisotopen zu erstellen, wenn sie nicht einmal die verdammte Definition kapiert? Sie dürfte gar nicht hier sein. Aber sie ist es, und jetzt muss ich das ganze Projekt allein stemmen. Aufgrund *meiner* Arbeit bekommt *sie* dann eine Eins. Nicht, dass sie die nicht dringend nötig hätte.«

Ich atme hörbar ein und Huan dreht sich um, gefolgt von Dev, Sage und Kelly. Sie reißen die Augen auf und blicken dann zu Sam. Er dreht sich als Letzter um, und als er mich bemerkt, wirkt er unnatürlich ruhig.

»Hi. Ich – äh – wusste nicht, dass …«

Ich schüttle den Kopf, zu gedemütigt, um etwas zu sagen. In meinen Gedanken explodieren all die Ängste, die ich vor dem Unterricht hier hatte. Sage greift nach meinem Arm, aber ich kann nicht bleiben. Ich will Sams Ausflüchte oder vorgetäuschte Entschuldigungen nicht hören. Ich will nicht lächeln und nicken, während Sage und Huan mir erzählen, dass ich mir Mühe gebe und dass das alles ist, was zählt. Als wäre ich ein bescheuertes Kindergartenkind oder so. Ich muss hier weg.

Als ich den Wintergarten erreiche, bin ich überrascht, dass ein paar Leute um den Springbrunnen herum abhängen, sich unterhalten und etwas trinken. Ich überlege, ob ich gehen soll, aber die feuchte Luft und das Gewirr aus Blättern und Blumen ist einfach so schön beruhigend. Ich gehe zur anderen Seite und fahre mit den Fingern über die Palmblätter, während Adrenalin und Wut durch meine Adern kreisen.

»Gefallen Ihnen die Veränderungen?«

Ich fahre zusammen. Es ist die Gärtnerin, die ich letztes Mal getroffen habe. Sie trägt eine dunkelgrüne Hose und ein Shirt mit einem Namensschild: Miriam.

Ich zwinge mich, nicht mehr an Sam zu denken, sehe mich genauer um und bin wirklich verblüfft. Stühle mit Kissen … Tische … sie hat sich meinen Ratschlag doch tatsächlich zu Herzen genommen! Das enge Gefühl in meiner Brust gibt etwas nach. Ich bin vielleicht schlecht im Lernen, aber das bedeutet nicht, dass ich in allen Dingen schlecht bin.

Ich drehe mich zu Miriam und sie lächelt.

»Nur weil ich nicht selbst auf die Idee gekommen bin, heißt das nicht, dass ich einen guten Ratschlag ignorieren sollte.« Sie deutet auf die Gruppe, die sich beim Teich versammelt hat, und flüstert: »Jetzt wollen die Schüler hier gar nicht mehr weg. Sie machen eine Menge Unordnung, aber es ist schön, dass hier endlich etwas los ist. Haben Sie einen der Feengärten dabei, die Sie erwähnt haben?«

Ich brauche einen Augenblick, um mich daran zu erinnern. »Oh. Nein, leider nicht. Ich, ähm, bin auf dem Weg hierher nicht an meinem Zimmer vorbeigekommen.«

»Hm.« Sie sieht mich forschend an. »Wie heißen Sie?«

»Ellie Nichols.«

»Schön, Sie kennenzulernen. Ich heiße Miriam Powers. Ich habe etwas, das Ihnen gefallen könnte. Kommen Sie.«

Sie tritt hinter eine der größeren Palmen und ich erkenne eine Tür. Sie ist grün gestrichen und fügt sich nahtlos in die Umgebung ein. Dahinter liegt ein langes, schmales Gewächshaus. Der Betonboden ist mit Erde verschmiert, die Fenster sind dreckig. Auf den Regalen stehen jede Menge Topfpflanzen. Ein Gefühl der Freude durchbricht wie ein Sonnenstrahl meine eben erlittene Demütigung.

»Nur wenige Leute dürfen einen Blick hinter die Kulissen werfen.« Sie lächelt und sieht sich um. »Es ist nichts Besonderes, aber ich dachte, Sie finden vielleicht ein paar Sachen, die Sie für Ihre Gärten gebrauchen können.«

Sie deutet zum anderen Ende des Gewächshauses, wo Schalen mit winzigen Farnen, Bubikopf, Irisch Moos und einigen mir unbekannten Pflanzen warten. Ich eile hinüber und nehme einige Töpfe von den Ablagen. Noch nie hatte ich so viele Pflanzen zur Auswahl. Mit dem Gärtnern habe ich in der sechsten Klasse begonnen, als wir aus einem Haus in eine Wohnung zogen und ich herausfand, dass Zimmerpflanzen Leben in mein kleines, dunkles Zimmer brachten. Seitdem habe ich viel Zeit in Gärtnereien verbracht, aber die haben immer die gleichen Sachen. Hier hingegen …

»Darf ich?«

»Sie brauchen anscheinend einen Rückzugsort«, erwidert sie. »Sie sind gerne willkommen, wenn Sie hier Ihre Feengärten gestalten wollen – vorausgesetzt, Sie arbeiten dafür ein bisschen.«

Ich reiße meinen Blick von den Pflanzen los, während ich vor meinem geistigen Auge schon alles sehe, was ich mit ihnen machen könnte. »Was soll ich arbeiten?«

Sie stellt einen Frauenhaarfarn vor mich hin, der schon bessere Tage gesehen hat.

»Knipsen Sie unten einige der braunen Stellen ab.« Sie reicht mir eine Gartenschere, als wäre ich ihre neue Auszubildende. Ich zögere, aber ehrlich gesagt klingt Gartenarbeit nach einer idealen Auszeit, um mich von all dem abzulenken, was auf der anderen Seite der Wintergartentüren passiert.

Schweigend arbeiten wir nebeneinanderher. Nachdem ich mit dem Frauenhaarfarn fertig bin, zeigt sie auf einen anderen, der hinter mir steht. Danach lässt sie mich ein halbes Dutzend Brennpalmen umtopfen. Die Arbeit ist nicht schwer, aber sie beansprucht mich völlig, und bald denke ich kaum noch an Sam. Schließlich beende ich die Arbeit und strecke meinen Rücken durch. Ich reiche ihr die Schere und die Handschaufel. Nachdem ich etwas Zeit hier im Wintergarten verbracht habe, fühle ich mich schon viel besser.

»Es ist schön, eine Assistentin zu haben.« Sie weist mit dem Kinn auf die Pflanzen vor mir. »Besonders, wenn sie etwas von der Sache versteht.«

»Ach, da bin ich mir nicht so sicher.«

Sie legt ihre Schaufel hin und sieht mich an. »Haben Sie schon mal erwogen, Ihr Hobby zum Beruf zu machen?«

»Feengärten basteln?«

»Nein, Gärtnern im Allgemeinen. Ich weiß nicht, welche Ambitionen Sie haben, aber es gefällt Ihnen hier offensichtlich. Wenn Sie wieder zu Hause sind, könnte es sich lohnen, einen Lehrgang oder ein Praktikum in einer Gärtnerei zu machen. Einfach um zu sehen, welche Möglichkeiten sich dabei eröffnen.«

»Oh …« Ich zucke mit den Schultern. »Ich weiß nicht. Darüber habe ich nie wirklich nachgedacht.«

»Das sollten Sie aber.«

Ich nicke und setze es auf meine gedankliche To-do-Liste, die immer länger wird. Karrieremöglichkeiten erkunden. Ich werde mich gleich darum kümmern.

Als ich in mein Zimmer schlurfe, bin ich überrascht, Dev und Sage anzutreffen. Ich wende den Blick ab, denn das Gefühl der Demütigung brandet wieder in mir auf.

»Oh … hi.« Ich trete in den Flur zurück. »Ich wollte nur …«

»Was soll das? Komm doch rein!« Sage winkt mich her. »Wir haben uns gerade über dich unterhalten.«

»Das scheint gerade ein Trend zu werden.«

»Sam ist ein selbstverliebter Idiot«, sagt Dev. »Also komm herein und mach die Tür zu, damit wir anfangen können, über ihn zu reden.«

Da Sage und Dev die beiden Stühle besetzen, lasse ich mich auf die Kante von Sages Bett sinken und fummle an meinem Handy herum. »Ich möchte nicht darüber sprechen. Es gibt nichts zu sagen, und ich möchte nicht hier sitzen und mir anhören, wie ihr mich mit scheinheiligen Nettigkeiten aufzumuntern versucht.«

»Das hatte ich nicht vor«, sagt Dev.

»Ach nein?«

»Nein. Ich weiß, dass dir der Lernstoff schwerfällt. Es hat keinen Sinn, das zu leugnen.«

Meine Schultern entspannen sich. Ich weiß es zu schätzen, dass er mich nicht herablassend behandelt.

»*Aber* …«, er deutet auf mich, »dass du dich schwertust und dass Sam ein Idiot ist, sind Tatsachen, die sich nicht gegenseitig ausschließen. Ich habe noch nie jemanden getroffen, der sich so viel beschwert wie er. Er liebt es, anderen die Schuld für seine Probleme zu geben. So, wie ich ihn einschätze, hat er das alles nur gesagt, um eine fix und fertige Entschuldigung dafür zu haben, falls ihr für eure Präsentation eine schlechte Note bekommt.«

»Allerdings.« Sage nickt. »Vor jeder Prüfung beschwert er sich lautstark, dass er zu wenig Schlaf bekommen hat oder dass er seiner Mutter bei etwas helfen musste oder dass er krank ist, nur für den Fall, dass er eine schlechte Note bekommt und eine Ausrede braucht. Es ist unglaublich nervtötend.«

Eine kribbelige Wärme breitet sich in mir aus, als ich den beiden zuhöre. Ich möchte sie in eine innige Gruppenumarmung ziehen. »Das klingt ein bisschen verzweifelt.« Ich lächle schwach.

»Sehr.«

Ich seufze. »Ich weiß, dass ich hier nicht wirklich hingehöre. Und jeder von euch weiß es ebenfalls. Aber ich hatte solche Angst, dass ihr mich alle verurteilt, und als ich gehört habe, wie Sam sagte, dass ich …«

»Vergiss alle anderen«, wirft Dev ein.

Ich presse die Lippen aufeinander. »Wisst ihr, was ich am liebsten tun würde? Ich würde diese ganze verdammte Präsentation gern allein fertigstellen und sie ihm reinwürgen.«

Dev und Sage sehen sich begeistert an.

»Tolle Idee!« Dev stößt eine Faust in die Luft.

»Und dafür muss ich eine Menge lernen.« Ich stehe auf und trete an meinen Schreibtisch. »Ich nehme meine Sachen mit und gehe in die Bibliothek. Ich möchte euch zwei nicht länger stören.«

Sage klappt ihren Laptop zu und schiebt ihren Stuhl zurück. »Ich glaube eigentlich, dass ich jetzt eine Pause brauche. Ich gehe duschen.«

»Ich …« Unsicher sehe ich zwischen den beiden hin und her.

Sie nimmt ihre Duschsachen und geht zur Tür. »Ich bin gleich wieder da.« Sie schließt die Tür und lässt uns in dem stillen Raum zurück.

»Tut mir leid, dass ich euch unterbrochen habe.« Ich drehe Däumchen. »Hattet ihr wenigstens ein bisschen Zeit füreinander?«

Dev schaut mich an, als ob er etwas sagen möchte.

»Ich finde, du solltest die Hoffnung nicht aufgeben. Ich weiß, dass sie gern Zeit mit dir verbringt. Ich wette, alles Weitere wird sich finden.«

»Hm, ja, alles findet sich. Tatsächlich konnte sie ihre Leidenschaft kaum zügeln, als wir über Protonen und Elektronen gesprochen haben. Hast du es nicht gemerkt?«

Ich lache. »Nun, wenn ihr nur über Protonen gesprochen habt, dann könnte genau das das Problem sein. Du musst besser flirten lernen.«

»Weil du so viel mehr übers Flirten weißt als ich?«

»Könnte sein.«

Er grinst und schüttelt den Kopf.

»Nein, im Ernst, jetzt sag schon.«

Ich setze mich und verschränke die Arme. »Du denkst, dass *du* besser flirten kannst als ich?«

»Ich könnte vielleicht noch ein paar Sachen lernen. Aber ich glaube nicht, dass du die Richtige bist, um mich dabei zu beraten. Außer, du möchtest mir dabei helfen, einen neuen Namen auszusuchen, *Elle*. Wie wäre es mit Devid? Oder Deviel? Oder du könntest mir helfen, ein paar neue Interessen zu finden.«

Ich werfe ihm mein Chemieheft an den Kopf und er duckt sich kichernd.

»He, ich mache doch nur Witze.«

Ich wedle mit der Hand zur Tür. »Na los, geh! Ich brauche jede Sekunde meiner Freizeit, damit ich das bis Freitag fertig bekomme, und du machst dich über mich lustig und vergeudest dabei wertvolle Minuten.«

Ich ziehe das Chemiebuch aus dem schiefen Stapel auf meinem Schreibtisch. Zu meiner Überraschung zieht Dev den anderen Stuhl heran und setzt sich neben mich.

»Was machst du da?«, frage ich.

»Wonach sieht es aus?«

»Sage wird ewig fort sein, weißt du.« Ich schlage das Buch auf. »Sie duscht wahnsinnig lange, wenn man bedenkt, wie kurz ihre Haare sind.«

»Ich bin eigentlich nicht wegen Sage gekommen. Ich hab auf dich gewartet.«

Ich schaue hoch. »Warum?«

»Um sicher zu sein, dass es dir gut geht. Und um zu lernen. Mit *dir*.«

Mein Herz schlägt einen kleinen Purzelbaum in meiner Brust. Ich weiß nicht, warum, denn wir haben in den letzten Monaten oft zusammen gelernt. Vielleicht habe ich gehofft, dass er bleibt und mit mir lernt, wollte es mir bis zu diesem Augenblick aber nicht eingestehen. Außerdem macht er ausnahmsweise mal keine spitzen Bemerkungen.

Er holt mein Chemieheft und legt es auf den Schreibtisch. »Wenn ich mit dir zusammen lerne, kann ich mich am besten konzentrieren.«

»Echt? Ich wusste nicht, dass meine Lernmethoden so hilfreich sind.«

»Eigentlich genau das Gegenteil. Ich weiß, dass du zu reden anfängst, sobald ich etwas sage, und dann werden wir nie fertig. Ich habe also gelernt, in deiner Gegenwart den Mund zu halten.«

Und da haben wir es …

Ich schüttle den Kopf. »Wenn das so ist, hab ich wohl der ganzen Welt einen Gefallen getan.«

Kapitel 26

»Ellie?«

Ich bleibe stehen und sehe Dr. Allen im Gang vor der Cafeteria stehen. Dev und ich tauschen einen raschen Blick. Früher am Nachmittag hat sie im Chemiekurs allen Gruppen die Noten für ihre Präsentation gegeben, und ich kann es immer noch kaum glauben. Ich habe mir letzte Woche den Arsch aufgerissen, um die Präsentation gut hinzubekommen, und bin völlig euphorisch über die Eins minus. Vor allem, weil es eine glatte Eins gewesen wäre, wenn Sam die Berechnungen für den Alpha- und Beta-Zerfall nicht verwechselt hätte, als er mit seinem Teil der Präsentation dran war. Doch als ich Dr. Allen jetzt sehe, bin ich nervlich sofort am Ende, denn normalerweise redet sie außerhalb des Unterrichts nicht mit den Schülern. Hoffentlich ändert sie nichts an der Note.

Ich lächle schwach. »Hi, Dr. Allen.«

»Guten Abend. Ich würde gerne kurz mit Ihnen sprechen. Ich habe sehr lange über Ihre Präsentation nachgedacht.«

»Oh.« Meine Handflächen beginnen zu schwitzen. Denkt sie womöglich, dass ich geschummelt habe? Oder hat Sam etwas Abfälliges über mich gesagt?

»Ich war sehr beeindruckt, Ellie. Wirklich sehr beeindruckt. Ich weiß, dass Sie am Anfang des Semesters Probleme hatten, aber Sie haben sich ins Zeug gelegt. Tut mir leid, dass ich Sie anfangs unterschätzt habe.«

Ich mache große Augen, genau wie Dev. »Das … das ist schon in Ordnung, Dr. Allen. Danke.«

»Nun, der Rektor der Waterford Valley Highschool hat uns gebeten, nach vorbildlichen Schülern Ausschau zu halten, die wir als Tutoren an Ihrer Highschool empfehlen würden. Ich habe bereits ein paar Namen im Kopf, aber ich würde Sie gerne auch auf die Liste setzen. Ich finde, die Art, wie Sie Ihre Lernschwierigkeiten gemeistert haben, könnte andere Schüler inspirieren, denen Chemie schwerfällt.«

Mir fallen schier die Augen raus. *Ich?* Eine *Chemie*-Tutorin? Beinahe drehe ich mich um. Ist das wieder so eine Situation wie damals bei Andy? Spricht Dr. Allen zu einer anderen Ellie, die direkt hinter mir steht?

»Also …«

Das mache ich auf gar keinen Fall. Ich kann unmöglich jemandem Nachhilfe geben. Ich komme ja selbst nur mühsam mit. Ich habe doch nur aus Trotz so hart an der Präsentation gearbeitet. Ich werfe Dev einen Blick zu und er signalisiert ein klares *Daumen hoch*.

»Nun, also, danke. Das klingt wirklich toll, aber ich glaube nicht, dass das im Moment so eine gute Idee wäre.«

Dr. Allen legt den Kopf schief. »Sie wissen aber schon, dass Tutoren bezahlt werden? Und es macht sich gut in Ihrer Unibewerbung.«

»Ja, klar … aber ich möchte trotzdem nicht. Ich glaube, da würde ich mir in meinem letzten Schuljahr zu viel zumuten.«

»Hmm, in Ordnung.« Sie runzelt die Stirn. »Sagen Sie Bescheid, falls Sie Ihre Meinung ändern.«

Sie geht, und ich werfe Dev einen »Kannst du das glauben?«-Blick zu, als wir die Cafeteria betreten. »Hat sie den Verstand verloren?«

»Nein, aber *du*«, meint er. »Wieso hast du nicht Ja gesagt?«

»Weil es um Chemie geht, Dev. Ich hasse Chemie. Ich kann mir nicht vorstellen, wie viel Arbeit es wäre, anderen Nachhilfe in Chemie zu geben, wenn ich selbst kaum den Kopf über Wasser halten kann.«

Dev murmelt etwas, aber ich antworte nicht. Ich habe keine Lust, mit ihm über das Thema zu diskutieren. Klar, es ist ein großes Kompliment, dass sie mir zutraut, als Tutorin zu arbeiten. Ich kann kaum fassen, wie sehr sich meine harte Arbeit ausgezahlt hat. Vielleicht könnte ich im nächsten Halbjahr an der Waterford Valley Highschool – oder danach womöglich an der Uni – richtig mithalten, wenn ich mich anstrenge. Aber das bedeutet nicht, dass ich mich der Chemie widmen möchte. Dafür ist das Leben zu kurz.

Nachdem ich mir ein Stück Pizza geholt habe, setze ich mich an unseren üblichen Tisch. Sam und Kelly sitzen ein Stück entfernt am selben Tisch. Sie stören mich nicht. Kelly ist sogar ziemlich nett, aber Sam meidet mich seit dem Vorfall am letzten Montag.

Huan scrollt auf seinem Handy durch Fotos und ich beuge mich über seine Schulter. »Wow, das ist toll!« Er reicht mir das Handy und ich entdecke eine Menge Fotos der Oxford University, jedes davon ein perfektes Postkartenmotiv. »Konntest du eine Führung mitmachen?«

»Frank hat es mir angeboten, denn er kennt dort ein paar Leute, aber ich wollte nicht den ganzen Tag damit zubringen, über die Uni nachzudenken.« Er schüttelt wehmütig den Kopf. »Obwohl Oxford wirklich großartig ist.«

»Ist es zu spät, um sich fürs kommende Jahr zu bewerben?«, will ich wissen.

»Ich weiß nicht. Ich habe mich nicht wirklich damit …«

»Ja. Der Abgabetermin war der fünfzehnte Oktober«, sagt Sage, als wäre es überhaupt nicht seltsam, dass sie die Anmeldefristen der Unis auswendig kennt.

Huans Schultern sacken etwas ein.

»Na, es gibt immer ein nächstes Jahr.« Ich knuffe ihn. »Inzwischen kannst du einfach die Zeit mit deinem *Freund* genießen.«

»Ach, ist es jetzt offiziell?«, fragt Sage.

Er blüht sichtlich auf. »Ja, seit dem Wochenende. Aber Frank hat es schon seit dem Kricketspiel versucht.«

»Ich freue mich, dass du endlich Vernunft angenommen hast«, sage ich. »Aber wenn ihr den Tag in Oxford nicht an der Uni verbracht habt, was habt ihr dann gemacht?«

»Scroll weiter«, erwidert er kichernd.

Dev beugt sich näher zum Display. Als ich zum nächsten Foto wische, schrecken wir beide lachend zurück.

»Im Ernst jetzt?«, fragt Dev.

»Was denn?«, ruft Kelly vom anderen Ende des Tischs.

Ich halte das Handy in die Höhe.

»Ihr wart bowlen?«, staunt sie. »In Oxford?«

»Warum nicht?« Huan schüttet sich etwas aus einer Chipstüte in den Mund. »War einer von euch schon in England bowlen?«

»Nein, weil wir in England sind«, antwortet Dev.

»Ja, ihr tobt euch hier so richtig aus – hockt in der Schulcafeteria und esst pappige Pizza.«

Ich möchte widersprechen, doch ich freue mich so sehr für Huan, dass ich ihm nicht übel nehme, wie er uns aufzieht.

»Sehr verehrte Damen und Herren, darf ich um Ihre Aufmerksamkeit bitten?«

Wir drehen uns alle gleichzeitig zu der Stimme um. Mr. Odell, der Leiter von Emberton Manor, steht vor der Cafeteria und sieht vom Scheitel bis zur Sohle wie ein britischer Gentleman aus, trotz der Salattheke und der Mülleimer neben ihm. Es ist das erste Mal, dass ich ihn sehe, seit er uns nach unserer Ankunft willkommen geheißen hat.

Als es im Raum still geworden ist, spricht er weiter. »Wie Sie sicher alle wissen, ist das Semester zur Hälfte vorbei und nur noch einen Monat bis Thanksgiving. Für diejenigen von Ihnen, die nicht nach Hause fliegen, werden wir anlässlich des amerikanischen Feiertags ein traditionelles Essen zubereiten.«

Als Huan das hört, reibt er sich den Bauch und formt mit den Lippen: »Fein.«

»Mir ist außerdem zu Ohren gekommen, dass viele unserer Highschool-Schüler während dieser langen Ferien verreisen möchten. Normalerweise gestatten wir Minderjährigen nicht, über Nacht wegzubleiben, doch für diese Ferien werden wir unsere Regeln lockern.« In nur einer Sekunde bricht in der stillen Cafeteria Jubel aus. Alle drehen sich zu ihren Freunden um, klatschen sich ab, tuscheln miteinander. Mr. Odell räuspert sich und sofort wird es wieder still.

»*Allerdings* wird es strenge Vorschriften geben, die jeder befolgen muss, der verreisen möchte. Sie müssen spätestens in der ersten Novemberwoche einen Antrag bei mir einreichen. Wenn Ihre Reise genehmigt wird, müssen Sie sämtliche Flug- oder Zugtickets und Hotelzimmer im Voraus buchen und uns einen vollständigen Reiseplan vorlegen mit den Reisezeiten, Buchungsbestätigungen und den Telefonnummern, unter denen Sie erreichbar sein werden. Außerdem brauchen Sie eine schriftliche Genehmigung Ihrer Erziehungsberechtigten. Während der Reise sind Sie verpflichtet, sich an jedem Tag Ihrer Abwesenheit morgens und abends bei der Schule zu melden.«

Mir ist irgendwie schon klar, dass das eine Menge Zeug ist, das in kürzester Zeit erledigt werden muss. (In Emberton Manor ist alles mit Hausaufgaben verbunden.) Aber das ist mir völlig egal. Ich könnte bald im Schatten des Eiffelturms stehen … oder vor dem Kolosseum … oder zwischen den stillen Grachten Amsterdams. Wenn Will mitkommen könnte – bei dem Gedanken bekomme ich Herzklopfen –, dann wäre die Reise perfekt.

Falls Mr. Odell noch etwas sagt, kann ich es nicht hören, denn in der Cafeteria wird es explosionsartig laut wie bei einem Überschallknall, als alle durcheinanderreden.Am Nachbartisch ruft jemand »Rotlichtviertel« und »Coffeeshop«.

»Fliegt einer von euch nach Hause?«, muss Huan förmlich brüllen, damit wir ihn verstehen.

Ich schüttle den Kopf. Meine Mum hat vor, das Thanksgiving-

Wochenende mit Tante Aubrey zu verbringen. Sie wollen backen und übertrieben viel einkaufen.

»Okay.« Huan reibt sich die Hände. »Dann lasst uns Pläne schmieden.«

Nachdem wir eine halbe Stunde lang diskutiert haben, können wir uns immer noch nicht entscheiden. Wir haben unsere Auswahl auf Frankreich und Italien eingeengt, aber wir beschließen, uns später wieder zu treffen, um es genauer zu besprechen. Ich möchte schleunigst zurück an meinen Computer und googeln, aber Huan holt mich im Gang ein.

»Wie sieht es aus? Wirst du Will fragen, ob er mitkommt?«, erkundigt er sich leise. »Wenn ich Frank von der Reise erzähle, wird er auf jeden Fall mitkommen wollen, aber es könnte ihm ein wenig unangenehm sein, da er euch nicht richtig kennt. Wenn allerdings Will ebenfalls mit von der Partie wäre …«

»Sieh dich an! Erst Oxford und jetzt diese Reise.«

»Du hattest recht. Wie oft werden wir wohl so etwas wie das hier erleben?«

»Meine Rede!« Ich nehme ihn am Arm und mache einen kleinen Freudentanz. »Meinst du wirklich, das wäre in Ordnung? Du meine Güte, das ändert alles! Will und ich würden tatsächlich gemeinsam *verreisen*.« Ich grinse so breit wie Huan. »Aber warte mal, meinst du, Dev und Sage wären einverstanden?«

Huan überlegt kurz. »Ich bin sicher, dass wir sie dazu bringen können, aber womöglich werden sie von der Idee nicht sofort begeistert sein. Vielleicht sollten wir uns alle gemeinsam treffen und es dann zur Sprache bringen. Wenn Frank und Will dabei sind, ist es viel unwahrscheinlicher, dass sie gegen den Vorschlag sind.«

»Das ist ausgefuchst und ich liebe es. Wir weihen also zunächst Frank und Will ein, dann erst Dev und Sage?«

»So der Plan.«

Wir klatschen uns ab und erörtern auf dem restlichen Weg zu seinem Zimmer die Vorzüge von Paris gegenüber Rom und umgekehrt. Als wir ankommen, ist Dev schon da und sitzt an seinem Computer. Auf dem Monitor sind drei Kindergesichter zu sehen, Wange an Wange. Ach herrje, ich störe ihn beim Skypen mit seiner Familie. Ich halte verlegen an der Tür an und mache einen Schritt rückwärts. Doch das Grinsen der Kinder verrät mir, dass sie mich schon entdeckt haben.

»Ist Mädchenbesuch denn erlaubt?«, fragt Devs Bruder. Sein Gesicht auf dem Monitor wird noch größer, als er sich vorbeugt, um mich besser zu sehen.

Dev dreht sich um. »Ach, das ist Ellie.«

»Ellie? Ich will sie kennenlernen!«, sagt seine jüngste Schwester Riya. »Sag ihr, sie soll näher kommen.«

Mit einem entschuldigenden Gesichtsausdruck winkt Dev mich heran.

»Woher wissen sie, wer ich bin?«, raune ich ihm zu.

»Du bist seine neue Freundin, stimmt's? Die, die total auf Feen, Einhörner und so was steht?«, sagt Riya. »Er spricht ständig von dir.«

Ich werfe ihm einen Seitenblick zu und er schüttelt den Kopf. »Stimmt nicht. Jedenfalls nicht häufiger als von anderen.«

»Ich liebe Einhörner«, sagt sie. Sie ist so niedlich, dass es schwer ist, die Situation weiter als peinlich zu empfinden. »Anaya und ich spielen jeden Tag mit ihnen.«

Anaya, die ein paar Jahre älter ist, sieht ihre kleine Schwester stirnrunzelnd an. »Ich spiele nur mit ihnen, weil du darauf bestehst. Einhörner sind etwas für *kleine* Mädchen.«

»Anaya!«, ruft Dev.

Ich werde rot, aber ich zwinge mich zu lächeln. Sie hat nicht ganz unrecht. »Nun, Dev steht auch auf Fantasykram. Ich weiß aus berufener Quelle, dass er wirklich *sehr* auf Quidditch abfährt.« Dev kickt mich gegen den Fuß.

»Du hast so ein Glück«, sagt Sahil. »Ich hoffe, dass ich in meinem letzten Schuljahr auch nach England kann, um die ganze Zeit mit meiner Freundin abzuhängen und zu chillen.«

»Ach, er hat euch auch von Sage erzählt?«, frage ich neckend.

Die Schwestern sehen sich verwirrt an. »Wer ist Sage?«

Sie kennen Sage nicht? Über wen reden sie dann? Sie denken doch nicht etwa, ich und Dev wären ...

»Oh, wir teilen uns ein Zimmer. Ich dachte, ihr würdet über sie ...«

»Du bist das einzige Mädchen, über das er spricht«, erklärt Anaya.

Ich? Ich räuspere mich und schaue Dev an, um seine Reaktion zu sehen, doch sein Blick ist starr auf den Monitor gerichtet.

»Das liegt daran, dass ich Ellie noch nicht kannte. Mit allen anderen gehe ich schon seit Jahren in dieselbe Klasse. Können wir jetzt bitte den Teil der Unterhaltung beenden, in dem ihr alle versucht, mich zu blamieren?«

»Nein, das ist der einzige Grund, aus dem wir anrufen.«

»Sahil, sei bitte nett in Gegenwart von Devs Freundin«, sagt eine Frauenstimme.

Die Kinder drehen sich alle um und geben den Blick auf ein älteres indisches Ehepaar frei. Sie sitzen im Hintergrund auf einem Sofa. Sie winken mir zu und ich winke zurück, während in meinem Magen nervöse Schmetterlinge flattern. Hätte Dev mich nicht warnen können, dass seine Eltern mithören? Was, wenn ich etwas Dummes oder Unpassendes gesagt hätte, das ihnen einen schlechten Eindruck von mir vermittelt?

»Hallo, Ellie«, sagt der Vater. Er ist kaum zu verstehen, da er so weit vom Computer entfernt sitzt. »Wir haben gehört, dass du Dev in diesem Semester eine große Hilfe warst. Bist du wieder da, um mit ihm zu lernen? Wir können das Gespräch beenden.«

»Oh … nein … ich meine, ich möchte auf keinen Fall stören.«

»Wer unserem Sohn in der Schule hilft, stört gewiss nicht«, erwidert seine Mutter.

Ich nicke noch verwirrter. Wie habe ich Dev geholfen? »Tja, wie auch immer, ich sollte Sie in Ruhe weiterreden lassen.« Ich trete einen Schritt zurück. »Es war nett, Sie kennenzulernen.«

Riya verzieht beleidigt den Mund, sagt aber nichts. Ich bin schon den halben Korridor hinuntergelaufen, als ich meinen Namen höre.

»He, tut mir leid wegen eben«, sagt Dev, als ich mich umdrehe.

»Ach, kein Problem.« Meine Hände sind seltsam zittrig. »Sie sind total süß.«

»Danke.« Er reibt mit dem Fuß über den Teppich. »Hör mal, achte nicht auf das, was sie gesagt haben. Über … du weißt schon. Ich erwähne Sage ihnen gegenüber nicht, weil sie mich sonst nur noch mehr aufziehen würden. Ich habe wirklich nicht behauptet, dass …«

»Klar, weiß ich. Kinder sind eben Kinder.« Ich hole mein Handy heraus und lasse es prompt fallen. »Tja, also, ich mache mich dann mal schlau, was es in Paris alles zu sehen gibt.«

»Ich kann es kaum erwarten.«

»Ich auch nicht.«

»Es wird schön sein, hier mal für eine Weile wegzukommen.«

Ich nicke. Es ist völlig still im Gang. Ich nage an der Innenseite meiner Backe, weil mir plötzlich bewusst wird, wie aufmerksam Dev mich ansieht. Er öffnet den Mund, als wollte er etwas sagen, doch dann schließt er ihn wieder und schiebt die Hände in die Taschen.

»Was ist los?«, will ich wissen. Wollte er noch etwas über unsere Reise sagen? Oder etwas über das Gespräch mit seiner Familie?

Er schüttelt den Kopf. »Ach, nichts.«

»Okay. Dann, äh, sehen wir uns morgen.«

»Ja. Gute Nacht.«

Kapitel 27

Am Freitagnachmittag bin ich wieder im Wintergarten und versuche mich zu entscheiden, ob der zweite Weg, der vom Eichelhäuschen wegführt, beim Teich oder der kleinen Schaukel enden soll. Seit Miriam mir erlaubt hat, im Gewächshaus zu arbeiten, komme ich so oft hierher, wie mein Stundenplan es erlaubt. Miriam besteht darauf, alles auszustellen, was ich bastle, und es ist nach dem stundenlangen Unterricht herrlich entspannend. Vielleicht hat sie recht und ich sollte mir überlegen, beruflich etwas in der Art zu machen. Ich würde alles für einen Job wie ihren tun. Oder wenigstens etwas in Teilzeit, falls ich es nicht hauptberuflich machen kann. Ich habe nicht vergessen, wie viel Spaß es mir gemacht hat, bei der Feengartenvorführung im Park zu helfen. So etwas würde sich für mich überhaupt nicht nach Arbeit anfühlen.

Mein Handy klingelt. Ich erwarte, dass es Mum ist, denn wir haben uns den ganzen Tag gegenseitig Nachrichten auf die Mailbox gesprochen. Doch es ist Will. Mein Magen zieht sich zusammen und ich drücke die Kiesel in meiner Handfläche. Als Huan und ich am Anfang der Woche darüber gesprochen haben, Will zu der Reise einzuladen, war ich total aufgeregt. Aber das ist jetzt schon einige Tage her und ich habe Will immer noch nichts gesagt. Es ist ein großer Schritt – und was, wenn er Nein sagt? Ich weiß nicht, ob ich mit der Enttäuschung klarkäme.

»Hallo!«, rufe ich laut ins Telefon.

»Selber hallo«, sagt Will. Hach, diese Stimme!

»Wie war die Reise mit deinem Vater? Bist du schon wieder zu Hause?«

»Falls du meinst, ob ich wieder in Northampton bin, dann ja. Er hat mich hier abgesetzt und dann gleich den ersten Zug nach London genommen. Ich hatte gehofft, ihn begleiten zu können, aber er möchte, dass ich in den nächsten Wochen hierbleibe und ihm mit einigen Kunden helfe.«

Es schmerzt, dass er lieber in London wäre als näher bei mir, aber ich fange mich gleich wieder.

»Es gibt etwas, das ich dich fragen wollte«, sage ich.

»Ich wollte dich auch etwas fragen. Darf ich zuerst?«

»Äh … klar.«

»Ich habe gestern Abend ein Video im Internet gesehen und ich hätte schwören können, dass du darauf zu sehen bist.«

»Echt?« Mir wird schwindlig und ich lasse mich auf eine Bank fallen. »Worum ging es?«

»So wie es aussieht, wurde es auf einer Party aufgenommen. Und dieses Mädchen sah genau wie du aus. Das musst du sein. Und du bist auf einen Jungen zugerannt und hast dich in seine Arme geworfen.«

Mein Kopf sinkt auf meinen Schoß, als ich mich zusammenkrümme. *Neiiiiin!* Er hat das Video gesehen! Dieses grässliche, demütigende Video, das mich verfolgt. Wird denn nie Gras über die Sache wachsen? Ich erwäge, es zu leugnen, aber wem mache ich etwas vor? Das bin eindeutig ich, und wenn ich mich weigere, darüber zu reden, bausche ich es nur unnötig auf.

Ich atme tief durch und drücke die Angst weg.

»Ach so, dieses Video.« Ich versuche zu lachen, doch ich krächze dabei wie ein Papagei. »Ja, das bin ich. Es ist nur ein dummes Video, das ein paar dumme Leute auf einer dummen Party gefilmt haben. Sie haben es hochgeladen und … na ja, es wurde immer wieder geteilt. Ich wünschte, ich könnte es ungeschehen machen, aber ich kann nichts dagegen tun, darum spreche ich einfach nicht darüber.«

Wir schweigen beide, und ich stelle mir vor, wie er die Tatsache verarbeitet, dass ich das Mädchen auf diesem Video bin. Schließlich sagt er: »Du hast dich ihm ganz schön an den Hals geworfen.« Seine Stimme ist leiser als sonst.

Ich schließe peinlich berührt die Augen. »Ich … es ist eine lange Geschichte. Ich dachte, er hätte mich gemeint, aber er hat mich verarscht.« Ich umfasse verkrampft das Handy. »Bitte mach dir wegen des Videos keine Gedanken. Das ist schon so lange her. Es fühlt sich an, als wäre seitdem eine Ewigkeit vergangen.«

»Wann ist das passiert?«

Ich verziehe das Gesicht. »Bevor ich herkam.«

»Also ist es überhaupt nicht lange her.«

»So fühlt es sich für mich aber an. Bist du sauer?«

»Weil irgendein Blödmann ohne dein Einverständnis ein Video von dir hochgeladen hat? Nein. Aber … ach, ich weiß nicht. Du hast das Video nie erwähnt. Ist das, weil du … empfindest du etwas für …«

»Nein!«, schreie ich förmlich ins Telefon. Bei dem Gedanken dreht sich mir der Magen um. Die Ironie bei der Sache ist, dass Andy inzwischen wieder Single ist. Das haben er und Crystal beide vor ein paar Tagen gepostet. Im Internet wirkten sie total glücklich, aber ich denke, dass sie mit ihren ständigen Pärchenfotos ihre Probleme übertünchen wollten. Was für ein verrückter Gedanke, dass ich jetzt eine Chance bei Andy hätte, wenn ich in den USA geblieben wäre. Aber die Vorstellung ist für mich total abstoßend. Ich empfinde nicht mal – wie ich eigentlich erwartet hätte – rachsüchtige Schadenfreude darüber, dass sie sich getrennt haben. Wenn ihre Beziehung sich zu etwas Dauerhaftem entwickelt hätte, dann hätte ich wenigstens versuchen können, mich für die beiden zu freuen, egal, wie es angefangen hat. Aber ich habe eine Freundin verloren und Crystal hat die Chance verpasst, hier zu lernen, und all das für eine Beziehung, die keine drei Monate gehalten hat. Was für eine Verschwendung!

»Glaube mir, ich empfinde absolut nichts für ihn. Ich mag nur nicht darüber reden. Würdest du jedem, den du triffst, brühwarm vom peinlichsten Erlebnis deines Lebens erzählen? Diesen Moment würde ich am liebsten aus meinem Leben löschen, wenn ich könnte.«

»Mag sein. Aber die Kommentare …«

Ich erschaudere. Die wichtigste Regel, wenn etwas viral geht: Lies niemals die Kommentare.

»Dann ist also alles im grünen Bereich?«, frage ich.

»Ja, alles in Ordnung. Aber … da ist doch nicht noch mehr, das ich wissen sollte, oder? Keine weiteren Videos, über die ich stolpern könnte?«

Ich beiße mir auf die Lippe, während ich in Gedanken mit mir ringe. Es gibt immer noch vieles, das er nicht über mich weiß, aber nichts Vergleichbares. Nichts, das wichtig wäre.

»Keine weiteren Videos.«

»Gut.« Er atmet hörbar aus. »Also, worüber wolltest du mit mir sprechen?«

Ich bin in Gedanken immer noch bei dem Video, darum stutze ich kurz, bis es mir wieder einfällt. »Ach so, ja, ich wollte dich fragen, wie es mit dem Abendessen aussieht? Ein paar von uns gehen heute gegen sechs in den Pub in der Derngate.«

»So sehr ich deine Freunde mag, aber lieber würde ich den Abend nur mit dir verbringen.«

»Ich möchte auch gern allein mit dir zusammen sein, aber es gibt einen besonderen Grund, warum ich hoffe, dass du kommst.« Nervös gehe ich vor einer Palme auf und ab. Vielleicht ist jetzt kein geeigneter Zeitpunkt, darüber zu sprechen. Ich wünschte, ich hätte damit gewartet, bis wir uns sehen, aber nun ist es zu spät. »Die Sache ist die: Wir haben vor, in den Ferien eine Reise zu machen. Wir hätten gerne deine Meinung dazu, weil du schon so viel gereist bist.« Ich verziehe das Gesicht. Raus mit der Sprache! »Und, ich meine, falls du Lust hättest, könntest du vielleicht mitkommen. Ich glaube, Huan will Frank auch fragen, also wäre er vielleicht ebenfalls dabei. Dann ist die Gruppe größer, aber das könnte ja umso netter werden. Außer, du hättest vom Reisen im Moment genug, was ich gut verstehen würde. Also, wenn du nicht magst, ist das völlig in Ordnung, aber … nun ja … ich wollte auf jeden Fall fragen.«

Ich bin kurz davor zu hyperventilieren, aber zum Glück kichert Will und sagt: »Ein Telefonat mit dir und schon ist meine Woche gerettet. Die Idee, mit dir zu verreisen, klingt großartig, egal, wie groß die Gruppe ist, und wenn es Hunderte von Leuten sind.«

Ich lasse mich auf die Bank sinken. Was für ein Glück, dass er nicht facetimen wollte.

An diesem Abend lasse ich mich im Pub auf einen Platz neben Will gleiten. Die ganze Gruppe hockt um ein paar kleine Tische gedrängt, die wir zusammengeschoben haben.

Will drückt meine Hand. »Du hast mir gefehlt«, flüstert er.

»Du hast mir auch gefehlt.«

Will winkt den anderen gut gelaunt zu und wir studieren die Speisekarte. Als ich nach England kam, hatte ich mich überwiegend auf Fish and Chips eingestellt, doch die Auswahl ist erstaunlich. Wer hätte gedacht, dass man in einem Pub gebratenen Tintenfisch bestellen kann?

Wir unterhalten uns zuerst über den Unterricht, dann über die Unterschiede zwischen britischem und amerikanischem Fernsehen. Ich atme erleichtert auf. Will verhält sich wie immer, auch wenn er jetzt das Video kennt. Die Situation ist kein bisschen unangenehm.

»Nun, Will?«, sagt Dev, als das Gespräch etwas abflaut. »Ich hab gehört, dass du eventuell in eine Brauerei investieren willst. Bist du damit schon weitergekommen?«

»Nein, ich hatte in letzter Zeit keine Gelegenheit dazu. Tatsächlich hatte ich in Manchester eine neue Idee: nachhaltige Energiequellen.« Er sieht mich an und seine Augen sind vor Aufregung ganz groß. »Es ist klar, dass die Welt sich in diese Richtung bewegt.«

»Es gibt eine Menge spannender Entwicklungen«, erwidert Huan. »Hast du gehört, dass man Energie aus Meereswellen erzeugen kann? Das ist fantastisch.«

Will sieht schulterzuckend in sein Bierglas.

Frank schnaubt. »Ich kann dir versichern, dass er noch nie davon gehört hat. Glaub mir, in Wills Investitionen sollte man keine Zeit *investieren* – er verliert schnell das Interesse und wendet sich etwas Neuem zu.« Trotz seiner harten Worte grinst Frank gutmütig in Wills Richtung. »So ist er schon, seit ich ihn kenne.«

Will kichert. »Er hat nicht ganz unrecht, aber diesmal meine ich es ernst.«

»Dann bist du also ein großer Umweltschützer?«, fragt Dev. Ich kann den Sarkasmus deutlich heraushören, aber Will scheint nichts zu merken.

»Nicht direkt. Aber wenn ich damit Geld verdienen und meinen Vater dazu bringen kann, mich in Ruhe zu lassen, dann bin ich sehr für Umweltschutz.« Er lacht und Frank stimmt ein, aber Dev starrt mit zusammengekniffenen Augen in seinen Drink.

Sage hebt eine Augenbraue und ich rutsche auf meinem Platz hin und her. Erst jetzt, wo wir hier zusammensitzen, fällt mir auf, wie wenig Zeit meine Freunde mit Will verbracht haben. So gut wie keine. Und dieses Thema zeigt ihn nicht gerade von seiner besten Seite. Wenn alle mehr über die gestörte Beziehung zu seinem Vater wüssten, würden sie verstehen, warum er so verzweifelt versucht, sich von ihm unabhängig zu machen. Und doch stiehlt sich ein leiser Zweifel in meine Gedanken. Vielleicht war es nicht meine beste Idee, Will zu der Reise einzuladen.

»Nun ja, genug geplaudert.« Huan wirft mir einen bedeutungsvollen Blick zu und lehnt sich an die Tischplatte. »Wir haben wichtigere Dinge zu besprechen – zum Beispiel unsere Reise.«

»An Thanksgiving«, füge ich hinzu.

»Ja, davon hab ich gehört.« Will zwinkert mir zu. »Da gibt es normalerweise Truthahn, richtig? Und einen Ansturm auf neue Fernseher?«

»Nicht nur Fernseher, auch Handys«, fügt Huan hinzu.

»Klingt wunderbar. Danke, dass ihr mich einschließt.«

Dev runzelt die Stirn und Sage legt den Kopf schief. Ich stoße Huan mit dem Ellbogen an.

»Genau«, sagt Huan. »Ja, also, wir dachten, es wäre schön, wenn Will und Frank mitkämen. Falls alle einverstanden sind.«

»Die Frage ist wohl eher, ob Mr. Odell einverstanden ist«, erwidert Sage. »Wenn er unseren Reiseantrag nicht genehmigt, dann fährt keiner von uns irgendwohin.«

»Ich wüsste nicht, warum Mr. Odell eingeweiht sein muss«, sagt Frank. »Ihr macht eure Reise, und Will und ich machen unsere eigene. Wenn wir in derselben Stadt im selben Hotel landen, dann ist das eben so. Purer Zufall.«

Sage nickt bedächtig. »Stimmt.«

Huan schmiegt sich an Frank, sodass ihre Körper sich von der Schulter bis zu den Hüften berühren. Ich muss lächeln.

Es gibt nur noch einen, der überzeugt werden muss.

»Dev? Was meinst du?«, fragt Huan.

Aber Dev sieht ihn nicht an. Sein Blick ruht so intensiv auf mir, dass mein Puls zu jagen beginnt. Für einen Augenblick könnte ich schwören, ein Aufblitzen von Sehnsucht in seinen Augen zu erkennen. Die Sekunde dehnt sich. Dann ist der Spuk vorbei und Dev wendet sich an Will.

»Wenn du eingeladen worden bist, dann werde ich bestimmt nicht im Weg stehen.«

Ich drehe mein Glas hin und her, während Hitze meinen ganzen Körper flutet. Bestimmt habe ich seinen Blick falsch interpretiert. Er kann sich unmöglich nach mir *sehnen*. Aber vielleicht sehnt er sich nach einer Reise *ohne* Will …

»Also, was steht zur Auswahl?«, fragt Will und reibt sich die Hände.

»Viele fliegen nach Amsterdam«, sagt Huan.

Will und Frank sehen sich an. »Wohin noch?«

»Wie wäre es mit Paris?«, platze ich heraus und verdränge Dev aus meinen Gedanken.

»Hm.« Will nimmt einen Schluck Bier.

»Kein großer Frankreichfan?«, fragt Dev.

»Doch, doch. Paris ist wunderbar. Eine sehr schöne Stadt. Tolles Essen.«

Frank beugt sich vor. »Hört gar nicht hin! Willoughbys Überheblichkeit hat derartige Ausmaße erreicht, dass man sich ihm nur noch mit Schutzanzug nähern sollte. Ich muss meinen hier irgendwo haben.« Er tut so, als würde er seine Jacke absuchen. »Irgendwo muss er doch sein …«

»Und ich habe meine Schutzbrille im Internat vergessen«, sagt Huan. »Dabei hattest du mich noch daran erinnert.«

Will schüttelt den Kopf. »Ich bin nicht überheblich. Ich wollte damit nur sagen, dass Paris … zu konventionell ist.«

Frank lächelt und dreht die Handflächen nach oben, als wollte er sagen: *Seht ihr*? »Mit anderen Worten, es ist *gewöhnlich*.«

»Und wie oft warst du schon in Paris, Frank?«

»Ach, halt die Klappe!«

»Genau, wie ich dachte«, gibt Will grinsend zurück.

Der Kellner kommt und wir bestellen. Als er wieder weg ist, sagt Dev: »So schön es für euch sein mag, dass ihr so oft in Paris wart … aber von uns war noch keiner dort. Für uns wäre es alles andere als gewöhnlich.«

»Das wollte ich gar nicht unterstellen«, lenkt Will ein.

»Dann meinst du also wirklich, dass uns Paris gar nicht gefallen würde?«, frage ich.

Will nimmt meine Hand. »Doch, es könnte euch durchaus gefallen, aber ich finde, dass andere Reiseziele womöglich noch besser wären. Hattet ihr noch ein anderes in Erwägung gezogen?«

»Nun …« Ich zögere, weil ich nicht wieder in der Luft zerrissen werden möchte. »Vielleicht Italien?«

Will und Frank nicken beide. »Wie wäre es mit Venedig?«, fragt Will.

Venedig.

Venedig.

Ich weiß, dass Paris angeblich die romantischste Stadt der Welt ist, aber plötzlich stelle ich mir Will und mich mit den versinkenden Häusern, dem plätschernden Wasser und den Gondeln vor. Ich drücke seine Hand.

Er strahlt. »Ja? Ich verstehe vollkommen, falls dir Paris eher zusagt.« Er beugt sich zu mir und flüstert: »Aber ich war erst einmal in Venedig, als kleiner Junge. Ich würde es gerne mit dir zusammen erkunden.« Er küsst mich zart auf die Lippen und mein Gesicht wird warm. Es ist eine Sache, Will in einem öffentlichen Park oder in einer überfüllten Kabine des London Eye zu küssen – aber vor meinen Freunden ist es etwas ganz anderes. Als ich mich von Will löse, wackelt Huan anzüglich mit den Augenbrauen.

»Dauert die Anreise nach Venedig nicht viel länger?«, wendet Sage ein, wie üblich die Stimme der Vernunft.

»Und teurer wäre es auch«, sagt Dev.

»Aber die Gondeln!«, führt Huan ins Feld.

»Eine Gondelfahrt klingt wirklich absolut magisch.« Will beugt sich näher zu mir und ich küsse ihn auf die Wange.

»Denkt nur an die Kultur!«, sage ich zu Dev und Sage. »Die Museen und die Architektur sind Weltklasse, das Essen ist köstlich …«

»Wenn wir fliegen, sind wir ganz schnell dort«, sagt Will.

»Und wir könnten uns billige Zimmer in einer Jugendherberge nehmen, um Geld zu sparen«, schlage ich vor.

Als Frank das hört, wird er blass, sagt aber nichts.

Dev zuckt mit den Schultern. »Wenn alle dabei sind, bin ich es auch. Original italienische Pizza schmeckt bestimmt besonders gut.«

Die anderen fahren nach dem Essen mit dem Bus zurück, aber Will chauffiert mich mit dem Auto. Ich liebe es, noch etwas Zeit mit ihm allein verbringen zu können, doch es gelingt mir nicht, das schlechte Gewissen abzuschütteln. Es ist, als würde ich meine Freunde damit ein bisschen zurückweisen. Hoffentlich wird das alles etwas entspannter auf der Reise. Ich möchte, dass es sich ganz natürlich anfühlt, wenn Will und ich mit den anderen zusammen sind. Im Moment kommt es mir immer so vor, als müsse ich mich für eine Seite entscheiden.

»Wollen wir diese Reise wirklich machen?«, fragt Sage, als wir später am Abend alle vier wieder in Emberton Manor sind. Sie und ich sitzen auf ihrem Bett, während die Jungs sich die Stühle genommen haben. »Wir haben so viel zu lernen und wären so viele Tage fort.«

»Aber es gibt auch dort viele Möglichkeiten, sich weiterzubilden.« Huan zwinkert mir zu.

»Das stimmt. Wir müssen vielseitig sein«, füge ich hinzu.

»Kann sein. Meine Mutter meinte, dass ich mir solche Gelegenheiten nicht entgehen lassen soll. Ich glaube, sie macht sich Sorgen, ich könnte einen Burn-out bekommen, wenn ich weiterhin so viel lerne.« Sie schüttelt den Kopf.

»Genau! Wir gönnen uns alle eine Pause. Wir genießen eine Auszeit, lassen es uns gut gehen und schaffen wunderbare Erinnerungen.«

Dev lehnt sich auf dem Stuhl zurück und legt die Füße auf meinen Schreibtisch. »Ich bestreite ja nicht, dass es eine tolle Reise wird. Es gibt dort einiges an Kunst, das ich gern mit eigenen Augen sehen möchte. Aber es hat mir nicht gefallen, wie der britische Ken auf dich Druck ausgeübt hat, um dir Venedig schmackhaft zu machen«, sagt er kopfschüttelnd.

»Aber das hat er doch gar nicht. Ich kann es kaum erwarten, mit ihm gemeinsam Venedig anzusehen.«

»Pah, du wirst nach einem Tag von ihm genug haben.«

»Und von dir werde ich schon nach einer Stunde genug haben.«

Er kichert, aber ich blicke ihn finster an.

»Wieso piesackst du nicht Huan? Er kennt Frank auch erst seit ein paar Monaten.«

»He!«, zetert Huan.

Dev wischt meine Frage weg. »Er und Frank verstehen sich blendend. Sie sind eindeutig füreinander geschaffen.«

»Und Will und ich etwa nicht?«

»Ellie, ich habe dir Nachhilfe darin gegeben, wie du mit ihm reden sollst. Ich glaube, wir kennen beide die Antwort auf deine Frage.«

Ich bin drauf und dran, ihn anzufahren, doch Sage geht dazwischen. »Lass sie in Ruhe. Es geht uns nichts an, wie Ellie sich ihrem Freund gegenüber verhält. Wenn sie ihre Beziehung vertiefen wollen, dann sollten wir das respektieren. Und wie hätten sie sonst eine Chance, mal eine Nacht miteinander zu verbringen?«

»Jawohl, danke, Sage. Ich …« Dann wird mir bewusst, was Sage gemeint hat, und ich erstarre. »Warte mal. *Was?*«

Huan prustet los.

Sage neigt den Kopf zur Seite, als wäre es offensichtlich. »Wir werden in Venedig sowohl Tage als auch *Nächte* verbringen. Ohne Überwachung. Darum hab ich angenommen, dass ihr zumindest mit dem Gedanken spielt, ihr könntet …«

Oh Gott!

Wieso bin ich *nicht* auf den Gedanken gekommen? Und, was noch wichtiger ist, wieso erwähnt sie das in Gegenwart von Huan und Dev?

Ich werfe die Hände in die Luft. »Er möchte mit mir nicht nach Venedig fahren, nur um Sex mit mir zu haben!«

»Heilige Scheiße, auf diese Unterhaltung kann ich verzichten!« Dev schießt von seinem Stuhl hoch.

»Diese Unterhaltung findet nicht statt. Er möchte einfach nur Zeit mit mir verbringen.«

Mir wird am ganzen Körper so heiß, dass ich Angst habe, mit dem Boden zu verschmelzen. Ich würde lügen, wenn ich sagen würde, dass ich mir nie vorgestellt habe, mit Will noch weiter zu gehen. Ich denke oft an den Kuss im Park zurück. Aber man kann weiter gehen und man kann *noch* weiter gehen, und ich bin mir nicht sicher, ob ich dazu schon bereit bin. Und bestimmt möchte ich meine Gefühle nicht mit Huan und Dev erörtern.

»Leute, also ...« Ich atme tief durch, um ruhiger zu werden. »Bei der Reise geht es nicht um Sex. Es geht darum, sich zu amüsieren.« Ich zwinge mich dazu, jedem der Reihe nach in die Augen zu sehen, obwohl ich Mühe habe, meine Stimme sicher klingen zu lassen. »Und selbst wenn ... *das* passieren würde, hat Sage recht. Es würde euch nichts angehen.«

Dev fingert an seinen Ärmeln herum. »Ich möchte nie wieder ein Wort darüber hören. Und jetzt muss ich mich auf Anatomie vorbereiten.« Er geht zur Tür. »Huan, kommst du mit?«

Huan drückt mir kurz die Schulter. »Bis morgen dann.«

»Aber ... wir haben uns doch auf Venedig geeinigt, oder?« Meine Stimme klingt zu hoch. »Denn wir müssen ja noch Flüge und Jugendherbergen vergleichen.«

Dev ist schon zur Tür raus, als er ruft: »Ja, Venedig steht.« Huan winkt halbherzig und folgt ihm.

Kapitel 28

Eineinhalb Wochen später finde ich beim Aufwachen eine Nachricht von Crystal vor.

> Die Fotos von deiner Reise sind ein Traum. Und OMG dieser Junge neben dir im Pub – ich kann nicht glauben, dass ich wegen einem blöden Typen auf das alles verzichtet habe. Ich hoffe, du bist mir nicht mehr böse. XO

Ich starre die Nachricht an. Was für ein Schock, dass Crystal sich nach all dieser Zeit meldet. Ihren Namen zu lesen macht mich weder wütend noch traurig – es macht überhaupt nichts mit mir. Mir tut es nur leid für sie, dass sie das alles verpasst hat. Ich bin nicht sicher, welches Foto sie meint, darum scrolle ich durch meine Posts. Sie meint eines vom vergangenen Freitag, als wir uns getroffen haben, um unsere Reisepläne zu besprechen. Ich finde, es sieht aus wie ein perfektes Reisefoto auf einer Tourismus-Website. Wir sind vergnügt und lächeln, aber man sieht nicht, wie verkrampft es war, mit Dev und Will am selben Tisch zu sitzen, und wie peinlich einige Gespräche verliefen.

Ich zögere und überlege, was ich ihr antworten soll, dann tippe ich:

> Es war lebensverändernd. Danke, dass du dich gemeldet hast. Alles gut zwischen uns.

Und das stimmt. Wir sind keine Freundinnen mehr und wir werden es auch nie mehr sein, aber ich hasse sie nicht. Ich bin ihr sogar richtig dankbar. Ohne sie wäre ich jetzt nicht hier.

Als ich von meinem Handy aufsehe, steht Sage vor mir und beobachtet mich. »Was ist los?«

»Nichts. Nur ...« Sie sieht unentschlossen aus.

»Wie? Du hältst doch sonst nicht mit deiner Meinung hinterm Berg.«

»Ich frage mich nur, ob du weiter über Will und die Reise nachgedacht hast. Du weißt schon, weil du mich so sehr wegen meiner Kondomohrringe aufgezogen hast.« Sie schnippt gegen einen der Ohrringe, und ich muss wieder lachen.

»Ich ... denke immer noch darüber nach.«

Um ehrlich zu sein, habe ich die Vorstellung nicht mehr aus dem Kopf bekommen, seit Sage erwähnt hat, was womöglich Wills wahre Beweggründe dafür sein könnten, dass er nach Venedig mitkommt. Ich kann das einfach nicht glauben. Als ich herkam, waren süße Selfies das größte, was ich mir von einer Beziehung erhofft habe. Vielleicht noch ein paar schöne Dates oder ein Kuss an einem Ort, der romantisch und so herrlich europäisch ist. Ich hätte nie erwartet, dass ich darüber nachdenken würde, meine Jungfräulichkeit zu verlieren. Jedes Mal, wenn ich an diese Möglichkeit denke, rast mein Herz und ich bekomme einen roten Kopf. Es könnte wundervoll sein. Aber es geht alles so schnell. *Wirklich* schnell.

Genau das erkläre ich Sage mit brennendem Gesicht, doch sie nickt nur verständnisvoll.

»Ich meine, ich kenne Will erst seit ein paar Monaten, und in der Zeit konnten wir uns nicht jeden Tag treffen. Nicht einmal jede Woche. Es gibt immer noch so vieles, das ich nicht über ihn weiß, und noch mehr, was er nicht über mich weiß.«

»Was willst du also tun?«

Mit langsamen Bewegungen stecke ich meine Hefte für Psychologie und Englische Literatur in meine Schultasche. Ich glaube, dass es nur eine Möglichkeit gibt. »Ich muss einfach ich selbst sein, wenn ich mit ihm zusammen bin. Ich muss ihm mein wahres Ich zeigen, ganz offen. Auf der Reise werden wir viele Tage ununterbrochen zusammen sein – es ist die perfekte Gelegenheit, um mich zu offenbaren. Und wenn das gut geht«, ich ziehe die Schultern nach oben, »dann werde ich über alles andere nachdenken. Außerdem werden wir auf einer Insel sein, also wird er nicht weit kommen, falls er sich aus dem Staub macht, nachdem er diese andere Seite an mir kennengelernt hat.«

Sage lacht, aber so großspurig ich auch geklungen habe, ist es genau das, wovor ich mich fürchte. Ich weiß ja bereits, was er davon hält, wenn jemand von Jane Austen oder Cicely Mary Barker besessen ist. Ich habe keine Ahnung, wie er reagieren wird, wenn ich ihm von meinen Feengärten und den Einhornklamotten erzähle. Doch wenn ich bedenke, wie er sich bisher darüber geäußert hat, bin ich nicht sonderlich optimistisch. Es ist möglich, dass ich damit alles verderbe, aber mir bleibt keine andere Wahl. Jetzt oder nie.

Später am Tag sitze ich in Englischer Literatur über die aufgeschlagenen Seiten von *Alice im Wunderland* gebeugt und versuche mich auf Dr. Florence zu konzentrieren, während sie die metaphorischen Elemente von Alices Größenveränderung erläutert. Ich fühle mich in letzter Zeit wie Alice. Je näher ich dem Augenblick komme, an dem ich Will die Wahrheit über mich erzähle, desto mehr fühlt es sich an, als würde ich nach einem Schluck aus der Flasche mit dem Schrumpftrank immer kleiner werden. Ich habe keine Ahnung, wie genau ich ihm diese ganzen Details über mich beichten soll. Soll ich ihm einfach in meinem Einhorn-Hoodie entgegenmarschieren, während eine Regenbogenmähne meinen Rücken hinunterfällt, und verkünden, dass ich in Captain Wentworth aus Jane Austens (völlig unterschätztem) Roman *Verführung* verliebt bin?

Ich versuche, Devs Blick aufzufangen, doch er sieht nicht in meine Richtung. Seit dieser verstörenden Unterhaltung in meinem Zimmer vor eineinhalb Wochen haben wir ein etwas angespanntes Verhältnis zueinander. Es ist nicht so, als würden wir uns streiten, aber es ist irgendwie seltsam.

Ich zwinge mich, den Rest der Stunde alles zur Handlungsstruktur mitzuschreiben, denn in ein paar Tagen beginnen schon die nächsten Prüfungen und ich muss sie bestehen. Als die Stunde vorbei ist, laufe ich zu ihm. »Wollen wir nach draußen gehen?« Wir haben zwischen zwei Stunden immer fünfzehn Minuten Pause.

Er stimmt zu, und wir gehen durch den prunkvollen Korridor, durch die Flügeltüren und hinaus in den östlichen Garten. Ohne ein Wort begeben wir uns zu einer Bank, die ein paar Meter entfernt steht. Von hier aus hat man einen schönen Blick auf den Löwenspringbrunnen. Nachdem wir eine Minute dagesessen haben, wende ich mich Dev zu.

»Ist zwischen uns alles in Ordnung?«

Er runzelt die Stirn. »Klar.«

»Okay. Gut. Denn in letzter Zeit hast du ein wenig abwesend gewirkt und …«

»Das hat nichts zu bedeuten. Meine Eltern liegen mir wegen meiner Noten in den Ohren. Außerdem habe ich ihnen von Sages Forschungsstelle erzählt, und jetzt denken sie, so etwas müsste ich auch finden.«

»Hast du dafür denn Zeit?« Ich bin überrascht, wie meine Laune in den Keller geht bei der Vorstellung, Dev würde weniger Zeit mit uns verbringen.

Er starrt auf den Brunnen. »Vielleicht. Ich müsste Kricket aufgeben. Und Quidditch.« Er lächelt schwach. Das ist immer noch unser Geheimnis.

»Du darfst auf keinen Fall Quidditch aufgeben!« Ich senke die Stimme, als er entsetzt die Augen aufreißt. »Oder Kricket. Du *liebst* es!«

»Das sind nur außerschulische Aktivitäten, Ellie.«

»Aber die Colleges wollen, dass wir welche vorweisen können. Du kannst in deiner Bewerbung schreiben, dass Quidditch dich zu einem besseren Menschen macht.«

Dev kichert und schüttelt den Kopf.

»Bist du an medizinischer Forschung überhaupt interessiert? Du klingst nicht allzu begeistert.«

Sein Lächeln erlischt. »Ich bin sicher, dass ich da hineinwachse.«

»Mit anderen Worten: Du hast keine Lust darauf.« Als er nicht widerspricht, werfe ich die Hände in die Luft. »Warum willst du etwas machen, das du nicht magst?«

»Weil meine Eltern seit meiner Geburt davon träumen, dass ich einmal Arzt werde. Es würde sie sehr glücklich machen. Und nicht nur meine Eltern – auch meine Großeltern, meine Tanten und Onkel.« Widerstrebend wendet er den Blick von der Landschaft ab und sieht mich an. »Sahil, Riya, Anaya. Du solltest ihre Gesichter sehen, wenn ich über mein Medizinstudium spreche.«

»Ich *habe* ihre Gesichter gesehen. Sie sehen dich *immer* so an. Stell dir nur vor, wie sie schauen würden, wenn du ihnen erzählst, dass du Quidditch-Profi werden möchtest.«

Das bringt ihn wieder zum Lachen.

»Ich meine es ernst. Es ist nur eine Frage der Zeit, bis das zum Profisport wird.« Ich stoße ihn an. »Hast du Sahil überhaupt erzählt, dass du es spielst? Oder dem Rest deiner Familie?«

»Nur du weißt davon.«

Ich beiße mir auf die Lippe, um nicht zu breit zu lächeln. Ich weiß, es wäre besser, wenn er es seiner Familie verraten würde, aber es gefällt mir, dass er und ich dieses Geheimnis teilen.

»Ach, ich weiß nicht, Ellie. Ich glaube nicht, dass es außer dir jemand verstehen würde. Ich weiß, dass es ein albernes Hobby ist.«

Das erinnert mich am Miriams Worte, als ich etwas Ähnliches über Feengärten gesagt habe. »Es ist nicht albern, wenn du es liebst.«

Er starrt mich eine Sekunde lang mit ernster Miene an. »Ich bin echt froh, dass du mich an jenem Nachmittag beim Quidditch-Training gesehen hast.«

»Echt jetzt? Du hast etwas genervt gewirkt.«

»Es war mir peinlich. Aber es ist gut, dass du es weißt. Es ist schön, jemanden zu haben, mit dem ich reden kann, ohne aufzupassen, dass ich mich nicht verplappere.«

Das kann ich gut nachempfinden. Es kommt nicht oft vor, dass man jemanden findet, mit dem man reden kann, ohne sich irgendwie zensieren zu müssen. Als ich daran denke, wird mir umso mehr bewusst, dass ich Will gegenüber nicht so frei sein kann. Ich muss genau aufpassen, was ich sage. In Venedig muss ich unbedingt mit der Wahrheit herausrücken.

Aber ich möchte jetzt nicht über Will sprechen. »Weißt du, was? Wenn du Leute haben möchtest, mit denen du über Quidditch sprechen kannst, dann gibt es eine einfache Lösung. Du könntest uns alle zu einem Spiel einladen.«

»Nette Idee, aber nein danke.« Er steht auf. Die Pause ist fast vorbei.

»Ich meine es aber ernst«, beharre ich, als wir zum Haus zurückgehen. »Du solltest uns wirklich zum Quidditch einladen. Aber auch das, was ich davor gesagt habe. Du musst etwas finden, das dich glücklich macht, selbst wenn es nicht Medizin ist.«

»Und was ist mit dir? Was willst du finden, das dich glücklich macht?«

Ich halte inne, überrascht, dass er den Spieß umdreht. »Ich weiß nicht. Kann man davon leben, Jane Austen Fan Fiction zu schreiben?«

»Ich bin sicher, eine Menge Leute haben das schon geschafft.« Er schubst mich leicht. »Aber was ist mit deinen Feengärten?«

»Äh, haben wir nicht genug über peinliche Hobbys gesprochen? Das hat genauso wenig Zukunft wie Profi-Quidditch, egal, was andere darüber denken.«

»Wie meinst du das?«

»Oh, Miriam – die Frau, die sich um den Wintergarten kümmert – will unbedingt, dass ich mich erkundige, welche Praktika oder Jobs ich in Amerika in einer Gärtnerei machen könnte.«

»Und? Hast du?«

Ich zucke mit den Schultern.

»Das solltest du aber. Sie hat daraus einen Beruf gemacht, warum also nicht auch du? Und sieh dir nur an, was du aus dem Wintergarten gemacht hast.«

Ich bleibe zögernd vor der Tür stehen. »Woher weißt du das?«

»Ich hab dort ein paar Stunden mit Lernen verbracht, und sie hat mir von der schlauen Schülerin vorgeschwärmt, von der die Änderungsvorschläge stammen. Sie ist sehr von dir beeindruckt.« Er schiebt mich ins Haus. »Ich auch. Es ist dort jetzt viel gemütlicher.«

»Oh. Ja.« Ich fingere an meinem Pferdeschwanz herum, weil ich nicht weiß, was ich von dem unerwarteten Kompliment halten soll. »Und, freust du dich noch auf Venedig?«

Zu meiner Überraschung strahlt Dev. »Und wie.«

»Hat Sage zu dir irgendwas darüber gesagt, dass sie einen Flug bucht?«

»Nein. Du bist besser über ihre Pläne informiert als ich.«

»Ich werde sie ein bisschen bearbeiten. Ich weiß, wie enttäuscht du wärst, wenn sie nicht mitkäme.«

Dev spielt an seinen Ärmeln herum, eine nervöse Angewohnheit, dir mir bis jetzt nicht aufgefallen ist. »Weißt du was, vergiss die Sache mit Sage, okay? Du brauchst dir deswegen keine Gedanken mehr zu machen.«

Ich lasse die Schultern hängen. Ich hatte die Aufgabe, Dev und Sage zusammenzubringen. Das war der Deal. Er hat seinen Teil der Abmachung mehr als erfüllt, und jetzt enttäusche ich ihn. Egal, was er sagt, ich bin noch nicht bereit, das Handtuch zu werfen. Es muss noch etwas geben, das ich tun kann.

Den Chemieunterricht verbringe ich größtenteils damit, über Sage und Dev nachzudenken. Vielleicht würde der Funke bei ihr überspringen, wenn ich sie dazu bringen könnte, mehr Zeit allein mit Dev zu verbringen – und zwar romantische Zeit, nicht »Wie viele Brustwirbel hat der menschliche Körper?«-Zeit. Und es gibt für ein romantisches Zusammensein keinen geeigneteren Ort auf der Welt als Venedig.

Nach der Stunde eile ich im Flur zu ihr hinüber. »Sag mal, hast du deine Flüge schon gebucht?«

»Ja, vorhin in der Mittagspause.«

»Super!« Ich mache ein paar vergnügte Sprünge. Die ganze Reise ist viel aufregender, wenn ich Sage an meiner Seite weiß. »Ich hatte Angst, dass du vielleicht nicht mitkommst. Hast du denselben Flug wie wir bekommen?«

»Nein, ich nehme einen anderen Flug.«

»Och nö, wirklich? War unserer schon ausgebucht? Ich hoffe, Mr. Odell wird damit einverstanden sein, denn der Abgabetermin war bereits letzte Woche. Ich glaube, er wollte, dass wir alle gemeinsam fliegen, damit die Schule besser die Übersicht behält.«

»Ich habe mir die Genehmigung schon geholt. Übrigens habe ich für meine Nichte jetzt zwei Decken gemacht und eine dritte wäre wohl übertrieben. Soll ich dir einen Schal stricken? Wir könnten uns heute

Abend Muster anschauen. Und ich habe so viel Wolle gekauft, als wir shoppen waren, dass du sämtliche Farben zur Auswahl hast.«

»Ähm.« Ich zögere. »Ja, das wäre cool, wenn du wirklich Lust dazu hast. Hast du auch Weihnachtsmuster?«

»Die kann ich im Internet herunterladen.«

»Großartig!« Sage schließt unsere Zimmertür auf und ich stelle meine Tasche auf meinen Schreibtisch. »Wann geht denn dein Flug?«

Sage bleibt mir eine Antwort schuldig. Stattdessen zieht sie eine riesige Tasche unter ihrem Bett hervor. »Warum suchst du dir nicht erst mal eine Wolle aus? Sobald ich weiß, wie dick das Garn ist, können wir ein geeignetes Muster auswählen.«

Meine Augen werden zu schmalen Schlitzen. »Was ist los?«

»Ich brauche eine Beschäftigung. Dr. Reese hat mir fünf weitere Artikel gegeben, die ich vor dem nächsten Labortreffen lesen soll, darum möchte ich nebenher etwas stricken.«

»Ich meinte die Reise. Wann geht dein Flug?« Ich sage den letzten Satz betont langsam.

»Um acht Uhr morgens.«

»Oh.« Erleichterung durchflutet mich. »Dann fliegst du ja noch vor uns. Vielleicht könntest du am Flughafen Marco Polo auf uns warten.«

»Am Freitag.«

Ich blinzle. »Am Freitag?«

Alle anderen fliegen am Mittwochvormittag. Der Flug und die Anreise nach Venedig werden fast den ganzen Tag dauern, damit bleiben uns Donnerstag, Freitag und Samstag in Venedig, bevor wir am Sonntag wieder zurückfliegen. Aber wenn Sage erst am Freitagmorgen startet …

»Du wirst alles verpassen! Und du wirst an Thanksgiving allein sein.«

»Nein, ich werde nicht allein sein. Ich habe mit Dr. Reese gesprochen, und wir haben entschieden, dass ich in den Ferien an der Uni sein sollte. Ein anderer Professor aus Stanford hält am Donnerstag eine Vorlesung und …«

»Aber … du wirst alles verpassen.« Mein Herz wird schwer. Ohne sie wird es nicht dasselbe sein. Außerdem habe ich heimlich einen kompletten Zeitplan ausgearbeitet, damit uns keine der Sehenswürdigkeiten entgeht: der Dogenpalast, die Galleria dell'Accademia, Ca' d'Oro et cetera. Ich habe extra für Dev und Sage den ganzen Donnerstag mit historischen Sehenswürdigkeiten und Museen durchgetaktet.

»Ist es wirklich so wichtig, dass du diese Vorlesung besuchst? Ich weiß, dass du Medizin studieren willst, aber ich kann mir nicht vorstellen, dass eine verpasste Vorlesung viel ausmacht.«

»Es geht mir nicht um meine Bewerbung für die Uni oder das Medizinstudium. Ich bleibe hier, weil ich es möchte. Ich liebe es, Teil einer richtig großen Sache zu sein, die die Zukunft der Medizin verändern könnte – selbst wenn ich dabei im Moment nur eine winzige Rolle spiele.« Seufzend schiebt Sage die Wolle zurück unters Bett. »Es wird mir gar nicht viel ausmachen, dass ich später ankomme. Venedig ist nicht allzu groß, und ich habe gelesen, dass man zügig herumkommt. So kann ich immer noch ein tolles Wochenende verleben, ohne dabei etwas Akademisches zu verpassen.«

Ich will etwas einwenden, doch es wäre zwecklos. Das sehe ich daran, wie sie die Arme vor der Brust verschränkt. »Hast du es Dev gesagt?«, platze ich heraus.

»Brauche ich etwa seine Erlaubnis?«, regt Sage sich auf.

»Nein. Nein, so meinte ich es nicht. Ich denke nur, dass er enttäuscht sein wird.«

Sie zieht eine Grimasse und schaltet ihren Laptop an. »Und *ich* glaube, dass du Dev nicht halb so gut kennst, wie du meinst.«

»Was willst du damit sagen?«

»Ellie …« Sie legt mitleidig den Kopf schief. »Du stellst dich absichtlich dumm. Wenn du weniger Zeit damit verbringen würdest,

Will anzuhimmeln, würde dir auffallen, dass jemand anders dich anhimmelt.«

Ich grunze nur sarkastisch. Doch in mir drin spüre ich, wie Anspannung meine Wirbelsäule hochkriecht, als ich an unser Abendessen im Pub zurückdenke. Doch das war anders. Dev hat sich aufgeregt, weil wir Will mitnehmen wollten. Er hat mich nicht angehimmelt. Wenn er mich beim Lernen anschaut, dann rollt er mit den Augen oder schneidet Grimassen. Außerdem steht er auf Sage. Vielleicht ist *sie* diejenige, die sich absichtlich dumm stellt.

Kapitel 29

»Gehen wir!« Dev steht an meiner Tür und wippt ungeduldig mit dem Fuß. »Ellie, wenn wir den Bus nach Northampton verpassen, erreichen wir unseren Zug nicht und kommen zu spät zum Flughafen.«

»Ich weiß, ich weiß.«

Ich schnappe meinen Pass und die Wasserflasche, hänge mir die Umhängetasche über die Schulter und nehme meinen Koffer am Griff.

Dev macht Platz, um mich vorbeizulassen, aber ich spüre ganz deutlich seinen Unmut. Er hat es geschafft, sein ganzes Gepäck für die fünftägige Reise in seiner Büchertasche unterzubringen. Jungs!

Ich werfe einen letzten Blick ins Zimmer. »Bis bald«, rufe ich Sage zu.

»Kommt gut an.«

»Du weißt aber schon, dass wir nicht nach Venedig umziehen, ja?«, bemerkt Huan, als ich meinen Koffer in den Gang hieve.

»Ich wusste nicht, was ich mitnehmen soll. Will geht mit mir an einem Abend in ein teures Restaurant, darum musste ich auch ein paar schickere Klamotten einpacken, außerdem möchte ich mich im Zwiebellook anziehen. Ich habe gelesen, dass es in Venedig kühler ist, weil es auf Wasser erbaut wurde.«

»Du bist ziemlich aufgeregt, oder?«, erkundigt er sich.

Ich atme tief durch und versuche, meine Stimmung in Worte zu fassen. Meine Gefühle sind ein heilloses Durcheinander. Ich bin wirklich aufgeregt. Ferien vom Lernen nehmen, in Europa reisen, Zeit mit einem der umwerfendsten Typen der Welt verbringen. Das könnte die schönste Zeit meines Lebens werden. Aber was, wenn Will sich aufregt, sobald ich ihm erzähle, dass unsere Interessen sich nicht so gleichen wie er glaubt? Was, wenn er die »neue« Elle nicht mag? Ich habe ihm schon zu viel verheimlicht. Das virale Video und mein Alter.

»Am meisten freue ich mich aufs Essen«, sagt Dev, »dicht gefolgt von der Kunst.«

»Vergiss das alles«, erwidert Huan. »Ich genehmige mir die erstbeste Pizza und warte auf dem Markusplatz, bis sich die Tauben auf meinem Kopf versammeln.«

»Das ist widerlich«, sage ich.

»Venedig hat man erst gesehen, wenn man von Tauben umzingelt wurde. So ist das nun mal.«

In Heathrow herrscht das kontrollierte Chaos. In der Ferne entdecke ich Frank und Will, die in der Nähe der Check-in-Schalter auf uns warten. Ich atme ruckartig ein. Um uns herum wimmelt es von Passagieren aller Formen, Größen und Menschentypen, aber Will und Frank stechen heraus wie zwei Filmstars zwischen lauter Statisten.

Frank entdeckt uns zuerst. Er ruft aufgeregt und winkt uns zu sich. Will kommt mir mit großen Schritten entgegen und küsst mich, bevor er mir meine Umhängetasche abnimmt. »Jetzt kann ich mich entspannen«, flüstert er.

Mein Lächeln fällt verkrampft aus. Wenn ich mich doch auch entspannen könnte!

Es dauert eine Weile, bis wir alle eingecheckt und die Sicherheitskontrolle passiert haben. Es gibt einen Schreckmoment, als Frank seinen Pass nicht finden kann. Wir durchwühlen seine Taschen, geraten in Panik und suchen nach der Telefonnummer des Fundbüros, doch dann merkt er, dass der Pass die ganze Zeit im Außenfach seiner Reisetasche gesteckt hat. Es ist ein Wunder, dass wir es alle fünf zu unserem Gate schaffen.

»Ich brauche einen Kaffee«, sagt Frank und sieht sich um. »Sonst noch jemand?«

»Oh ja«, sagt Will.

»Wollen wir alle mitgehen?«, frage ich.

Dev schüttelt den Kopf und lässt seine Tasche am Ende einer Sitzreihe fallen. »Geht ohne mich. Ich passe so lange auf das Gepäck auf.« Seine Stimme klingt anders, irgendwie niedergeschlagen. Als ich mir unsere Gruppe anschaue, wird mir klar, warum. Dev ist das fünfte Rad am Wagen, jedenfalls bis Sage in ein paar Tagen zu uns stößt.

»Ich bringe dir einen Kaffee mit«, sage ich zu ihm. »Zwei Stück Zucker, keine Milch, richtig?«

Er bedenkt mich mit einem langen Blick. »Danke, Elle.«

Als ich diesen Namen höre, beiße ich mir auf die Unterlippe. Will ist bereits auf dem Weg zum nächsten Café, darum lächle ich Dev nur kurz zu und laufe los, um ihn einzuholen. Da klingelt Wills Handy. Er zieht es heraus, flucht und steckt es wieder zurück.

»Ist alles in Ordnung?«, frage ich.

»Das war mein Vater. Ich werde ihn ignorieren, bis wir aus Venedig zurück sind.«

Wieder klingelt sein Handy, während wir anstehen, um unsere Kaffees zu bezahlen, und dann ein drittes Mal, als Huan uns bittet, kurz zu warten, während er sich eine Tafel Schokolade kauft. Als das Handy zum vierten Mal klingelt, holt Will es ruckartig heraus und geht ran. Einen Augenblick später senkt er den Kopf und sagt: »Nein. Auf gar keinen Fall.«

Ich husche zu Frank und Huan hinüber. »Wills Vater ruft ständig an«, flüstere ich mit einer Geste in Wills Richtung. Der geht mit rebellisch verzerrtem Gesicht im Terminal auf und ab.

Frank runzelt die Stirn und stellt langsam die Queen-Elizabeth-

Wackelkopffigur zurück, die er sich angeschaut hat. »Da stimmt etwas nicht.«

Wir bewegen uns in kleinen Schritten auf Will zu, und als er das Gespräch beendet, trete ich neben ihn.

»Alles in Ordnung? Wir haben angefangen, uns Sorgen zu machen.«

»Elle …«

Mein Herz zieht sich zusammen. »Was ist los?«

»Elle, es tut mir so leid.«

Sofort wird meine Kehle eng. Ich spüre, wie Huan sich fürsorglich hinter mich stellt.

»Ich kann dir gar nicht sagen, wie leid es mir tut. Mein Vater ist ein komplettes Arschloch. Ich habe versucht, ihn umzustimmen, aber …«

»Er möchte nicht, dass du mitkommst?«, frage ich kaum hörbar.

»Ich schwöre dir, ich habe es auf jede Art versucht, die mir einfiel. Ich habe jedes Versprechen, jede Taktik probiert. Ich habe einen Trotzanfall bekommen wie ein Kleinkind. Aber er bleibt stur. Er hat einen Kunden, der das Apartment seines Sohns in London verkaufen will. Der Mann ist auch im Zulassungskomitee der UCL, und jetzt besteht mein Vater darauf, dass ich zum gemeinsamen Mittagessen mitkomme. Er sagt, ich muss mich bei ihm beliebt machen, damit er meine ›unterdurchschnittliche akademische Leistung‹ übersieht.«

»Wann findet das Essen statt? Du weißt doch, dass Sage später fliegt. Du könntest auch später nachkommen. Das ist kein Problem.«

Ich weiß, dass ich verzweifelt klinge. Will trottet bereits zum Gate zurück, wo er seine Tasche gelassen hat, aber ich weigere mich, die Hoffnung aufzugeben. Es muss eine andere Lösung geben. Er kann nicht einfach *gehen*.

»Das habe ich schon versucht«, sagt Will. Alles an ihm wirkt jetzt selbstbeherrscht. Seine Stimme, sein Gesichtsausdruck, sogar sein Gang. »Das Essen ist erst am Freitag, aber mein Vater möchte nicht riskieren, dass ich es verpasse. Ich müsste dann morgen schon zurückfliegen, also hätte es eh keinen Sinn.«

»Gibt es nichts, was wir machen können? Oder könnte er das Essen verschieben?«

»Er will mich damit nur wieder bestrafen.« Er verliert die Selbstkontrolle, seine Stimme wird lauter, sein Ton schärfer. »Er vertraut mir nicht. Er denkt, dass ich nichts schaffe, wenn er mich nicht laufend überwacht.«

»Und wenn …« Ich kann kaum mit ihm Schritt halten. »Und wenn du einfach trotzdem mitfliegen würdest? Klar, er ist dein Vater, aber du bist schon achtzehn. Du musst nicht alles machen, was er sagt.«

»Dann wäre ich in Italien, aber ich hätte keine Unterkunft. Und kein Geld, um Essen zu kaufen. Ich bin zwar volljährig, aber immer noch … immer noch finanziell von ihm abhängig. Ich weiß, dass er, wenn er es für nötig hält, meine Kreditkarte sperren lässt. Das wäre nicht das erste Mal.«

»Aber …«

Dev sieht uns und kommt her. »Was ist los?«

»Ich muss in London bleiben«, erwidert Will brüsk. »Mein Vater besteht darauf. Er schickt einen Wagen.«

»Ich gehe mit dir zum Eingang zurück«, sage ich.

Er wischt mir mit dem Handrücken eine Träne von der Wange. »Dann verpasst du dein Boarding. Ruf mich an, wenn du angekommen bist. Und ich konnte meinen Vater überreden, die Hotelreservierung nicht zu stornieren. Wenn ihr mögt, könnt ihr dort einchecken anstatt in der Jugendherberge. Es ist bereits alles bezahlt.«

»Was, wenn ich stattdessen bei dir bleibe? Vielleicht könnten wir in London etwas Zeit miteinander verbringen? Ich bin sicher, dort gibt es noch viel zu sehen.«

Seine Miene ist so schmerzverzerrt, dass mir weitere Tränen kommen und ich mich abwenden muss.

»Ich glaube nicht, dass das jetzt eine gute Idee wäre.«

»Die Schule flippt aus, wenn du deine Pläne änderst«, gibt Huan zu bedenken. Er hat recht, aber das ist mir egal.

Eine Flugbegleiterin verkündet, dass das Boarding unseres Flugs in Kürze beginnt. Will schlingt die Arme um mich und küsst mich auf den Kopf.

»Ich werde ihm das nie verzeihen. Aber ich würde es mir selbst nie verzeihen, wenn ich deinen Urlaub ruinieren würde. Versuche ihn zu genießen. Lass nicht zu, dass mein Vater uns *beiden* alles kaputtmacht.«

Ich nicke und will etwas einwenden, doch Will küsst mich erneut. Dann geht er. Ein winziger Teil von mir ist erleichtert, dass ich ihm an diesem Wochenende nicht alles beichten muss, aber ich drücke den Gedanken weg. Das sollte unsere gemeinsame Zeit werden. Nach einem weiteren Aufruf zum Boarding stehen alle Passagiere auf und bewegen sich zum Gate. Ich versuche, Will noch einmal zu entdecken, doch die Menge hat ihn schon verschluckt.

Huan und Frank stellen sich in der Schlange an, aber ich folge ihnen nicht. Will wird nicht mitkommen. Er ist bereits fort. Dev legt eine Hand auf meinen unteren Rücken und schiebt mich vorwärts. Durch meinen Tränenschleier kann ich Huan und Frank vor mir nur verschwommen sehen.

»Dein Flugticket«, flüstert Dev, und ich ziehe es aus meiner Manteltasche. Ich reiche es wie benebelt der Flugbegleiterin, und Dev muss mich die Rampe hinunter und ins Flugzeug führen.

»Hier.« Er deutet auf einen Sitz links von mir. Ich setze mich und er sieht zögernd zwischen Wills leerem Platz und dem anderen neben mir hin und her. »Möchtest du … möchtest du vielleicht allein sein?«

»Ich hab deinen Kaffee vergessen.«

»Du kannst mir zwei Kaffee spendieren, wenn wir angekommen sind.« Er deutet auf den Platz. »Soll ich …?«

»Bitte.«

Er setzt sich und die Leute drängeln sich an ihm vorbei, als wäre ein Damm gebrochen. Die Sitze sind eng, und obwohl Dev schlank ist, berühren sich ständig unsere Arme, als er versucht, seine Tasche zu verstauen und sich anzuschnallen.

»Tut mir leid.« Seine Stimme ist so leise, dass ich sie wegen der dröhnenden Triebwerke kaum höre.

Plötzlich kommt mir ein grässlicher Gedanke, und ich kann nicht anders, als ihn laut auszusprechen. »Was, wenn er kalte Füße bekommen hat und deswegen nicht mitfliegen wollte?«

Franks Kopf erscheint über dem Sitz vor mir. Seine langen, goldenen Locken fallen ihm in die Augen, aber sein Gesicht ist ernst. »Ich verspreche, so war es nicht. Ich hab Will schon lange nicht mehr so am Boden zerstört erlebt.«

Der Druck auf meiner Brust lässt etwas nach.

»Er verpasst die Reise ganz bestimmt nicht absichtlich«, sagt Dev. »Falls er auch nur die geringste Chance gehabt hätte, mit dir die Nacht zu verbringen, wäre er nicht gegangen, selbst wenn sein Leben buchstäblich davon abgehangen hätte.«

Ich lache peinlich berührt und Frank und Dev stimmen ein.

»Danke für deine aufbauenden Worte.« Ich wische mir die Tränen aus den Augenwinkeln und lehne mich in meinem Sitz zurück. »Mann, ist das ein Mist!«

»Das muss es nicht sein.« Ich werfe Dev einen finsteren Blick zu, woraufhin er den Kopf schüttelt. »Ich will damit nicht sagen, dass du dich nicht aufregen sollst. Aber denk dran, dass wir fünf Tage frei haben. Kein Unterricht, keine Hausaufgaben, keine Verpflichtungen.« Er weiß, dass er jetzt meine volle Aufmerksamkeit hat, und beugt sich näher zu mir. »Original italienisches Essen. Die Kanäle. Shoppen.«

»Tauben«, ruft Huan, »jede Menge Tauben.«

Ich lache leise. »Nun, ich schätze, die Tauben darf ich auf keinen Fall enttäuschen.«

Kapitel 30

Als wir auf dem Flughafen Marco Polo in Venedig landen, schicke ich Will eine Reihe von Fotos. Will antwortet fast ausschließlich mit Emojis – meist eine Mischung aus traurigen Gesichtern und Herzen. Die Herzen gefallen mir besonders. Er schreibt nur eine einzige Nachricht, in der er wiederholt, dass ich die Reise genießen und ihm so viele Fotos wie möglich schicken soll. Bonuspunkte für lächelnde Selfies. Das klingt machbar, denn ich kann nicht aufhören zu lächeln, als ich das Vaporetto sehe, das uns vom Flughafen nach Venedig bringt.

Huan stellt sich neben mich. »Das ist krass, was?«

Ich nicke mit großen Augen. Innen sieht der Wasserbus fast wie ein gewöhnlicher Bus aus, mit Sitzreihen und einem Mittelgang. Nur dass draußen kein Straßenpflaster ist, sondern gekräuseltes blaues Wasser, das gegen die Bordwand plätschert. Bald taucht Venedig vor uns auf. Die Gebäude erheben sich aus dem Wasser, als wären wir in eine magische Welt versetzt worden.

Als wir uns der Stadt nähern, beugt sich Dev zu mir und zeigt aus dem Fenster. »Gondeln«, flüstert er.

Mindestens ein Dutzend Gondeln sind an den Docks des Kanals angebunden. Sie sind mit blauen Tüchern abgedeckt und schaukeln auf den Wellen. Ich drücke meine Stirn an die Scheibe.

»Schaut mal!«, ruft Huan.

Wir passieren den Markusplatz. Selbst vom Wasser aus kann ich Unmengen Menschen herumlaufen sehen. Ich habe online Dutzende von Fotos davon gesehen, denn der Platz ist eine der beliebtesten Sehenswürdigkeiten Venedigs, aber die Wirklichkeit übertrifft alles.

Schließlich hält der Wasserbus in der Nähe der Rialtobrücke und wir steigen aus. Die weiße Steinbrücke überspannt den Canal Grande und ist ein weiteres beliebtes Fotomotiv. Überwältigt drängen wir uns auf dem Bürgersteig zusammen. Ich schieße ein Foto nach dem anderen, teils für Will, teils weil es unmöglich ist, an einem so atemberaubenden Ort zu stehen, ohne Fotos zu machen.

Huan reibt sich die Hände. »In Ordnung, das ist alles ganz toll und so, aber ich kann es nicht erwarten, das Hotel zu sehen, von dem Frank mir erzählt hat. Nach Ihnen, Sir.«

Frank verneigt sich. »Es ist mir ein Vergnügen.«

Wir verlaufen uns ein paarmal – na ja, mehr als ein paarmal –, denn Venedig ist schön, aber auch verwinkelt und verwirrend. Als Frank verkündet, dass wir angekommen sind, denke ich zuerst, er macht Witze. Wir verrenken uns den Hals, um an einem beeindruckenden lachsfarbenen Gebäude hochzusehen, das direkt am Canal Grande liegt. Ich atme tief durch und vermisse Will noch mehr.

Drinnen ist es genauso spektakulär wie außen. Massive Marmorsäulen schmücken den Raum und von der gewölbten Freskendecke blicken Heiligenbilder auf uns herab. Hier hebt niemand die Stimme und niemand ist in Eile. Man hört überwiegend das leise Plätschern von zwei Springbrunnen und das Klacken teurer Stöckelschuhe auf dem gefliesten Boden.

»Ich kann nicht glauben, dass du und Will hier wohnen wolltet«, flüstere ich Frank zu. »Das ist eine Milliarde Mal schicker als unsere Jugendherberge.«

»Genau aus dem Grund müsst ihr auch hier absteigen.«

Da fällt mir ein Problem ein. Wie sollen wir denn hier einchecken, wenn Will nicht dabei ist, auf dessen Namen gebucht wurde? Ganz zu schweigen von seiner Kreditkarte. Doch Frank winkt ab, als ich ihn danach frage. »Ich bin sehr überzeugend.« Er marschiert zur Rezeption, um unsere Situation zu erklären.

»Kein Problem«, flüstert er, als alles erledigt ist. »Will hat bereits angerufen und eure Namen in der Reservierung ergänzt.«

Natürlich hat er im Voraus daran gedacht. Ich schreibe ihm ein Dankeschön mit noch mehr Herzen sowie einigen Fotos der Lobby.

Der Hotelpage bringt uns zu unseren Zimmern im dritten Stock. Ich bin verwirrt, als er nicht zwei, sondern drei Türen aufschließt und fragt, welches Gepäck er wohin bringen soll. Ich zögere und deute einfach auf irgendwelche Zimmer.

»Was bedeutet das?«, frage ich Frank, nachdem der Page gegangen ist. »Wurde die Reservierung verwechselt?«

Frank hebt eine Augenbraue. »Nein. Ich habe dieses Zimmer reserviert und Will offensichtlich die beiden anderen.«

Ich runzle die Stirn. Will hat hier ein weiteres Zimmer reserviert? Ich habe damit gerechnet, dass er mich fragen würde, ob ich mit ihm ins Hotel ziehe anstatt in die Jugendherberge, aber ich hatte noch nicht entschieden, ob ich dazu bereit wäre. Doch er hatte nicht vor, mich zu bedrängen, in seinem Bett zu schlafen, sondern hat mir ein eigenes Zimmer besorgt. Jetzt sehne ich mich noch mehr nach ihm.

»Sieht so aus, als hätten wir für die Reise ein tolles Upgrade bekommen.« Huan reibt sich die Hände.

»Was? Nein.« Dev geht rückwärts. »Ich habe bereits eine Buchung und ich möchte keinen Ärger mit Emberton bekommen, weil ich meine Pläne geändert habe.«

»Dann check in der Herberge ein. Du kannst trotzdem hier schlafen.«

»Die Herberge reicht mir vollkommen.«

»Warst du schon mal in einer Jugendherberge?« Frank zittert theatralisch und seine Locken fallen ihm über die Augen. »Die Kettensägen, die Verstümmelungen, die Meuchelmorde …«

»Du denkst an diesen alten Horrorfilm über eine Jugendherberge«, wirft Huan ein.

Frank grinst. »Tue ich das? Könnte sein. Wenn das so ist, bin ich sicher, dass du auch ohne uns dort zurechtkommen wirst, Kumpel.«

»Keine Gefahren«, stimmt Huan zu, » kein Grund, sich Sorgen zu machen.«

Frank schiebt Dev ein Stück den Flur entlang. »Also dann, trödle nicht herum. Ab mit dir!«

Dev dreht sich mit großen Augen zu mir um. »Äh, vielleicht möchte ich mich vorher nur ein wenig umschauen.«

»Wenn du willst … Tu dir keinen Zwang an.« Frank blinzelt mir zu. »Wir fangen dann schon mal mit dem Auspacken an.«

Ich folge Dev in eins der Zimmer. Etwas Derartiges habe ich nie zuvor gesehen. Hier drin ist mehr Platz als bei uns zu Hause im Wohnzimmer, der Küche und dem Esszimmer zusammen. Ein riesiges Bett mit vergoldetem Kopfteil und einem Baldachin nimmt fast eine ganze Wand des Schlafzimmers ein. Im angrenzenden Wohnzimmer stehen Polstersessel und ein Tisch mit Marmorplatte. Aber was Dev und mich umhaut, sind die Fenster. Sie reichen vom Boden bis zur Decke und bieten einen fantastischen Blick auf den Canal Grande.

Dev tritt neben mich und wir beobachten die kleinen und großen vorbeiziehenden Boote. »Das ist ja der Wahnsinn«, raunt er.

»An seinem Stil lässt sich nichts aussetzen, oder?«

Dev macht ein grunzendes Geräusch. »Bist du sicher, dass ich hierbleiben soll? Ich kann mir nicht vorstellen, dass Will damit einverstanden wäre.«

»Natürlich sollst du hierbleiben. Er hat gesagt, dass wir die Zimmer nutzen sollen, da er sie sowieso bezahlt – das lässt du dir doch nicht entgehen!« Ich mache eine Geste, die die ganze Pracht umfassen soll. »Und obendrein keine Kettensägen schwingenden Meuchelmörder.«

»Das ist wahr.« Dev geht ans Fenster und lehnt seine Stirn an die Scheibe. »Aber für diese Aussicht könnte man morden.« Er macht eine theatralische Pause, dann grinst er verschmitzt.

Ich stöhne laut. »Du kannst von Glück sagen, dass die Fenster abgeschlossen sind, sonst würde ich dich aus einem rausschubsen.«

Wir melden uns alle in Emberton Manor, dann geht Dev in sein Zimmer, um seiner Familie zu mailen, und Frank und Huan gehen in ihr Zimmer, um zu tun, was auch immer sie tun wollen. Ich schreibe Mum eine ganze Reihe von Nachrichten (wobei ich Wills Abwesenheit nur kurz streife) und schicke ihr jede Menge Fotos. Kurz überlege ich, ob ich auch alles auf Instagram posten soll, doch dann merke ich, dass es mir egal ist. Wen will ich denn dort noch beeindrucken? Ich kenne diese Leute nicht wirklich.

Schließlich rufe ich Will an. Er meldet sich nach dem ersten Klingeln. »Wie ist das Hotel?«

»Will, es ist …«

»Ist es zu viel? Als ich es Frank vorgeschlagen habe, meinte er, dass ich versuche, dein Glück zu erkaufen.«

Ich klettere aufs Bett und versinke regelrecht in den Decken. »Wenn das so wäre, hat es funktioniert.«

»Gut. Ich wünschte nur, ich könnte dieses sündhaft teure Glück jetzt sehen.«

Ich mache ein Selfie von mir, wie ich strahlend auf dem Bett sitze, und schicke es ihm. Ein paar Sekunden später lacht er. »Noch nie habe ich die Technik mehr zu schätzen gewusst.«

»Ich werde die ganze Reise für dich dokumentieren. Du wirst so viele Fotos bekommen, dass du denkst, du wärst hier.«

»Daran werde ich dich erinnern.«

»Danke«, sage ich leise. »Das ist wirklich zu viel, aber ich liebe es trotzdem.«

»Du bist es wert.«

Kapitel 31

Wir beginnen unseren Abend an der Rialtobrücke, dann gehen wir durch die Stadt zum Markusplatz. Ich bin immer noch traurig darüber, dass Will nicht dabei ist, aber ich musste ihm versprechen, die Reise zu genießen – und dafür gibt es hier reichlich Gelegenheit. In den Schaufenstern ist alles knallbunt und märchenhaft. Viele Läden verkaufen Kronleuchter und Vasen aus Muranoglas von der nahe gelegenen Insel. Die Sachen sind wundervoll, aber am meisten reizt mich eine Auslage mit bunten Glasfischen zwischen Korallenriffen. Ich kann mir nicht vorstellen, dass jemand in der Lage ist, etwas so Filigranes herzustellen. Morgen, so beschließe ich, will ich nach einem Geschenk für Mum suchen. Ich habe nicht viel Geld dabei, aber vielleicht finde ich eine Kleinigkeit für Weihnachten.

Schließlich erreichen wir den Markusplatz. Wie angekündigt macht Huan sich sofort auf die Suche nach Vogelfutter, damit er Tauben anlocken kann. Frank latscht ihm hinterher. Dev und ich huschen um die Straßenecken, erkunden die Cafés, die den riesigen Platz säumen, und bewundern den Markusdom mit seinen reich verzierten Kuppeldächern.

Dev deutet auf vier Bronzepferde über dem Eingang. »Die haben sie gestohlen. Na, vermutlich würden sie sagen, sie hätten sie erobert, aber in Wirklichkeit haben sie sie während der Kreuzzüge in Konstantinopel erbeutet. Das hier sind allerdings Repliken.«

Ich stoße ihn mit der Schulter an. »Müssen wir das für Kunstgeschichte wissen? Ich dachte nämlich, ich wäre endlich mit dem Lernstoff auf dem Laufenden.«

»Keine Sorge, während des Urlaubs wird nicht gelernt.« Er steckt seine Hände in die Hosentaschen und nähert sich dem Dom. »Ich habe es nur vor der Reise nachgelesen.«

»Leichte Freizeitlektüre?«

»Etwas in der Art.« Sein Blick schweift über die verschachtelte Architektur. »Es heißt, drinnen gäbe es großartige Mosaike zu sehen.«

Ich betrachte sein Profil und atme tief ein. »Ich weiß, dass du nicht gern darüber redest, aber in Kunstgeschichte kennst du dich echt gut aus.«

»Doch, ich rede gern darüber, wie gut ich mich mit etwas auskenne«, sagt er, ohne die Augen von dem Bauwerk zu nehmen.

»Dann stört es dich sicher nicht, wenn ich sage, dass du lieber Kunstgeschichte anstelle von Medizin studieren solltest. Hast du dich damit schon befasst? Das Programm der Columbia-Universität soll besonders gut sein.«

»Woher weißt du das?«, fragt er stirnrunzelnd.

»Ich hab über unsere letzte Unterhaltung nachgedacht. Ich weiß, dass deine Eltern immer schon wollten, dass du Arzt wirst, aber ich war neugierig, wie es mit Kunstgeschichte aussieht, und hab mich schlaugemacht.«

Er bleibt stehen und wendet sich mir zu. »Wirklich? Danke.« Er schüttelt den Kopf. »Aber ich weiß bereits, was sie sagen werden, und sie haben völlig recht. Was soll ich mit einem Abschluss in Kunstgeschichte anfangen? Es spielt keine Rolle, wie sehr mich etwas interessiert, wenn ich es nicht beruflich nutzen kann. Die Uni ist für mich zu teuer, als dass ich etwas studieren könnte, womit ich später kein Geld verdiene.«

»Du machst natürlich deinen Doktor und wirst Dozent.« Ich kann nicht fassen, dass ich mich genau wie Sage anhöre. Ich rede schon über das Studium, dabei haben wir noch nicht mal die Highschool abgeschlossen. Sie hat eindeutig auf mich abgefärbt. »Doktortitel ist Doktortitel.«

Er kichert und beginnt wieder herumzuschlendern. »Netter Versuch, aber so haben sie sich das nicht vorgestellt.«

»Dann hilf ihnen, es sich vorzustellen. Dev …« Ich nehme ihn am Arm und zwinge ihn stehenzubleiben. »Ich glaube wirklich, dass das deine Bestimmung ist. Stell es dir doch einfach mal vor. Du könntest dein Leben damit verbringen, Kunstwerke zu studieren. Wäre das nicht großartig? Ich kann dich schon als Professor an irgendeiner privaten Eliteuniversität sehen, wie du mit roter Tinte Hausarbeiten korrigierst und deinen gelangweilten Studenten Vorträge über Picassos Genialität hältst. Du liebst es, Vorträge zu halten!«

Seine Augen leuchten, als er lacht. »Du kennst mich zu gut.«

»Genau. Ich weiß, dass es für dich perfekt sein könnte. Hast du deinen Eltern schon gesagt, wie sehr du Kunst liebst?«

»Reden wir lieber wieder darüber, wie begabt ich bin.«

»Dann wird das eine kurze Unterhaltung.«

Er verdreht die Augen.

»Versprich mir, dass du mit ihnen reden wirst. Das ist das Mindeste, was du dir schuldest.«

»Vielleicht. Ich werde darüber nachdenken.« Er ergreift meine Hand und drückt sie. »Danke.«

Ich blinzle überrascht, dann ziehe ich meine Hand weg, als Huan und Frank vor uns auftauchen. Frank rümpft die Nase, aber Huan ist völlig aus dem Häuschen.

»Alles erledigt.« Er deutet auf ein Häufchen weißer Vogelkacke auf seiner Schulter.

»Iiih!« Ich weiche zurück.

»Ich beginne, diese Reise zu bereuen«, sagt Frank.

»Hey, verkack's nicht!« Huan lacht auf. »Der musste sein! Okay, eine schicke Marmordusche wartet auf mich. Aber mach zuerst ein Foto von mir!«

Nachdem wir am nächsten Morgen viel zu viel von dem Hotelfrühstück gegessen haben, ziehen wir mit unseren Plänen in der Hand los. Zuerst gehen wir wieder zum Markusplatz, damit wir möglichst weit vorne in der Schlange vor dem Dom und dem Dogenpalast stehen. Unterwegs schicke ich Will Fotos. Dann gehen wir nach Westen zum Guggenheim-Museum. Dev erkennt die Hälfte der Kunstwerke und erklärt sie uns, als hätten wir bei ihm eine Führung gebucht. Ein paar ahnungslose Touristen schließen sich uns sogar eine Weile an. Als wir wieder hinausgehen, schwirrt mir der Kopf.

»Gut. Als Nächstes steht die Accademia auf dem Programm«, verkündet er.

Huan und Frank wechseln einen Blick.

»Das klingt ja total super, aber könnten wir vielleicht etwas mit weniger Kultur machen?«, fragt Huan. »Zum Beispiel billige Souvenirs kaufen.«

Dev stöhnt.

»Ja, wir haben genug Kunst für ein ganzes Jahr gesehen«, sagt Frank. »Ich bin erschlagen.«

»Und ich könnte ein Stück Pizza vertragen«, fügt Huan hinzu.

»Außerdem habe ich Sage versprochen, dass wir uns ein paar dieser Sachen für Samstag aufheben, wenn sie dabei ist«, ergänze ich. »Sie hat bestimmt keine Lust, venezianische Masken zu shoppen.«

»Verdammt, ich hasse es, wenn du recht hast.«

»Dann muss dein Herz voller Hass sein.«

Dev schnaubt, aber er widerspricht nicht. Gemeinsam gehen wir zu einem kleinen Markt. Ich mache für Will ein Selfie mit einer paillettenbesetzten Maske, aber er antwortet nur mit einem Lach-Emoji. Sein Vater scheint ihn gut zu beschäftigen, denn ich habe den ganzen Tag noch nichts von ihm gehört.

Frank und Huan machen sich aus dem Staub, um zusammen zu Mittag zu essen, und ich finde eine Glasrose, die Mum bestimmt gefallen wird. Dev ist nirgends zu sehen. Das erinnert mich daran, wie wir alle gemeinsam auf dem Markt waren und Dev verschwand, um kurz darauf mit einem Flugblatt über Quidditch wieder aufzutauchen. Wonach sieht er sich hier um? Vielleicht nach einer italienischen Quidditch-Mannschaft?

Jemand berührt mich am Ellenbogen und ich drehe mich um. Dev steht vor mir und glüht förmlich vor Begeisterung. »Komm mit!«

Wir drängen uns durch die Menge, aber hier sind so viele Menschen, dass ich nicht mit ihm mithalten kann. Er greift hinter sich und nimmt meine Hand. Es ist mir nicht entgangen, dass wir schon zum zweiten Mal in zwei Tagen Händchen halten, aber ich verdränge es. Wir *halten nicht Händchen*. Wir machen das nur, um nicht in der Menschenmenge getrennt zu werden.

Dev führt mich durch eine enge Gasse und bleibt triumphierend vor einem kleinen Laden stehen. Ein Blick – und ich lege die Hände aufs Herz. Es ist eine Miniatur-Fantasiewelt aus Glas. Winzige Bäume und blühende Sträucher. Herden von weißen, rosa und blauen Einhörnern. Winzige Feen mit hauchdünnen Flügeln, durch die man hindurchsehen kann. Jede Figur ist so filigran, dass ich mich frage, wie jemand so etwas herstellen kann.

Ich sehe auf. »Das ist … der Wahnsinn!«

»Ja, nicht wahr? Als ich es entdeckt habe, wusste ich, dass ich dich auf der Stelle holen muss. Es schreit förmlich nach Ellie.« Er winkt mich näher ans Schaufenster. »Ich mache ein Foto von dir.«

Er macht ein paar Aufnahmen, dann betrachten wir weiter die Auslage. Ich erwarte, dass es ihm langweilig wird, doch er scheint genauso fasziniert zu sein wie ich. Ich schätze, auch das ist für ihn Kunst, genau wie alles andere, was wir an diesem Morgen besichtigt haben.

»Lass uns hineingehen. Vielleicht findest du etwas für deine Feengärten.«

Ich nicke begeistert, kann mir allerdings nicht vorstellen, dass ich mir etwas davon leisten kann. Einige der Glassachen an den Marktständen waren erschwinglich, aber das hier ist offensichtlich ein teures Fachgeschäft mit Ware direkt aus Murano. Die Einhörner und Feen kosten vierzig Euro und mehr. Das liegt weit über dem, was ich mir leisten kann.

»Wie ist es damit?« Dev hält einen roten Giftpilz hoch. Er ist winzig – kürzer als mein kleiner Finger – aber wunderschön. Und er kostet nur zehn Euro.

»Perfekt.«

Nachdem ich ihn gekauft habe, gehen Dev und ich weitere Straßen entlang, zeigen auf Schaufenster und genießen die Tatsache, dass wir hier sind. Schließlich fängt er an, nach kleinen, verkäuflichen Kunstwerken Ausschau zu halten. Ich versuche, Will anzurufen, bekomme aber nur die Mailbox. Danach rufe ich Mum an und wünsche ihr ein frohes Thanksgiving. Schwer vorzustellen, dass sich in diesem Augenblick Millionen von Menschen in den USA hinsetzen, um Truthahn zu essen und Fußball zu schauen. Ich bekomme einen Kloß im Hals, als sie mir beschreibt, welcher kitschige Wagen ihr dieses Jahr bei der Macy Day Parade am besten gefallen hat. Es ist das erste Mal, dass ich einen Feiertag ohne sie verbringe.

»Wenn du heimkommst, suchen wir uns einen Samstag aus und kochen ein komplettes Thanksgiving-Menü. Dann ist es so, als hättest du nichts versäumt«, sagt sie, als sie meine melancholische Stimmung bemerkt.

»Das klingt wunderbar.«

»Du fehlst mir. Aber ehe ich es mich versehe, bist du wieder da. Bis dahin solltest du jede Sekunde in Italien genießen.«

Ich wünschte, wir könnten Thanksgiving in einem der wunderschönen Cafés mit Blick aufs Wasser feiern, aber dafür bräuchte ich ein finanzielles Polster wie Will. Stattdessen treffen wir uns wieder mit Frank und Huan, besorgen bei einem Straßenverkäufer riesige Pizzastücke und gehen zurück zum Canal Grande.

Dev mampft seine Pizza und unterhält sich mit den anderen über einen älteren James-Bond-Film, der hier gedreht wurde.

»Schmeckt besser als von Pizza Hut, was?«, fragt er und zwinkert mir zu, bevor er sich wieder James Bond zuwendet. Ganz in Gedanken pickt er ein paar Peperoni von seiner Pizza und legt sie auf die Ecke meines Papptellers. Er mag Peperoni nur dünn und knusprig. Wenn die Pizza zu dick damit belegt ist, bekomme ich sie ab. Ich stecke mir eine in den Mund und studiere sein Profil. Wann genau ist mir das mit den Peperoni bewusst geworden? Wann sind wir zu der Art Freunde geworden, die ungefragt ihr Essen teilen? Mir war nicht aufgefallen, wann wir uns dieses Verhalten angeeignet haben. Vielleicht weil es mit Dev so selbstverständlich ist. Wir necken und ärgern und amüsieren uns, als würden wir uns schon unser ganzes Leben lang kennen. Irgendwie ist er in wenigen Monaten zum besten Freund geworden, den ich je hatte.

»Gibt es etwas Neues von Will?«, fragt Frank mich.

»Was? Oh …« Ich hole mein Handy heraus und habe ein schlechtes Gewissen, weil ich über Dev nachgedacht habe. Wills letzte Nachricht war ein Foto von seinem Mittagessen, dazu ein paar lachende Emojis. Es gab das gleiche indische Essen wie im Oktober, als ich bei ihm zu Hause war. »Seit ein paar Stunden nichts mehr.«

»Vermutlich ist er zu enttäuscht, um viel zu schreiben«, sagt Frank mitfühlend. Mein Magen zieht sich zusammen. Ich hoffe, dass er unrecht hat. Ich hasse die Vorstellung, Will könnte unglücklich sein – besonders, wenn ich in Gedanken gerade ganz woanders war.

»Mitfahren?«, ruft eine Stimme.

Wir drehen uns um und sehen einen Gondoliere, der uns ein Stück entfernt zuwinkt. Er sieht aus, als bräuchte er dringend noch eine Tour, bevor er Feierabend macht. Neben ihm stehen ein weiterer Gondoliere und eine Reihe von Gondeln, die bereits mit blauem Segeltuch abgedeckt sind.

»Habt ihr Lust?«, fragt Huan. »Wir können Venedig nicht ohne eine Gondelfahrt verlassen.«

»Das könnte Spaß machen«, sagt Frank. »Macht es euch etwas aus, wenn wir uns trennen?«

»Natürlich nicht.«

So wie Huan und Frank sich ansehen, ist es klar, dass sie ihre Gondel nicht mit uns teilen möchten, was ich ihnen nicht verüble. Sie gehen zu dem anderen Boot, und wir nähern uns dem Gondoliere, der gerufen hat.

»Ahhh.« Er grinst und deutet auf Dev und mich. »*Amore* liegt heute Abend in der Luft, ja?«

Dev macht große Augen. »Oh, nein. Bei uns nicht. Die Liebe ist besser bei den beiden aufgehoben.« Er tut so, als würde er Luft in Huans und Franks Richtung wedeln.

Der Gondoliere sieht mich mit hochgezogener Augenbraue an. »Hmm, wirklich? Nun, egal. Bei Sonnenuntergang werden Männer immer schwach.« Er zwinkert mir zu.

Meine Wangen brennen und ich gehe ein Stück rückwärts. Was redet er da? Hat er uns deswegen angesprochen – weil er uns für ein Pärchen hält? Ja, das kann sein, denn die meisten seiner Fahrgäste sind vermutlich verliebte Paare. Allerdings sind wir ganz bestimmt kein Paar und sollten auch nicht wie eins wirken. Ich starre ins Boot. Hinten ist ein Sitz, der mit besticktem rotem Samt bezogen ist, darauf ein passendes Kissen. Dort sollen wir sitzen. Der Sitz ist ziemlich eng.

Ich gehe noch weiter rückwärts.

Das passt nicht. Ich sollte keine Gondelfahrt mit einem anderen

Jungen machen, während ich mit Will zusammen bin. Ich sollte es nicht einmal in Erwägung ziehen.

Dev sieht irritiert zwischen mir und dem Gondoliere hin und her. »Ich verstehe nicht …«

»Ich hab es mir anders überlegt.«

»Was? Aber ich dachte, du magst solche Sachen.«

Das stimmt, aber die Tatsache, dass er es weiß, macht es umso schlimmer. Ich schüttle den Kopf. »Nein, nicht heute Abend. Ich … ich hab Kopfweh. Und ich hab Will versprochen, ihn anzurufen. Wir sehen uns im Hotel.«

Ich schiebe mich an ihm vorbei und tauche in die Gassen von Venedig ein. Dev ruft mir hinterher, aber ich bleibe nicht stehen. Ich muss jetzt einfach allein sein.

Kapitel 32

Ich eile eine enge Gasse entlang und überquere eine winzige Brücke, die die kleinen Inseln verbindet, auf denen Venedig errichtet wurde. Ich brauche Platz und Zeit zum Nachdenken. Es gefällt mir nicht, dass man Dev und mich für ein Paar halten kann. Es fühlt sich fast so an, als wäre ich Will untreu, obwohl das natürlich völlig irrational ist.

»Ellie, halt!«

Als ich Devs Stimme höre, laufe ich noch schneller. Ich möchte nicht, dass er mich jetzt sieht, während es in meinen Gefühlen drunter und drüber geht. Er kennt mich zu gut. Er wird merken, dass mit mir etwas nicht stimmt.

»Wir sehen uns im Hotel«, rufe ich. Meine Schuhe klackern laut in der Stille. Man kann mich von weither kommen hören. Ich habe den Canal Grande hinter mir gelassen. Es ist eiskalt und meine Füße schmerzen.

»Warte doch mal! Du gehst in die völlig falsche Richtung.« Dev läuft schneller. »Du kannst nicht nachts allein in einer fremden Stadt herumlaufen.«

»Doch, kann ich!«

Ich schlüpfe zwischen zwei Gebäuden durch und laufe über eine kleine, gewölbte Brücke auf einen offenen Platz. Hier gibt es eine Kirche und einen kleinen Lebensmittelladen, der bereits geschlossen hat. Links von mir sitzen zwei alte Männer auf einer Bank und unterhalten sich auf Italienisch. Ein paar Wege gehen von dem Platz ab, aber ich habe keine Ahnung, wohin sie mich führen werden. Meine Verzweiflung verwandelt sich in Angst. Ich bin so weit gelaufen, dass ich keine Ahnung habe, wo ich überhaupt bin.

Ich drehe mich um und sehe, dass Dev ein paar Meter hinter mir stehen geblieben ist. »Was zur Hölle ist los? Wieso läufst du vor mir davon?«

»Quatsch! Ich wollte nur ein bisschen allein sein.«

Er atmet schnell, so wie ich auch.

»Warum? Wegen dem aufdringlichen Gondoliere? Ich kann verstehen, dass du nicht mit ihm fahren wolltest, aber das hättest du doch einfach sagen können, anstatt durch die halbe Stadt zu flüchten.« Er schließt zu mir auf und sieht sich um. »Wo sind wir?«

»In Venedig.«

Er verdreht die Augen. »Super. Wir haben uns verlaufen.«

»Das ist eine Insel. Da kann man sich nicht verlaufen.«

»Prima. Wieso bringst du uns dann nicht zum Hotel zurück?«

»Weil ich meine Ruhe brauche, das habe ich doch schon gesagt.«

Mit einem Mal wirkt er verletzt. »Findest du es so schrecklich, mit mir in einer Gondel zu sitzen? Mir war nicht klar, dass du meine Gesellschaft derart hasst.«

»Das tue ich doch gar nicht.« Ich reibe mir über die Augen und gehe langsam eine Straße entlang. »Es ist nur … ich vermisse Will. Alles wäre besser, wenn er hier wäre. Es wäre einfacher.«

Devs Miene verdüstert sich. »Klar. Wenn doch Willoughby hier wäre, um deinen Tag mit seinem Scharfsinn und seiner Kultiviertheit zu verschönern.«

»Was hast du für ein Problem mit Will? Du hattest von Anfang an etwas an ihm auszusetzen.«

»Das stimmt nicht.« Er schiebt die Hände in die Taschen. »Na gut, okay, es ist wahr. Aber, he, er fährt einen Jaguar! Das ist dekadent.«

»Ich wusste nicht, dass dir Autos so viel bedeuten.«

»Tun sie nicht.«

»Worum geht es dann? Sei ehrlich.« Ich bleibe stehen und wende mich ihm zu. Plötzlich will ich unbedingt wissen, was er von Will hält. Meine Hände zittern und ich weiß nicht, ob es wegen der Kälte ist oder weil ich Angst vor seiner Antwort habe.

»Ellie, lassen wir das. Wir sollten nicht darüber sprechen.«

»Doch, sag es mir. Ich will es wissen.«

»Nein, willst du nicht ... aber wenn du darauf bestehst: Ich mag ihn nicht, weil er alles hat, was wir uns nur wünschen können, und er verschwendet es. Geld, Verbindungen, Chancen. Es scheint ihn überhaupt nicht zu kümmern.« Er seufzt und sieht mir in die Augen. »Aber ich mag ihn vor allem deswegen nicht, weil er nicht gut genug für dich ist. Er ist nicht mal annähernd das, was du verdienst. Und ich glaube, das weiß er. Darum legt er sich so ins Zeug.«

Meine Kehle wird eng und das Zittern weitet sich auf meine Beine aus. »Du stellst es völlig auf den Kopf. Er ist zu gut für mich.«

Er zieht die Schultern hoch. »Ich hoffe, dass du dich eines Tages so siehst, wie wir anderen dich sehen.«

Ich kann seinem Blick nicht standhalten. Ich gehe, aber Dev hält mit mir Schritt. Anstatt über das nachzudenken, was er gerade gesagt hat, konzentriere ich mich auf unsere Umgebung. Der Weg ist eine Sackgasse und endet an einem engen Kanal, gerade mal breit genug für ein kleines Boot oder eine Gondel. Es ist hier stockfinster, sodass wir uns in der Dunkelheit kaum sehen können.

»Wir haben uns hoffnungslos verlaufen.« Dev seufzt und setzt sich auf eine der Stufen, die zum Kanal hinunterführen.

Ich setze mich ebenfalls. Ich fühle mich schwach und meine Füße tun weh, weil wir den ganzen Tag auf den Beinen waren. Ein paar Minuten lang sitzen wir schweigend da, lauschen dem Plätschern und einem Motor, der in der Ferne summt.

»Wollen wir versuchen zurückzulaufen?«, frage ich schließlich.»Wir können ja jemanden nach dem Weg fragen. *Ci dare indicazioni?*«

»Du meinst: *Ci puoi dare indicazioni?*«

»Du bist unausstehlich.«

Er stößt mich mit der Schulter an. »Wie süß. Genau das denke ich auch über dich.«

Ich stehe auf und er zieht mich am Arm. »Lass uns noch ein bisschen bleiben. Ich meine, außer du musst wirklich Will anrufen.«

Ich sollte ihn anrufen, aber es muss nicht unbedingt sofort sein. Und obwohl es bitterkalt geworden ist und das Wasser brackig riecht, hat dieser vergessene Kanal auch einen gewissen Charme. Ich zögere, dann setze ich mich wieder. Ich sollte in Panik darüber sein, dass ich mich mitten in einer fremden Stadt verlaufen habe … doch das bin ich nicht. Schließlich ist Dev an meiner Seite.

»Bist du immer noch froh, dass wir in Venedig sind, obwohl Will nicht …«

»Absolut«, sage ich. »Venedig ist magisch.«

»Das stimmt. Danke, dass du mich gezwungen hast, mitzukommen.«

»Und es wird sogar noch besser werden, denn morgen Nachmittag dürfte Sage ankommen.«

Er versteift sich. »Warum interessierst du dich so für mich und Sage?«

»Weil du mich darum gebeten hast, dir dabei zu helfen, sie zu erobern. Das war unser Deal.«

»Ich habe dich nicht darum gebeten. Du hast es angeboten, und ich wollte dein Angebot nicht ablehnen, obwohl ich nicht dachte, dass etwas passieren würde. Sage und ich gehen zusammen in die Schule, seit wir zehn waren. Ich wusste immer, dass es aussichtslos ist.«

»Aber … auf diese Art wollte ich mich erkenntlich zeigen.«

»Die Zeit, die wir miteinander verbracht haben, war nicht gebührenpflichtig.«

Ich sehe ihn an. »Aber du klangst genervt davon, mir helfen zu müssen.«

»Ja, ich war genervt, weil ich dir dabei helfen sollte, jemand zu sein, der du nicht bist. Aber wir sind Freunde, Ellie. Ich bin mit jeder Version von dir gern zusammen.«

Meine Kehle wird eng und mir fällt keine Antwort ein.

Dev rutscht neben mir herum. »Darf ich dich etwas fragen, ohne dass du sauer auf mich wirst?«

»Vermutlich nicht.« Aber ich knuffe ihn, damit er weiß, dass ich Witze mache (überwiegend).

»Was gefällt dir eigentlich an Will?«

»Dass er mir das Gefühl gibt, etwas Besonderes zu sein«, flüstere ich.

»Und … denkst du, dass er der Einzige ist, der dir dieses Gefühl geben kann? Niemand sonst?«

Seine Stimme ist sanft und klingt belegt. Plötzlich wird mir bewusst, wie eng wir auf dieser schmalen Stufe nebeneinandersitzen. Seine Lippen sind nur wenige Zentimeter von meinen entfernt.

Im zweiten Stock eines Hauses links von uns wird ein Fenster geöffnet und eine Frau beugt sich heraus. Sie schüttelt eine Decke aus und nickt uns knapp zu.

Erschreckt von ihrem plötzlichen Auftauchen weiche ich von Dev zurück.

»Ich wette, sie hat gehört, wie wir uns vorhin gestritten haben«, flüstere ich. »Sie hält uns vielleicht für verrückte amerikanische Touristen.«

»Nee, sie ist Italienerin. Sie denkt vermutlich, dass wir verliebt sind.«

Obwohl ich weiß, dass er es sarkastisch meint, stockt mir der Atem. Aber jetzt sind meine Sinne alle hellwach. Ich kann die Wärme seines Körpers spüren und das Minzaroma seines Kaugummis riechen. Er verlagert seine Haltung und unsere Knie berühren sich. Keiner von uns weicht zurück.

Als ich aufsehe, blickt er mir bereits in die Augen. Seine sind ein warmes Braun in der kalten, dunklen Nacht. Ich lehne mich nach hinten.

»Wir sollten gehen«, raune ich.

Er nickt. »Happy Thanksgiving, Ellie.«

»Happy Thanksgiving, Dev.«

Wir gehen denselben Weg zurück, den wir gekommen sind. Hin und wieder biegen wir falsch ab, aber wir schaffen es zurück zum Canal Grande und folgen ihm bis zu unserem Hotel.

»Das hat Spaß gemacht«, sagt er, als wir eine Stunde später endlich ankommen. »Außer dem Teil, wo du ohne Grund vor mir davongelaufen bist. Aber es hat mir gefallen, mich mit dir gemeinsam zu verlaufen.«

Mich zu verlaufen fand ich nicht so prickelnd. Aber ich habe das Gefühl genossen, gefunden zu werden.

Obwohl das Bett einfach himmlisch ist, wälze ich mich die ganze Nacht unruhig hin und her. Als ich am Morgen aufwache, habe ich eine Nachricht von Will.

> Mein Vater ist immer noch unmöglich. Ich hoffe, ich habe nichts allzu Tolles verpasst. Kann es kaum erwarten, dich wiederzusehen.

Ich fahre mir durch die Haare und fühle mich schuldig. Ich weiß, es ist albern, denn zwischen mir und Dev ist ja gestern Abend nichts passiert. Und doch fühlt es sich so an, als wäre da etwas gewesen. Es ist, als hätte ich ihn auf eine Weise gesehen, die ich mir bisher nicht erlaubt habe. Könnte er es genauso empfinden? Verärgert schüttle ich den Kopf. Mein Gehirn spielt mir Streiche. Ich bin wirklich glücklich mit Will. Egal, was Dev empfindet.

Ich schreibe Will, dass ich ihn auch vermisse und mir wünsche, er wäre hier, dann straffe ich die Schultern. Heute wird ein toller Tag. Ein *großartiger* Tag. Ein Glück, dass Sage kommt. Sie hat mir so gefehlt.

Als ich in den Frühstücksraum gehe, kommt Dev sofort auf mich zu. »Gehst du heute mit mir zur Ca' d'Oro?«

»Tu's nicht«, hüstelt Huan in seine Faust.

»Ignoriere die beiden. Sie erkennen Kunst nicht, selbst wenn man sie mit der Nase draufstößt.«

Frank dreht sich darauf zu Huan um und stupst ihn auf die Nasenspitze. Huan grinst und umarmt Frank. »Kunst! Wie geht es dir? Lange nicht gesehen!« Er hält Frank von sich weg und betrachtet ihn hingerissen. »Du bist nicht annähernd so ein Angeber, wie ich dachte.«

Sie brechen in Gelächter aus und Dev verdreht die Augen. »Ja, ja, geht ihr nur ruhig wieder eure überteuerten Souvenirs *made in China* kaufen.«

»He, dass du es weißt, ich wurde eingeladen, auf dem Markusplatz zu beatboxen.«

»Wow, echt?«, frage ich. »Von wem denn?«

»Von einer Gruppe Hip-Hop-Tänzer aus Frankreich«, verkündet Frank stolz. »Sie hoffen, dass die Touristen Videos von ihnen machen, die dann viral gehen. Wir haben ihnen gestern zugeschaut. Sie sind klasse.«

»Sie haben gesagt, dass sie ihre Einnahmen mit mir teilen werden.«

Dev legt den Kopf schief. »Und wofür gebt ihr das Geld dann aus?«

»Für überteuerte Souvenirs natürlich.«

»Natürlich.« Dev schaut zu mir. »Aber du wirst mich nicht im Stich lassen, oder? Du bist sowieso die Einzige, die das Museum zu schätzen wissen wird.«

»Äh …«

Ich wippe von einem Fuß auf den anderen. Ich möchte den Vormittag gern mit Dev verbringen, aber wieder einmal überrollt mich eine

Welle von Schuldgefühlen. Ist es falsch, so viel Zeit allein mit ihm zu verbringen? Sollte ich Huan und Frank zwingen, bei uns zu bleiben? Aber ich merke sofort, dass der Gedanke lächerlich ist. Wir besichtigen ja nur ein Museum und gehen nicht romantisch essen oder … Gondel fahren.

Wir trennen uns also und vereinbaren, uns um ein Uhr, Sages voraussichtlicher Ankunftszeit, an der Rialtobrücke zu treffen.

Das Museum befindet sich in einem überwältigenden Palast am Canal Grande. Der Innenhof ist ein Meisterwerk aus kunstvoll verzierten Säulen und Mosaikfliesen in Terrakotta-, Grün- und Cremetönen. Am liebsten würde ich den Rest des Tages in diesem Hof verbringen, aber Dev versichert mir, dass es noch viel mehr zu sehen gibt.

Er führt mich durch die Galerien, als würde das Museum ihm gehören und als hätte er im Laufe der Jahre höchstpersönlich und mit viel Liebe all die Gemälde und Skulpturen ausgewählt. Ich bin beeindruckt, welche Fülle an Details er sich über die Künstler gemerkt hat. Daten, Geburtsorte, Einzelheiten über ihr Leben, die sogar ich zugegebenermaßen recht interessant finde. Er scheint sich alles so leicht merken zu können, als hätte er es nicht lernen müssen, sondern als wäre ihm das Wissen in die Wiege gelegt worden.

Ich halte meinen Blick strikt auf die Kunstwerke gerichtet, oder auf die daneben befestigten Tafeln, die gewölbten Wände und den gefliesten Boden. Ich vermeide es, Dev anzusehen. Ich bemerke nicht, wie aufgeregt seine Augen funkeln, als er mich auf die blutrünstigen Details in den Renaissance-Gemälden hinweist. Ich bemerke nicht, wie seine Jeans locker auf seiner Hüfte sitzt oder wie sich seine Haare in seinem Nacken locken. Ich bemerke es nicht, weil ich es nicht bemerken *darf*. In England wartet mein Freund auf mich. *Es liegt nur an Venedig*, sage ich mir. Es scheint seltsame Dinge mit den Gefühlen anzustellen.

Kapitel 33

Will ruft an, als wir bei der Rialtobrücke auf Sage warten. »Elle! Ich bin so froh, dass du rangehst. Du hast mich kein einziges Mal angerufen.«

Ich zucke zusammen. »Oh Gott, es tut mir leid. Ich war hier so abgelenkt.«

»Nun, hier ist es beschissen gelaufen. Seit ich wieder in London bin, scheucht mein Vater mich von Meeting zu Meeting, und immer, wenn wir allein sind, quält er mich mit Ratschlägen für das Mittagessen. Es ist ein Albtraum.«

Ich mache ein mitfühlendes Geräusch und bin erleichtert, dass er mich nicht löchert, wie ich meine Zeit hier verbracht habe.

»Wann ist das wichtige Mittagessen?«

»Bald. Ich bin gerade bei meinen Eltern. Ich muss eine Modenschau hinlegen, damit mein Vater meine Klamotten gutheißt, als wäre ich ein Kind. Er möchte sicherstellen, dass ich professionell rüberkomme.«

Touristen eilen um mich herum und ich lehne mich an eine Wand, um ihnen nicht im Weg zu sein. »Ich bin sicher, dass du so lässig elegant sein wirst wie James Bond. Bist du nervös?«

»Ein bisschen. Die Uni ist mir egal, aber ich möchte es nicht mit dem Zorn meines Vaters zu tun kriegen, falls es nicht gut läuft.«

Ich erinnere mich an das, was Dev gestern Abend über Will gesagt hat. Ist es möglich, dass Will die Uni wirklich egal ist? Nein. Nur weil Will nicht so hochgesteckte Ziele hat wie Dev, bedeutet es nicht, dass er überhaupt keine Ziele hat. Seine Eltern erwarten eine Menge von ihm, und wenn man so viele Chancen hat, ist die Angst zu versagen vielleicht noch bedrohlicher. Es wäre ein tiefer Fall.

Ein kalter Wind bläst durch die Straßen. Ich wickle den Mantel enger um mich, weil ich bis auf die Knochen friere. »Du wirst diesen Typen vom Zulassungskomitee beeindrucken. Etwas anderes kann ich mir gar nicht vorstellen.«

»Ich wünschte, du könntest mich begleiten. Das würde die ganze Angelegenheit um Längen erträglicher machen. Außerdem würden sie mich bestimmt passabler finden, wenn sie dich kennenlernen würden.«

»Echt?« Ich stelle mir vor, wie Will vor mir steht und ein Lächeln in seinen Mundwinkeln zuckt. »Du findest, dass du in meiner Gegenwart charmanter bist?«

»Ganz sicher«, antwortet er. »Ich muss immer meine charmanteste Seite zeigen, damit du bei mir bleibst.«

Dev winkt wie verrückt in meine Richtung, und ich weiß, was das bedeutet: Sage steigt gerade aus einem Vaporetto.

»Will, tut mir leid, Sage ist gerade angekommen, darum muss ich auflegen. Aber ich wünsche dir viel Glück bei dem Geschäftsessen.«

Wir verabschieden uns und ich laufe zu den anderen und umarme Sage. Sie drückt mich. Es ist das erste Mal, dass wir uns wirklich umarmen, und ich habe es noch nie so sehr gebraucht wie jetzt.

»Du bist da! Endlich! Wie war dein Flug? Und die Bootsfahrt?«

»Alles prima.« Sie dreht sich im Kreis und staunt. »Es ist so toll hier.«

»Wart's nur ab, bis du alles siehst«, sage ich.

Sie klatscht in die Hände. Ich habe sie noch nie so beschwingt erlebt. »Ich habe die allerbesten Neuigkeiten. Dr. Reese und ihre Doktoranden sind gestern Abend mit Dr. Patel – dem Dozenten aus Stanford – essen gegangen, und ich wurde auch dazu eingeladen. Wir haben über die Erforschung der Effekte von RAS-Mutationen auf Melanome gesprochen, die ich mit Dr. Reese durchgeführt habe, und Dr. Patel hat gesagt, er sei sehr beeindruckt. Und zwar so beeindruckt, dass er mir einen Platz als Assistentin in seinem Labor angeboten hat, falls ich in

Stanford angenommen werde! Kannst du das glauben? Ein Empfehlungsschreiben von ihm könnte mir dort einen Studienplatz sichern. Wie gut, dass ich meine Bewerbung schon eingereicht habe. Wenn ich daran denke, dass ich mir nicht sicher war, ob ich mich überhaupt dort bewerben soll …«

»Das ist großartig.«

Sie und Dev fangen an, sich über Assistentenplätze und Forschungsmöglichkeiten und ihre sämtlichen Zukunftspläne zu unterhalten. Dabei wird mir bewusst, wie weit ich allem hinterherhinke. Ich habe angefangen, mich über Praktika und Jobs in Gärtnereien zu informieren, wie Miriam vorgeschlagen hatte, und habe sogar ein paar wirklich tolle Möglichkeiten entdeckt, im United States Botanic Garden in D.C. zu arbeiten, aber dann war ich plötzlich unsicher und habe nicht weiter nachgeforscht. Ich habe nicht die geringste Erfahrung. Wie könnte ich mich da gegen andere Bewerber durchsetzen? Ich bin nicht wie Sage, die seit der Vorschule freiwillig Erfahrungen gesammelt hat.

Sage lacht über etwas, und ich kann nicht anders, als einen Blick auf Devs Gesichtsausdruck zu werfen. Ist er verstört, dass sie schon Pläne für viele Jahre im Voraus hat und dass diese Pläne mit Stanford zu tun haben – einer Uni, die auf der anderen Seite der USA liegt? Falls ja, dann merke ich es ihm nicht an.

Sage dreht sich wieder um die eigene Achse und saugt mit einem aufgeregten Lächeln die Umgebung in sich auf. Sie deutet auf eine Gondel im Canal Grande. »Sollen wir irgendwann eine Gondelfahrt machen oder ist das zu kitschig?«

Bevor ich mich beherrschen kann, werfe ich Dev einen raschen Blick zu.

Sage bemerkt es. »Oder habt ihr schon eine gemacht?«

»Nein. Ellie und ich sind nicht mitgefahren.«

Sie sieht zwischen uns hin und her und ich weiß, dass ihr Hirn rattert. Sage ist schlauer, als für sie gut ist. Ich wende mich ab, bevor sie mir noch mehr vom Gesicht ablesen kann. In der Nähe hängen ein paar Leute förmlich über dem Geländer der Rialtobrücke, um ein perfektes Foto vom Kanal zu schießen. Was für ein seltsamer Gedanke, dass sie alle nach Hause fahren werden und mit ihren Fotos prahlen, als wären sie einzigartig, dabei machen im selben Moment fünfzig andere Leute die genau gleiche Aufnahme. Wie viele Menschen auf der Welt haben identische Fotos, die sie für einzigartig halten? Wie viele haben sogar identische Erlebnisse? Vielleicht verläuft sich jeder einmal in den Gassen von Venedig. Vielleicht sitzen sie alle einmal unter den Sternen. Aber vielleicht spielt das auch überhaupt keine Rolle, denn wenn es einem selbst passiert, ist und bleibt es etwas Besonderes.

Wir gehen zum Hotel, damit Sage ihr Gepäck abladen kann, und bringen sie unterwegs auf den neuesten Stand. Sie möchte zuerst den Dogenpalast sehen. Huan will sich wieder mit der Tanzgruppe treffen. Also machen wir uns alle erneut auf den Weg zum Markusplatz. Da ich den Palast schon kenne, beschließe ich, eine Stunde lang allein herumzulaufen.

Ich schlendere wieder durch die engen Gassen. Dort entdecke ich einen kleinen Lebensmittelladen und kaufe viel zu viel ein – italienische Chips und Schokolade und seltsame Getränke, von denen ich noch nie gehört habe. Will schreibt mir, dass das Mittagessen gut verlaufen ist und dass sein Vater ausnahmsweise mal zufrieden ist. Ich freue mich für Will. Immerhin hat er diese Reise nicht für nichts und wieder nichts versäumt. Aber in Gedanken kehre ich immer wieder zu Dev und Sage zurück. Ist er glücklicher, weil Sage jetzt hier ist? Amüsiert er sich mit ihr besser als mit mir? Dumme, sinnlose Fragen.

Ich treffe mich wieder mit den anderen und wir verbringen den restlichen Tag miteinander, bevor wir uns ein echtes Abendessen in einem Restaurant gönnen. Wir drücken uns zu fünft um einen kleinen, runden Tisch, schlürfen Nudeln und blicken hinaus auf den eisigen Kanal. Pudriger Schnee beginnt zu fallen, und ich habe noch nie einen schöneren Ort gesehen. Wir machen tausend Fotos von uns und ich lade ein paar hoch, aber ich mache mir keine großen Gedanken darüber, was irgendwelche Leute darüber denken werden. Es ist mir nicht wichtig, anderen zu zeigen, was für eine wundervolle Zeit ich hier verbringe, das weiß ich auch so. Ich muss mich nur umsehen.

Danach schlendern wir den Kanal entlang. Huan und Frank lehnen sich aneinander, quatschen und lachen leise. Dev, Sage und ich folgen ihnen. Ich fühle mich ein wenig unbehaglich.

»Und, wolltest du wirklich mit einer Gondel fahren?«, fragt Dev Sage und deutet auf ein paar Gondolieri vor uns.

Sie schaut ihn unentschlossen an. »Wenn man schon mal in Venedig ist …«

»Ja? Okay … ja, prima.« Er hält kurz inne, dann wird er aktiv. Mit dem Rücken zu mir ruft er Huan und Frank etwas zu.

Huan flüstert in Franks Ohr, dann legt er mir den Arm um die Schultern. »Ich würde gerne noch mal Gondel fahren. Wie wäre es, wenn du mitkommst, Ellie?«

Ich kuschle mich an ihn. »Gern.«

Dev und Sage setzen sich in die erste Gondel und Huan und ich in die dahinter. Die Boote liegen so tief im Wasser, dass es sich anfühlt, als würde ich direkt in den Kanal steigen. Die Gondolieri stoßen sich ab, und ich bin überrascht, wie wenig Abstand sie voneinander halten. Es gibt offensichtlich eine bestimmte Route, der sie folgen, und bald fahren wir drei anderen Gondeln hinterher. Wir gleiten durchs Wasser wie eine Gondelkarawane, und es ist nicht so romantisch, wie ich es mir vorgestellt habe. Nicht, dass ich mit Huan Romantik bräuchte …

»Und, genießt du die Reise auch ohne deinen britischen Schönling?«

Ich stoße ihn mit dem Ellbogen an. »Du hast es gerade nötig, über britische Schönlinge zu reden. Und ja, es ist magisch. Ich möchte gar nicht mehr weg.«

»Gut. Ich hab mir anfangs Sorgen gemacht.« Er zögert. »Und wie stehen die Dinge mit dir und Dev?«

»Alles bestens. Wir haben Spaß.«

»M-hm.«

Ich merke ihm an, dass er noch etwas sagen will, aber ich möchte nicht über Dev sprechen. Ich möchte jede Sekunde dieser Gondelfahrt in mich aufsaugen. Wir haben den Canal Grande hinter uns gelassen und gleiten kleinere Kanäle entlang und unter den Bogenbrücken hindurch, über die ich gestern Abend gegangen bin. Die Stadt ist ruhig, nur ein paar Leute bleiben auf den Brücken stehen und sehen uns zu. Auf beiden Seiten ragen Steingebäude auf. Es gibt Stellen, die so eng sind, dass ich die Hand ausstrecken könnte, um eine Hauswand zu berühren, oder aus dem Boot steigen und durch eine Tür in ein Haus spazieren könnte.

Alles ist überwältigend, aber es steht auf der Kippe zwischen Dekadenz und Verfall. Es gehört zum Schönsten, was ich je gesehen habe, und ist doch dabei, ins Meer zu bröckeln. Mir kommt plötzlich der Gedanke, dass es sich genauso anfühlt, wenn man sich verliebt.

»Du bist heute Abend ganz schön still«, bemerkt Huan. »Muss ich beatboxen, um dich aufzumuntern?«

»Du meinst, anstatt den Gondoliere singen zu lassen? Du könntest einen neuen Trend auslösen und damit die jüngere Generation als Kundschaft gewinnen.«

Huan lacht und beatboxt ein paar Takte, woraufhin der Gondoliere sich überrascht umdreht.

»Frank bringt mich um, wenn er herausfindet, dass ich das jetzt gemacht habe, denn gestern hat er mich während der ganzen Gondelfahrt vergebens dazu angespornt.«

»Ihr zwei scheint euch prächtig zu verstehen.« Ich knuffe ihn spielerisch.

»Das kann man wohl sagen. Ich kann mir nicht vorstellen, noch glücklicher zu sein als hier.«

»Wir sind noch zu jung, um bereits den Gipfel des Glücks erreicht zu haben.«

»Frank ist …«, er schüttelt den Kopf, »er ist einzigartig. Zu Hause werde ich nie wieder jemanden wie ihn finden.«

»Dann suche niemand anderen.«

Er kichert. »Ich möchte nicht den Rest meines Lebens Single sein.«

»Dann sei auch kein Single. Vielleicht kann eine Fernbeziehung funktionieren, wenn man sich wirklich liebt. Und das trifft offensichtlich auf euch zu.« Ich lehne mich an ihn. »Wenn du Frank wirklich magst, solltest du eurer Beziehung eine Chance geben.«

»Das gilt auch für dich.«

»Oh, glaube mir, ich habe bei Will mein Bestes gegeben.«

Huan wird ernst. »Vielleicht habe ich nicht Will gemeint.«

Er sieht zu Devs Gondel und ich folge seinem Blick. Dev und Sage sitzen mit dem Rücken zu uns. Sie berühren sich nicht, soweit ich sehen kann, aber sie sitzen nah zusammen, und hin und wieder beugt sich einer vor und flüstert dem anderen etwas zu. Es fühlt sich unpassend an, sie zu beobachten, so, als würde ich ihre Intimität stören. Mein Magen krampft sich zusammen.

»Wir sind nur Freunde«, flüstere ich.

Kapitel 34

Der Samstag geht rasend schnell vorbei, und ehe wir wissen, wie uns geschieht, haben wir auch schon wieder unsere Koffer gepackt und sie ins Wassertaxi geladen. Wir sind auf dem Weg zurück zum Flughafen. Wir kommen viel zu früh an und ich durchkämme mit Sage die Duty-Free-Shops.

»Was genau machen wir hier eigentlich?«, fragt sie. »Hast du vor, eine riesige Wodkaflasche mit ins Flugzeug zu nehmen?«

»Nein. Aber wir sollten hier trotzdem herumlaufen – bei internationalen Flügen ist das ein Muss.« Ich halte eine Fünfzig-Euro-Flasche Parfüm hoch. »Und anstelle von Wodka könnten wir das hier kaufen.«

Sie rümpft die Nase. »Danke, nein. Von Parfüm bekomme ich Kopfschmerzen.«

Ein Duft erregt meine Aufmerksamkeit. Es ist ein teures Männerparfüm in einer kleinen, blauen Flasche. »Ich glaube, Will benutzt das hier.« Nur ein Hauch davon reicht, und ich schwelge in Erinnerungen daran, wie wir im London Eye standen und wie ich mich im Pub in Northampton an ihn geschmiegt habe. Aber all das scheint jetzt so weit weg zu sein.

Sage kommt herüber und schnuppert vorsichtig. »Na ja, könnte schlimmer sein. Hast du dir schon überlegt, was du wegen Will machen willst?«

»Wie meinst du das?«, frage ich, dabei weiß ich genau, worauf sie anspielt. Ich habe schon den ganzen Morgen darüber nachgedacht.

»Ich meine deinen Vorsatz, ihm die ›wahre Ellie‹ zu zeigen, um zu sehen, wie es läuft. Hast du immer noch vor, das durchzuziehen, auch wenn die Venedigreise vorbei ist?«

Anstatt ihr zu antworten, spiele ich am Flaschenverschluss herum. Vor der Reise erschien das alles ganz naheliegend. Ich würde Will alles über mich erzählen und es würde uns enger zusammenschweißen. Wir würden uns küssen und wie in einem Disneyfilm Spaghetti von einem gemeinsamen Teller essen. Aber diese ganze Zeit mit Dev hat alles durcheinandergebracht. Ich kann nicht vergessen, was er an dem Abend gesagt hat, als wir uns verlaufen haben, oder wie es sich angefühlt hat, ihm so nah zu sein. So, als wäre ich genau da, wo ich hingehöre. Aber in England wartet Will auf mich, und ich bin auch nicht bereit, mich von ihm zu trennen.

»Ellie?«

Ich schüttle den Kopf. »Ich … bin unentschlossen.«

»Das sieht man. Selbst dem Kassierer entgeht das nicht.«

Ich sehe sie an. »Sag du mir, was ich machen soll.« Ich sage es laut, als wäre es ein Befehl.

»Was? Nein.«

»Doch, bitte. Ich will nur deine Meinung hören. Du bekommst alles immer viel besser auf die Reihe als ich.«

Sie seufzt aus tiefstem Herzen, als wäre sie am liebsten woanders, nur nicht hier, wo sie mit mir diese Unterhaltung führen muss. »Ich werde dir nicht sagen, wie du dein Leben zu leben hast. Aber … mir ist etwas aufgefallen, falls dir das etwas hilft.«

Ich nicke eifrig.

»Ich weiß, dass du denkst, Will würde dich glücklich machen. Aber manchmal … nun ja, wirkst du glücklicher, wenn du nicht mit ihm zusammen bist.«

»Und *wenn* ich mit ihm zusammen bin?«

»Dann bist du … nervös. Nicht authentisch.« Sie sagt es ganz sachlich. »Du bist dann *Elle* und nicht Ellie.«

Mir wird flau im Magen. Stimmt das? So wie Sage es sagt, klingt es, als wäre es offensichtlich. Mir schwirrt der Kopf, während ich versuche, die Zeit mit Will mit der Zeit zu vergleichen, die ich ohne ihn in Emberton Manor verbringe.

Sie berührt meinen Arm.

»Habt ihr überhaupt schon darüber gesprochen, was passiert, wenn du in die USA zurückfliegst? Hat Will gesagt, dass er eine Fernbeziehung möchte?«

»Nein. Er ... ich glaube, er plant nicht gern zu weit in die Zukunft.«

Sie hebt eine Augenbraue. »Wenn das so ist, dann bin ich mir nicht sicher, ob alles andere überhaupt eine Rolle spielt.«

Während des gesamten Rückflugs geht mir das Gespräch mit Sage nicht aus dem Kopf. Sie hat recht. Falls Will und ich in ein paar Wochen miteinander Schluss machen, spielt es wirklich keine Rolle, was ich ihm über mich erzähle. Und ich kann mir keine andere Zukunft für uns vorstellen. Ich weiß, dass manche Leute es schaffen, eine Fernbeziehung zu führen, indem sie sich Nachrichten schreiben, telefonieren und ganz viel facetimen, aber wir schaffen es noch nicht einmal, uns regelmäßig zu sehen, wenn wir nur eine halbe Stunde voneinander entfernt sind. Nie und nimmer können wir eine Beziehung führen, wenn wir in zwei verschiedenen *Ländern* leben, zumal ich keinen Penny für eine weitere Auslandsreise habe. Das bedeutet, dass die einzig wichtige Frage die ist: Will ich meine letzten Wochen hier in einer Beziehung verbringen, die ein Verfallsdatum hat? Vielleicht würde das den Druck aus allem rausnehmen. Wir könnten einfach Spaß haben – ohne Erwartungen. Vielleicht ist es aber auch sehr traurig. Ich kann mich nicht entscheiden.

Im Zug zurück nach Northampton setzt sich Sage alleine hin, denn sie möchte die Zeit zum Lernen nutzen (natürlich hat sie ihre Notizen auf die Reise mitgenommen), darum sitze ich neben Dev. Es macht mich ein wenig nervös, ihm wieder so nah zu sein, aber als wir anfangen, unsere Fotos zu vergleichen, entspanne ich mich. Es stellt sich heraus, dass er vor allem Kunstwerke fotografiert hat, aber fast nichts von Venedig selbst, darum schicke ich ihm meine Fotos.

»Hast du bereits große Pläne für heute Abend, wenn wir ankommen?«, fragt er.

»Außer diese Fotos anzustarren und mir zu wünschen, dass ich eine Zeitreise in die Vergangenheit machen könnte? Nein, in meinem Kalender herrscht gähnende Leere.«

»Wollen wir zusammen lernen? Ich finde, das ist eine gute Idee von Sage.«

Noch mehr Zeit, in der ich mit ihm allein bin. Ich bin mir nicht sicher, ob das wirklich eine gute Idee ist. Andererseits möchte er ja nur lernen. Er hat nie ausdrücklich gesagt, dass er sich mit mir mehr wünscht als eine Freundschaft. Soweit ich weiß, hat er nicht die geringste Ahnung, was in meinem Kopf vorgeht.

»Ich denke, wir können lernen. Aber ich behalte mir das Recht vor, alle dreißig Minuten die Venedigfotos anzustarren.«

»Ich war mir nicht sicher, ob mir die Reise gefallen würde«, sagt er. Der Zug fährt mit quietschenden Bremsen in den Bahnhof von Northampton ein. »Aber ich muss zugeben, dass du recht hattest.«

Ich stehe auf und lasse mir beinahe meine Umhängetasche auf den Fuß fallen. »Warte. Du gibst zu, dass ich mit etwas recht hatte, ohne dass du dazu genötigt wurdest? Huan, hast du das mitbekommen?«

Frank ist in London geblieben und Huan war die ganze Zugfahrt über still, doch jetzt wird er munter. Er holt sein Handy heraus, öffnet die Diktier-App und hält es Dev unter die Nase. »Könnten Sie das bitte wiederholen, Sir? Langsam und deutlich. Wir brauchen es für unsere Unterlagen.«

»Sei still.« Er schiebt spielerisch Huans Hand weg. »Ich habe meine Lektion gelernt: Wette niemals gegen Venedig.«

Als uns der Bus vor Emberton Manor absetzt, sind wir immer noch vergnügt und lachen. Vielleicht sind wir ein bisschen überdreht und erschöpft. Aus dem Augenwinkel sehe ich etwas Blaues. Glänzendes, frisch gewaschenes blaues Metall. Meine Brust zieht sich erschrocken zusammen und ich fahre herum.

Will sitzt auf der Motorhaube seines Autos. Auf dem Boden neben ihm steht ein lächerlich großes Blumenarrangement. Es ist so ausladend, dass ich mich frage, wie er das in sein Auto bekommen hat und wie in aller Welt ich das auf meinen winzigen Schreibtisch stellen soll.

Ich schlage mir die Hand vor den Mund. »Oh mein Gott!« Instinktiv sehe ich Dev, dann Sage, dann Huan an. Sage runzelt leicht die Stirn, aber Dev und Huan zeigen keine Gemütsregung. »Was machst *du* hier?«, frage ich Will.

Er springt von der Motorhaube und breitet die Arme aus. »Darf ein Kerl nicht seine Freundin vermissen? Komm her!«

Ich laufe auf ihn zu und er umarmt mich fest. Er duftet genau wie das Parfüm aus dem Duty-Free-Shop.

»Hast du mich vermisst?«, flüstert er mir ins Ohr.

Ich nicke und er küsst mich. Trotz allem fühlt es sich gut an, wieder in seinen Armen zu sein, doch ich bin mir dabei bewusst, dass die anderen uns anstarren.

»Wie lange wolltest du bleiben? Musst du wieder zurück oder …«

»Ich habe meinen Terminkalender freigeräumt.« Will strahlt mich an. »Ich dachte, wir könnten den Abend miteinander verbringen. Es fühlt sich an, als hätte ich dich seit einer Ewigkeit nicht gesehen.« Er senkt die Stimme. »Du hast gegen Ende der Reise nicht wie versprochen ununterbrochen Fotos geschickt.«

Ich werde rot. Verschiedene Gefühle ringen miteinander. Es ist so süß von ihm, mich zu überraschen und mir Blumen mitzubringen ... aber ich wünschte, er hätte mir vorher geschrieben. Ich brauche mehr Zeit, um über unsere Beziehung und die letzten gemeinsamen Wochen nachzudenken.

Dev, Huan und Sage stehen herum, sichtlich unentschlossen, ob sie auf mich warten sollen oder nicht. Sage trägt eins meiner Gepäckstücke, Dev das andere. Ich hasse es, mich so hin- und hergerissen zu fühlen.

»Ja, also, Will und ich werden zusammen essen gehen. Wollt ihr alle mitkommen?« Ich sehe Dev mit hochgezogener Augenbraue an und hoffe, dass er mir ansieht, wie leid es mir tut.

»Nein, ich werde mich aufs Bett hauen und bis morgen durchschlafen«, sagt Huan. »Schön, dich zu sehen, Will.«

Sage lehnt ab, aber Dev wartet, und einen Moment lang denke ich, er könnte tatsächlich zusagen. Ich versuche mir vorzustellen, wie wir zu dritt an einem kleinen Tisch sitzen und Dev und ich Will von unseren Venedigerlebnissen und unserem Leben an der Schule berichten. Das würde ich nicht ertragen.

»Ich verzichte.« Dev ruckt den Kopf in Wills Richtung. »Sieht so aus, als müsstest du das allein stemmen.«

Ich blinzle, weil ich das für eine bissige Bemerkung über Will und mich halte, doch dann wird mir klar, dass er das Blumengebinde meint.

»Da sagst du was, Kumpel. Ich hatte ganz schön Mühe, es auf den Vordersitz zu bekommen.«

Ich betrachte das Arrangement zum ersten Mal genauer. Es sieht aus wie etwas, das man in der Lobby eines Nobelhotels oder bei einer Hochzeit erwarten würde. Ich schätze, das sind mindestens fünfzig

Rosen, dazu Hortensien und Scheinbeeren. Es ist breiter als ich und etwa halb so hoch. Ich möchte lieber nicht darüber nachdenken, was es gekostet hat. Mir fällt wieder ein, was Dev gesagt hat – warum er denkt, dass Will so viel Geld ausgibt.

Als ich mich umdrehe, ist Dev fort.

»Du hättest mir wirklich keine Blumen kaufen müssen«, sage ich zu Will.

Er winkt ab. »Ich habe dich am Flughafen zurückgelassen. Selbst wenn ich dir ein Jahr lang jeden Tag Blumen schicken würde, wäre es nicht genug, um das wiedergutzumachen.«

»Aber das kostet doch …«

»Mach dir keine Gedanken. Ich hab es auf das Geschäftskonto meines Vaters setzen lassen. Schließlich ist er im Grunde genommen derjenige, der dir Blumen schuldet.«

Ich lächle, aber seine Bemerkung beunruhigt mich. Weiß sein Vater überhaupt, dass Will so viel Geld ausgegeben hat? Oder ist es für diese reichen Leute kein nennenswerter Betrag? So oder so weiß ich nicht, was ich davon halten soll.

Will trägt das Gebinde in die Eingangshalle und kommt mit dem Riesending nur wenige Male ins Straucheln. Dann fahren wir nach Northampton. Will rast noch schneller als sonst an den Feldern und Hecken vorbei.

»Ich habe für uns einen Tisch im besten Steakhouse in Northampton reserviert. Das, von dem ich dir erzählt hatte.«

Ich hebe die Augenbrauen. Wenn es das ist, an das ich denke, dann ist es schweineteuer. »Muss ich mich umziehen?«

»Nein, das passt.« Natürlich sieht Will wie aus dem Ei gepellt aus, während ich mal wieder meine Reiseklamotten trage. Ich gewöhne mich allmählich daran, neben ihm total underdressed auszusehen. »Ich habe großartige Neuigkeiten und ich dachte, die verdienen ein besonderes Ambiente.«

»Ach ja?« Ich drehe den Oberkörper in seine Richtung. »Was denn für welche? Hast du bereits von der UCL gehört?«

Er winkt ab. »Nur Geduld. Wir sind gleich da und dann erzähle ich dir alles.«

Ich lehne mich im Sitz zurück. Ich freue mich für ihn, bin aber zugleich angespannt. Es muss etwas damit zu tun haben, dass er aus dem Dunstkreis seines Vaters entkommt, denn es gibt sonst wenig, was ihn glücklicher machen könnte. Was werde ich sagen, wenn er mir erzählt, dass er an der UCL studieren wird? Oder dass er irgendeinen anderen Job gefunden hat, womöglich in London? Ich meine, ich werde mich natürlich riesig für ihn freuen, aber damit wäre dann völlig klar, dass sein Leben in England gerade erst richtig startet, während ich in ein paar Wochen wieder nach Hause fliege. Vielleicht sollte ich das Thema Fernbeziehung überhaupt nicht ansprechen. Vielleicht wollte er von Anfang an nur eine vorübergehende Beziehung und ich habe es falsch verstanden.

Das Restaurant ist urig, mit Steinböden und rustikalen Holzpaneelen. Für einen Sonntagabend ist es ganz schön voll. Wir müssen förmlich schreien, um uns zu unterhalten.

»Gefällt es dir?« Seine Augen sind geweitet und er hüpft geradezu auf seinem Sitz auf und ab.

»Ja, und wie. Aber jetzt möchte ich deine Neuigkeiten erfahren.«

»Ich habe dieses Lokal nicht ohne Grund ausgewählt.« Er sieht sich um, vermutlich nach einem Kellner, dann wirft er die Hände in die Luft. »Wir haben unsere Getränke noch gar nicht bestellt und werden wahrscheinlich gleich unterbrochen, aber ich kann nicht länger warten.« Er greift über den Tisch und nimmt meine Hand. »Du weißt, wie unglücklich ich bei meinem Vater bin. Ich habe hin und her überlegt, wie ich mich von ihm lösen kann, und dann hatte ich am Wochenende eine geniale Idee. Ich werde in den USA studieren.« Er hält die Handflächen in einer Ta-daaa-Geste hoch. »Je mehr ich darüber nachdenke, desto klarer wird mir, dass es perfekt ist. Ich werde an einer Uni sein, so wie mein Vater es verlangt, aber ich werde nicht mehr rund um die Uhr nach seiner Pfeife tanzen müssen.« Er drückt meine Hand. »Wie findest du das, Elle?«

Ich atme ruckartig ein. Ich hatte alles Mögliche erwartet, aber auf diese Idee war ich nicht ansatzweise gekommen. Ich öffne den Mund und schließe ihn wieder. Zweimal.

»Ich … wow … glaubst du wirklich, das könntest du tun?«

»Ja. Ich erwarte nicht, dass meine Eltern hocherfreut sein werden, aber ich habe es meiner Mutter gegenüber erwähnt und sie hat nicht sofort abgeblockt. Wenn ich in Amerika auf eine angesehene Universität gehe, können sie wohl kaum etwas daran auszusetzen haben.« Er redet schnell, so als ob unheimlich viel aus ihm herausbrechen würde. »Ich habe mich schon schlaugemacht, und ich habe die Bewerbungsfristen für das nächste Herbstsemester noch nicht versäumt, doch es wird ein ziemlicher Kraftakt, alles rechtzeitig zusammenzustellen. Aber selbst wenn ich im Herbst noch nicht anfangen kann, könnte ich schon früher hinziehen, um ein Apartment zu finden und mir einen Job zu suchen, damit ich etwas verdiene. Ich bin entschlossen, von meinem Vater finanziell unabhängig zu werden. Frank hatte recht – es muss einfach sein.«

Ich nicke, auch wenn ich es noch nicht ganz verstehe. »Ja, das stimmt. Das ergibt absolut Sinn.« Meine Gedanken fahren Karussell, während ich verarbeite, was das alles für ihn bedeutet. Und für uns. Ich muss von der langen Heimreise völlig ausgeknockt sein, denn ich kriege es einfach nicht auf die Reihe. Will? In Amerika?

»Ja, das findest du doch auch? Bist du aufgeregt? Ich möchte da leben, wo du bist, Elle. Ich weiß, wir haben nie darüber gesprochen. Um ehrlich zu sein, war ich mir nicht sicher, ob wir zusammenbleiben könnten, nachdem du England verlassen hast, aber jetzt müssen wir uns darüber keine Sorgen machen. Wir werden bald wieder zusammen sein.«

Ich nicke immer noch. Will und ich in Amerika. Zusammen … für immer? Kaum habe ich das gedacht, da kommt mir Dev in den Sinn. Was wird er darüber denken, wenn ich es ihm erzähle? Und warum ist es wichtig, was er denkt?

Aber Will beobachtet mich erwartungsvoll, also schiebe ich den Gedanken an Dev weg und strahle. »Ja, ich bin super aufgeregt. Das könnte absolut fantastisch für dich werden. Ich wette, du wirst es lieben, in Amerika zu leben.«

Vielleicht wird es wirklich fantastisch. Wir könnten uns an denselben Unis bewerben, in derselben Stadt leben. Er könnte Mum kennenlernen und er könnte mich in aller Ruhe kennenlernen – so, wie ich wirklich bin. Eine kleine Stimme in meinem Hinterkopf erinnert mich an die Bedenken, die ich hatte. Was, wenn Will mein wahres Ich nicht mag? Doch er sieht so glücklich aus, dass ich davon mitgerissen werde. Will ist mein Traummann, und so, wie es aussieht, darf ich ihn behalten.

»Ich wusste, dass du dich freuen würdest. Ich bin so froh.« Er macht eine ausladende Handbewegung. »Verstehst du jetzt, wieso ich dich hergebracht habe?«

Ich blinzle verwirrt.

»Es ist ein amerikanisches Steakhaus! Das erste von vielen amerikanischen Essen, die wir gemeinsam genießen werden.«

Als ich schließlich wieder in meinem Zimmer bin, ist es kurz vor Schlafenszeit. Will und ich haben ewig in dem Restaurant gesessen und über Amerika geredet. Er hatte tausend Fragen über die amerikanischen Unis – von denen ich die meisten nicht beantworten konnte. Also haben wir unsere Handys herausgeholt und Bewerbungsfristen und die benötigten Unterlagen nachgesehen. Wills Begeisterung ist auf mich übergeschwappt, aber jetzt, wo ich allein bin, wird mir klar, dass wir an diesem Abend kein anderes Thema hatten. Er hat mir keine Fragen über die Reise gestellt oder über meine nächsten Wochen hier an der Schule. Andererseits war er natürlich wie berauscht von seinen neuen Zukunftsplänen. Es ist nicht fair, wenn ich es ihm übelnehme.

Als ich die Tür öffne, sehe ich als Erstes das Blumengebinde, das jemand neben meinem Schreibtisch auf den Boden gestellt hat. Es ist so groß, dass ich mich seitlich daran vorbeischieben muss.

Sage grinst mich an. »Willkommen in unserem Blumenladen.«

Ich muss lachen. Es ist wirklich ziemlich lächerlich. Die Tür geht auf, und ich bin überrascht, als Dev mit zwei Tassen hereinkommt.

»Oh, hi! Ich hab mich schon gefragt, ob du es noch rechtzeitig vor der Nachtruhe in dein Zimmer schaffst.«

Er reicht Sage eine Tasse, dann setzt er sich an meinen Schreibtisch, auf dem sein Laptop und seine Hefte liegen, wie ich erst jetzt bemerke.

»Warum lernt ihr hier?«, frage ich.

»Huan hat ein bisschen Liebeskummer, weil er Frank vermisst. Ich bin hergekommen, damit er seine Ruhe hat.« Er hebt eine Augenbraue. »Du weißt schon: Weil *jemand anderes* mich versetzt hat.«

Ich zucke zusammen und lasse mich auf Sages Bett sinken. »Tut mir leid.«

»Wie geht es Willoughby?«

Ich beiße mir auf die Lippe. »Gut. Sehr gut sogar. Er, äh …«

Sage schenkt mir ihre volle Aufmerksamkeit. Meine Nerven sind angespannt und mein Mund wird trocken. »Er … hat beschlossen, in die USA zu ziehen. Um dort zu studieren.«

Als hätten sie die Bewegungen einstudiert, lehnen beide sich zurück und reißen die Augen auf. Ich kann nicht erkennen, was sie fühlen, bis auf die Tatsache, dass sie schockiert sind.

»Wo wird er sich bewerben?«, fragt Sage. Ihre Stimme ist leise.

»Er ist sich noch nicht sicher. Darum ist es so spät geworden. Ich habe ihm geholfen, seine Möglichkeiten zu sondieren. Er sagt, er möchte dorthin, wo auch ich hingehe.«

»Aber du weißt doch noch gar nicht, wo du hinwillst, nicht wahr?«, fragt Dev. »Oder hat sich das in den letzten drei Stunden ebenfalls geändert.«

Ich schüttle den Kopf. Ich bin mir immer noch nicht sicher, wo ich hinmöchte, aber ich weiß, dass ich mich bei Universitäten bewerben möchte. Dieses Semester hat mir gezeigt, dass ich es schaffen kann, wenn ich mich nur genügend anstrenge.

Sage bricht das Schweigen. »Nun ... wie aufregend für ihn. Vielleicht ist es genau das, was er braucht. Fühlt es sich für dich gut an?«

»Ja. Es kam natürlich sehr überraschend. Aber es wäre wirklich toll, wenn Will in Amerika wäre. Ich kann es kaum glauben.«

Meine Stimmung sackt ab, als ich das Blumengebinde betrachte. Es erinnert mich an das, was Dev gesagt hat.

Aber ich mag ihn vor allem deswegen nicht, weil er nicht gut genug für dich ist. Er ist nicht mal annähernd das, was du verdienst. Und ich glaube, das weiß er. Darum legt er sich so ins Zeug.

Ich werfe Dev einen Seitenblick zu in der Hoffnung, dass er lächelt oder etwas Nettes sagt, doch er sieht mich nicht an. Er ist zu sehr damit beschäftigt, seine Sachen zusammenzupacken.

Kapitel 35

Sage hatte recht – es war keine gute Idee, so kurz vor Halbjahresende fünf Tage Urlaub zu machen. Wir sind gerade noch rechtzeitig zurück, um uns auf die letzten Prüfungen vorzubereiten. Die Korridore sind leerer, der Unterricht ist strenger und der Speisesaal ist nie mehr als halbvoll, da die Schüler viel zu sehr mit Lernen beschäftigt sind, als dass sie Zeit für ausgiebige Mahlzeiten hätten.

Und wie üblich herrscht bei mir Land unter.

Ich muss bis nächsten Montag einen Aufsatz für Englische Literatur schreiben, am Dienstag stehen meine Abschlussprüfungen in Psychologie und Chemie an, und bis Donnerstag muss ich eine umfangreiche Arbeit für Kunstgeschichte abgeben. Mein Gehirn platzt fast vor Überarbeitung, wenn ich nicht gerade Will schreibe oder mich frage, wie das nach seinem Umzug werden soll. Und um mich herum sind lauter winzige Störgeräusche, die mich in den Wahnsinn treiben. Vorbeihuschende Schritte, Seiten, die umgeblättert werden, leise Seufzer und Geflüster. Es ist schwer, sich zu konzentrieren, wenn so viel los ist. Ich reibe mir das Gesicht und stoße mich von dem überfüllten Tisch in der Bibliothek ab.

Draußen im Gang atme ich tief durch. Ich möchte noch nicht in mein Zimmer zurück. Sage schreibt dort ihre Analyse für Englische Literatur und möchte dabei sicher völlig ungestört sein. Ich würde gerne mit Dev zusammen lernen. Ich weiß aber nicht, wo er gerade ist. Er hat nichts zu Wills Umzug nach Amerika gesagt. Tatsächlich hat er in der letzten Woche so gut wie gar nichts gesagt.

Als ich ihn in seinem Zimmer nicht vorfinde, gehe ich an den einzigen anderen Ort, der mir einfällt: seinen geheimen Lernplatz. Ich verlaufe mich nur zweimal, dann finde ich den Raum. Das Kaminfeuer brennt, und Dev sitzt dort allein mit gesenktem Kopf und Kopfhörern, umgeben von Büchern. Er sieht mich nicht. Ich bleibe an der Tür stehen und beobachte ihn. Er wippt mit dem Fuß, wie immer beim Lernen. Es ist heiß hier drin und er trägt nur ein dünnes T-Shirt – es ist eins seiner Lieblingsshirts, das blaue mit dem Logo der indischen Kricket-Nationalmannschaft. Er sitzt über den Schreibtisch gebeugt. Seine Wirbelsäule und seine Schulterblätter zeichnen sich unter dem Stoff ab. Dev ist nicht muskulös – er ist dünn und groß und ein bisschen schlaksig –, aber er ist fit. Das muss von dem ganzen Kricket und Quidditch kommen.

Er sieht auf und erschrickt. Sein Gesicht wird rot. Oh Gott, weiß er, dass ich ihn angestarrt habe? Er nimmt die Kopfhörer ab.

»He, was ist los?«

»Nichts.« Ich setze mich ihm gegenüber. »Ich suche nur einen ruhigen Platz zum Lernen. Ich glaube, du hast den einzigen wirklich ruhigen Ort im Haus gefunden.«

»Das liegt vermutlich daran, dass sonst niemand ihn kennt.«

»Da haben wir aber Glück«, sage ich und zucke zusammen. Das hat sich angehört, als wollte ich mit ihm flirten. »Macht es dir etwas aus, wenn ich dir Gesellschaft leiste?«

»Äh, nein.« Er schiebt ein paar seiner Bücher zur Seite, aber ich bemerke sein Zögern. Ich hoffe, dass er mich fragen wird, was ich gerade lerne, oder dass er sogar vorschlägt, gemeinsam zu lernen, aber stattdessen setzt er sich die Kopfhörer wieder auf. Ich fühle mich zurückgewiesen.

Ich hole meine Aufzeichnungen für Chemie heraus. Ich habe Dev neulich geholfen, seine kritzeligen Notizen zu organisieren. Das hat mich gelehrt, auch meine eigenen übersichtlicher zu gestalten. Früher habe ich im Unterricht kaum mitgeschrieben, aber jetzt notiere ich alles, was die Lehrer sagen, und ergänze es mit meinen eigenen Gedanken und Beispielen. Das bedeutet, dass ich unentwegt mitschreibe. Ich habe Dev schon gewarnt, dass ich ihn verklagen werde, falls ich ein Karpaltunnelsyndrom bekomme.

Außerdem habe ich angefangen, Zusammenfassungen aller Kapitel im Lehrbuch zu schreiben, und diese Notizen benutze ich parallel zu den anderen. Dev hat mich davon überzeugt, nicht erst am Abend vor einem Test zu lernen, sondern schon viel früher damit zu beginnen. Das ist verdammt viel Arbeit. Und ich hasse es. Aber ich habe in der letzten Chemiearbeit eine Zwei geschrieben, also habe ich mich nicht beschwert. Nein, das stimmt so nicht. Ich habe mich sehr wohl beschwert, aber nicht so vehement, wie ich gekonnt hätte.

Ich nehme mir Kapitel 18 vor (Chemische Thermodynamik), aber mein Gehirn streikt sofort. Die letzten Kapitel sind die schwierigsten im ganzen Buch, außerdem braucht man dafür sämtliche Grundlagen, die ich deswegen wieder auffrischen muss. Lehrer sind teuflisch! Ich sehe zu Dev, doch er bemerkt es nicht. Ich tippe auf sein Buch.

Er hört auf, Kaugummi zu kauen, aber er nimmt die Kopfhörer nicht ab.

Na gut.

»He, wollen wir gemeinsam lernen?«, frage ich laut genug, um die Musik zu übertönen.

»Vielleicht später, okay?« Ohne auf meine Antwort zu warten, fährt er damit fort, seine Notizen zu markieren.

Ich lehne mich zurück. So verhält Dev sich sonst nie.

»Ist alles in Ordnung?«

Er keucht verärgert auf. »Nicht wirklich. Ich versuche zu lernen, und da ist dieses verrückte Mädchen, das mich ständig unterbricht.«

»Vielleicht sollten wir reden.«

»Ellie, ich bin beschäftigt und gestresst. Ich muss alle Abschlussprüfungen mit einer Eins bestehen, um meinen Durchschnitt zu halten.«

»Dann lass uns doch gemeinsam lernen. Na, komm schon!« Ich greife hinüber und schüttle sein Notizheft. »Du kannst mich in Chemie so viel belehren, wie du magst. Wenn du mir nicht hilfst, versaue ich die Abschlussprüfung.«

Er lässt den Textmarker auf den Tisch fallen. »Du brauchst mich nicht. Du hast nur Angst, dich allein abzumühen.«

»Was? Aber das stimmt doch gar nicht.«

»Oh doch. Das machst du immer so.« Er deutet auf meine Notizen. »Du ziehst nie etwas bis zum Ende durch. Sobald es schwierig wird, bekommst du Angst und läufst weg.«

»Das ist nicht wahr.«

»Ach nein? Und wie war das nach dem Debakel mit Andy? Anstatt dich damit auseinanderzusetzen, bist du nach England geflohen. Und wie war das, als Dr. Allen dich als Tutorin nominieren wollte? Du hast sofort abgelehnt, dabei hätte es sich als tolle Chance entpuppen können. Ich wette, du hast dich auch nicht weiter damit befasst, ob du Gärtnerin werden könntest. Wer weiß, was du erreichen könntest, wenn du dich überwindest und deine Möglichkeiten auslotest? Aber du läufst immer davon und beginnst etwas Neues, Leichtes und Oberflächliches.«

Ich sitze da und bin richtig geschockt.

»Du hast solche Angst, dir selbst irgendetwas zuzutrauen, Ellie.« Er beugt sich über den Tisch und funkelt mich mit seinen dunklen Augen an. »Dich wirklich ins Zeug zu legen und zu sehen, wo es hinführt, selbst wenn es bedeutet, dass du dabei scheitern könntest und keine Ausrede dafür hast.«

»Erinnerst du dich denn nicht mehr an mein berüchtigtes Video, Dev?«, flüstere ich. »*Das* passiert, wenn ich alles riskiere und mich ins Zeug lege. Ich werde zerquetscht wie ein dicker, fetter Käfer.«

»Pfeif auf das Video! Wen kümmert es, was dieser Mistkerl gemacht hat! Willst du dich davon den Rest deines Lebens einschränken lassen? Wirst du nie versuchen, das zu erreichen, was du wirklich willst?«

»Du hast es gerade nötig! Du sitzt hier und lernst Anatomie, dabei weißt du ganz genau, dass du Medizin nicht einmal magst.«

»Es spielt keine Rolle, was ich mag. Ich bin *gut* in Anatomie. Ich werde ein guter Arzt sein. Es kann sich nicht immer nur alles um mich drehen. Du kannst dir diesen Luxus vielleicht leisten, aber ich muss an meine gesamte Familie denken. Was sie wollen, ist genauso wichtig.«

»Dann hast du also mit deinen Eltern gesprochen und sie haben Kunstgeschichte absolut abgelehnt?«

Er presst die Lippen zusammen.

»Sie haben dir also gesagt, dass sie dir nie vergeben würden, falls du etwas anderes studierst als Medizin?«

Seine Augen werden zu funkelnden Schlitzen.

»Genau, wie ich es mir gedacht habe! Ich wusste, du würdest es nicht zur Sprache bringen.«

»Oh bitte, das sagt die Richtige.«

Ich lege meine Handflächen auf den Tisch und richte mich auf. »Was zur Hölle glaubst du eigentlich, was ich hier mache, Dev? Was meinst du, welche Überwindung es mich gekostet hat, hierherzukommen, ohne jemanden zu kennen? Kurse zu nehmen, die schwerer sind als alles, was ich je zuvor gelernt habe? Glaube mir, ich *lege* mich ins Zeug. Und wenn du mich so komplett durchschaut hast, wie erklärst du dir dann meine Beziehung zu Will? Willst du behaupten, dass es für mich kein Risiko ist, mit ihm zusammen zu sein?«

Bei meinen letzten Worten verdüstert sich sein Gesicht. »Von Willoughby fange ich lieber gar nicht erst an.«

»Hör auf, ihn so zu nennen.«

»Ich soll aufhören, ihn bei seinem *Namen* zu nennen? Soll ich etwa auch aufhören, dich Ellie zu nennen?« Er fährt sich übers Gesicht. »Ist dir überhaupt klar, wie absurd das ist? Dass dieser Kerl nicht einmal weiß, wie du normalerweise angesprochen wirst? Willst du das an der Uni auch weiter so handhaben? Wenn du wirklich denkst, dass du bei ihm ein Risiko eingehst, dann bist du ein noch hoffnungsloserer Fall, als ich dachte.«

Ich stehe auf und Dev auch. Wir haben beide die Köpfe vorgestreckt. Unsere Gesichter sind sich so nahe, dass ich seinen Pfefferminzkaugummi riechen kann.

»Er. Kennt. Dich. Nicht. Deine ganze Beziehung ist fake, weil du panische Angst davor hast, er könnte dich nicht mehr mögen, wenn er auch nur die geringste Kleinigkeit über dich erfährt. Du bist lieber in einer unechten Beziehung, als dich auf etwas einzulassen, das vielleicht chaotisch und schwierig ist, aber dafür *großartig*.«

Ich schrecke zurück. Schweigend starren wir uns an. Mein Herz rast und meine Hände zittern, und ich bin zu wütend, um klar zu denken.

Ich packe meine Sachen zusammen. »Ich werde nicht hier herumstehen und mir noch mehr davon anhören. Ich gehe.«

»Das war ja klar.« Er wirft die Hände in die Luft. »Wieso bleiben und über etwas Ernstes reden, wenn wir uns auch über bedeutungsloses Geplänkel und Schwachsinn unterhalten können?«

»Nichts, was ich je zu dir gesagt habe, war Schwachsinn.« Ich werfe ihm einen letzten vernichtenden Blick zu, dann stürme ich aus der Tür.

Kapitel 36

Ich knalle die Tür hinter mir zu. *Das* ist es also, was er die ganze Zeit über mich gedacht hat? Dass ich ein Mädchen ohne Rückgrat bin, das zu viel Angst vor seinem eigenen Schatten hat, um irgendwelche Risiken einzugehen?

»Was hast du?«

Ich drehe mich zu Sage. »Dev ist ein Arschloch.«

Sie lehnt sich überrascht zurück. »Das kommt jetzt unerwartet. Was ist passiert?«

»Ich wollte nichts weiter, als mit ihm zu lernen, und stattdessen hat er gemeint, er müsse die Gelegenheit nutzen, um mir meine sämtlichen Fehler vorzuhalten und mir zu sagen, was für eine Idiotin ich bin.«

»Das hört sich aber nicht nach Dev an.«

»Tja, also …« Ich starre sie an. »Das ist einzig und allein deine Schuld.«

Sage wirft einen sehnsüchtigen Blick auf ihre Notizen, dann sieht sie wieder mich an. »Was ist meine Schuld? Wieso hat das überhaupt etwas mit mir zu tun?«

»Weil er auf dich stand!« Meine Stimme klingt zu laut. »Warum konntest du seine Gefühle nicht erwidern? Dann wäre alles in bester Ordnung.«

»In bester Ordnung für wen? Für mich, für Dev oder nur für dich?«

Ich stöhne. »Weiß ich nicht. Für alle. Ihr zwei könntet miteinander glücklich sein. Will und ich könnten glücklich sein …«

»Warum muss ich mit Dev zusammen sein, damit du mit Will glücklich sein kannst?«

Ich knirsche mit den Zähnen. »Ich … ach, egal.«

Ich lasse mich auf meinen Stuhl fallen und hole meine Heißklebepistole heraus. Ich werde jetzt einfach irgendwelches Zeug an ein Vogelhaus kleben und alles um mich herum vergessen.

Sage seufzt und wendet sich wieder ihren Notizen zu. »Es ist nicht so schwer, Ellie. Wenn Dev dich wütend macht, dann halte dich einfach von ihm fern. Du wirst glücklich sein, er wird glücklich sein, und ich kann in Ruhe lernen. Problem gelöst.«

Der Vorschlag trifft mich wie eine kalte Dusche. So sehr ich Dev im Moment am liebsten den Hals umdrehen würde, ist die Vorstellung doch unerträglich, nicht mit ihm befreundet zu sein. Ich versuche es mir vorzustellen. Ihn ignorieren, wenn ich ihm im Korridor begegne? Im Unterricht neben ihm sitzen, ohne einen Blick auf seine Aufzeichnungen zu werfen oder anschließend gemeinsam über die Lehrer zu lästern? Mein Magen zieht sich zusammen.

»Tja, das habe ich mir doch gedacht«, sagt sie.

»Was hast du dir gedacht?«

»Dass er dir viel bedeutet.« Sie senkt die Stimme. »Und ich muss nicht Gedanken lesen können, um zu sehen, dass du ihm auch viel bedeutest.«

Bei ihren Worten bekomme ich Schmetterlinge im Bauch. Ich kann nicht leugnen, dass zwischen Dev und mir *irgendetwas* ist. *Etwas, das vielleicht chaotisch und schwierig ist, aber dafür großartig.* Aus den Schmetterlingen werden Flugsaurier. Hat er vorhin über uns gesprochen? Wollte er sagen, dass wir zusammen großartig sein könnten? Ich lasse meinen Kopf auf die Hände sinken. Es spielt keine Rolle. Ich sollte solche Gedanken nicht einmal zulassen. Ich bin mit *Will* zusammen – meinem charmanten, gut aussehenden, traumhaften Freund, der nach Amerika zieht. Das ist alles, worauf ich mich konzentrieren sollte.

»Möchtest du meinen Rat?«

»Vermutlich nicht.«

»Gut. Vielleicht solltest du mehr Zeit damit verbringen, über den Schulstoff nachzudenken, und weniger Zeit damit, über Will und Dev zu grübeln. Das ist der Beweis für das, was ich immer schon sage: Jungs lenken einen nur ab.«

»Da hast du nicht ganz unrecht. Aber bei dir klingt es so einfach.«

»Einfach? Es ist genau das Gegenteil. Aber ich möchte mir jeden Kontakt sichern, jede Zehntelnote, jeden Rat, den ich bekommen kann. Nichts und niemand soll mir dabei im Weg stehen. Ich muss einfach alles tun, damit diese Reise es wert ist. Für meinen Dad.«

»Legt er so großen Wert auf deine Leistungen?«

Sie starrt mich eine Sekunde lang an, dann sinkt sie auf ihrem Stuhl in sich zusammen. »Ich dachte, inzwischen hätte es dir jemand erzählt.«

»Hätte mir jemand *was* erzählt?«, frage ich und habe plötzlich ein ungutes Gefühl.

»Dass mein Dad vor ein paar Jahren gestorben ist.«

Ich schlage mir die Hand vor den Mund.

»Das war, bevor du an die Waterford High gekommen bist. Es gibt keinen Grund, warum du es wissen müsstest. Ich dachte nur, Dev oder Huan hätten es inzwischen erwähnt.« Sie zupft an ihren Fingernägeln herum, während sie spricht, und zieht die Schultern hoch. »Lungenkrebs. Und dabei hat er in seinem ganzen Leben nie geraucht.«

Die Stille füllt den Raum zwischen uns. In Gedanken gehe ich fieberhaft alle Unterhaltungen durch, die wir je hatten, und überlege, ob ich schon bei anderen Gelegenheiten unabsichtlich ihren Vater erwähnt habe. »Das tut mir so leid«, sage ich leise.

»Jeder hat seine Probleme.«

»Ich wünschte, ich hätte das früher erfahren. Warum hast du nie etwas gesagt?«

»Ich rede nie darüber.«

Ich gehe zu ihr und umarme sie, bevor sie ausweichen kann. Schließlich löst sie sich von mir.

»Als Dad im Krankenhaus lag, wurde ich besessen von Medizin. Ich habe den Ärzten unentwegt Fragen gestellt und versucht, sie auf ihren Visiten zu begleiten. Das hat ihnen nicht besonders gefallen.« Sie deutet ein Grinsen an. »Aber was ich wirklich wollte, ist, eine neue Behandlungsmöglichkeit zu entdecken. Und zwar die, die meinem Dad das Leben gerettet hätte, wenn wir genug Zeit gehabt hätten. Ich habe meinem Dad versprochen, dass ich dafür sorgen werde, dass anderen Familien unser Schicksal erspart bleibt. Und das ist immer noch mein Ziel.«

»Sage, mein Gott!« Ich lehne mich zurück. »Du bist großartig.«

Sie zuckt mit den Schultern. »Eher wild entschlossen. Danach habe ich mich mehr als zuvor ins Lernen gestürzt. Es wurde meine oberste Priorität, wichtiger als Jungs oder gar Freunde. Ich hatte vor, auch hier nicht besonders aufzufallen, doch dann bist du meine Zimmergenossin geworden.« Sie lächelt mich an. »Mit dir zusammen konnte ich mich unmöglich den ganzen Tag in mein Zimmer einsperren.«

»Ich schätze, ich bin manchmal auch eine ziemliche Ablenkung.«

»Keine Ablenkung – eine Erholung. Aber meine Mum verlässt sich darauf, dass ich diese Reise optimal nutze. Sie hätte das Geld lieber gespart und es nächstes Jahr für die Uni ausgegeben, aber ich hab sie davon überzeugt, dass ich mit der Forschung hier an einer besseren Uni angenommen werde und vielleicht sogar mehr Stipendien bekomme. Sie hat schließlich eingelenkt. Und darum …« Sie sieht zu mir auf.

»Jetzt musst du abliefern.«

Sie lächelt schwach. »Etwas in der Art.«

»Du musst mich für die bescheuertste, oberflächlichste Person halten, die dir je begegnet ist.«

»Nein, das tue ich nicht. Du und ich … wir sind einfach verschieden.«

Ich schlucke schwer. Wir sind verschieden, in fast jeder Hinsicht, und es ist ganz offensichtlich, wer von uns besser ist.

»So hab ich es nicht gemeint.« Sie drückt meine Hand. Irgendwie weiß sie, was ich fühle, ohne zu fragen. »Ich möchte nicht, dass du dich schlecht fühlst. Ich möchte nur nicht in das hineingezogen werden, was alle anderen von mir erwarten. Ich weiß, dass ihr mich manchmal für langweilig haltet.«

Ich schüttle vehement den Kopf.

Sie hebt eine Augenbraue. »Aber ich tue das, was für mich am besten ist. Und du musst tun, was für dich am besten ist. Hör auf, darüber nachzudenken, was alle anderen von dir erwarten, und konzentriere dich auf das, was *dich* glücklich macht. Du bist wunderbar, genau so, wie du bist, mit oder ohne Freund. Du bist witzig und schlau und die erfrischendste Person, die mir je begegnet ist. Lass dich nicht unterkriegen! Verlier dich nicht!«

Ich schlinge meine Arme um sie. Diesmal erwidert sie die Umarmung.

Kapitel 37

Irgendwie gelingt es mir beinahe, in der folgenden Woche mein Arbeitspensum zu schaffen. Ich schreibe den umfangreichen Aufsatz für Englische Literatur und mache Lernkarten für Sozialpsychologie. Und ich wiederhole die Chemiekapitel. Ich gönne mir nur dann eine Atempause, wenn Will anruft, was immer häufiger der Fall ist. Jetzt, wo er einen Plan hat, wie er seinem Vater entkommen kann, denkt er unaufhörlich darüber nach.

»Wie wäre es mit der George-Mason-Universität?«, fragt er, als ich rangehe. »Hast du von der schon gehört?«

»Äh …« Ich schließe mein Psychologieheft. »Ja, aber ich weiß nichts über sie.«

Er seufzt. »Mein Vater möchte, dass ich einen genauen Plan erstelle, bevor er sein Einverständnis gibt, und das ist alles eine Menge Arbeit. Wie wäre es, wenn ich dich abhole, und wir gönnen uns eine kleine Auszeit von unseren ganzen Verpflichtungen?«

Es ist verlockend, meinem buchstäblichen Arbeitsstapel zu entkommen, aber in meinem Kopf hallen die Worte von Sage und Dev wider. Ich schüttle den Kopf. »Tut mir leid, ich kann nicht. Ich habe immer noch so viel zu tun.«

»Na, komm schon, Elle.« Seine Stimme wird sanft und flehend. »Kann ich dich nicht überreden? Was ist aus dem Mädchen geworden, das ich auf dem Markt kennengelernt habe? Das Mädchen, das gesagt hat, es sei hier, um Spaß zu haben.«

»Das Mädchen hat erkannt, dass es bessere Noten braucht, um es an die Uni zu schaffen. Du hast keine Ahnung, wie viele Chemiekapitel ich noch verinnerlichen muss. Ich habe keinen Schimmer, wie ich das alles rechtzeitig schaffen soll.«

»Ach, das bekommst du schon hin, da bin ich mir sicher. Aber wir haben etwas viel Wichtigeres zu besprechen – wann wir uns wiedersehen können. Uns bleibt nur noch diese eine Woche.«

Ich runzle die Stirn. Ich wünschte, Will würde langsamer machen, damit ich ihm mehr darüber erzählen kann, was hier los ist. Ich brauche jemanden, dem ich mich anvertrauen kann, ohne dass er sich Sorgen macht (wie Mum) oder mir erzählt, dass ich mich dahinterklemmen muss (wie Sage). Hoffentlich wird es nächstes Jahr nicht wieder so anstrengend.

»Ich kann nicht, bis die Prüfungen vorbei sind. Aber am Freitag habe ich frei.«

»Dann muss ich eben bis Freitag warten.« Ich kann von hier aus sehen, wie er schmollt.

Ich lerne weiter, aber am Spätnachmittag ist mein Gehirn nicht mehr aufnahmefähig. Normalerweise würde ich jetzt nach Dev sehen, aber das geht ja nicht mehr. Wir reden immer noch nicht miteinander. Wir gehen nicht mehr gemeinsam durch die Korridore oder necken uns. Wir tauschen unsere Notizen nicht mehr aus oder klauen uns gegenseitig Essen vom Teller. Es macht mich krank. Jedes Mal, wenn ich ihn sehe, zieht sich mein Herz zusammen und ich möchte ihn an den Schultern packen und ihn anschreien: *Rede mit mir!*

Aber ich mache es nicht.

Ich bin mir nicht sicher, worüber wir sprechen würden. Ich möchte nicht, dass er auf mich böse ist, aber ich möchte mich auch nicht bei ihm entschuldigen. Ich wünschte, wir könnten die Zeit zurückdrehen und wieder Freunde sein, wie es war, bevor die Dinge zwischen uns kompliziert wurden. Aber dann gäbe es auch die Venedigreise nicht, und das wäre ein herber Verlust.

Ich weiß nicht, was ich will.

Stattdessen gehe ich zum Wintergarten. Ich hatte vor, mich nach der Rückkehr aus Venedig häufiger dort blicken zu lassen, aber mein Schulalltag war einfach zu hektisch. Und wenn ich ehrlich zu mir selbst bin, hatte Dev recht, was meine Neigung zum Weglaufen anbelangt. Ich wollte Miriam nicht gegenübertreten, weil ich meine Suche nach Praktika aufgegeben habe.

Ein paar Studenten sind hier, darunter Nicole und Heather, die mir zuwinken und dann weiterlernen. Ich bezweifle, dass wir jemals Freundinnen werden, aber es ist mir inzwischen egal, dass sie zu Beginn des Semesters von diesem viralen Video besessen waren. Seit Wochen hat niemand mehr das Video erwähnt. Ich schätze, mein Internetruhm neigt sich dem Ende zu.

»Ellie«, ruft Miriam von der anderen Seite des Wintergartens, »kommen Sie und schauen Sie sich das an!«

Sie ist von Orchideen umgeben. Sie sind wunderschön – farbenfroh, zart und verlockend exotisch, besonders hier, mitten im kalten britischen Winter.

»Ich habe mir überlegt, sie über die Farne in der Ecke dort zu hängen. Und vielleicht einen Hauch der Feenmagie hinzuzufügen, die Sie überall verteilt haben.«

Ich lache verlegen. »Sie müssen diese ganzen Sachen nicht hierlassen. Ich weiß, dass sie albern sind.«

»Aber schauen Sie sich doch um«, sagt sie. »Was sehen Sie?«

Ich zögere. »Ähm … viele Pflanzen.«

Sie verengt die Augen zu Schlitzen. »Was noch?«

Ich lasse meinen Blick durch den Raum gleiten. Überall sind Pflanzen, sogar mehr als bei meiner Ankunft. Meine Feenhäuser und

Dekorationen lugen zwischen den Blättern hervor und schmiegen sich unter das Laub. Aber darüber hinaus sehe ich Menschen. Nicole und Heather sitzen in einer schattigen Ecke. Ich entdecke Schüler aus meinen Psychologie- und Chemiekursen und eine Gruppe Collegestudenten, die ich nicht kenne.

»Da sind eine Menge Leute.«

»Genau. Schüler und Studenten. Überall, wo ich hinsehe. Wenn ich morgens komme, um die Pflanzen zu gießen, sind bereits welche da, und auch bis spät in die Nacht sind welche anzutreffen. Sie lassen Essen fallen und ich weiß, dass sie die Kois füttern, obwohl ich es ihnen untersagt habe. Und sie sind mir im Weg, wenn ich etwas zurechtstutzen will.« Sie schüttelt missbilligend den Kopf.

»Es tut mir …«

»Es ist das Beste, was passiert ist, seit ich hier angestellt wurde.«

Ich ziehe überrascht die Brauen hoch.

»Wussten Sie, dass Mr. Odell mit dem Gedanken gespielt hat, den Wintergarten zu schließen? Er hielt ihn für Geldverschwendung. Aber jetzt …« Sie macht eine ausladende Geste mit dem Arm. »Er hat sogar erwähnt, dass er mein Budget fürs nächste Jahr erhöhen möchte. Nur ein paar Hundert Pfund, aber immerhin.« Sie legt mir eine Hand auf die Schulter. »Ich werde die Feengärten also bestimmt nicht entfernen. Und die Lerntische dürfen ebenfalls bleiben.«

Meine Wangen werden vor Freude ganz warm und ich betrachte den Raum noch einmal mit neuen Augen. Nicole stößt Heather mit dem Ellbogen an und zeigt auf eines der Feenhäuser, die ich gebaut habe. Ich rechne damit, dass sie kichern oder die Augen verdrehen wird, aber das tut sie nicht. Stattdessen leuchten ihre Augen auf und sie macht mit ihrem Handy ein Foto. Ich fühle einen Druck auf der Brust.

»Sie sind wundervoll, nicht wahr?«, ruft Miriam ihnen zu, dann sieht sie mich von der Seite an.

»So niedlich!«, erwidert Heather. »Gibt es hier noch mehr davon?«

»Überall.« Miriam breitet die Arme aus. »Man kann eine Schatzsuche daraus machen, alle zu entdecken.«

»Cool.«

Miriam beugt sich zu mir. »Ich habe Ihnen doch gesagt, dass Sie sich nicht unterschätzen sollten.«

Ich atme tief ein. »Ich habe tatsächlich in Erwägung gezogen, einen Feengartenkurs für Kinder anzubieten, wenn ich wieder zu Hause bin. Eltern sind immer auf der Suche nach Unterhaltungsmöglichkeiten für Kleinkinder, und ich dachte, einige der örtlichen Gärtnereien und Bastelläden könnten daran interessiert sein, wenn ich die Einnahmen mit ihnen teile. Was halten Sie davon?«

»Oh!« Sie nickt begeistert. »Ich finde, das klingt nach einer wunderbaren Idee.«

»Wirklich?« Davon angestachelt, fahre ich fort: »Und ich habe im Botanischen Garten in D.C. einen möglichen Job entdeckt, mich aber noch nicht beworben. Auch Collegepraktika. Ich hatte Sorge, dass ich nicht die nötige Erfahrung habe, aber … vielleicht sollte ich es trotzdem versuchen.«

»Natürlich sollten Sie das. Ich habe am College ein Praktikum absolviert. Ich glaube, das wird Ihnen sehr gut gefallen. Vielleicht könnten Sie sogar irgendwann wieder nach England kommen. Wir haben einige der schönsten Gärten der Welt, behaupte ich zumindest.«

Ich nicke eifrig und der Druck auf meiner Brust verschwindet. »Das wäre wundervoll. Danke für alles. Sie können sich nicht vorstellen, was es mir bedeutet.«

»Es war mir ein Vergnügen. Sie werden an diesem Ort fehlen.«

»Mir wird dieser Ort auch fehlen.«

»Bleiben Sie am Ball. Sie haben wirklich ein Händchen dafür.« Sie tätschelt mir den Rücken und verschwindet im Gewächshaus.

Ich bleibe stehen und male mir aus, wie schön es wäre, meinen Lebensunterhalt in einem Gewächshaus zu verdienen. Vielleicht kann ich diesen Traum verwirklichen. In Gedanken versunken knipse ich ein verwelktes Blatt von einem der Farne ab, dann hole ich mein Handy heraus. Ich habe viele Stunden in diesem Wintergarten gearbeitet und kein einziges Foto meiner Werke gemacht. Ich finde, das muss sich ändern.

Akribisch streife ich durch den Wintergarten und fotografiere jedes Detail der Feengärten, bis hin zu den winzigen Kieselsteinpfaden und der Strickleiter an einer großen Palme. Ich zögere, dann stelle ich die Fotos online, wo jeder sie sehen kann. Es ist beängstigend, aber es fühlt sich zugleich richtig gut an, diese Seite von mir zu zeigen.

Auf ihrem Weg nach draußen kommen Nicole und Heather an mir vorbei.

»Findest du diese Sachen auch so wundervoll?«, fragt Heather und deutet auf das Feendorf, das ich gerade fotografiert habe. »Einfach zauberhaft.«

»Ja … tatsächlich habe ich es gebaut.«

Sie wechselt einen Blick mit Nicole und beide lächeln. »Echt? Das ist cool.«

Ja, ich schätze, das ist es.

Kapitel 38

Ich komme zu spät zur letzten Kunstgeschichtestunde dieses Halbjahrs. Dr. Lotfi schließt gerade die Tür, als ich um die Ecke komme, was ihr eindeutiges Signal dafür ist, dass der Unterricht begonnen hat. Mist, es ist furchtbar peinlich, danach hineinzugehen. Sie hört auf zu reden und alle drehen sich um und starren einen an, um einem unmissverständlich klarzumachen, wie sehr man stört.

Ich bin äußerst versucht, in mein Zimmer zurückzugehen und an der letzten Abhandlung zu arbeiten, die heute Abend fällig ist, aber ich weiß, dass Dr. Lotfi oder jemand anderes nach mir suchen wird, wenn ich nicht bald aufkreuze. Hier schwänzt niemand. Ich habe wirklich versucht, alles rechtzeitig zu schaffen, aber die Zeit hat einfach nicht gereicht, weil ich am Anfang der Woche zwei Hausarbeiten und meinen Aufsatz für Englische Literatur abgeben musste. Heute Abend werde ich eine Menge zu tun haben.

Ich öffne die Tür zum Klassenzimmer so leise wie möglich, und wie erwartet dreht jeder Einzelne sich um und starrt mich an, als wäre das ein trashiger Horrorfilm. Instinktiv sehe ich Dev an. Ich erwarte, dass er den Blick abwendet – oder zumindest missbilligend die Stirn runzelt –, doch er wirkt eher besorgt.

»Tut mir leid«, flüstere ich und ducke mich, als könnte ich dadurch weniger auffallen.

»Ich war gerade dabei, die Klasse an die Abhandlung zu erinnern, Miss Nichols.« Dr. Lotfi wartet, bis ich mich hingesetzt habe, dann fährt sie fort: »Aber ich bin sicher, Sie haben längst damit angefangen, wie alle anderen auch, nicht wahr?« Sie hebt skeptisch eine Augenbraue.

Einige kichern. Oh Mann, ich bin geliefert.

Am Ende der Stunde rechne ich damit, dass Dev an mir vorbeigeht, genau wie in den vergangenen anderthalb Wochen. Doch er bleibt vor meinem Tisch stehen, wo er groß vor mir aufragt. »Hey. Können wir reden?«

Ich schiebe meine Bücher in meine Tasche und bemühe mich um einen neutralen Gesichtsausdruck. Seine Stimme ist Balsam für meine gereizten Nerven. »Äh, klar. Hier?«

»Mir schwebte ein etwas privaterer Ort vor. Falls das okay ist.«

»Vielleicht könnten wir durchs ganze Haus gehen? Ich hatte vor, das noch einmal zu machen, bevor wir abreisen. Ich möchte jeden Zentimeter dieser Schule in mein Gedächtnis einbrennen.«

Wir gehen Seite an Seite und nehmen schweigend all die Einzelheiten in uns auf, die diesen Ort so besonders machen. Ich weiß nicht, was mir am meisten fehlen wird. Die täglich frischen Blumenarrangements auf den Beistelltischen oder die Engelsfiguren, die überall eingemeißelt sind, oder die Geheimgänge zwischen den Klassenzimmern. Am meisten werde ich wohl das seltsame Gefühl vermissen, an einem Ort zu Hause zu sein, der so weit von meinem eigenen Zuhause entfernt ist. Aber das spielt keine Rolle, wenn man von den richtigen Menschen umgeben ist.

»Ellie …« Dev fummelt an seinen Ärmeln herum. »Es tut mir wirklich leid, was neulich im Studierzimmer passiert ist. Ich hätte diese Sachen nicht sagen sollen.«

»Es war deine ehrliche Meinung. Auch wenn ich mich darüber geärgert habe.«

»Warst du jemals mit mir einer Meinung?«

Ich grinse widerwillig. »Ich glaube, bei Pizzabelag sind wir uns immer einig. Und was Quidditch angeht.«

»Falls du magst, könntest du am Samstag zu meinem letzten Spiel kommen. Es wäre doch ein Jammer, wenn du diese Chance verpassen würdest, dich über mich lustig zu machen.«

»Ich wüsste nicht, was ich lieber täte.« Ich reibe mit den Händen über meine Hose. »Ich werde versuchen, da zu sein. Es könnte sein, dass ich mich mit Will treffe, da das unser letzter ganzer Tag in England ist …«

»Klar, wie dumm von mir, das hätte ich mir ja denken können.« Dev zieht an den Gurten seines Rucksacks. »Was Will anbetrifft …«

»Ich möchte nicht über ihn sprechen.« Wir sind vor einem der leeren vergoldeten Klassenzimmer stehen geblieben. Ich weiche in Richtung der Tür zurück.

»Nein, hör zu.« Er streckt eine Hand aus, um mich zu stoppen. »Ich hab darüber nachgedacht und muss es einfach loswerden. Zunächst einmal tut es mir wirklich leid, dass ich dich so wütend gemacht habe. Das war nicht fair dir gegenüber. Ich wollte nur …« Er schüttelt den Kopf. »Na egal, es tut mir leid, und ich wollte dir sagen, dass ich mich nicht mehr mit dir streiten möchte. Ich hasse das.«

»Ich hasse es auch.«

»Die letzte Woche war eine Qual. Mir war nicht klar, wie sehr du mir fehlen würdest. Wie wichtig es mir ist, dich nicht zu verlieren.« Er verringert den Abstand zwischen uns. »Ohne dich … ich weiß nicht einmal, was ich sagen soll. Du bist …« Seine Stimme wird rau und erstirbt.

Warte mal. Ich atme nur noch flach. Will er … will er sagen, dass er mich liebt? Ist das möglich? Sein Körper strahlt eine intensive Energie und Hitze aus, und plötzlich weiß ich, dass es genau das ist, was er fühlt. *Er liebt mich.* Ich weiß, was gleich passieren wird. Er wird mich an sich ziehen, mein Herz wird einen Sprung machen angesichts der plötzlichen Nähe. Angst wird sich auf seinem Gesicht abzeichnen, wenn er es zum ersten Mal ausspricht. Ich weiß, was ich erwidern werde. Alles ist plötzlich völlig klar. Ich *will*, dass er es mir sagt. Ich *will*, dass er mich küsst.

Ich will ihn.

»Ich bin was?«, flüstere ich und bringe die Worte kaum über die Lippen.

»Du bist meine beste Freundin, Ellie.«

Ich erstarre. Ich schwebe und ertrinke zugleich. Ja, es ist wahr. Wir sind beste Freunde. Niemand versteht mich so wie Dev. Aber …

»Deine beste Freundin?«

»Ich meine, versteh mich bitte nicht falsch«, fährt Dev fort. Offensichtlich bemerkt er nicht, wie aufgewühlt ich bin. »Ich liebe Huan immer noch wie einen Bruder. Er ist auch in schweren Zeiten für mich da gewesen. Und ich weiß, dass du Sage hast – und Will natürlich –, darum suchst du keinen besten Freund. Aber als wir nicht miteinander geredet haben … da wurde mir klar, wie viel es mir bedeutet, mit dir zusammen zu sein.« Er schiebt seine Hände in die Taschen.

»Ich … ja, geht mir auch so.«

»Und ich möchte dir sagen, dass ich mich wegen Will nicht mehr seltsam aufführen werde. Ich werde ihn nicht mehr Willoughby nennen und alles. Ich weiß, ich hatte mir eine Meinung über ihn gebildet, aber wenn Will nach Amerika zieht, um mit dir zusammen zu sein, dann mag er dich offensichtlich. Ich bin sicher, alles andere werdet ihr auf die Reihe bekommen.«

Er lächelt mich unsicher und hoffnungsvoll an. Mein Herz löst sich auf und fließt durch meine Eingeweide. Er wird mir nicht sagen, dass er mich liebt – weil er mich nicht liebt. Er möchte nur sicher sein, dass wir immer noch Freunde sind. Himmel nochmal, ich habe es schon wieder getan. Es ist wie damals auf Andys Party, wo ich erwartet habe, dass er etwas sagt, das er nie sagen würde. Wie konnte ich so *dumm* sein? Wie konnte ich mich schon wieder so hineinsteigern? Ich könnte mich ohrfeigen. Ich habe nichts gelernt. Ich bin kein bisschen klüger als vor all diesen Monaten.

»Vergibst du mir?«, fragt er und runzelt die Stirn. Anscheinend reagiere ich nicht so, wie er es erwartet hat.

»Ja«, beeile ich mich zu sagen, »ja, natürlich. Ich vergebe dir voll und ganz.«

Die Sorge verschwindet aus seinem Gesicht und er lächelt. »Gott sei Dank. Ich war mir gerade nicht sicher.« Er verlässt den Raum und ich folge ihm in Richtung Hauptkorridor. Er reibt sich die Hände. »Okay, ich hatte noch eine andere Idee. Erinnerst du dich daran, wie du mich gebeten hast, dir alles über Kricket beizubringen, damit du Will beeindrucken konntest?«

Wie könnte ich das vergessen? Was für eine Ironie! Ich zwinge mich zu nicken.

»Nun, ich dachte, es wäre an der Zeit, dass du dich erkenntlich zeigst. Aus mir und Sage ist nichts geworden, was in Ordnung ist. Ich freue mich, dass ich mit ihr jetzt enger befreundet bin, aber ich brauche immer noch eine richtige Freundin.« Er hebt eine Augenbraue. »Ich bin wild entschlossen, dieses Jahr ein Mädchen auf den Abschlussball einzuladen. Es soll ein richtiges Date werden, nicht so eine Verlegenheitslösung wie letztes Jahr.«

Ich merke, auf was er abzielt, und bei der Vorstellung bäumt sich alles in mir auf. Ich möchte ihm die Hand auf den Mund pressen, damit er es nicht ausspricht. *Bitte mich nicht darum, okay?*

»Also, was meinst du? Kann ich mich auf deine Hilfe verlassen, wenn wir zurück an der Waterford High sind? Allein bekomme ich das nicht hin, wie du mir ja oft genug gesagt hast.«

Ein Date für Dev arrangieren? *Nein!* Kommt nicht in Frage. Aber die Alternative wäre, ihm zu gestehen, was ich für ihn empfinde, und das kann ich erst recht nicht tun. Er hat gerade sehr deutlich klargemacht, dass wir Freunde sind und dass er mit anderen Mädchen ausgehen will. Ich bin nicht stark genug, um mich ihm an den Hals zu werfen und dann zu sehen, wie er zuerst schockiert ist und dann in Mitleid zerfließt. Es war bei Andy schlimm genug. Wenn mir das mit Dev passiert, würde es mir das Herz brechen. Das würde ich nicht überleben.

Ich lächle gezwungen. »Ja, okay, klar. Sobald wir zurück sind, schaue ich mich für dich um.« Plötzlich habe ich eine Idee, die mich echt zum Lachen bringt. »Vielleicht könnte ich dich mit Crystal verkuppeln.«

Devs Lachen füllt den leeren Raum. »Oh Gott, kannst du dir *das* vorstellen? Wir könnten zu viert ausgehen.«

Es fühlt sich so gut an, mit ihm zu lachen, aber gleichzeitig ist es, als würde sich mein Körper in eine Million Fäden auflösen. Irgendwann wird es tatsächlich passieren. Er wird sich in ein Mädchen verlieben und ich werde mit ihm auf ein Date zu viert gehen. Ich, Dev, ein anderes Mädchen und … Will? *Will.* Mir rutscht das Herz in die Hose. Oh Gott! Ich kann unmöglich weiter mit Will zusammen sein, wenn ich für einen anderen Jungen so viel empfinde. Ich fahre mir mit den Händen über die Stirn und dann durch die Haare. Wie soll ich es ihm sagen? Er wird mich hassen.

»Also, sehen wir uns nachher beim Abendessen?« Devs Ton ist zum Glück immer noch leicht. »Du kannst mir jetzt nicht mehr aus dem Weg gehen.«

»Ich esse heute Abend nichts. Ich hab noch nicht mit der Arbeit für Kunstgeschichte angefangen, darum werde ich mich im Wintergarten verbarrikadieren, bis ich etwas Anständiges zustande bekomme, das ich abgeben kann.«

»Hättest du gern Gesellschaft?«, fragt er.

»Ist morgen nicht deine Anatomieprüfung? Ich dachte, du wirst den ganzen Abend mit Huan und den anderen aus eurer Gruppe lernen.«

»Oh, ich …« Er runzelt die Stirn und schüttelt den Kopf. »Ich habe nichts geplant. Also, falls es dich nicht stört, wenn ich bei dir abhänge.«

Es versetzt mir einen Stich. Natürlich stört es mich nicht. Aber wie in aller Welt soll ich mich ihn seiner Gegenwart normal verhalten? Warum muss bei mir immer alles so kompliziert sein?

Eine Stunde später treffen wir uns im Wintergarten. Es ist viel los, aber wir ergattern einen kleinen Tisch weiter hinten.

»Du schreibst eine Abhandlung über John William Waterhouse?« Dev nimmt eins der Bücher, die ich in der Bibliothek gefunden habe, stellt seine Füße auf die Armlehne meines Stuhls und beginnt, darin zu blättern. »Das hätte ich mir denken können.«

Ich habe momentan nicht das geringste Interesse an Kunstgeschichte, aber ich gebe mich so normal wie möglich. Dev ist mein Freund, und ich muss in der Lage sein, mich mit ihm zu unterhalten, ohne vor Peinlichkeit zu zerfließen.

Ich deute auf ein Foto von *Die Dame von Shalott*, eins meiner Lieblingsbilder von Waterhouse. »Er ist die perfekte Wahl. Seine Werke sind großartig. Jedes Bild lässt mich in eine fantastische Welt eintauchen. Außerdem war er Brite. Das wird mir Pluspunkte einbringen.«

»Da ist was dran. Vielleicht hätte ich nicht Giorgione nehmen sollen.«

»Wer war das nochmal? Der Name kommt mir bekannt vor.«

»Ellie!« Dev ist so fassungslos, dass ich grinsen muss. »Wir haben ihn im Unterricht durchgenommen. *Und* wir haben in Venedig *La Tempesta* gesehen. Erinnerst du dich nicht mehr? Ich habe dir ausführlich erzählt, dass es eine wissenschaftliche Debatte um das Werk gibt, weil die Experten sich nicht darüber einigen können, welche biblische Geschichte es darstellt.«

Ich wende den Blick ab. In Venedig war ich viel zu sehr von anderen Gedanken abgelenkt, um mich an solche Einzelheiten zu erinnern.

»Du kannst von Glück sagen, dass ich mich an seinen Namen erinnere.«

»Und du kannst von Glück sagen, dass ich nicht die Karteikarten zücke und dich abfrage.« Er schüttelt entgeistert den Kopf. »Sie kann sich an jede Blumenfee erinnern, die Cicely Mary Barker je gezeichnet hat, aber sie erinnert sich nicht an Giorgione. Sämtliche Kunstgelehrte drehen sich im Grabe um.«

»Du bist nur mies drauf, weil der Kurs jetzt vorbei ist.«

»Ich kann einfach nicht fassen, dass an der Waterford High kein einziger Kurs in Kunstgeschichte angeboten wird«, murmelt er.

»Nur jemand wie du würde sich über einen Mangel an Kursen beschweren. Oder jemand wie Sage.« Da kommt mir ein Gedanke. »Meinst du, wir werden im nächsten Halbjahr gleichzeitig Mittagspause haben?«

»Hoffentlich.« Er sieht von dem Buch auf. »Vielleicht ist es noch nicht zu spät, dich fürs nächste Halbjahr zu einem Univorbereitungskurs anzumelden. Dann wären wir alle wieder zusammen. Ich bin sicher, wenn deine Mum darum bittet, könntest du aufgenommen werden.«

Bei der Vorstellung wird mir etwas mulmig, aber nicht annähernd so sehr, wie das zu Beginn des Semesters gewesen wäre. Es wäre toll, mit Sage, Huan und Dev wieder in einen Kurs zu gehen. Ich könnte sogar Spaß daran haben – vorausgesetzt, es geht nicht gleich mit Chemie weiter.

»Ich kümmere mich darum«, verspreche ich. »Meine Mum wird allerdings denken, ich hätte den Verstand verloren.«

Ich konzentriere mich auf die Waterhouse-Biografie und Dev liest sich in meinen Nachschlagewerken fest. Ich weiß, ich muss mich dahinterklemmen, um in nur einer Nacht eine zehnseitige Abhandlung zu schreiben, aber ich werfe ihm immer wieder einen heimlichen Blick zu, während er liest. Wird das so bleiben, wenn wir zurück an der Waterford High sind? Oder werden unsere gemeinsamen Lernstunden auf der Strecke bleiben, sobald er ein anderes Mädchen dated? Vielleicht wird sogar unsere Freundschaft verblassen. Es ist schwer, mit jemandem so eng befreundet zu sein, wenn man mit jemand anderem zusammen ist … das weiß ich nur zu gut.

Dev sieht auf und ertappt mich, wie ich ihn anstarre. Er verzieht die Lippen zu einem kleinen Lächeln. »Fällt es dir schwer, dich zu konzentrieren?«

Verlegen drehe ich mich zum Brunnen um. »Ich hab mich nur gefragt, wie es sein wird, das hier alles hinter uns zu lassen.«

»*Schwer*. Besonders diese Aussicht.« Er sieht sich im Wintergarten um. »Du hast hier wunderbare Arbeit geleistet.«

Meine Brust schwillt vor Stolz. »Da fällt mir etwas ein. Erinnerst du dich an den Nachmittag, als ich dich beim Quidditch entdeckt habe und es war der beste Tag aller Zeiten?«

Er kichert. »Wie könnte ich das vergessen?«

»Nun, ich hab dir nie erzählt, dass ich an dem Tag im Park war, weil eine Feengartenvorführung stattfand. Wie sich herausstellte, war sie für Kinder, aber sie hat mich auf eine Idee gebracht. Ich könnte selbst Kurse für Kinder anbieten, wenn wir wieder zu Hause sind. Ich hab ein paar örtliche Läden angeschrieben, die mir einen Raum zur Verfügung stellen könnten.«

»Klingt *großartig*, Ellie.«

Ich strahle. »Ja, nicht wahr? Zuerst fand ich die Idee verrückt – es wäre ja fast so, als würde ich eine eigene Geschäftsidee starten. Und kindisch erschien es mir auch. Aber das stört mich jetzt nicht mehr. Warum sollte ich nicht Kinder unterrichten, wenn es genau das ist, worauf ich Lust habe?«

»Darf ich meine Schwestern hinbringen?«

Ich quietsche und schlage die Hände zusammen. »Jaaaaa! Und bring auch Sahil mit! Man weiß nie, wer sich in Feengärten verlieben wird.« Ich hüpfe mit dem Po auf dem Sitz auf und ab und denke an all die verschiedenen Projekte, die ich unterrichten könnte. Vielleicht könnte ich das in einen längeren Kurs ausweiten, der über einen Monat geht. Dann könnten die Kinder bis zum Sommer einen kompletten eigenen Feengarten gestalten. Ich kann es kaum erwarten, mit der Planung anzufangen. Dass Dev und seine Familie teilnehmen könnten, macht es noch besser.

Ich schnappe mir eins der Nachschlagewerke, um weitere Fakten über das Leben von Waterhouse herauszufinden, aber in meinem Kopf hat nur eine Sache Platz. Morgen treffe ich mich mit Will, und bei der Gelegenheit muss ich mit ihm Schluss machen. Ich kann nicht so tun, als würde ich für Will dasselbe empfinden wie für Dev. Ich habe es all die Monate nicht bemerkt, und jetzt ist es glasklar. Devs Sarkasmus und sein spöttisches Lächeln und die Art, wie er immer genau weiß, was er sagen muss, um mich bis in mein Innerstes zu berühren und mich gleichzeitig zum Lachen zu bringen. Wie konnte ich bis jetzt so blind sein – und warum ist Dev immer noch so blind?

Kapitel 39

Am nächsten Morgen bin ich zu aufgeregt, um lange auszuschlafen. Will und ich treffen uns zwar erst in seiner Mittagspause, aber ich beschließe, schon früher nach Northampton zu fahren. Im Dezember ist die Stadt sogar noch charmanter. Die Schaufenster sind mit blinkenden Weihnachtslichtern und Kränzen dekoriert und die Luft ist erfüllt von einer festlichen, fröhlichen Energie. Will hat mir eine Adresse genannt, und ich erwarte, dass es sich um ein Restaurant handelt, doch es entpuppt sich als Markt wie der, auf dem wir uns kennengelernt haben. Nur dass es sich um einen Weihnachtsmarkt handelt. Kiefern- und Zimtduft wabern durch die Luft, und an den Fußgängerwegen stehen mit Girlanden verzierte Holzbuden aufgereiht. Ich bin umgeben von einem Lichtermeer und Weihnachtsbäumen und genug Weihnachtsschmuck und Krimskrams, um eine ganze Kathedrale zu füllen. Ich könnte genauso gut am Nordpol stehen. Es ist wunderschön, aber ich bin zu nervös, um den Anblick wirklich zu genießen.

Will hat keinen bestimmten Treffpunkt auf dem Markt genannt und ich bin fast eine Stunde zu früh, also lenke ich mich mit Shoppen ab. Für Sage entdecke ich eine Weihnachtskugel in Form eines Wollknäuels mit zwei Stricknadeln, und für Huan eine in Form einer Bowlingkugel. Er wird den Witz verstehen, auch wenn sich sonst niemand daran erinnert. Ich laufe weiter zwischen den Buden hindurch, dann bleibe ich wie gebannt stehen, als mir eine mundgeblasene Glaskugel ins Auge sticht, die einen goldenen Schnatz darstellt. Ich erinnere mich daran, wie Dev und ich uns im strömenden Regen schlapp gelacht haben. Das wird er lieben! Ich kann mir genau vorstellen, was für ein

Gesicht er machen wird, wenn er das Geschenk öffnet. Das Leuchten in seinen Augen, gefolgt von einem verschmitzten Lächeln über das Geheimnis, das er nur mit mir teilt.

Bei der Vorstellung wird mir warm ums Herz, und nun bin ich noch entschlossener. Sobald ich heute mit Will gesprochen habe, muss ich meinen ganzen verbleibenden Mut zusammennehmen und Dev meine Gefühle gestehen. Er hat vielleicht andere Pläne für den Abschluss seines letzten Highschool-Jahrs, aber ich möchte die nächsten Monate nicht damit verbringen, ihm etwas vorzuspielen, wie ich es bei Will gemacht habe. Ich bin bereit zu riskieren, dass mein Herz noch einmal gebrochen wird. Denn er hatte die ganze Zeit recht, was mich betrifft: Ich bin davongelaufen und habe mich versteckt und mich verbogen, um Erwartungen zu entsprechen, die nichts mit mir zu tun haben. Doch jetzt habe ich genug davon, mich zu verstellen. Und wenn das bedeutet, verletzt zu werden, dann soll es eben so sein. Es ist immer noch besser, als sich selbst untreu zu werden.

»Elle?«

Will schlendert zwischen den Buden auf mich zu. Er sieht in seiner Cabanjacke immer noch umwerfend aus, aber bei dem Anblick gerät mein Herz nicht aus dem Takt, wie es das früher getan hat. Stattdessen werde ich von eisiger Angst gepackt.

»Wie findest du es hier?« Er deutet auf die Buden um uns herum. Seine Augen leuchten begeistert, seine Wangen sind rosig von der Kälte. »Ist es nicht großartig?«

»Es ist schön hier.« Rasch reiche ich dem Budenbetreiber den goldenen Schnatz.

»Was ist das?«, fragt Will. »Du kaufst einen fliegenden Ball?«

Ich starre ihn an. Er ist immer noch wundervoll und charmant und atemberaubend britisch. Aber er ist einfach komplett anders als ich.

Mit zitternden Händen bezahle ich und gehe ein paar Schritte weiter.

»Können wir uns irgendwo hinsetzen? Ich wollte ein bisschen mit dir reden.«

»Na, klar«, erwidert er. Entweder hat er meinen Tonfall nicht bemerkt oder er ignoriert ihn. »Weiter vorn gibt es einen Platz, wo man angeblich die besten Mince Pies bekommt.«

Ich lasse mich von ihm zu dem Stand führen, aber bevor wir etwas bestellen können, ziehe ich ihn zu einem der Tische im Freien. Ich nehme einen tiefen Atemzug, um mir Mut zu machen, dann zwinge ich mich, ihm in die Augen zu sehen. Ich kann nicht fassen, dass ich es wirklich tun möchte – oder dass ich überhaupt in diese Situation gekommen bin –, aber ich weiß, dass ich keine Wahl habe.

»Will, du bist so ein wunderbarer Mensch, aber ... aber ich glaube, wir sollten uns nicht mehr sehen.«

Seine Augen treten hervor. »Warte mal ... *Was?* Machst du ... du kannst doch unmöglich mit mir Schluss machen?«

»Es ist nur ...« Ich ringe um Worte. Wie kann ich ehrlich sein, ohne ihn dabei zu verletzen? Ich fürchte, das ist nicht möglich. »Ich bin mir nur nicht sicher, ob wir zusammenpassen. Wir ... wir haben zu unterschiedliche Interessen.«

»Was redest du da? Wir haben die gleichen Interessen.«

»Das sind alles *deine* Interessen«, flüstere ich. Mein Gesicht glüht und meine Kehle brennt. »Ich bastle gern Feengärten. Und ich mag Einhörner und Jane Austen und T-Shirts mit *Mind-the-Gap*-Aufdruck.« Ich atme tief durch. »Und ich mag weder Bier noch Kricket. Ich habe mich nur damit befasst, um dich glücklich zu machen.«

»Das hast du getan?« Der Schmerz und die Verwirrung in seiner Stimme verursachen mir Übelkeit.

»Es tut mir so entsetzlich leid«, sage ich leise. »Ich wollte dich nicht verletzen. Ich ... ich dachte, dass du mich nicht mögen würdest, wenn du mehr über mich weißt.«

»Hältst du mich für so ein Arschloch?«

»Nein, im Gegenteil. Du warst zu perfekt.«

»Es geht um einen anderen Jungen, stimmt's? Diesen Wichser Dev.«

Das kann ich nicht leugnen. Aber es geht nicht nur um Dev. Ohne es zu ahnen, hat Will mich dazu gezwungen, mir darüber klar zu werden, wer ich wirklich sein will. Und ich möchte nicht länger Elle sein.

»Habe ich dir überhaupt etwas bedeutet?«, zischt Will wütend. »Oder hast du mich nur benutzt, um ihn eifersüchtig zu machen?«

»Nein, natürlich nicht! So etwas würde ich nie tun.«

»Woher soll ich das wissen? Es scheint, als wärst du eine ziemlich geschickte Lügnerin.« Er starrt in die Ferne. »Und ich habe gesehen, wie er dich anschaut.«

»Es tut mir leid, Will. Ehrlich. Du bist ein wunderbarer Mensch. Ich habe nie gewollt, dass es so endet.«

Er lehnt sich zurück. »Und ich wollte nach Amerika ziehen …«

»Das solltest du trotzdem tun«, sage ich entschlossen. »Vielleicht machst du einen Abschluss in Wirtschaftswissenschaften, dann weißt du, wie du in all deine genialen Ideen investieren kannst.«

Er schnaubt.

»Im Ernst, gib das nicht auf! Du wirst dort unfassbar beliebt sein.«

Wir bleiben eine Weile schweigend sitzen, dann stößt sich Will vom Tisch ab. Ich stehe ebenfalls auf. Schließlich dreht er sich zu mir um.

»Es ist in Venedig passiert, stimmt's?«

Ich erstarre. »Was?«

»Ich hätte dich niemals am Flughafen zurücklassen sollen. Wenn ich mitgekommen wäre …« Er lässt die Hände schlaff herunterhängen. »Alles wäre anders gekommen, wenn wir zusammen in Venedig gewesen wären.«

Vielleicht hat er recht. Es ist schwer, sich der Romantik des schwappenden Wassers, der verborgenen Kanäle und der kalten, sternklaren Nächte an der Seite einer anderen Person zu entziehen. Aber dann denke ich daran, wie Dev und ich über Quidditch gelacht haben und wie wir gemeinsam in seinem Geheimzimmer gelernt haben. Wie er mich in der U-Bahn aufgefangen hat und wie er sich während des Flugs um mich gekümmert hat. Wie er mich von Anfang an verrückt gemacht hat. Und ich ihn. Und ich denke, die Reise nach Venedig hat nur weiteres Öl ins Feuer gegossen.

Kapitel 40

Als ich aus dem Bus steige und in die kalten Gänge von Emberton Manor trete, zieht sich alles in mir zusammen. Die Stunde der Wahrheit ist gekommen. Oh Gott. Oh Gott. Ich muss mit Dev reden. Ich überlege, ob ich zuerst einen Spaziergang ums ganze Haus machen soll. Oder ich könnte mir in der Cafeteria einen Snack holen oder mich in einer Kabine im Bad einschließen und dort bleiben, bis alle zurück in den USA sind. Aber ich weiß, dass das Zusammensein mit ihm nur schwerer wird, wenn ich länger warte. Ich atme durch und zwinge meine Füße vorwärts.

Als ich die Treppe zu seinem Stockwerk hochgehe, denke ich intensiv daran zurück, wie ich ihm hier am ersten Tag begegnet bin. Als ich schließlich an seine Tür klopfe, droht mein Herz zu zerspringen.

Huan öffnet. Er sieht müde aus. »Hi.«

»Hi. Ist … ähm … ich meine, kann ich mit Dev sprechen?«

Er blinzelt verwirrt. »Dev ist noch in der Prüfung.«

Der Druck auf meiner Brust lässt nach und ich schnappe nach Luft. »Welche Prüfung?«

»Na, die Anatomieprüfung. Hat er dir gestern Abend nichts davon erzählt?«

»Er hat eure Lerngruppe erwähnt, aber er sagte, ihr würdet euch nicht treffen.«

Huan schnaubt. »Ach, hat er das gesagt? Was für eine dicke, fette Lüge. Und ich mache dich persönlich dafür verantwortlich, dass ich letzte Nacht kaum geschlafen habe.«

»Was kann *ich* denn dafür?«

»Du bist der Grund, warum Dev nicht zu unserer Lerngruppe gekommen ist. Stattdessen ist er bis vier Uhr morgens wach geblieben und hat gelernt. Ständig hat er mich geweckt, um mir irgendwelche blöden Fragen über den Stoff zu stellen.« Huan nickt in den Gang hinaus. »Wenn man vom Teufel spricht …«

Ich drehe mich um und habe sofort einen dicken Kloß im Hals. Dev kommt auf mich zu, und ich muss mich beherrschen, um mich nicht in seine Arme zu werfen. Als ich mich zu Huan umdrehe, schließt er bereits die Tür.

»Ellie, was machst du hier? Ich dachte, du verbringst den Tag mit Will.«

Ich will etwas sagen, doch meine Kehle ist zu eng. Mein ganzer Körper zittert. Ich zwinge mich, tief durchzuatmen. Es ist Dev. Egal, was passiert, er wird mich nicht verletzen.

»Ich habe mit Will Schluss gemacht.«

Er reißt die Augen auf. »*Was?* Geht es dir gut?«

»Ich weiß nicht genau.«

»Hat er dir etwas angetan?« Er kommt beschützend auf mich zu. »Hast du deswegen mit ihm …«

»Nein«, versichere ich rasch, »so war es nicht. Ich habe mit ihm Schluss gemacht wegen … wegen Venedig. Und wegen Kunstgeschichte und Quidditch und geheimen Studierzimmern. Und Feengeschenken. Und nächtlichen Lernstunden, während ein gewisser Jemand bei seiner *eigenen* Lerngruppe sein sollte.«

Seine Lippen, die gerade noch fest aufeinandergepresst waren, öffnen sich, während er mich schockiert ansieht. Er wirkt aber nicht verärgert oder entrüstet. Das werte ich als gutes Zeichen und mache weiter.

»Ich bin froh, dass du mich als deine beste Freundin betrachtest. Und ich weiß, dass ich womöglich alles kaputtmache, aber ich kann nicht so tun, als wäre es für mich genug. Ich hab viel zu lange gebraucht, aber jetzt hab ich endlich verstanden, dass ich mit jemandem zusammen sein will, der mich versteht. Jemand, der meine Eigenheiten und Spleens mag und der mich zum Lachen bringt, bis ich nach Luft schnappe. Will ist das nie gelungen.« Ich schlucke schwer. »Im Gegensatz zu dir.«

Dann verwandelt er sich vor meinen Augen. Seine gerunzelte Stirn und seine steife Körperhaltung lösen sich auf. Seine Augen werden weich und warm, ein wunderschönes, tiefes Braun, genau wie bei unserer ersten Begegnung auf der Treppe. Er macht einen Schritt auf mich zu, und alle meine Ängste verfliegen. Wir sind uns jetzt so nah, dass ich hochschauen muss, um in sein Gesicht zu sehen, und mir wird klar, dass meine Mum recht hatte mit dem, was sie vor vielen Monaten gesagt hat. Es gibt nichts Schöneres als den Gesichtsausdruck eines Menschen, der feststellt, dass du ihn genauso liebst wie er dich.

»Du hast meinetwegen mit ihm Schluss gemacht?«

Ich nicke.

»Du kannst dir nicht vorstellen, wie oft ich mir das gewünscht habe. Es hat mich fast umgebracht, so tun zu müssen, als wäre es mir egal.«

»So tun zu müssen? Aber was sollte dann das Gerede über den Abschlussball und Dates zu viert und all das?«

Er lacht rau. »Hast du mir das etwa geglaubt? Ich muss der beste Schauspieler der Welt sein.«

Tränen steigen mir in die Augen und ich stoße einen zittrigen Atem aus. Ich werde jeden Augenblick vor Erleichterung und Glück zusammenbrechen. »Es tut mir leid, dass ich so lange gebraucht habe«, flüstere ich. »Ich hätte wissen müssen, was du gefühlt hast. Was *ich* gefühlt habe.«

Er streicht mir die Haare aus dem Gesicht und ich bebe. »Und was fühlst du?«

»Dass du immer noch nicht nah genug an mir dran bist.«

Er grinst verwegen auf eine Art, die ich von ihm noch nicht kenne.

Dann zieht er mich zu sich und drückt seinen Mund auf meinen, als wäre er am Ersticken und ich seine einzige Sauerstoffquelle. Hitze und Licht explodieren hinter meinen Augen. Ich schlinge meine Hände um seinen Nacken und er lässt sich gegen die Wand fallen. Seine Hände fahren an meinen Seiten hoch bis zu meinem Nacken und vergraben sich in meinen Haaren. Ich küsse seinen Mundwinkel und fahre mit den Lippen über sein Kinn. Er stöhnt, tief und heiser, was mir nur noch mehr Lust macht, ihn zu küssen.

Schließlich lösen wir uns ein wenig voneinander. Unser Atem geht stoßweise, unsere Körper zittern. Wir starren einander staunend an. Wie haben wir es so viele Monate lang ohne das ausgehalten? Wir hätten uns schon bei unserer ersten Begegnung küssen sollen. Es fühlt sich sogar so an, als würden wir uns seitdem küssen. Als wenn unsere Münder einzig und allein für diesen Zweck geschaffen wurden.

»Ich hätte nicht gedacht, dass es noch besser sein würde, als ich es mir vorgestellt habe«, sagt er nach Luft schnappend.

»Ach, dann hast du dir also vorgestellt, wie du mich küsst?« Ich fahre mit den Lippen wieder seine Kieferpartie entlang, und seine Finger graben sich in meinen Rücken.

»Ich hab seit Wochen fast nichts anderes getan.«

Natürlich muss ich ihn daraufhin erneut küssen. Diesmal dreht er mich um, sodass ich diejenige bin, die an der Wand lehnt. Ich könnte hier für immer und ewig bleiben.

Die Tür wird geöffnet. »Bah! Euch ist schon klar, dass ich jedes einzelne Wort mithöre.«

Wir schrecken beide auf. Ich hatte alles um mich herum vergessen.

»Schön, dass ihr aufgehört habt, euch selbst das Leben so schwer zu machen«, sagt Huan mit einem Bühnenflüstern, »aber manche von uns möchten nach der anstrengenden Prüfung gern ein Nickerchen machen.«

»Dann besorg dir Ohrstöpsel«, gibt Dev zurück und neigt den Kopf, um meinen Hals zu küssen.

»Besorgt ihr euch lieber ein Zimmer. Eins, in dem noch niemand schläft.«

Dev möchte etwas erwidern, doch ich ziehe ihn an der Hand. »Meinst du, dein geheimes Studierzimmer ist leer?«

Sein wundervolles Grinsen kehrt zurück. »Es gibt nur eine Möglichkeit, das herauszufinden.«

Kapitel 41

Am nächsten Morgen finde ich mich wieder in der Long Gallery ein. Hier hat Mr. Odell am ersten Tag seine Begrüßungsrede gehalten und ich war so nervös und aufgeregt, dass ich mich kaum darauf konzentrieren konnte. Ich kann mich auch diesmal nicht konzentrieren, aber das liegt daran, dass ich auf jemanden warte.

Leute strömen auf dem Weg zum Frühstückssaal vorbei. Zwischen den Schülern befinden sich einige Professoren. Jemand löst sich aus der Gruppe und kommt auf mich zu. Dr. Lotfi.

»Ellie, haben Sie Dev heute Morgen gesehen?«

»Ich warte hier auf ihn. Stimmt etwas nicht?«

»Richten Sie ihm bitte aus, dass ich ihn sprechen möchte. Ich habe die Infos, die seine Eltern über das Bachelorstudium haben wollten.«

»Ach ja?«

Sie zuckt die Schultern. »Viele Eltern machen sich wegen der Geisteswissenschaften Sorgen. Aber er braucht sich keine Gedanken zu machen. Irgendwann lenken sie ein.«

»Schön. Gut zu wissen.« Meine Gedanken rasen, als sie fortgeht. Hat er mit seinen Eltern tatsächlich über Kunstgeschichte gesprochen? Gerade, wenn ich meine, alles über Dev zu wissen, überrascht er mich wieder.

Es fühlt sich unwirklich an, Händchen haltend mit Dev am Quidditch-Feld entlangzugehen. Hauptsächlich deswegen, weil ich nie gedacht hätte, dass ich mal mit jemandem zusammen sein würde, der mit einem Besenstil zwischen den Beinen auf einem Spielfeld herumläuft. Aber ich darf mich nicht lustig machen, denn ich trage meinen Einhorn-Hoodie, und die Regenbogenmähne fließt meinen Rücken hinunter. Dev und ich sind wirklich eine Augenweide.

Ich beuge mich zu ihm und küsse ihn wieder. Ich kann damit anscheinend nicht aufhören. »Bis nach dem Spiel, okay?«

Aber anstatt mich loszulassen, grinst er und zieht mich zur Tribüne auf der anderen Seite des Felds. »Komm mit!«

Die Tribüne ist nicht besonders gut besetzt, aber es sind genug Leute da, damit ich mich nicht allein fühle. Da ist eine Gruppe kleiner Kinder mit Gryffindor-Schals, andere tragen die Farben von Slytherin oder Ravenclaw. Manche Zuschauer wedeln mit Zauberstäben.

Jemand fällt mir ins Auge. Es ist … Sage. Und da sind Frank und – ich beuge mich vor, um besser zu sehen – Huan, der einen riesigen Löwenhut trägt wie Luna Lovegood. Ich breche in Lachen aus. Und ich dachte, der Tag könnte nicht besser werden.

»Da seid ihr ja!«, ruft Huan, als wir näherkommen. »Ich hatte befürchtet, ihr könntet so mit euch selbst beschäftigt sein, dass ihr das Spiel vergesst.«

Ich drehe mich zu Dev um. »Du hast ihnen endlich von der Quidditch-Mannschaft erzählt?«

»Ich hatte ein schlechtes Gewissen dabei, ihnen diese Möglichkeit vorzuenthalten, sich über mich lustig zu machen.«

»Aber jetzt gibt es nichts mehr, womit ich dich erpressen kann.«

»Ich bin sicher, dir wird wieder etwas einfallen«, sagt er und küsst mich.

»Ellie, komm zu uns rüber!« Huan winkt mich nach oben. Er wirkt wie ein kleines Kind, das Weihnachtsgeschenke geöffnet hat und immer noch aufgekratzt ist. »Bist du bereit für das, was wir gleich zu sehen bekommen? Dev als Quidditch-Spieler! Er ist ein indischer Harry Potter! Total verrückt.«

Dev lacht. »Ich bin aber kein Sucher.«

»Und er wäre nicht in Gryffindor«, fügt Sage hinzu.

Huan wischt die Einwände weg. »Egal, es ist trotzdem genial. Die Teams haben dort unten trainiert. Einer der Spieler ist herumgelaufen und hat versucht, einem anderen Jungen in die Hose zu fassen, um einen Tennisball zu stibitzen und …« Huan muss so sehr lachen, dass er nicht weitersprechen kann.

»Das war klasse«, meint Frank. »Und schaut euch an, wie albern Huan aussieht.« Er deutet auf den Löwenhut. »Junge, den musst du nach dem Spiel signieren. Und wir müssen Fotos machen.«

Zu meiner Überraschung wirkt Dev nicht verlegen. Jedenfalls nicht allzu sehr. Ja, er zieht mich näher zu sich und posiert für die Kamera.

Nach ein paar Fotos reicht Frank mir sein Handy. »Wärst du so nett?«

Ich nicke und beiße mir auf die Unterlippe. Er scheint auch ohne Worte zu verstehen, was mir durch den Kopf geht.

»Nichts für ungut«, sagt er rasch. »Will wird immer einer meiner besten Freunde sein, und ich hasse es, ihn traurig zu sehen. Aber ich glaube, es ist so am besten. Ich habe heute früh mit ihm gesprochen, und er wird darüber hinwegkommen.«

Ich nicke dankbar und mache ein Foto von den Jungs. Sage kommt zu mir.

»Du siehst glücklich aus. Geht es dir gut?«

»Und wie!« Ich sehe zu Dev, der für die nächste Aufnahme so tut, als würde er fliegen. »Könnte nicht besser sein. Ich hoffe, für dich ist es in Ordnung …«

»Natürlich. Mir war immer klar, dass ihr zusammenkommen würdet. Ihr musstet nur beide endlich aufhören, euch so dämlich anzustellen.«

Von jeder anderen Person würde ich das als Beleidigung auffassen, aber Sage möchte ich am liebsten umarmen.

»Du schuldest mir immer noch einen Schal«, lasse ich sie wissen. »Das hab ich nicht vergessen.«

»Es *könnte* sein, dass ich an etwas für dich gearbeitet habe. Aber das bekommst du erst an Weihnachten zu sehen.«

Ich reibe mir begeistert die Hände und stelle mir bereits vor, wie es wird, wenn wir uns alle unsere Geschenke überreichen. Jemand auf dem Feld bläst in eine Trillerpfeife, und schon ist Dev bei mir.

»Das soll mir Glück bringen«, sagt er und küsst mich so lange, dass die Jungs durch die Zähne pfeifen.

Er läuft aufs Feld und meine Freunde versammeln sich um mich. Sie jubeln und rufen selbst erfundene Zaubersprüche. Ich kann nicht aufhören zu lachen. Dev hatte recht. Das Leben kann chaotisch und schwierig sein.

Und richtig, richtig großartig.

Danksagung

Obwohl ich schon seit der Grundschule schreibe, habe ich lange gebraucht, um daran zu glauben, dass mein Traum von einer Veröffentlichung wahr werden könnte. Jetzt, wo er wahr geworden ist, habe ich so vielen Menschen zu danken. Mein erster Dank gilt meiner Agentin Tara Gonzalez, die immer an diese Geschichte geglaubt hat. Ich bin dir so dankbar, dass du auf mich gesetzt hast. Ich danke meiner Lektorin Catherine Wallace für ihre Unterstützung, ihre Aufmerksamkeit und ihre wunderbaren Ratschläge, die Ellies Geschichte noch besser gemacht haben. Danke für die Hilfe bei der Erfüllung meines Kindheitstraums. Und ich danke allen bei HarperCollins, die bei der Realisierung des Buchs mitgewirkt haben, darunter Caitlin Lonning, Kimberly Stella, Chris Kwon, Shannon Cox und Mitchel Thorpe. Ein Extradank geht an Jacqueline Li für das traumhafte Cover.

Ich kann mich glücklich schätzen, dass ich auf meinem Weg zur Veröffentlichung zahlreiche Unterstützer hatte. Es sind so viele, aber sie alle verdienen es, erwähnt zu werden! Danke an alle meine SCBWI-Freunde, die sich jahrelang angehört haben, wie der aktuelle Stand meines Manuskripts ist, und an die Teilnehmer und Dozenten des Highlights Foundation Whole Novel Workshops, darunter Sarah Aronson, Jenifer Jacobson, Amanda Jenkins, Melissa Wyatt, Rob Costello und Nicole Valentine. Ein kräftiger Applaus geht an meine Mentorin Nancy Werlin, die das Potenzial dieser Geschichte erkannte *und* den Buchtitel vorschlug. Ich bin der gesamten PitchWars-Community und insbesondere meinen PitchWars-Mentorinnen Carrie Allen und Sabrina Lotfi unendlich dankbar. Ohne euch wäre ich jetzt nicht hier, um diese Danksagung zu schreiben. Ich liebe euch! #TeamGirlPower forever!

Ich danke meinen Testleser:innen und Kritiker:innen, die mich bei den Überarbeitungen unterstützt haben: die Highlighters, Laurence King, Stephanie Cardel, Holly Ruppel, Keely Parrack, Becky Gehrisch und Diane Mungovan. Ich bin Debbi Michiko Florence so dankbar, dass sie an mich geglaubt und mich über die Jahre hinweg angefeuert hat. Wir haben es geschafft, Debbi! Und Kathryn Powers, unsere chinesischen Büfetts, nächtlichen Pfannkuchen und Einhorn-GIFs haben mich so manche Durststrecke durchstehen lassen. Ohne dich hätte ich es nicht geschafft!

An alle meine Freunde, die keine Schriftsteller sind, wie Missy, Anna, Kristin, Courtney, Kristy, Beth, David und Emmett: Danke, dass ihr mir den Rücken freihaltet und die Erfolge mit mir feiert. Maggie Stevenson, was soll ich sagen?! Wir haben als Kinder angefangen, gemeinsam (liebenswert schlechte) Geschichten zu schreiben, und du hast mich seither bei jedem Schritt begleitet. Danke, dass du dieses Buch so leidenschaftlich unterstützt hast! Ich bin unendlich dankbar, dass wir beste Freundinnen sind.

Ich danke meiner Familie für ihre Unterstützung, vor allem meinen Eltern. Ich bin dankbar, dass ich Eltern habe, die mich bei meinen Zielen und Träumen immer ermutigen. Ich liebe euch beide. Dad, danke, dass du mein erster Leser warst.

Worte sind nicht genug, um meine Liebe zu Mike und Liam auszudrücken. Liam, du machst für mich jeden Tag heller und glücklicher. Ich liebe dich und ich kann es kaum erwarten, dass du diese Worte liest.Ich hatte dir ja versprochen, dass du in diesem Buch vorkommen würdest!

Mike, danke, dass du *immer* an mich geglaubt hast, dass du mir geholfen hast, das Schreiben zu meiner Priorität zu machen, egal, welche Opfer du bringen musst, und dass du mich (manchmal buchstäblich) auffängst, wenn ich an einem Tiefpunkt bin. Du bist der Grund, warum ich Liebesromane für Jugendliche schreibe. Denn du bist es, der mir gezeigt hat, dass eine Highschool-Liebe ein Leben lang halten kann.

Willkommen an Venedigs magischer Akademie!

Ein prachtvoller Palazzo, Geheimgänge, altehrwürdige Bibliotheken und traumhafte Maskenbälle – Anolas neue Schule in Venedig ist atemberaubend schön. Doch die traditionsreiche Akademie hütet ein Geheimnis: An ihr wird die Magie der Masken gelehrt. Als Anola erfährt, dass auch sie eine Maskenmagierin ist, steht ihre Welt Kopf. Wie soll sie nur lernen, ihre neuen Fähigkeiten zu beherrschen? Ihr Halbbruder Marco ist keine Hilfe. Dann ereilen Anola plötzlich schreckliche Visionen. Ganz Venedig ist in Gefahr! Um den magischen Schutzkreis der Stadt zu retten, muss sie wider Willen mit Marco zusammenarbeiten. Und mit seinem besten Freund Dario, der Anolas Herz schneller schlagen lässt ...